Angus Warlord
O'Mara Story
Buch 2

Jürgen Zimmerschied

Angus Warlord

Copyright © Februar 2016 Jürgen Zimmerschied
All rights reserved.

Alle Personen und Schauplätze sowie die Story selbst sind reine Fiktion.
Jedwede Ähnlichkeit mit lebenden Personen,
tatsächlichen Ereignissen oder Schauplätzen,
beruhen auf reinem Zufall und sind vom Autor in keinster Weise beabsichtigt.
Jürgen Zimmerschied, Autor

Für meine Kinder
Ashleigh und Nicolas
Sie sind die Besten

Besonderer Dank gilt
Kemal Ates, meinem Lektor und Freund.
Sollten Sie noch Schreibfehler finden, so liegt es an mir.

Sowie meinem Sohn Nicolas.
Der mir wie immer in Technikfragen zur Seite stand.
Meiner Tochter Ashleigh.
Die wieder und wieder die Story mit mir durchgegangen ist.

Angus Warlord

CHAPTER EINS
Chapter

"Tu alles, was du kannst, in der Zeit, die du hast, an dem Ort, wo du bist."
Nikosi Johnson 1989-2001, südafrikanischer Jugendlicher.
(Wurde mit Aids geboren und starb daran)

Der unerbittliche Wind trieb Billie-Joe McAlistair den feinen Sand in das markante, hübsche Gesicht. Ihre graugrünen, sehr scharfen Augen wurden durch eine Staubschutzbrille mit runden, dunkelgrünen Gläsern geschützt, die vage an die Schutzbrille eines Metallschweißers erinnerte. Die junge Frau hatte das bedrückende Gefühl, mitten in einem riesigen Sandstrahlgebläse gefangen zu sein und zog das tarnfarbene Tuch, welches sie wie die Kufiya eines Beduinen über ihr mahagonifarbenes Haar geschlungen hatte, dichter an den Kopf um den fortwährenden Sandschleiern zu entgehen. Die schlanke Frau lag nun schon seit Stunden reglos auf dem Kamm der riesigen Sanddüne und beobachtete das weit entfernte Zeltlager durch das Teleskop ihres Scharfschützengewehres. Obwohl der Sand trügerisch weich war, fühlten sich ihre Knochen steif und wund an. Doch bevor sich dieser Bastard nicht gezeigt hatte, würde sie ihren Posten nicht verlassen. Es war die Geduld des Falken, die sie auszeichnete und wie ein Falke konnte sie stundenlang auf ihre Beute warten.

Heute wartete Mac auf Amar al-Fadi, einen weltweit gesuchten Terroristen und Mörder, der auf der Abschussliste sämtlicher Geheimdienste der westlichen Welt stand. Mac, wie ihre Freunde sie nannten, gehörte keinem davon an. Dennoch erledigte sie hin und wieder einen heiklen Job für irgendeine der westlichen Regierungen, wenn sich keiner der offiziellen

Dienste die Finger schmutzig machen wollte oder durfte.

Eine schattenhafte Bewegung, die sie durch das Teleskop erspähte, lenkte ihre volle Aufmerksamkeit auf den Eingang des Zeltes. Mac zog den Kolben ihrer Blazer Tactical fest an ihre Schulter.

Das große Gewehr ruhte auf einem stählernen Dreibein. Sie presste ihre braungebrannte Wange gegen den Schaft und ihr Zeigefinger lag gelassen und ruhig am empfindlichen Abzug. Sie hielt einen sanften Druck aufrecht und atmete kontrolliert und langsam aus. Ihre scharfen Augen fixierten ohne auch nur einmal zu Blinzeln den Eingang des mittleren und größten Zeltes. Ein Schatten schob sich heraus und Mac nahm den markanten Kopf mit tödlicher Konzentration in das Fadenkreuz ihrer Zieloptik. Der Mann hob die Augen, schien direkt in ihre Linse zu blicken und in der gleichen Sekunde spuckte ihre Waffe eine Feuerlanze aus. Das Geräusch der Schussexplosion wurde von einem mächtigen Schalldämpfer zu einem leisen Plopp gedämpft.

Einen Kilometer entfernt wurde der Kopf des Mannes abrupt nach hinten gerissen. Das Geschoss pflügte innerhalb von zwei oder drei Tausendstelsekunden durch das Hirn des Mörders.

Im Gegensatz zur weitverbreiteten Meinung das dieser Vorgang sehr schmerzhaft sein musste, war es ein vollkommen schmerzloser Tod. Das Gehirn war nicht in der Lage innerhalb dieser kurzen Zeitspanne Impulse an das Schmerzempfinden abzusetzen. Amar al-Fadi, oder besser das, was von ihm übrig war, sackte einfach in sich zusammen. Wie eine Marionette, deren Fäden unvermittelt eine Schere durchschnitt. Das große Kaliber hatte seinen hinteren Schädel förmlich pulverisiert, um nur ja keinen Zweifel daran aufkommen zu lassen, dass sein Weg auf dieser Welt nun zu Ende war. Ein Massenmörder hatte sich verabschiedet und Mac bezweifelte, das man ihm sonderlich viele Tränen nachweinte. Sie tat es jedenfalls nicht.

Die bezahlte Attentäterin schob sich auf dem Bauch zurück, uninteressiert an dem Tumult, den sie im Zeltlager mitten in der marrokanischen Wüste ausgelöst hatte. Sie stöhnte verhalten, weil ihre verkrampften Muskeln eine Welle des Schmerzes durch ihren Körper jagten. Mac rollte sich den Hang hinab, ihr Gewehr fest an den Körper gepresst und sprang geschmeidig wie eine Katze, obwohl ihre Muskeln protestierend ächzten, auf das dort auf sie wartende Quad. Die Blazer verschwand in einer staubdichten Hülle und der bullige Motor der sandfarbenen Maschine sprang dröhnend und blubbernd an. Die grobstolligen, gelbbraunen Ballonreifen warfen Sandfontänen in die vor Hitze flirrende Luft, als Mac den Gashebel drehte und die Kupplung springen ließ. Sie grinste selbstzufrieden in sich hinein. Dieser Glutofen konnte ihr nun den Buckel hinunterrutschen.

Mac drehte den Kopf zur Seite und spuckte aus. Der Fahrtwind riss den Klumpen aus Speichel und Sand mit sich. Wie sie diesen ewigen Sand hasste. Sie warf einen Blick auf die massive Uhr an ihrem braungebrannten Handgelenk. In einer Stunde sollte ihr Hubschrauber vom vereinbarten Treffpunkt planmäßig abheben. Auf Beast war in diesen Dingen stets Verlass. Und wenn sie Glück hatte, bekam sie an Bord sogar ein Glas eisgekühlten Champagner.

Der kurze Flug des Choppers verlief ereignislos und Mac sollte Recht behalten. Ein lächelnder Copilot reichte ihr ein Glas, in dem vornehme Perlen in einer goldgelben Flüssigkeit aufstiegen. Das Getränk war zwar kein Champagner, doch konnte es sich durchaus sehen und auch schmecken lassen. Nachdem der Hubschrauber sie auf einer Rollbahn abgesetzt hatte, die nirgendwo verzeichnet war, stieg Mac in einen Learjet ohne Hoheitszeichen um, der sie auf schnellstem Weg zurück nach Europa bringen sollte. Wer auch immer ihre Auftraggeber gewesen waren, niemand würde es jemals in Erfahrung bringen.

Der weiße Learjet landete gegen zwölf Uhr mitteleuropäischer Winterzeit auf dem Aeroporto de Straßbourg. Schneeflocken trieben durch die graue, kalte Luft und die junge Frau, die dem schnittigen Flugzeug entstieg, zog ihre Parka enger um sich. Der braungebrannte Teint ihres attraktiven Gesichtes wollte so gar nicht zu dem grauen, tristen Februartag passen und wurde umrahmt von einem Silberfuchspelz, der die Kapuze des kostspieligen Kleidungsstückes säumte.

Einen Augenblick verharrte Mac auf der schmalen Gangway und atmete tief die klare, kalte Luft ein. Mein Gott, wie sie das vermisst hatte. Ihr einladender Mund verzog sich zu einem fröhlichen Lächeln, als sich eine dicke Schneeflocke auf ihrer Nasenspitze verirrte. Mac schielte hinunter und sah dem einsamen Eiskristall dabei zu, wie es auf der Wärme ihrer Nase schmolz. Sie lachte leise und wischte kurz über die feuchte, kitzelnde Stelle bevor sie die wenigen Stufen hinunterging, dorthin wo ein schwarzer Honda auf sie wartete. Schwungvoll warf sie ihr Gepäck in den Kofferraum des großen Fahrzeuges, der sich automatisch geöffnet hatte, als sie nahe genug herangekommen war. Mac schlenderte hinüber zur Beifahrertür und schwang sich auf den Sitz neben ihren Koordinator und Partner.

„Hallo, Beast. Wie gehts, wie stets?"

Mac schnallte sich an und grinste den Mann auf dem Fahrersitz frech an, denn sie wusste was jetzt kam.

„Nicht so gut wie dir. Ich muss ja hier im arschkalten Kehl rumhängen, während du dich in der Sonne braten darfst. Scheiß Winter."

Nach diesem knurrigen Statement setzte der übellaunige Mann den SUV in Bewegung. Geschickt fädelte er sich in den fliessenden Verkehr ein und nahm Kurs in Richtung Kehl, Deutschland. Mac flegelte sich bequem in den weichen Ledersitz und schaltete die Sitzheizung ein. Sie mochte es nicht, wenn ihr Hintern fror.

Ihr Blick wanderte hinüber zu Beast. Beast arbeitete schon mit ihr zusammen seit sie ihr kleines Geschäft gegründet hatte und so nahm sie seinen launigen Kommentar gelassen hin.

Beast, getauft auf den Namen Thomas Krüger, war ein schrulliger, wortkarger Mensch, gesegnet mit einem phänomenalen Gedächtnis. Fachmann in Sachen Programmierung, Kommunikation und Beschaffung. Er war extrem menschenscheu.

Eigentlich mochte er so ziemlich alle sieben Milliarden Menschen auf der gesamten Welt nicht besonders. Und die meisten davon hasste er wahrscheinlich aus tiefstem Herzen. Den einzigen anderen Menschen, den er gerne in seiner Nähe duldete und sehr wahrscheinlich sogar liebte, war Mac. Ein langer brauner Wust aus zotteligen Haaren und ein akkurat getrimmter, schwarzer Vollbart, sowie seine muskulöse, stark untersetzte Figur mit den überlangen Armen hatten ihm seinen Spitznamen eingebracht. Er konnte in jedem Film mühelos einen Steinzeitmenschen spielen, ohne zuvor die Maske betreten zu müssen.

Dieses Erscheinungsbild und sein überaus sonniges Gemüt waren der Grund seines Spitznamens, auf den er stolz war. Dessen ungeachtet verfügte der Mann über zahllose Fähigkeiten, die ihn für Mac unentbehrlich machten.

Ausserdem war er so etwas wie ein Bruder für sie. Mürrisch oder nicht.

Der Honda rollte beinahe geräuschlos über die Brücke, die Straßburg und Kehl miteinander verband. Mac zog einen Flachmann aus dem Handschuhfach und nahm einen kleinen Schluck des hervorragenden, teuren Rums, der in dem silbernen Flakon gluckerte. Die scharfe, aromatische Flüssigkeit lief wie ein Feuerstrom ihre Kehle hinab und verwandelte sich in ihrem Magen zu einem glühenden Lavaball. Sie blickte aus der getönten Scheibe hinaus zum

Straßenrand, wo die ersten Nutten frierend ihre Positionen für die anbrechende Nacht bezogen, während der Honda vorüberglitt. Mac schüttelte den Kopf. Das war ja wohl der beschissenste aller beschissenen Jobs. Sie verstand die Frauen nicht, doch jeder tat, was er tun musste, um zu überleben. Es stand ihnen ja frei, ihr Leben zu ändern.

Sie ließ den Flakon wieder im Handschuhfach verschwinden. Heute wartete noch Arbeit vor auf sie. Für das Vergnügen war später noch Zeit. Wenige Minuten später rollte der CRV auf einen kleinen, gepflasterten Hof, der zu einem der ältesten Gebäude Kehls gehörte. Mac konnte die glatten Neubauten noch nie leiden. Das Tor zu einer geräumigen Garage öffnete sich automatisch und der Wagen verschwand darin. Die beiden Insassen verließen das Fahrzeug und Mac warf sich den Seesack über die Schulter. Zusammen stiegen sie die wenigen Stufen empor, die in den ersten Stock des Gebäudes führten. Mac ließ ihre verkrampften Schultern rollen, nachdem sie den Seesack und dessen Inhalt verstaut hatte. Ihr Nacken schmerzte und sie sehnte sich nach einem heißen Bad und einem Besuch in ihrem Lieblingsrestaurant, drüben in Straßburg. Seufzend schenkte sie sich einen Kaffee ein. Das musste wohl noch ein wenig warten.

„Irgendwelche neuen Aufträge?"

Mac sank in einen der Ledersessel, die vor Beasts Kontrollpult standen. Auf den Monitoren liefen dunkelgrüne Zahlenreihen ab und Mac wusste, das Beast seiner Lieblingsbeschäftigung, dem Lesen geheimer Meldungen, nachging. Der Mann hatte tatsächlich keinerlei Leben neben seiner Tätigkeit in ihrem kleinen Unternehmen. Einfach unglaublich.

„Einer. Mehr eine Anfrage als ein Auftrag. Der Rest ist Schrott. Da hat man uns wohl mit einer Detektei verwechselt. Keine Ahnung, wie die an unsere Nummer herangekommen sind. Muss das noch rauskriegen. Das ist eine Schwachstelle in unserer Deckung.

Ach übrigens. Die Kohle für den letzten Job ist auf deinem Konto eingegangen. Hab's gecheckt.Du musst langsam mal ein wenig deiner Moneten umverteilen, sonst fällst du auf. Wenn du willst, kann ich das übernehmen."

Beast hatte sich in den zweiten Sessel fallen lassen und die grünen Zahlenreihen auf Monitor 1 unterbrochen.

„Mach das. Du kennst dich da besser aus als ich. Das ist nicht mein Ding, weißt du doch."

Mac streifte die schweren Schuhe von den Füßen und massierte sich seufzend die Zehen.

„Gut, habe es nämlich schon verteilt."

Beast riss die Hülle von einem Schokoriegel ab und biss genüsslich hinein. Zufrieden mit sich und seiner kleinen, eigenen Welt.

Mac stand lachend auf.

„Ich gehe hinauf in meine Wohnung und mache mich frisch. Anschließend fahren wir rüber zu Pierre, ja? Ich sterbe vor Hunger und ich will unserem Freund mal wieder dabei zuschauen, wie er mein Steak mit einem alten Kohlebügeleisen brät. Und während ich das tue und einen seiner vorzüglichen Weine schlürfe, kannst du mich über den neuen Job aufklären. Bist natürlich eingeladen."

Mac grinste. Sie zahlte immer, aber sie konnte sich den kleinen Seitenhieb auf den Geiz ihres Partners richt verkneifen. Aus den Augenwinkeln sah sie, wie sich Beast grinsend die Hände rieb. Das Grinsen hätte er selbstverständlich vehement verleugnet, wenn sie ihn darauf angesprochen hätte.

Am frühen Abend machten sich eine ausgehungerte Mac plus ein vergnügtes Beast auf den Weg zum Abendessen. Die kurze Fahrt über die Rheinbrücke, an der Universität vorbei, dauerte nur fünfzehn Minuten. Das Pierre Borgouis lag ganz in der Nähe des Quai au Sable, eingezwängt in einer schmutzigen Gasse zwischen anderen alten Gebäuden. Die

Fassade machte nicht allzu viel her, doch im Inneren erschloss sich dem Genießer eine ganz eigene Welt. Die schlichte Einrichtung paßte hervorragend zu dem uralten Fachwerk und den Ziegelsteinen des alten Mauerwerkes, die man fachmännisch an optisch ansprechenden Punkten freigelegt hatte. Der Chef selbst bereitete in einer offenen Küche die Gerichte zu. Ihn bei der Arbeit zu beobachten, war das reinste Vergnügen. Beast hatte ihren Stammtisch reserviert und nach kurzer aber herzlicher Umarmung verließ Pierre sie wieder, um sich seiner Kochkunst zu widmen. Mac nahm einen Schluck des vorzüglichen Bordeaux, der schon bereit stand, bevor sie sich an Beast wandte.

„Ok, ich wäre dann soweit. Gib mir mal ein paar Fakten über den neuen Job."

Sie lehnte sich bequem zurück und ihre braungebrannte, kräftige Hand wirbelte die tiefrote Flüssigkeit im Glas herum. Beast war schon dabei, sich eine Scheibe dunklen Brotes, bestrichen mit Gänseschmalz und Salz, einzuverleiben und hatte alle Mühe, den dicken Brocken zu schlucken, an dem er kaute, um Mac zu antworten.

„Ich hatte es ja schon kurz angedeutet." Seine mürrische, mümmelnd undeutliche Stimme ließ keinen Zweifel daran, dass er eine Störung gerade jetzt ziemlich ungehörig fand, dennoch suchte er in seiner Jackentasche nach einem seiner Spickzettel, bevor er weiterredete.

„Das kam am Montag rein. Über deine Privatleitung und unverschlüsselt. Ich habe die Leitung sofort geblockt und vom normalen Netz getrennt. Ich kann nur hoffen, dass der Amateur am anderen Ende nicht schon Schaden angerichtet hat. An deiner Stelle würde ich meine Nummer ändern und auf keinen, gar keinen Fall antworten."

Mac hob überrascht eine Augenbraue. „Das ist allerdings sehr ungewöhnlich. Aber rede erst einmal weiter, bevor ich mich entscheide, wie ich weiter vorgehen will."

Beast hatte seinen Mund wieder frei, mit einem Bier

ausgespült und war nun schon eher geneigt, Auskunft zu erteilen. Manchmal brachte ihr Koordinator Mac an den Rand der Raserei, besonders wenn sie ihm jedes Wort wie einen glibberigen Wurm aus der Nase ziehen musste.

Beast saugte sich nachdenklich eine Brotkrume aus einer Zahnlücke, bevor er antwortete.

„Wie gesagt, das kam am Montag rein. Ich habe den Anrufer zunächst unterbrochen und die Leitung für ungebetene Ohren unzugänglich gemacht. Der Anrufer war männlich, circa fünfundzwanzig bis dreißig Jahre alt und wahrscheinlich deutscher Abstammung. Hautfarbe, geschätzt nach dem Klangbild seiner Stimme, vermutlich weiß. Sein Stimmvolumen deutet auf ein sehr großen Körper hin. Und ich meine damit nicht fett. Wortkarg, deshalb tippe ich auf einen Einzelgänger. Keine militärische Ausbildung. Kein Angestellter. Das ist erst einmal alles, was ich mir zusammenreimen konnte. Die Nachricht war eher kurz und prägnant. Du möchtest dich umgehend mit ihm um alter Zeiten Willen in Verbindung setzen. Hat eine Handynummer hinterlassen, die zu einem Wegwerfgerät gehört. Ein Fabrikat, das man einmal benutzt und dann im Meer versenkt. Hab's ebenfalls gecheckt. Das hat der Junge wenigstens richtig gemacht."

Beast schmierte seine trockene Kehle mit einem weiteren Schluck des vorzüglichen Bieres.

Mac hatte ihm nachdenklich und konzentriert zugehört. Etwas kam ihr an dieser Beschreibung bekannt vor, doch sie kam noch nicht darauf, was es war.

„Hat er wenigstens eine vage Beschreibung des Jobs hinterlassen?"

Sie war nun ebenfalls dabei, eine Scheibe Brot zu bestreichen und blickte den Mann an, dem sie als einzigen Menschen auf dieser Welt voll vertraute. Der genervte Beast zuckte die Schultern, doch gab er seiner Chefin weitere Auskunft.

„Viel konnte ich ihm nicht entlocken. Er sprach von einem Waffendealer und Afrika. Aber ich bitte dich. Afrika ist voll von Waffenschiebern. Und er sprach von Familie und Italien.Ehrlich gesagt, kam mir das etwas wirr vor und ich habe nicht richtig zugehört. Aber mir macht immer noch Sorge, das er deine Privatnummer hatte."

Mac hatte ihre Brotscheibe schon vertilgt. Sie verfügte ebenfalls über einen gesunden Appetit.

„Hat er wenigstens einen Namen hinterlassen?"

„Ja, hat er. Aber der Junge spinnt, das sage ich dir." Beast machte den Kellner auf sich aufmerksam und bestellte ein weiteres Bier. Mac wurde zunehmend ungeduldiger.

„Jetzt spuck es schon aus, Mann. Das kann doch nicht so schwer sein." Sie war drauf und dran, den grobknochigen Mann am Kragen zu packen und zu schütteln.

„Jetzt hab dich doch nicht so. Der Anrufer sagte, richte ihr aus, Legolas braucht deine Hilfe. Nichts weiter."

Wäre ein Blitzschlag durch das Dach geschossen, hätte die Wirkung nicht größer sein können. Die Wirkung, die der Name auf Mac hatte, entging dem aufmerksamen Mann ihr gegenüber nicht. Mochte er auch ein wenig sonderbar erscheinen, so nahm Beast dennoch stets alle Details in seiner Umgebung in sich auf.

„Was ist los mit dem Mann, Mac," fragte er, „ich habe dich noch selten so aufgebracht erlebt?"

„Legolas ist ein alter, ein sehr alter Freund. Ich schulde ihm noch etwas." Mac nahm nachdenklich einen Schluck Wein, bevor sie den Faden wieder aufnahm.

„Ohne ihn wäre ich weder die Frau, die ich heute bin, noch wäre ich überhaupt am Leben. Er hat mir das Leben gerettet, weißt du? Hat er dir gesagt, wann ich ihn erreichen kann?"

Beast kratzte sich verlegen am Ohr. „Ich hatte nicht gedacht, dass dir das so wichtig sein könnte, sorry. Er sagte, du kannst ihn zu jeder Zeit unter der Handynummer erreichen. Er sagte, er wird auf diesem Gerät nur ein einziges Gespräch führen.

Du sollst ihn nur dann anrufen, wenn du die Zeit hast, einen Job anzunehmen und nur dann. Das hat er nachdrücklich betont."

Beast schwieg, da ein Kellner die Vorspeisen servierte. Die Galicische Krake in frischem Olivenöl mit Knoblauch ließ Beast das Wasser im Mund zusammenlaufen und er stopfte sich den Mund voll, kaum das sein Teller den Tisch berührte. Mac hingegen stocherte in ihrem Rindercarpaccio herum, als würde sie in dem wunderbaren Essen nach Würmern suchen. Sie ließ ihre Gabel auf den Teller sinken und kaute stattdessen auf ihrem Daumennagel.

„Jetzt entspann dich doch,"

Beast wischte mit einem Stück Weißbrot seinen Teller sauber.

„Falls du jedoch keinen Hunger hast, dann würde ich gerne aushelfen."

„Schon gut, hast ja recht." Mac griff nach ihrer Gabel und zuckte die Achseln. Eine Stunde mehr oder weniger machte den Gaul nicht fett. Aber im Grunde wusste sie am Ende der Stunde gar nicht, was man ihr serviert hatte. Und dabei hatte sich Pierre mit dem Rindfleischspieß in karamellisiertem Balsamico selbst übertroffen. Seufzend und gesättigt schob Beast seinen Teller zur Seite.

„Erzähl schon. Wer ist dieser Legolas und wieso bis du ihm etwas schuldig?"

Mac nippte an ihrem Kaffee und schaute nachdenklich drein, während ihre Gedanken eine Zeitreise unternahmen.

„Es war eine wilde Zeit damals. Wir waren jung und hatten gerade die letzten Prüfungen zum Abi geschafft. Das Abitur lag hinter uns und ein heißer Sommer vor uns. Wir waren bis zum Rand angefüllt mit Adrenalin und kamen uns unbesiegbar vor. Keiner von uns verschwendete einen Gedanken an die Zukunft. Wir wollten nur eines.

Leben. Leben und nochmals leben.

Wir standen in Flammen und einige von uns sollten sich an

diesem Feuer die Finger verbrennen. Aber das war uns zu diesem Zeitpunkt scheißegal. Nicolas, oder Legolas wie wir ihn nannten, wurde in diesem Sommer zu meinem Lover. Er war ein hübscher Junge. Aber das genaue Gegenteil von mir. Ich war diejenige, die sich mit den anderen Jungs Rennen auf dem Motorrad lieferte. Nic war eher der ruhige Typ und ich bin mir ziemlich sicher, dass er einige Male nahe daran war, den Verstand zu verlieren, wenn ich meine unkontrollierbaren Auftritte hatte. Es machte mir Spaß, ihn zu reizen, aber auf der anderen Seite brauchte ich seine Ruhe und Gelassenheit, wenn das Feuer zu nahe daran war, mich zu verzehren. Nic war mein ruhender Pol und mein Schutzengel. Du musst wissen, es gab nichts, was der Junge nicht reparieren konnte. Und er war stark."

Macs Augen schienen versonnen in die Vergangenheit zu blicken und ein träumerischer Ausdruck machte sich auf ihrem Gesicht breit.

„Er war riesig. An die zwei Meter. Mit Schultern so breit, dass ich ihn am See als Schattenspender benutzen konnte, wenn die Sonne zu heiß brannte. Ich habe mehr als einmal gesehen, wie er einen Motorblock mit bloßen Händen hochgewuchtet hat. Seine langen, dunkelblonden Haare waren immer zu einem Pferdeschwanz zusammengefasst. Er hatte sich einen dünnen, blonden Bart stehen lassen, so weich, wie Engelshaar. Ich habe ihn sehr geliebt. Aber so mächtig sein Körper auch war. Nic war der sanfteste Mann, den ich jemals kennengelernt habe. So einen wie ihn kann es nur ein einziges Mal geben."

Beast hatte Mac noch niemals so etwas über einen Mann reden hören.

„Warum hat es nicht funktioniert?" Er trank einen Schluck Kaffee.

„Ich hab's vermasselt. Er hatte so ein weiches, gutes Herz. Nic hätte alles für mich getan. Und mich ritt der Teufel in jenen Tagen. Es machte mir Spaß, mit ihm zu spielen. Ihn leiden zu lassen und meine Macht über ihn auszukosten. Das kitzelte mich. Und da waren immer andere Kerle, die um mich herumschwirrten, wie Motten um das Licht. Ich brauchte nur den kleinen Finger auszustrecken, wenn ich wollte. Ach, wenn ich nur daran denke, könnte ich noch immer kotzen. Ich war so ein dämliches Arschloch. Na, jedenfalls kam es so, wie es kommen musste. Es war eine verflucht heiße Nacht im Juli. Es lagen nur noch wenige Tage in Freiheit vor uns, bevor wir alle zu unseren jeweiligen Jobs oder zum Studium einrücken sollten. Die ganze Bande hatte schon den gesamten Nachmittag am Baggersee gefeiert und wir waren besoffen.

Vom Bier und auch von dem ganzen Herumgeknutsche. Die Jungs hatten für den Abend ein Rennen organisiert und ich war mittendrin. Nic war stinksauer auf mich, aber das stachelte mich natürlich nur noch mehr an und ich lachte ihn nur aus. Trank weiter mit den anderen und war mächtig heiß auf das Rennen. Der Start sollte um acht Uhr stattfinden. Rings um den See gab es eine mehr oder weniger präparierte Sandpiste. Genau das richtige für unsere Geländemaschinen. Unter normalen Umständen wäre das alles ja auch kein Problem für mich gewesen, aber der Alkohol machte mir mächtig zu schaffen.

Wir starteten in einem dichten Pulk und ich kam ganz gut weg. Ich hatte die Maschine kaum unter Kontrolle, aber drehte kräftig am Gasgriff. Wir schossen los in die erste Kurve und ich kam als dritte reingeschlingert. Hatte den Stiefel am Boden und driftete über die ersten Buckel. Schnappte mir den Zweiten. Lucky. Ein schmächtiges Kerlchen, konnte aber fahren wie der Teufel. Ich ließ ihn meinen Staub schmecken und hing mich hinter die rote Honda, die vor mir lag. Den Kerl darauf kannte ich nicht, hatte ihn noch nie gesehen. Wir schossen die erste Rampe rauf, fünfzehn, zwanzig Meter lang, dann ein Sprung. Meine Maschine kam blöd auf, trudelte etwas, doch ich bekam sie wieder in den Griff. Ich hatte Boden gegen den Arsch vor mir verloren und schaltete runter. Nic hatte meine Maschine frisiert. Ein Rennritzel, ne andere Kette. Keine Ahnung, was er mit dem Motor angestellt hatte, aber das Ding war heiß wie die Hölle. Der Abstand zur Honda schrumpfte, doch die nächste Bodenwelle kam viel zu früh und ich bin total beschissen darüber weggeflogen. Das Vorderrad kam quer zur Fahrbahn auf und das Bike schmiss mich Hals über Kopf über den Rand des Baggersees. Und flog hinter mir her. Als ich auf dem Wasser aufschlug war noch alles gut, doch dann kam meine Maschine angeflogen und das Hinterrad traf mich im Kreuz. Ab dann weiß ich nur noch das, was man mir im nachhinein erzählt hat. Sie haben mir erzählt, dass ich untergegangen bin wie ein Stein.

Flutsch und weg.

Nic kam über den Rand des Bruchs gesegelt wie ein riesiger Vogel und tauchte wenige Sekunden nach mir ins Wasser. Du musst wissen, dieser See war tief. Locker zwanzig, vielleicht fünfundzwanzig Meter. Da unten am Grund ist es dunkel wie in einem Bärenarsch. Das Moped muss wohl auf mir draufgelegen haben, doch Nic mit seinen riesigen Händen hat sie irgendwie zur Seite geschafft. Er hat mich rausgezogen, mehr oder weniger wiederbelebt und ins Krankenhaus geschafft. Der Rest der feigen Arschgeigen hatte sich verpisst und er konnte alleine mit mir fertig werden. Wie auch immer. Er hat mich ins Hospital geschafft, denen eine Lügengeschichte aufgetischt und meine Maschine aus dem Tümpel gefischt. Hat mir das Ding repariert in die Garage geschoben, sich solange bei meinen Eltern erkundigt, wie es mir geht, bis alles so einigermaßen verheilt war und ist auf Nimmerwiedersehen verschwunden. Ich habe nie wieder etwas von ihm gehört. Bis heute."

Mac hob die Hand und signalisierte dem Kellner ihre Bestellung. Der aromatische Rum, den er ihr reichte, rann glühend durch ihre Kehle. Beast räusperte sich. Er hatte das starke Gefühl, dass er Mac jetzt besser alleine lassen sollte. Es war ihm vollkommen klar, dass seine Chefin ein knochenharter Hund war und es war normalerweise nicht ihre Art, sich Gefühlen hinzugeben. Aber sie brauchte das jetzt. Sie brauchte diese kostbaren Augenblicke, in denen sie sich gestatten durfte, ein ganz normaler, durchschnittlicher Mensch zu sein, um geistig gesund zu bleiben. Und auch wenn der Vergleich ein wenig hinkte, Beast stellte sich Mac gerne als so eine Art Hirtenhund vor, ein Wesen, dass treu und zuverlässig seine ihm anvertraute Herde bewacht und deshalb härter, schneller und tödlicher als der Wolf sein musste, der sich anschlich, um ein Schaf aus der Herde zu holen. Und obwohl der Wächter zu äußerster Aggression fähig war, suchte er dennoch am Abend die liebende Hand seines Herrn. Das war das Wesen von Mac.

„Hier." Beast hielt Mac ein Mobiltelefon entgegen. „Ruf ihn an. Jetzt. Ich gehe mich ein wenig mit Pierre unterhalten, vielleicht lässt er ja einen Schnaps springen. Und Mac, lass dir Zeit, ja?"

Mit diesen Worten stand er auf und schlenderte hinüber an die Bar, um Pierre ein wenig Honig ums Maul zu schmieren.

Mac starrte unschlüssig auf das billige kleine Telefon. Sie war sich absolut nicht sicher, ob sie bereit dazu war, in diesem Moment die Nummer zu wählen, die Beast in das Ding einprogrammiert hatte. Sie kaute an einem Fingernagel und holte tief Luft. Dann presste sie entschlossen die Taste der Schnellwahl und hielt ein wenig die Luft an, als der Wählton blechern ertönte. Sie hatte keine Ahnung, was sie sagen sollte, aber sie wußte, wenn sie Nicolas nicht half, würde sie sich das bis ans Ende aller Tage nicht verzeihen können.

„Hallo Mac. Schön das du anrufst." Die dunkle, sanfte Stimme bewirkte, dass sich ihr Magen krampfartig zusammenzog.

„Hey, Großer, wie geht es dir?" Sie versuchte, so entspannt wie möglich zu klingen, doch selbstredend gelang es ihr nicht besonders überzeugend.

„Mmmmh, alles in allem kann ich nicht klagen. Allerdings

habe ich einige turbulente Monate hinter mir. Da war Gutes und weniger Gutes dabei. Ich würde es dir gerne erzählen, falls du dich mit treffen willst. Aber am Telefon möchte ich mich eigentlich gerne kurzfassen."

Die Anspannung in der Stimme ihres ehemaligen Freundes war für Mac offensichtlich.

„Probleme?" Mac hielt sich nicht lange mit Vorreden auf.

Nicolas sah ebenfalls keinen Sinn darin, sich lange zu zieren. Mac kannte ihn in und auswendig, auch wenn sie beide sich nun schon seit Jahren nicht mehr gesehen hatten. Doch Nicolas schien es so, als wenn die Zeit für ihn keine Rolle mehr spielte. Macs warme Stimme hatte ihn um ein ganzes Jahrzehnt zurückversetzt und sein Herz schmerzte immer noch, obgleich er Amy abgöttisch liebte. Irgendwie schizophren, dachte er. Konnte man zwei Frauen gleichzeitig lieben? Er gab sich selbst die Antwort. Ja, man konnte schon, doch etwas Gutes konnte dabei nicht herauskommen.

„Ziemliche. Wir bekommen das alleine nicht in den Griff. Was wir brauchen, ist ein Profi."

Mac kratzte sich am Kinn, während sie Beast dabei beobachtete, wie er sich bei Pierre einschmeichelte. Tatsächlich griff Pierre unter die Theke und zog eine Flasche ohne Etikett hervor. Mac grinste und wandte dann ihre ganze Aufmerksamkeit wieder Nicolas und dem Telefon zu.

„Wer ist wir?" Mac hatte schon immer ein Talent dafür, die Dinge auf den Punkt zu bringen.

„Meine Familie. Trevor und Catherine. Und unsere Lebensgefährten."

Mac zuckte zusammen, doch ihre Stimme schwankte um keine Oktave. „Du bist verheiratet?"

Nicolas kannte sie zu gut, um auf die gleichmütige Stimme hereinzufallen.

„Noch nicht. Aber Amy und ich haben unsere Pläne. So auch Vater und meine Schwester. Aber zuerst muss unser Problem aus der Welt geschafft werden."

„So schlimm ist das also. Habt ihr irgendwelche Gesetze gebrochen? Falls das nämlich so ist, müsstet ihr mir schon einen verdammt guten Grund liefern, euch zu helfen. Ich kann mir in meinem Job keine Händel mit dem Gesetz leisten." Mac lehnte sich zurück und nahm einen Schluck von ihrem Wein. Sie konnte fast spüren, wie Nicolas am anderen Ende der Leitung schluckte. Zögernd kam die Antwort.

„Wenn man es genau nimmt, haben wir einige Gesetze zumindest angekratzt. Aber man hat uns keine Wahl gelassen. Das zumindest musst du mir glauben. Mac, ich bitte dich um alter Zeiten Willen. Ohne dich werden wir vielleicht draufgehen. Ich hätte dich nicht angerufen, wenn mir auch nur die geringste Wahl bliebe. Bitte, hilf uns."

Mac schob ihr Weinglas entschlossen zur Seite. Das gab den Ausschlag. Nicolas würde niemals um Hilfe bitten, wenn er etwas selbst erledigen konnte.

„Gib mir eine Adresse und eine Zeit. Ich werde dort sein. Versprochen. Aber ich will alles hören. Wenn, und ich sage mit Absicht wenn ich den Job annehme, dann brauche ich alle Informationen und zwar rückhaltlos. Hast du das verstanden?"

„Selbstverständlich. Hier sind die Daten, um die du gebeten hast."

Mac machte sich nicht die Mühe, die Informationen zu notieren. Sie vergaß niemals etwas. Ihre geschickten Finger öffneten das Handy und sie entnahm dem billigen Prepaid-Gerät die SIM-Card. Mac schob ihren Stuhl zurück und schlenderte hinüber zu Pierre und Beast. Während sie Pierre lachend ein Glas seines besonderen Hausbrandes abschwatzte, warf sie die SIM-Card auf die glühenden Kohlen des Grillrostes. Das winzige Stück Metall und Plastik löste sich in Nullkommanichts in Rauch auf. Zufrieden stieß sie mit den Männern an. Morgen würde sie ihren Seesack wieder einräumen müssen. Wie wohl die Lebensgefährtin von Nic aussah? Neugierig war Mac schon.

Der schwarze Porsche Turbo bog brummelnd in die schmale Gasse ein, die hinter das kleine, aber feine Hotel führte, in dem Mac eine Suite reserviert hatte. Alleine für diesen Sound war er schon sein Geld wert. Es lag kein Sinn darin, zu knausern, wenn jeder verdammte Tag dein letzter sein konnte. Der Tag war grau und selbst in dem gemäßigten Klima am Gardasee war das Wetter im Februar mies und kalt. Ein feiner Nieselregen fiel und der große See lag vollkommen im Dunst versteckt. Die rasante Fahrt mit dem Porsche, aus Deutschland herunter, hatte ihre Mac's Lebensgeister geweckt. Seltsamerweise freute sie sich darauf, Nicolas endlich wiederzusehen. Auch wenn es nur ein Job war, der sie wieder zusammenbrachte. Schwungvoll wand sie sich aus dem geparkten Porsche und zog ihren alten Seesack vom Beifahrersitz. Sie warf das Gepäckstück über ihre Schulter und schlenderte zum Eingang des Hotels hinüber. Mac blieb unter dem bogenförmig überdachten Eingang stehen und ließ ihren Seesack zu Boden sinken. Einem silbernen Zigarettenetui entnahm sie ein dünnes, schwarzes Zigarillo. Sorgfältig nahm sie ihre Umgebung in Augenschein. Das Hotel stand in einem kleinen Ort, der hoch über dem Lago di Garda lag. Man konnte von ihrem Standplatz aus den gesamten See bis hin zum Horizont überblicken, oder hätte gekonnt, wenn der Dunst sich heben würde. Die einzige Straße, die in das winzige Örtchen hineinführte, wand sich kilometerlang an schroffen Felshängen entlang und empor, teilweise gerade breit genug, dass zwei Fahrzeuge von normaler Breite sich aneinander vorbeizwängen konnten. Gott bewahre, ein Bus beanspruchte die Fahrbahn.

Die Gebäude des Dorfes verteilten sich über den kompletten Berg. Parkplätze waren Mangelware und Mac war froh darüber, dass Beast daran gedacht hatte, einen Standplatz zu mieten. Unter normalen Umständen hätte sie den Ausblick genossen, sobald der Dunst verflogen war, heute jedoch unterzog sie ihre Umgebung nur einer schnellen, sorgfältigen Untersuchung nach ungebetenen Verfolgern. Doch sie war sich vollkommen sicher, dass niemand ihr die steile Straße hinauf gefolgt war. Die junge Frau drückte den halbgerauchten Zigarillo in den feinen, sauberen Sand des Standaschenbechers, der in einer Nische des von Blauregen überwucherten Eingangs stand. Noch waren die scheinbar vertrockneten Streben ohne Blüten oder sogar Blätter, doch im Frühling musste der Anblick des Blütenmeeres wundervoll sein. Mac nahm ihren Seesack auf und trat in die von warmem Licht erfüllte, kleine Eingangshalle. Hinter dem Tresen aus Nussbaumholz erwartete sie eine junge Frau mit ebenso warmem Lächeln. Mac erwiderte das Lächeln und sprach das Mädchen in fließendem Italienisch an.

„Buon giorno, Signorina Barletti."

Ein rascher Blick auf das dezente Namensschild hatte ihr den Namen verraten.

„Ich habe hier eine Suite reserviert auf den Namen McAlistair."

Die Empfangsdame erwiderte den Gruß, sichtlich erfreut, das Mac sich die kleine Mühe gemacht hatte, sie mit ihrem Namen anzusprechen. Ihre geschickten Finger sausten über die Tasten des PCs und fanden die Reservierung, die Beast am Tag zuvor geschaltet hatte. Nachdem Mac die üblichen Formalitäten hinter sich gebracht hatte, nahm sie die Keycard zu ihrer Suite in Empfang.

„Benötigen Sie Hilfe mit Ihrem Gepäck?" Die zuvorkommende junge Dame am Empfang strahlte Mac an.

„Nicht nötig", sagte Mac über ihre Schulter hinweg, „mehr als das hier habe ich nicht dabei." Sie betrat den winzigen Fahrstuhl, der gerade genug Platz für vielleicht vier Personen bot und fuhr hinauf in den fünften Stock, wo sie ihre Suite betrat, die beinahe die ganze Etage in Anspruch nahm. Mac zog die Vorhänge beiseite, die das große Panoramafenster halb verhüllt hatten und genoss den wunderbaren Blick über den

See, bevor sie ein kleines, einfaches Handy aus der Tasche ihrer schwarzen Jeans zog. Sie tippte eine Nummer ein und wartete auf das Freizeichen. Bevor der Klingelton dreimal ertönen konnte, nahm ihr Gesprächspartner das Gespräch schon entgegen.

„Ich bin angekommen. Möchtest du mich hier im Hotel sprechen oder hast du einen besseren Vorschlag?" Mac verschwendete keine Zeit mit höflichen, jedoch unter den gegebenen Umständen unnützen Floskeln.

„Wenn du die Straße weiter bergauf fährst, kommst du an einem Restaurant vorbei, das direkt an der Straße liegt. Du kannst vor dem Restaurant parken. Ich erwarte dich dort in einer viertel Stunde, wenn dir das recht ist." Die dunkle Stimme am anderen Ende verstummte und wartete auf ihre Antwort.

„In einer viertel Stunde. Ich werde da sein." Mac unterbrach die Verbindung und löschte die Gesprächsnotiz aus der Anrufliste. Sie öffnete den Seesack und entnahm ihm ein Wadenholster mit einer kleinen, nichtsdestotrotz gefährlichen, durchschlagskräftigen Pistole. Es machte keinen Sinn, unnötige Risiken einzugehen. Sie legte die Waffe an und zog die gerade geschnittenen Jeans darüber, die das Holster vor neugierigen Blicken verbargen. Ohne die luxuriöse Einrichtung auch nur eines einzigen Blickes zu würdigen, verließ Mac die elegante Behausung und nahm ungesehen die Hintertreppe zum Notausgang. Kurz darauf grummelte ihr Porsche den Berg hinauf.

Nicolas war sehr nervös. Er fragte sich zum wiederholten Male, ob es eine gute Idee gewesen war, seine Freundin aus alten Tagen in die ganze Sache hineinzuziehen. Der Tisch, den er gewählt hatte, stand so, dass er den breiten, gläsernen Eingang ständig im Auge behalten konnte, ohne sich den Hals verrenken zu müssen. Seine starken Arbeiterhände zupften nervös an der Papierserviette. Der Boden zu seinen Füßen war mit Papierschnipseln übersät, doch er bemerkte es nicht. Die nette Bedienung, die seine Kaffeetasse zum dritten Male aufgefüllt hatte, lächelte still in sich hinein. Ein netter Junge ist das, dachte sie, hoffentlich ist sie es wert. In eben diesem Augenblick öffnete sich die Tür und Mac betrat den Raum. Es schien Nicolas so, als wäre der große Gastraum in einem Schrumpfungsprozess begriffen. Doch dann wurde ihm klar, dass die Präsenz dieser starken Frau, die ihn betreten hatte, diese Wirkung erzielte. Es war nachgerade so, als hätte eine jagende Löwin den Raum betreten. Jede Faser ihrer Persönlichkeit schien selbst die entferntesten Ecken nach Gefahr abzusuchen. Die braungebrannte Haut über ihren Kiefern war straff gespannt und das grüngraue Feuer ihrer scharfen Augen versengte jeden, der in ihren abschätzenden Blick geriet. Die exakt bemessenen Bewegungen, mit denen sich die kaum mehr als mittelgroße Frau bewegte, verrieten ein Selbstbewusstsein und eine Sicherheit, die den Kämpfer von einem Normalsterblichen unterschied. Erst als sie den gesamten Raum geprüft hatte, wandte sie sich gelassen dem großen Mann zu, der seine Augen nicht von ihr lassen konnte. Mac lächelte. Und dieses Lächeln war möglicherweise das erste echte Lächeln, das seit vielen Jahren ihre Lippen verzog. Er hatte sich kaum verändert. Jedoch war er gereift und man sah ihm an, dass er nicht mehr nur der nette Junge war, der jedem aus der Klemme half. Seine Augen waren scharf geworden und dünne Falten zerfurchten seine Stirn, die damals noch nicht dort gewesen waren. Ihre Blicke trafen sich und Nicolas erhob sich von seinem Platz, um die Frau in seine muskulösen Arme zu schließen. Sie standen einige Minuten regungslos, gefangen in dieser Umarmung, ein jeder in seine Gedanken vertieft, oder auch in überhaupt keine. Wer konnte das schon so genau sagen, in diesem einen Augenblick höchster Intimität, der niemanden außerhalb einschloss. Ein leises DANKE schwebte an Nicolas Ohr und der Druck seiner Arme verstärkte sich. Erst das dezente Räuspern der lächelnden, jungen Frau, die nach den Wünschen von Mac fragte, durchbrach den Zauberbann dieses magischen Momentes. Mac lachte, dass ihre schneeweißen Zähne blitzten und bat um die Speisekarte, denn sie hatte nach vielen Stunden Autofahrt einen mehr als stattlichen Hunger entwickelt. Sie und Nic nahmen Platz und die Anspannung fiel von dem großen Mann ab. Nicolas glaubte zu erkennen, dass Anspannung für die Frau auf der anderen Seite des Tisches nur ein Begriff aus dem Duden war. Jedenfalls streckte Mac nun so entspannt ihre schlanken, starken Beine unter den Tisch, als hätten beide eben einen Tag in irgendeinem Büro hinter sich gebracht. Mac hob abwehrend ihre Hände, als sie den fragenden Blick von Nicolas sah.

„Tu mir bitte einen Gefallen. Frag mich nicht nach meinem Lebenslauf. Denn nichts davon werde ich dir erzählen. Kannst du das über dich bringen?"

Nic verzog schmerzlich das Gesicht. Sie hatte sich auch in dieser Beziehung nicht verändert. Er hätte es wissen sollen. Aber bei näherer Betrachtung konnte er auch kaum etwas anderes erwarten. Sonst hätte er sie nicht um Hilfe gebeten.

„Ich denke schon. Aber sag mir doch, wie es dir geht. Ich meine, du schaust blendend aus und dein Auto dort draußen lässt vermuten, dass du dir eine Pizza zum Mittagessen leisten kannst. Aber dennoch. Wie geht es dir?"

Mac verzog ein wenig gequält das Gesicht.

„Eine schwierige Frage. Aber ich will sie dir so gut es geht beantworten. Finanziell geht es mir blendend. Ich führe eine kleine, aber durchaus erfolgreiche Firma. Über unser genaues Aufgabengebiet möchte ich mich nicht auslassen aber ich argwöhne mal, das du zumindest in groben Zügen ahnst, womit ich so meine Tage verbringe, sonst hättest du keinen Kontakt mit mir aufgenommen. Im Augenblick befinde ich mich, umschreiben wir es einmal, im Urlaub. Bis dein kleines Problem aus der Welt geschafft ist, stehe ich dir zur Verfügung. Das bin ich dir und mir schuldig."

„Du willst damit andeuten, das du mir helfen willst?"

„Sagen wir es einmal mit folgenden Worten. Solltest du mich während dieses Mittagessens davon überzeugen können, bin ich dabei.

Da ich dich kenne, glaube ich dir schon einmal unbesehen, dass du unschuldig in deine Misere hineingeraten bist. Aber jetzt befriedige doch mal meine Neugier und verrate mir, was ich für dich tun kann."

Mac dankte der Kellnerin mit einem kurzen Nicken, bevor sie ihre Aufmerksamkeit wieder ihrem Tischpartner zu wandte. Nicolas wartete einige Sekunden, bis die junge Frau mit schwingenden Hüften auf dem Weg zur Küche war und somit aus dem Hörbereich ihres Gespräches verschwand.

„Sagt dir der Name Warlord irgend etwas?"

Mac zog scharf die Luft durch ihre Nase ein und veränderte ihre Sitzposition. Sie pflanzte ihre Ellbogen auf die Tischplatte und sah Nicolas durchdringend an.

„Wie um Gottes Willen bist du an den geraten? Das, mein Lieber, ist ein ganz, ganz dicker, fetter Brocken. Und ich brauche kaum zu raten, wer da wen an der Angel hat. Alles was mich jetzt in diesem Augenblick interessiert, ist, wie bist du an diesen Mann geraten?"

Nicolas sah die Nervosität in Macs Augen und ihm wurde zunehmend unbehaglicher zumute.

„Trevors, also, Dads neue Lebensgefährtin, sie ist seine Schwester."

„Heiliges Kanonenrohr. Wie ist Trevor denn an die Frau geraten? Mein Gott, ich fasse es nicht!" Mac trank einen Schluck Kaffee, um das trockene Gefühl loszuwerden, dass sich in ihrer Mundhöhle sammelte.

„Um dir die ganze Geschichte zu erzählen, müsste ich jetzt zu weit ausholen. Gerne setzen wir dich gemeinsam ins Bild, aber zuvor müssen wir wissen, ob du bereit bist, uns zu helfen. Denn alle weiteren Informationen ziehen dich bis zum Hals in den Schlamassel hinein."

Nicolas hielt das Ganze plötzlich nicht mehr für eine so besonders gute Idee.

Mac spürte die Veränderung und legte ihre Hand über die seine.

„Mein Lieber. In dem Augenblick, in dem ich mich entschieden habe, hierher zu kommen, in genau diesem Augenblick habe ich bis zur Oberlippe in der Sache gesteckt. Also los, raus damit. Damit wir hier mal weiterkommen."

Nicolas zuckte resignierend mit den Schultern. Letzten Endes blieb ihm keine allzu große Wahl. Er wartete erneut ab, bis die Kellnerin ihre Bestellung vor ihnen abgestellt hatte und nahm sein Besteck zur Hand, obgleich sich sein Appetit in Grenzen hielt.

„Sagt dir Element 018625 irgend etwas?"

Mac steckte sich den Bissen, den sie auf der Gabel hatte, zögernd in den Mund und kaute darauf herum, als wären es Hufnägel, die sie hinunterschlucken sollte.

„Sagen wir mal so," begann sie den Satz, nachdem sie nachdenklich den Kopf gesenkt hatte, um ein weiteres Stück der wirklich vorzüglichen Pizza zu zerteilen, "ich bin in den letzten zehn Jahren seit wir uns getrennt haben, um es mal so zu formulieren, etwas herumgekommen. Man munkelte in den Gegenden in denen ich mich aufhielt, über das eine oder andere. Womöglich kam dabei auch schon einmal die Rede auf dieses Element. Was ist damit?"

Nicolas bemerkte durchaus, das Mac geschickt versuchte, einer klaren Antwort aus dem Wege zu gehen. Augenblicklich wurde ihm klar, dass diese geheimnisvolle Frau an seinem Tisch über vieles mehr Bescheid wusste, als sie zugeben wollte. Und er war sich einigermaßen sicher, dass sie Erkundigungen über die O'Mara Familie eingezogen hatte, bevor sie sich auf den Weg nach Italien gemacht hatte. Einer ihrer größten Vorzüge war schon von jeher ihre überragende Intelligenz gewesen. Wenn es ihr beliebte, konnte sie durchaus das schwache, dumme Weibchen spielen, doch Mac zu unterschätzen war ein schwerer Fehler. Er entschloss sich dazu, sein Visier zu heben und mit offenen Karten zu spielen. So kamen sie nicht weiter. Er stopfte sich das letzte Stück Pizza in den Mund und schob den Teller zur Seite.

„Crystal, das ist der Name von Trevors Lebensgefährtin, ist im Besitz des einzigen, zur Zeit existierenden Stückes dieses neuen, künstlichen Elementes. Ihr Bruder will es wieder in seinen Besitz bringen, nachdem sie bereits die Daten der Wissenschaftler vernichtet hat, die es geschafft haben, das Element zu produzieren. Die Wissenschaftler selbst sind vom Erdboden verschwunden. Wir haben zwei seiner Killer töten müssen, um zu überleben, was uns wirklich nur um Haaresbreite gelungen ist. Und wir glauben nicht daran, dass das sein einziger und letzter Versuch bleiben wird." Nic verstummte und trank einen Schluck von seinem Bier, das bereits begann, schal zu schmecken. Angewidert schob er das Glas beiseite und signalisierte der Kellnerin, ihm ein frisches Glas zu bringen. Mac blies ihre Wangen auf und ließ die Luft langsam entweichen, um ein wenig Zeit zu gewinnen.

„Das, was euch vorschwebt, ist ein Selbstmordkommando. Das ist dir doch wohl klar. Wenn du der Meinung bist, dass du diesen kleinen Krieg gewinnen kannst, muss ich dich enttäuschen. Das übersteigt alles, was du dir vorstellen kannst."

Dieser klare Satz kam für Nicolas unerwartet und schockierte ihn nicht wenig.

„Soll das heißen, du wirst uns nicht helfen?"

Mac schüttelte den verneinend den Kopf.

„Nein, das soll heißen, dass wir wahrscheinlich alle bei dem Versuch, diese Nuss zu knacken, draufgehen werden. Aber schließlich hast du mir bereits zehn Jahre mehr Lebenszeit verschafft, als ich ohne dich gehabt hätte. Also, trink dein Bier aus, bezahl meine Pizza und schwing deinen hübschen Arsch in meinen Porsche, bevor ich mir die Geschichte doch noch anders überlege. Wir fahren mal rüber zu deiner Familie und ich schaue mir euren Haufen von Losern mal aus der Nähe an."

Nic legte ein paar Scheine, inklusive eines mehr als großzügigen Trinkgeldes, auf den Tisch und sie verließen das Restaurant, ohne auf die Rechnung zu warten. Die junge Kellnerin verzieh es ihnen. Das Warten des Mannes hatte sich gelohnt. Wenn sie selbst doch nur ein wenig wie diese Frau sein könnte.

Der Porsche röhrte verstörend rasch um die Kurven und Nicolas schloss die Augen, bevor sein Mittagessen sich zurückmelden konnte. Mac drosch den schwarzen Teufel wie einen Rennwagen die schmale Straße hinunter, ungeachtet der Tatsache, dass hinter der winzigen Leitplanke der Abgrund grob geschätzte zweihundert Meter steil nach unten abfiel. Diese Frau hatte sich um keinen Deut verändert. Bis auf die Tatsache, dass sie ihr Motorrad gegen dieses zweihunderttausend Euro Geschoß getauscht hatte.

Gott hatte jedoch ein Einsehen und sie schafften es in einem Stück hinunter bis zum Fuß des Berges. Mac lenkte den Sportwagen geschickt nach links auf die Straße, die sich am Gardasee in Richtung Riva entlang zog und ignorierte geflissentlich die grellen Hupkonzerte des Gegenverkehrs. Gemächlich rollte der Porsche dahin, durchquerte die kleine Stadt Limone und schon bald befanden sie sich auf dem Weg hinauf in das Ledrotal. Nicolas musste Mac keine Adresse mitteilen. Auf ihrem Navigationsmonitor erschienen die Zieldaten, die sich exakt mit seiner Heimatadresse deckten.

CHAPTER ZWEI
Chapter 2

"Hast du in dir die Geduld, zu warten, dass dein Geist zur Ruhe kommt und sich klärt wie Wasser, über das eine Ente geschwommen ist? Kannst du ruhig bleiben, ohne dich zu bewegen und abwarten, bis die richtige Lösung von alleine auftaucht?"

(Asiatische Weisheit)

Falls es wahr ist, was man so sagt, nämlich das Gott auf Seiten der Gerechten ist, dann hoffe ich doch sehr, dass er sich dieses eine Mal mächtig ins Zeug legt, dachte Trevor.

Seit sein Sohn aufgebrochen war, um sich mit Mac zu treffen, irrte er unruhig wie ein Tiger im Käfig umher. Ihrer aller Leben mochte von der Entscheidung einer Frau abhängen, die Trevor nur als ziemlich wildes Mädchen in Erinnerung hatte. Er hatte nicht die geringste Ahnung, womit sie in den letzten zehn Jahren seit er sie zum letzten Male gesehen hatte, ihren Lebensunterhalt verdient hatte, doch Nicolas setzte offensichtlich jeden Cent, den er besaß, auf die Frau. Trevor schwang vehement die mächtige Axt und ließ sie mit aller Kraft auf das riesige Holzscheit herabsausen, das er im Begriff war, zu spalten. Der Hof war bereits übersät mit Brennholz. Wenn seine Unruhe auch zu sonst nichts von Nutzen sein mochte, so verschaffte sie ihnen zumindest einen warmen Fleck im kommenden Winter. Crystal beobachtete kopfschüttelnd aus dem Küchenfenster, wie sich Trevor in eine regelrechte Raserei hineinarbeitete und sie beschloss, seinem unsinnigen Treiben ein Ende zu setzen.

Sie füllte Trevors Lieblingstasse mit heißem, starken Kaffee, so wie er ihn liebte und trat hinaus in das trübe Licht des nebligen Nachmittags. Crystal legte beschwichtigend eine Hand auf die Schulter ihres Mannes, bevor er abermals die schwere Axt schwingen konnte. Widerstrebend sank das klobige Werkzeug zu Boden. Dankbar nahm er jedoch die dampfende Tasse entgegen.

„Glaubst du, irgend jemand kann sich mit deinem Bruder messen?"

Trevor wollte diese Frage eigentlich nicht laut aussprechen, doch der Satz rutschte ihm einfach so heraus. Crystal runzelte die Stirn, dachte einen Moment sehr ernsthaft über diese Frage nach, bevor sie antwortete.

„Ich bin mir ziemlich sicher, dass jeder Mensch seine versteckte Achillesferse hat. Aber in Bezug auf meinen Bruder kann ich dir absolut keine Antwort auf deine Frage geben. Ich habe jedenfalls keine verwundbare Stelle bei ihm entdecken können, aber möglicherweise bin ich einfach so etwas wie Familienblind, wenn du verstehst, was ich damit sagen will."

Trevor genoss den heißen Kaffee und schaute dabei nachdenklich hinauf in die wolkenverhüllten Berge.

„Wir werden eine gehörige Portion Phantasie, Mut und Glück benötigen, um unseren Kopf aus der Schlinge zu ziehen. Aber eines kann ich dir schon mal versichern, sogar die paar Monate in selbst auferlegter Gefangenschaft reichen mir allmählich. Es ist mehr als zermürbend, ständig misstrauisch über die Schulter zu blicken. Ich fange schon an, weiße Mäuse zu sehen.

Apropos, wo sind denn die Mädchen abgeblieben?"

Crystal deutete hinüber zum Stall.

„Amy wollte die kleine Stute neu beschlagen. Catherine wird wohl bei ihr sein und ihr zur Hand gehen.

Amy ist so unruhig wie du, aber nur, weil sie mörderisch eifersüchtig ist."

Trevor lachte. „Ich fürchte, ihre Eifersucht wird sich nicht vermindern, wenn sie Mac zu Gesicht bekommt. Die Frau ist schon eine ganz besondere Nummer, verlass dich drauf. Und Gott bewahre mich vor einem Zickenkrieg."

Er trat näher an die Scheune heran, die nun ebenso als Behausung für Amys Tiere, wie auch als Schmiede diente.

Das helle Klingen eines Schmiedehammers, der auf rotglühendes Eisen trifft, ertönte aus dem weit geöffneten Tor. Der aromatische Duft der glühenden Holzkohle erfüllte ebenso die Luft, wie auch das rhythmische Zischen des Blasebalgs, den Catherine für ihre Freundin bediente.

„Möchte mal wissen, was an der Frau so besonderes ist?"

Amy drosch wütend auf das Eisen ein, sodass das glühende Metall Funken sprühte. Catherine betrachtete sorgenvoll den Rohling, den ihre Freundin so vehement bearbeitete.

„Wem soll das Ding denn noch passen, Amy? Schau doch nur, wie zerdeppert das ist. Du hast das Eisen total zuschanden gehämmert."

Amy betrachtete nur halb konzentriert ihr obskures Machwerk und schleuderte das Eisen wütend in den Eimer mit kaltem Wasser.

„Ich glaube, Catherine, du machst besser für mich weiter. Ich habe viel zu viel Wut im Bauch."

Mit diesen Worten streifte sie sich die schwere Lederschürze über den Kopf und reichte sie an Catherine weiter. Catherine zog sich die Schürze über und wählte einen Rohling, den sie mit der Schmiedezange in der Glut platzierte. Sie zog ein paar Mal an dem Blasebalg, bis die Holzkohle weißglühend auflöderte. Mit einigen geschickten Hammerschlägen formte sie das Eisen grob zurecht, nachdem es sich zu ihrer Zufriedenheit erhitzt hatte. Sie trat hinter die Stute, hob ihren Huf an und presste das rotglühende Eisen auf das sauber ausgeschnittene Horn.

Sie nahm die Zange zurück und betrachtete genauestens den Abdruck, den das Eisen hinterlassen hatte, bevor sie es abermals in die Glut schob. Konzentriert bearbeitete sie ihr Werkstück und nahm erneut einen Abdruck. Zufrieden brummend, warf sie das Eisen zum Abkühlen in das Wasser und griff zu Hammer und Nägeln. Mit geschickten Bewegungen nagelte sie das Eisen auf den Huf auf, entfernte die scharfen Spitzen der Hufnägel mit einer Zange und schlug die Nägel um. Sodann führte Catherine die Stute in ihre Box und strich dem misstrauischen Jack in der Box nebenan über die vorwitzige Nase, die er ihr nach Brot oder einem Apfel bettelnd entgegenstreckte.

„Keine Angst, mein Alter. Du bist heute nicht an der Reihe und ich habe auch keine Naschereien für dich. Also entspann dich."

Als könnte das alte Pferd jedes Wort verstehen, senkte es brummend den Kopf und nahm stattdessen zufrieden ein Maul voll des aromatisch duftenden Heues.

„Ich bin ja so was von gespannt, wie diese McAlistair aussieht. Und wenn sie meinem Nic zu nahe kommt, ich schwöre.....!"

Unheilsschwanger ließ Amy den Satz unvollendet in der Luft verweilen.

„Habe ich da meinen Namen gehört? Was würdest du denn tun, wenn ich Nic zu nahe komme?"

„Na, ich würde dir....."

Verdutzt stoppte Amy mitten im Satz und fuhr ebenso verblüfft herum, wie Trevor, Crystal und Catherine. Nicolas lehnte grinsend am Eingangstor und fragte sich nachgerade, wie sich Amy aus dieser Grube heraus schaufeln wollte, in die sie sich so leichtfertig gestürzt hatte. Unentschlossen kaute Amy auf ihrer Unterlippe herum, während sie die Frau, die ihr selbstsicher gegenüber stand, einer eingehenden Musterung unterzog. Eine leichte Brise wehte das mahagonifarbene, schulterlange Haar um ein braungebranntes Gesicht. Die Abendsonne, die hinter ihr durch das Scheunentor fiel, zauberte goldene Reflexe in die dichte, rötlich schimmernde Mähne, während sich volle Lippen über schneeweiße Zähne zu einem breiten Lächeln zurückzogen. Die breiten Schultern zeugten von Kraft. Die ganze Haltung der stolzen Frau drückte Selbstsicherheit und unbeugsamen Willen aus. Amy wusste in diesem Augenblick, dass sie in der Klemme steckte, doch Mac brach die Unsicherheit der jungen Frau und nahm sie einfach in die Arme.

„Ich muss schon sagen, Nicolas, du hast einen ganz wunderbaren Geschmack. Sie ist ja noch bezaubernder, als du sie mir beschrieben hast. Und so energisch obendrein."

Amy konnte nicht anders, als die Umarmung der freundlich grinsenden Frau zu erwidern. Mit einem gestammelten "Herzlich willkommen" trat sie einen Schritt zurück.

Die Erleichterung, die Trevor verspürte, lag beinahe greifbar in der Luft. Das hatte Mac ganz wunderbar hinbekommen. Sie hatte Amy eine Brücke gebaut, über die sie ganz bequem gehen konnte, ohne an Selbstachtung zu verlieren. Mac begrüßte den Rest der Familie ebenso herzlich, bevor sie sich an Crystal wandte.

„Hallo Reiley. Du bist also die kleine Schwester von Angus Conan Reiley, dem Mächtigen, aus dem Clan der McDonalds. Na, sieh mal einer an."

Verblüfft zog Crystal die Augenbrauen zusammen und kramte tief in ihrer Erinnerung. Nichts. Sie hatte diese Frau noch niemals zuvor gesehen. Sie war sich todsicher.

„Sollte ich dich kennen?"

Misstrauisch trat die ehemalige Polizistin näher an Mac heran, verweigerte jedoch die dargebotene Hand. Mac tat diese unhöfliche Geste mit einem Achselzucken ab, wohl wissend, dass die Kämpferin ihr gegenüber sich soeben in Schlagdistanz begeben hatte. Dann lachte sie unbefangen auf, um der Situation die Schärfe zu nehmen.

„Nein. Aber ich kenne Angus, deinen Bruder. Aber können wir das irgendwo im Sitzen bereden? Ich bin seit Tagen kaum zur Ruhe gekommen und ehrlich gesagt, spüre ich allmählich alle meine Knochen. Also, bitte, könnten wir?"

Mac deutete hinüber zum Haus und ließ die anderen

einfach stehen. Mit langen Schritten trabte sie hinüber zur Veranda. Trevor wollte sie zurückrufen, denn Anouk lag dort oben, wachsam wie eh und je. Doch im letzten Augenblick entschied er sich dagegen.

Wollen mal sehen, dachte er, wie Mac mit dem alten Mädchen zu Rande kommt.

Er hatte diesen Gedanken noch nicht zu Ende gebracht, da erhob sich lautlos ein grauer Schatten im Zwielicht der untergehenden Sonne. Ein leises, warnendes Knurren ertönte und Mac verlangsamte unmerklich ihre Schritte. Sie schätzte die Hündin ab und hob dann gebieterisch eine Hand.

„Schusch, ruhig, mi gradhaich a thu. All meine Liebe für dich. Komm her und überzeuge dich selbst."

Mac streckte die Hand aus und Anouk stakste auf steifen Beinen und mit zurückgezogenen Leftzen heran. Jederzeit bereit, sich auf die fremde Frau zu stürzen. Die schlechten Erfahrungen der letzten Monate hatten den grauen Wolfshund noch vorsichtiger werden lassen, als es ohnehin schon ihre Natur war. Ihre unterschiedlich gefärbten Augen schätzen die Frau ab, doch wichtiger noch war der Geruch. Mit schräg gelegtem Kopf nahm die Hündin Witterung an der dargebotenen Hand auf. Endlich legten sich ihre gesträubten Nackenhaare und sie schob sich Zentimeter für Zentimeter näher an Mac heran, bevor ihre Nase die dargebotene Hand berührte. Mac ließ die Prüfung seelenruhig über sich ergehen und wartete die Entscheidung der Hündin ab. Das Grollen in der Kehle des Tieres erstarb und Mac streichelte sachte über den edlen Kopf des treuen Tieres, dessen Scheitel von einer schneeweißen, schnurgeraden Narbe durchzogen wurde. Sie ging hinunter auf die Knie und bot dem Tier ihre Kehle dar, bevor sie das dichte Nackenfell mit beiden Händen zerzauste. Glücklich winselnd sank Anouk zu Boden. Mac streichelte den ungeschützten Bauch des Tieres.

„Ciamar a tha thu."

Macs Lippen umspielte ein glückliches Lächeln, während

ihr Daumen über die frische Narbe auf dem Kopf der Hündin streichelte. Dann wechselte sie hinüber, von ihrer gälischen Muttersprache in die deutsche Sprache.

"Wie geht es dir, mein Mädchen?"

Sie liebte Tiere über alles. Das war schon immer so gewesen. Mac stand auf und trat durch die einzige offen stehende Tür in eine weiträumige Küche, der man ansehen konnte, dass hier gerne, oft und mit Freude gearbeitet wurde. Die Küche weitete sich zu einem angrenzenden Esszimmer aus, das von einem mächtigen Eichentisch beherrscht wurde. Anouk wich nicht mehr von ihrer Seite und Mac zog einfach einen der schlichten Eichenstühle zu sich heran und machte es sich bequem.

„Was ist? Gibt es hier etwas gegen den Durst oder wollt ihr nur da herum stehen und Maulaffen feil halten?"

„Ich mache das schon," Nicolas deutete zum Tisch, „setzt euch hin und unterhaltet euch in der Zwischenzeit."

Während er in der Küche ein Tablett mit verschiedenen Getränken belud, setzte im Esszimmer Babel ein. Stimmengewirr und Lachen in diversen Sprachen wurde laut, was jedoch niemanden daran hinderte, einander zu verstehen. Nicolas setzte das Tablett ab und ein jeder griff nach dem Getränk seiner Wahl.

„Also, woher kennst du Angus?"

Crystals Geduld war spürbar am Ende angekommen, auch wenn ein freundliches Lächeln um ihre Lippen spielte. Mac setzte ihr Glas ab und wählte ihre Worte sorgsam und mit Bedacht.

Mac nahm einen tiefen Schluck, bevor sie auf die scharfe Frage antwortete.

„Dazu muss ich euch eine Geschichte erzählen, die ein wenig länger dauern wird. Also fasst euch in Geduld. Es liegt ungefähr sechs Jahre zurück, dass ich ihm über den Weg gelaufen bin. Ich war damals Offizier in einer Sondereinheit.

Es gibt überall auf der Welt Brennpunkte und Krisen. Die großen Regierungen hatten oder haben, um genau zu sein, so etwas wie eine gemeinsame Eingreiftruppe gebildet, die multinational agiert.

Der Hintergrund dieser Massnahme war einfach der, dass niemand ein einsames Spiel spielen konnte, wenn alle mit am gleichen Pokertisch und in einem Boot saßen. G7 hin oder her.

Soweit so gut. Die Öffentlichkeit wusste nichts davon und das wird wohl auch so bleiben. Wir waren einfach die Schattenkrieger.

Bezahlt aus Quellen, die man nicht zurückverfolgen konnte.

Jedenfalls hatte ich mich nach meiner Offiziersausbildung freiwillig gemeldet, nachdem ein Freund mir einen dezenten Hinweis darauf hatte zukommen lassen. Und tatsächlich schaffte ich auch die Aufnahmetests, obgleich es mich fast alles gekostet hatte, was ich zu geben im Stande war. Es war schwer genug, dass könnt ihr mir glauben, aber sie brauchten dringend Frauen in ihren Linien, weil die dorthin gelangen konnten, wo die harten Jungs einfach nicht hinkamen. Unser oberster Grundsatz war stets, im Zweifelsfall erst zu schießen und dann Fragen zu stellen.

Am Anfang hatten wir wirklich nur ausgewählte Jobs. Ein Despot hier, ein Terrorist da, manchmal ein durchgeknallter General in irgendeinem beschissenen Zwergenstaat, von dem keine Sau je etwas gehört hatte, oder ein Drogenbaron, der sich zu weit über den Tisch gelehnt hatte und von der Bildfläche verschwinden musste.

Doch dann wurden wir immer öfter zu allen möglichen und unmöglichen Einsätzen geschickt, bis hin zu Straßenbandenkriegen in Mexico. Stellt euch das mal vor.

Die wahrscheinlich am besten ausgebildete Truppe der Welt rannte hinter erbärmlichen Straßenkötern her. Irgendwann begann das Ganze dann aus dem Ruder zu laufen. Die Jungs meiner Einheit verloren das Augenmaß und in manchen Nächten starben bis zu zwanzig, dreißig Menschen, weil sie sich nicht mehr im Griff hatten und sich in einen Tötungsrausch hineinmanövriert hatten. Ganz egal ob Zielperson oder Zivilisten, die machten alles nieder was ihnen im Weg stand. Schon allein deshalb, weil unsere eigenen Verluste immer mehr stiegen. Kaum einer von uns kam ohne Verletzungen aus den Einsätzen zurück."

Mac trank gelassen einen Schluck, bevor sie den Faden wieder aufnahm.

„Es geschah bei einem meiner letzten Einsätze, dass ich auf Angus traf. Damals nannte er sich noch Conan McLeod.

Woher er gekommen war, wusste niemand so ganz genau. Er tauchte quasi aus dem Nichts auf. Manche vermuteten seinen Ursprung in der IRA, andere wiederum bei der CIA, doch höchstwahrscheinlich stammte er aus der damaligen South African National Defence Force Intelligence Division. Ich habe seine Spur jedenfalls bis dorthin zurückverfolgt. So richtig schlau bin ich jedoch aus dem Bastard nie geworden.

Ich hatte die Aufgabe, zusammen mit meinem Partner seinen Aufenthaltsort ausfindig zu machen. Seine diversen Waffengeschäfte waren einigen enorm wichtigen Herren und Damen ein Dorn im Auge. Nicht wegen der Geschäfte an sich, das interessierte die einen Dreck, weder damals noch heute. Aber er hatte zu viel Wissen angehäuft und er war nicht käuflich, was ihn für meine Auftraggeber gefährlich und unberechenbar machte.

Es gibt keine einzige Regierung, die keinen Dreck am Stecken hat, das könnt ihr mir unbesehen glauben. Und mindestens ein Dutzend von ihnen hatte Angus auf ihrer Abschussliste. Wie dem auch sei, man wollte ihn aus dem Weg haben und mein Partner hatte seinen Standort lokalisiert. Er residierte irgendwo in KwaZulu-Natal, Südafrika.

Ich kann mich nicht mehr an den Namen des Nestes erinnern. Ihr müsst das entschuldigen. Die Eingeborenennamen dafür sind elende Zungenbrecher, aber es lag im District Amajuba, im Norden des Landes, soviel ist mir

in Erinnerung geblieben.
Wir kamen damals über den Seeweg nach Südafrika herein. Ein Zerstörer der Aussies brachte uns an Land, nachdem sie uns auf hoher See übernommen hatten. Wir landeten unbemerkt in der Nähe von Durban. Unsere Logistiker hatten saubere Arbeit geleistet und alles lief easy und cool ab. Wir waren mit allem versorgt was nötig war. Pässe, Fahrzeuge, Geld, Waffen. Alles war vorhanden.
Es war zu dieser Jahreszeit Sommer dort unten und es war mörderisch heiß. Die Gegend um Durban ist feucht wie ein verdammter Dschungel und erst weiter oben wird es besser und die Luft wird reiner und klarer. Wir waren zu zweit unterwegs und wir wollten hinauf zu den Drakensbergen. Nur mein Partner und ich.
Mit einer Crew war kein Herankommen an Angus. Der Bursche war ebenso intelligent wie misstrauisch.
Der Plan war deshalb einfach. Ich sollte mich Angus an den Hals werfen und ihn dann liquidieren. Ein einziger sauberer Schuß und dann nichts wie raus aus dem Land.
Angus war für seinen Hang zum schwachen Geschlecht bekannt. Sein Highland-Blut, versteht ihr? Also sollte es mir nicht allzu schwer fallen, an ihn heran zu kommen. Zumindest war das die Ansicht meiner Vorgesetzten."

Crystal hatte mit zusammengezogenen Augenbrauen der Geschichte gelauscht und der Unmut stand ihr überdeutlich ins Gesicht geschrieben. Sie war weit davon entfernt, diese Frau, die da so seelenruhig über einen Mordversuch an ihrem Bruder sprach, als ihre Freundin zu betrachten.
Mac trank einen Schluck Bier und fuhr fort.

„Beast war mein Fahrer und wir kamen zügig voran. Es fühlte sich beinahe wie ein Urlaub an und wir genossen die Fahrt mit dem schweren Jeep. Die Landschaft war grandios und unsere Stimmung bestens. Wir waren zuvor schon an schlimmeren Orten gewesen. An den Job verschwendeten wir noch keine Gedanken. Das war immer so und ist auch so geblieben. Meistens kommt es anders.....ihr wisst schon. Jedenfalls kamen wir an einem Samstag in diesem kleinen Nest an, ah, da fällt mir der Name wieder ein, Phuthaditjiaba, Jesus, was für ein Wort, nachdem wir einige hundert Kilometer hinter uns gebracht hatten und fanden Quartier in einem alten Hotel aus der Wellblechzeit, das um die Jahrhundertwende stammte. Und ich meine damit die Wende von 1800 auf 1900. Es war bezaubernd mit seiner umlaufenden Holzveranda und dem Blick hinauf in die Drakensberge. Selbst die Badewanne stammte aus der Kolonialzeit. Sie war aus tonnenschwerem Gusseisen und stand auf Klauenfüßen mitten im Badezimmer. Ich sehe das Ding noch wie heute vor mir. Beast nahm sie augenblicklich in Beschlag, um sich den Schweiß der heissen und langen Fahrt vom Körper zu waschen und rutschte bis zur Nasenspitze in das lauwarme, rostige Wasser, das aus dem alten Wasserhahn rann.

Später an diesem Abend schlenderten wir die Mainstreet des kleinen Ortes auf und ab und landeten nach einem ganz passablen Abendessen in einer winzigen Bar. Und glaubt mir, die war wirklich winzig. Dennoch quetschten sich etwas mehr als zwei Dutzend Personen männlichen Geschlechts in die knappen sechs mal sechs Meter, die der Raum maß.

Da ich die einzige Frau unter dieser Bande von Strauchdieben war, gab es natürlich ein großes Willkommen. Doch wie sich schnell herausstellte, sahen die Burschen zwar verwegen aus und stanken nach Schweiß wie ein Brunnenbauer, waren aber durchaus alles Gentleman. Wie auch immer, irgendwann nach dem achten Schnaps landete ich hinter dem Tresen und mixte Drinks für die Jungs. Zeigte ihnen ein wenig Ausschnitt und war bester Laune, als sich die altersschwache Tür der Bar öffnete und Angus alias Conan den Raum betrat. Geschmeidig wie ein Panther in seinen Bewegungen und mit einer Präsenz, die alle Gespräche im

Raum schlagartig zum Verstummen brachte. Die Blicke seiner dunkelblauen Augen schwangen durch den Raum und blieben dann an meiner Gestalt hängen.

Bingo!

Ich hätte den Auftritt nicht besser planen können. Das Dumme an der Geschichte war nur, dass ich in meinem Magen so ein seltsames Kribbeln verspürte und das war überhaupt nicht gut."

Crystal konnte sich ein Grinsen nicht verkneifen.

„Manchmal hat mein Bruderherz allerdings diese Wirkung. Dieser Umstand endet dann zumeist in einem Disaster."

Mac nickte zustimmend zu diesem kurzen Kommentar und fuhr dann fort.

„Angus alias Conan wedelte großspurig mit der Hand und bestellt Drinks für alle, was mit gebührendem Beifall belohnt wurde. Ich machte mich also an meine neue Aufgabe und begann die Bande meiner neuen Freunde mit frischen, hochprozentigen Cocktails zu versorgen. Beast hielt sich im Hintergrund, ließ aber Angus keine Sekunde aus den Augen. Seine Hand sank langsam an seinem Hosenbein herab, doch ich warf ihm einen warnenden Blick zu. Mir fiel von Anfang an auf, dass Angus nur eine Rolle spielte. Seinen intelligenten Augen entging nichts. Aber er wollte nicht trinken. Er wollte mich. Das hatte ich ihm auf den ersten Blick angesehen."

Amy warf Nicolas einen abschätzenden Blick zu, doch der junge Riese ließ nicht die geringste Spur von Eifersucht erkennen. Mac knabberte währenddessen an ein paar Erdnüssen und griff nach einer neuen Flasche Bier, als sich die Tür zur Veranda öffnete und ein vierschrötiger, kräftig gebauter Mann eintrat. Catherine erhob sich aus ihrem Stuhl und umarmte den gutaussehenden Mann.

Mac sah Nicolas fragend an.

„Mac, darf ich dir Antonio vorstellen. Catherines Mann. Er ist in alles eingeweiht und wird uns begleiten, sobald wir wissen, wie wir vorgehen wollen. Ich bin mir ziemlich sicher, Mac, dass du uns alle gründlich unter die Lupe genommen hast, bevor du zu uns gekommen bist. Deshalb erspare ich mir alle Einzelheiten über seine Person. Wenn du Fragen hast, können wir später noch darüber reden.

Antonio, setz dich.

Mac erzählt uns gerade, das sie Crystals Bruder vor einigen Jahren kennengelernt hat, was für uns alle sehr überraschend war, wie du dir vorstellen kannst. Den Anfang der Geschichte kann dir Catherine später noch erzählen."

Der grobknochige Italiener reichte der schönen, fremden Frau zur Begrüßung die Hand.

„Ich freue mich, Sie kennen zu lernen, Signora McAllistair."

Antonio küsste sachte den Rücken von Macs Hand. Seltsamerweise errötete die hartgesottene Auftragskillerin.

Die einfache, aber dennoch intime Geste nahm sie vollkommen für diesen Mann ein.

„Mein Name ist Mac. Und in Anbetracht unseres unmöglichen Vorhabens können wir sicher auf das förmliche Sie verzichten."

„Es ist mir ein ganz besondere Ehre. Mein Name ist Antonio. Manche nenne mich auch Tex. Catherine bevorzugt letzteres."

Mac lächelte den braungebrannten Mann mit den mächtigen Händen strahlend an.

„Tex dann also!"

Antonio zog sich einen Stuhl heran und bat Mac darum, fortzufahren. Mac nahm den Faden wieder auf.

„Nun, wie ich schon sagte. Angus, Crystals Bruder hatte ein Auge auf mich geworfen. Beast, mein Partner, verließ die kleine Bar, ohne dass jemand ihm auch nur die geringste Beachtung geschenkt hätte. Die Jungs waren alle schon einigermaßen angesäuselt und die Stimmung entsprechend gut. Angus drehte sein Glas in den Händen hin und her und mir fiel auf, dass er kaum etwas davon getrunken hatte. Seine durchdringenden Augen schienen an mir zu kleben. Draußen hatte sich die Dunkelheit über das hitzeflirrende Land gesenkt, doch es war immer noch unerträglich heiss. An den Scheiben der Fenster klebten die Mosquitos, angezogen vom hellen Licht der Bar. Doch die Kühle, die die Klimaanlage mühsam ächzend im Raum verbreitete, verhinderte, dass sie hereinschwirrten. Angus trat an den Tresen und auf einen Wink von ihm rutschte einer der Zecher von seiner Sitzgelegenheit hinunter und machte den Platz widerspruchslos für ihn frei. Geschmeidig nahm er mir gegenüber auf dem hohen Barstuhl Platz. Die Gespräche, die zuvor noch so lautstark hin und her geflogen waren, sanken zu einem gedämpften Murmeln, fast schon zu einem Flüstern herab. Ich nahm den Mann vor mir genauer in Augenschein und mir wurde schlagartig klar, dass meine beruflichen Absichten mit meinen privaten einigermaßen stark kollidierten, um es einmal etwas vorsichtiger auszudrücken. Ich hatte nicht die geringste Ahnung, wie ich dieses wunderbare Tier, das dort vor mir saß, zur Strecke bringen sollte.

„Woher kommst du?"

Seine dunkle Stimme vibrierte durch die rauchgeschwängerte Luft. Mein Gehirn schien wie in Watte gepackt, doch endlich fand ich meine Sprache wieder.

„Ich mache hier Urlaub mit meinem Bruder. Ich bin nur auf der Durchreise."

Beast und ich hatten unseren Text wieder und wieder geprobt.

„Wie kommt es, dass so eine hübsche Frau ohne Freund oder Ehemann unterwegs ist?"

„Mmmmh, muss wohl an meinem Beruf liegen. Ich bin als Dolmetscherin für eine große Firma das ganze Jahr unterwegs, das vereinbart sich nicht so besonders gut mit einem Privatleben. Mein Bruder arbeitet für die UN als Simultanübersetzer. Hat das gleiche Problem."

Bis hierher hatte ich noch alles an festgelegten Ausreden parat, die ich zur Not auch mit ein paar gefälschten Dokumenten belegen konnte.

„Schlecht für den Rest des männlichen Geschlechts und gut für mich."

Er streckte seine Hand aus und sein Zeigefinger strich sanft über meinen Wangenknochen. Eines wurde mir sehr rasch klar. Ich sollte meinen Job besser sehr schnell erledigen, bevor ich mich zu tief in diesem Gefühlssumpf verstricken konnte. Schon diese eine kleine Berührung hatte mich wie einen Stromschlag durchzuckt.

Das "Wusch, Wusch" des großen Deckenventilators schien verstummt zu sein und seine Augen begannen mich aufzusaugen. Alles, was ich mir in diesem Augenblick wünschte, war, in seinen Armen zu liegen. Fasziniert beobachtete ich, wie eine kleine Schweißperle von seiner Schläfe über seine Wange rann und sich ihren Weg mühsam über die blauschwarzen Stoppeln seines Dreitagebartes kämpfte, bevor sie sich an seiner harten Kinnspitze verlor. Unwillkürlich zuckte meine Zungenspitze über meine Lippen. Er schien mir mit einem Male der wichtigste Mensch auf der Welt zu sein.

„Hey, es wird Zeit, dass wir schlafen gehen. Der Tag war lang und du hast, glaube ich, genug."

Beast zog mich am Arm hinter dem Tresen hervor. Gerettet quasi durch den Gong.

„Du hast Recht."

Ich wandte mich an Angus, der sich nun direkt zu mir gewandt hatte, seinen Ärger nur mühsam unterdrückend.

„Wir sehen uns morgen Abend wieder, ja? Um die gleiche Zeit?"

Ich schaute dem Objekt meiner geheimen Begierden tief in die Augen und ich wusste, dass ich ihn durch Beasts Manöver umso fester an der Angel hatte. Ich beugte mich leicht vor und hauchte einen Kuss auf seine Lippen, was ihn zu einem leisen Lachen veranlasste.

„Sicher. Ich kann es kaum erwarten. Aber noch einmal kommt dein Bruder damit nicht durch."

Er wandte sich lächelnd an Beast, doch wir wussten beide, dass es eine indirekte Warnung gewesen war, die man besser nicht in den Wind schlägt, denn seine Augen waren so kalt geworden wie blaues Eis. Ich schnappte mir meine Handtasche und wir verschwanden in der Nacht, nachdem ich Angus einen Handkuss zugeworfen hatte.

„Was, bitteschön, war das denn eben für eine Nummer, häh? Bist du wahnsinnig geworden? Ich habe ganz genau mitgekriegt, das dich der Kerl eingewickelt hat."

Beast war auf hundertachtzig und ich konnte es ihm nicht einmal verdenken.

Mac feuchtete sich die Kehle mit einem Schluck Bier an. Das viele Reden machte sie durstig. Draußen senkte sich die Dunkelheit herab und das kleine, malerische Tal in den Bergen Italiens entzog sich langsam ihren Blicken, die sie nachdenklich aus dem Fenster warf. Die Augen der anderen hingen weiterhin gebannt an Macs abwesendem Gesicht, ungeduldig auf die Fortsetzung der Geschichte wartend.

Mac schüttelte entschieden den Kopf, gerade so, als wollte sie Bilder verscheuchen, die ihr anscheinend unangenehm waren.

„Am nächsten Morgen," nahm Mac ihre Geschichte wieder auf, „am nächsten Morgen stach mir die Sonne wie mit tausend Nadeln in den Augen, als ich in meinem quietschenden, eisernen Bettgestell erwachte und mühsam die vom Schlaf und einem riesigen Kater verklebten Lider öffnete. Nicht, dass ich nicht trinkfest gewesen wäre, aber dieses Durcheinander an Schnapssorten hatte ganz abscheuliche

Nachwirkungen. Ich war mir in diesem Augenblick ziemlich sicher, dass ich am Abend zuvor möglicherweise an eine Flasche mit Brennspiritus geraten war, als ich meine Cocktails gemixt hatte, denn einen wahnsinnigen Moment lang fürchtete ich, blind zu sein. Manche der Flaschen hatten kein Etikett vorzuweisen gehabt. Und ich hatte die dunkle Befürchtung, mich vergiftet zu haben, Scheisse nochmal. Aber irgendwann drang dann doch Licht durch meine unwilligen Pupillen.

Ich ersparte mir das Zähneputzen, weil ich erstens das pelzige Gefühl im Mund sowieso nicht loswerden würde und zweitens müsste ich dann sehr wahrscheinlich kotzen. Jedenfalls schleppte ich mich sichtlich angeschlagen in den Frühstücksraum der kleinen Pension und versuchte zwischen zusammengekniffenen Augenlidern meinen Partner ausfindig zu machen. Der Bursche saß quietschvergnügt an einem kleinen Tisch am Fenster, mitten im strahlenden Sonnenlicht. Ich stöhnte innerlich, jedoch machte ich tapfere Miene zum bösen Spiel. Ich wusste ganz genau, dass der Hurensohn den Tisch mit Bedacht gewählt hatte.

„Hier ist ein Päckchen für dich abgegeben worden."

Beast schob mir ein kleines, quadratisches Kästchen mit Hilfe seiner Gabel entgegen. Krümel seines Rühreis fielen dabei auf den Tisch. Feingefühl war seine Stärke nicht.

„Mach schon auf, ich sterbe vor Neugier."

Er schob sich nach diesen Worten eine riesige Portion Rührei in den Schnabel, als gäbe es kein Morgen mehr. Und er war aufgeregt wie ein Kind vor Weihnachten.

Nun war meine Zeit für eine kleine Rache gekommen und ich griff seelenruhig nach meiner Kaffeetasse, welche die freundlich lächelnde Bedienung bis zum Rand für mich gefüllt hatte. Ich dankte ihr mit einem vorsichtigen Nicken, damit mein Gehirn nicht an meinen Schädelknochen schwappte und nippte vorsichtig an der heissen, kohlrabenschwarzen Brühe. Der Kaffee war um Längen besser als ich vermutet hätte. Beast schaute mich inzwischen griesgrämig an.

„Ach komm, jetzt mach schon. Kannst dich auch auf meinen Platz setzen, wenn du willst, dann bist du aus der Sonne."
„Drecksack."
Ich konnte mir diesen Seitenhieb nicht verkneifen aber ich zog das Kästchen zu mir heran. Länger hätte meine Selbstbeherrschung auch nicht mehr Stand gehalten. Ich zerschnitt die Schnüre des kleinen Paketes mit meinem Frühstücksmesser und schälte vorsichtig das Packpapier ab. Ein Etui kam zum Vorschein, von der Machart, wie man es für einen Ring benutzt. Ich hätte ihm schon ein wenig mehr Phantasie zugetraut. Ich muss zugeben, ich war etwas enttäuscht in Mister Conan McLeod. Ich klappte das Etui auf und lachte, bis mir die Tränen in die Augen stiegen und ich meinen brummenden Schädel mit beiden Händen beisammenhalten musste, damit er nicht in tausend Teile zersprang. Bevor Beast das Etui umdrehen konnte, hatte ich blitzschnell den Inhalt an mich genommen und in den Mund gesteckt. Mit einem großen Schluck Kaffee spülte ich alles hinunter, obwohl es mich würgte.
„Boah, du Idiotin, jetzt sag schon, was war das?"
Ich verzog immer noch das Gesicht wegen des bitteren Nachgeschmacks.
„Zwei Aspirin.
Uff, langsam geht's mir schon besser.
Da ist noch ein zusammengefalteter Zettel in der Box. Mal sehen was er so von mir will."
Der Zettel war aus teuerstem Büttenpapier und die Nachricht mit schwarzer Tinte in Deutsch geschrieben. Ich kann mich noch an jedes Wort erinnern.
„ Hallo schöne Unbekannte, oder sollte ich besser sagen, Frau Hornung, aus Dortmund, Rosenstraße 8. Sie sehen, ein Geheimnis bleibt nicht lange ein Geheimnis, wenn ich es darauf anlege. Allerdings hätte ich einen etwas exotischeren Namen bei Ihnen erwartet, das muss ich gestehen. Aber möglicherweise lässt sich das ja noch ändern."

Ich runzelte die Stirn. Hmmh, ein wenig stürmisch, mein holder Ritter. Aber meine Tarnung hatte gehalten.

„Ich habe meine Pläne für uns etwas geändert", schrieb er weiter, „nicht, dass ich ihrem Bruder misstrauen würde, aber ich möchte unsere zarte, jungfräuliche Beziehung doch etwas mehr zweisam, einsam gestalten, wenn es Ihnen recht sein sollte und Sie verstehen, was ich damit ausdrücken möchte. Gerne stelle ich für Ihren Bruder ein kleines Unterhaltungsprogramm zusammen, natürlich ganz auf meine Kosten, falls es vonnöten sein sollte. Was uns beide betrifft, so landet in etwa einer Stunde, und das sollte Ihnen reichlich Zeit zum Packen geben, ein kleines Flugzeug etwa eine Meile von hier. Mein Fahrer wird Sie an Ihrer Unterkunft abholen. Einen Widerspruch möchte ich ungern hinnehmen müssen, denn ich habe mir für Sie etwas ganz Besonderes ausgedacht. Ergebenst Ihr Conan McLeod."

Ich sah stumm zu Beast, dessen Gabel reglos mitten in der Luft verharrte.

„Das bedeutet eine Planänderung. So schnell und hier können wir unmöglich unseren Auftrag erledigen. Du wirst mit ihm fliegen müssen."

Das behagte mir ganz und gar nicht, bedeutete es doch zweierlei. Erstens, dass ich auf mich allein gestellt sein würde und Zweitens, das ich mit meinem Gefühlswirrwar ohne Beast zurechtkommen musste.

„Hey," Beast durchschaute mich wie eine frisch geputzte Glasscheibe, „sieh mal. Du bist doch Profi. Das ist doch nicht der erste Job, den wir zusammen erledigen. Ich verpasse dir einen GPS-Peilsender, so klein und so was von unsichtbar, dass ich immer weiß, wo ich dich finden kann. Glaub mir. Vom ersten Augenblick an, in dem du dich in die Luft schwingst, hänge ich an deinen Fersen. Deine Kanone wirst du allerdings eintauschen müssen gegen das einschüssige Keramikding."

Ich rollte mit den Augen.

„Mann, bloß nicht das. Bis jetzt hat sich noch nicht mal ein einziger Depp gefunden, der das Teil abfeuern wollte."

Beast grinste wölfisch.

„Na dann schlagen wir ja zwei Fliegen mit einer Klappe. Du bist der erste Depp der es versucht, erwischst damit den Warlord und testest gleichzeitig diese seltsame Kanone. Und am Ende sind alle happy, außer unserem Zielobjekt, natürlich."

Ich seufzte. Hätte mir ja klar sein müssen, dass die Drecksarbeit wieder an mir hängen bleiben würde.

„Aber wenn meine Finger dabei draufgehen, stopfe ich sie dir mit der anderen Hand in den Arsch, verlass dich drauf."

Eine Stunde später saß ich an Bord einer einmotorigen Dakota und wackelte in zweitausend Metern Höhe am Rand der Drakensberge vorüber. Der Anblick war gigantisch, das musste ich zugeben. Angus saß neben mir am Steuer der kleinen Maschine und trank einen Schluck Champagner, während er gelassen mit einer Hand den Kurs hielt. Er genoss das Ganze sichtlich. Liebend gerne wäre ich selbst geflogen, doch ich vermutete, ihm zu erklären, wie Frau Hornung gelernt hatte mit so einem Ding umzugehen, könnte mich in Teufels Küche bringen.

Um ihm ein wenig zum Nachdenken zu geben, hatte ich mich in mein engstes Tanktop geworfen.

Einen BH hatte ich mir geschenkt. Sollte er doch etwas zu bewundern haben. Seinen fortwährenden Seitenblicken nach zu schließen, hatten meine Nippel jedenfalls eine leicht hypnotisierende Wirkung.

Das war gut so.

In meiner Umhängetasche steckte die einschüssige Keramikpistole, die man beim besten Willen nicht als eine solche erkennen konnte. Sie war kaum mehr als ein einfaches Rohr. Beasts GPS-Sender hatte ich mit etwas Wasser hinuntergewürgt. Hoffentlich musste ich nicht so bald aufs Klo. Das könnte dann eine ganz neue Erfahrung werden, auf die ich getrost verzichten wollte. Angus steuerte die Maschine fort von den Bergen und nahm nördlichen Kurs in Richtung White River. Wir überflogen auf unserem Weg knapp den Rand von Johannesburg. Die Landschaft unter uns war trocken, rotbraun und staubig. Ab und an überflogen wir Buschland, das von weitläufigen Steppen abgelöst wurde. Nach ein paar Stunden Flug über Mpumalanga tauchte am hitzeflirrenden Horizont ein dunkelgrüner Streifen auf. Angus deutete darauf.

„Da vorne. Das ist der Krügerpark. Heute Nacht bist du zu Gast in der berühmten Elephant-Lodge. Man erwartet uns dort bereits."

Der Krügerpark mochte für Frau Hornung aus Dortmund eine ganz neue Erfahrung sein, für Billie-Jo McAlistair, eine Soldatin, die durch unerforschte Sümpfe, Dschungel, Berge und Polareis gekrochen, geschlittert, gelaufen und geschwommen war, erschien der Park bei weitem zu organisiert, zivilisiert und entschärft. Kurzum, ich fand es etwas langweilig, dennoch heuchelte ich Entzückung, ohne dabei zu übertreiben. Dennoch muss ich gestehen, dass mir die Reetdächer der sauber gemauerten Unterkünfte gefielen. Die Elephant-Lodge war jedoch geradezu pompös. Man blickte von ihr geradewegs auf den Crocodile-River. Im Licht der sinkenden Sonne schien der Fluss wie unter einem Zauber zu liegen. Riesige Schwärme aller erdenklicher Vogelarten stiegen mit brausenden Schwingen hinauf in die Lüfte oder landeten am Wasser, um zu trinken. Zikaden zirpten um die Wette und ein allgegenwärtiges Spektakel an Tiergeräuschen erfüllte die warme Abendluft. Eine Herde Elefanten schritt beschaulich zwischen Ausläufern des Hauptarmes dahin und stopften sich mächtige Büschel des saftigen Flussgrases in die hungrigen Mäuler, während Jungtiere im flachen Wasser spielten. Ab und an trieb auf dem ruhig strömenden Wasser etwas vorüber, das ein Baumstamm hätte sein können, bis sich dunkle, spähende Augen öffneten und ein mächtiger, kraftvoller Schwanz den vermeintlichen Stamm vehement vorwärts katapultierte. Nilpferde tauchten prustend aus dem schlammigen Wasser auf.

Auf den ersten Blick hatten sie etwas Drolliges, fast schon Komisches an sich, was mich zu einem Schmunzeln veranlasste, bis sich zwei brünstige Bullen brüllend aufeinander stürzten und riesige Hauer Fleischbrocken aus tobenden Körpern rissen.

Ich ließ den Blick durch die Lodge schweifen. In einem mächtigen Kamin brannte ein Feuer, wohl eher, um die Mosquitos zu vernichten, die zu dieser Jahreszeit unangenehm waren, denn als Wärmequelle.

Das weitläufige Wohnzimmer, obwohl Zimmer ein viel zu schwaches Wort dafür war, öffnete sich hinaus auf eine luxuriöse Holzterrasse. Auf einem wundervoll aus einer mächtigen Baumwurzel herausgearbeiteten Tisch stand eine Flasche feinsten Champagners, der in einem, mit einem feinen Gespinst aus Wasserperlen überzogenen, silbernen Weinkühler lag, der bis zum Rand mit Eis gefüllt war. In einem glasklaren Pool spien kunstvolle Fontänen Wasser in die Luft und drunten am Fluss brannten an vielerlei Stellen Fackeln, was die durstige Tierwelt aber anscheinend nicht zu stören schien. Das Schlafzimmer wurde dominiert von einem mächtigen Bett, dessen Grundgestell aus mächtigen, knorrigen Baumstämmen gebildet wurde, die ein wahrer Künstler bearbeitet hatte. Ich ließ meine Hand über die samtige Maserung streifen.

Die groben, aber wunderschön gearbeiteten Steinmauern wurden teilweise von einheimischer Kunst verdeckt. Jedoch war alles sehr geschmackvoll arrangiert und fand einen leichten Weg zwischen Luxus, feiner Kunst und archaischer Kraft, die vom Holz und den groben Steinen ausstrahlte. Subtil angebrachte Lichtquellen brachten jede noch so kleine Sehenswürdigkeit, jeden wundervollen Stein voll zur Geltung. Was mich allerdings im Augenblick am meisten interessierte, war die Frage, wo mein Partner steckte.

Kaum das wir unser spärliches Gepäck auf das Bett geworfen hatten, ließ ich Angus zurück und suchte die Toilette auf, um meine Mails zu checken. Mann, das Bad war eine Wucht und ich musste mich zusammenreißen um endlich mein Handy hervorzukramen und die Augen von all dem Luxus abzuwenden. Um die Tatsache, dass es nur ein einziges Bett gab, musste ich mich später kümmern. Beast hatte die Einheit kontaktiert und ein Hubschrauber war auf dem Anflug zum Krügerpark. So weit so gut. Ausgezeichnet.

Jetzt musste ich nur noch mit dem verfluchten Doppelbett klarkommen. Meine Hormone schienen leicht irritiert zu sein, denn so trocken wie mein Mund auch sein mochte, meine Handflächen waren feucht, und andere Teile meines Körpers scheinbar auch. Dieser Mann war mir ein Rätsel. Normalerweise konnte ich mich sicher auf meine Instinkte verlassen. Doch Angus erschien mir eher wie ein international höchst erfolgreicher Geschäftsmann und Aristokrat, denn wie einer der Waffenhändler, die bislang meinen Weg gekreuzt hatten. Er behandelte selbst die Dienstmädchen mit Respekt, hatte Klasse und eine schlichte, angeborene Autorität, die über jeden Zweifel erhaben schien. Seine schlanke, hohe Gestalt strahlte die Kraft einer gespannten Stahlfeder aus. Sein schwarzes Haar fiel wie ein dichter Vorhang über seine breiten Schultern, einzig eine schlohweiße Strähne zog sich über seinen Scheitel. Die dunkle, sonnengebräunte Haut verlieh ihm etwas Indianerhaftes. Jedoch straften die dunkelblauen Augen diese Vermutung Lügen. Seine Lippen waren für einen Mann schon fast zu voll, seine Zähne weiß und stark. Vergebens suchte ich nach einem Makel, überzeugt davon, dass kein Mensch so vollkommen sein konnte."

Crystal schnaubte verächtlich durch die Nase.

„Er schnarcht und Salat verursacht ihm Blähungen. Und wenn niemand in der Nähe ist, kratzt er sich auch schon mal am Sack. Reicht das fürs Erste, oder willst du noch mehr wissen?"

Mac lachte leise.

„Schon gut, schon gut. Aber einen Teil davon habe ich schon selbst herausgefunden."

Crystal grinste schelmisch.

„Welchen denn? Den mit dem Sack oder der Teil mit dem Salat?"

Augenscheinlich lockerte sich ihre Abneigung gegenüber der jüngeren Frau.

„Da musst du schon von alleine drauf kommen."

Mac lachte still in sich hinein. Nein, alles würde sie heute Nacht nicht preisgeben. Deshalb fuhr sie in ihrer Erzählung fort.

„Wie auch immer. Ich steckte jedenfalls in der Klemme. Es ist eine Sache, mit einem Kommando auszurücken und in ein feindliches Guerillalager vorzurücken. Wenn du mitten in der Aktion bist, ist das Töten leicht, weil du eigentlich ohne zu denken handelst. Jetzt jedoch lernte ich mein Opfer aus nächster Nähe kennen. Und bislang hatte ich an seinem Benehmen nichts entdecken können, um Aggression ihm gegenüber aufzubauen. Das war sehr irritierend. Möglichweise hatte sich mein Blick verschleiert. Möglicherweise lagen wir aber auch alle ganz falsch, was Mister Conan McLeod, alias Angus Conan Reiley aus dem Clan der McDonalds betraf.

Ich massierte mir mit den Fingerspitzen die Schläfen, bevor ich mein Handy in meine Tasche zurückstopfte und das Bad verließ, nachdem ich die Wasserspülung sowie das Bidet betätigt hatte und mir die Hände gewaschen hatte. Angus erwartete mich lächelnd auf der Terrasse und reichte mir ein Glas.

Ich stieß mit ihm an, bevor ich auf unsere Lodge deutete, die ahnungslose Dolmetscherin aus Dortmund spielend.

„Das alles ist doch viel zu teuer. Sie hätten sich nicht in solche Unkosten stürzen müssen. Das ist mir sehr unangenehm."

Angus lächelte und trank einen winzigen Schluck des wirklich exzellenten Champagners. Ganz offensichtlich war er kein Mann, der etwas überstürzte. Er machte eine umfassende Bewegung mit seinem Arm, die das komplette Ressort einbeziehen mochte.

„Das muss Ihnen nicht unangenehm sein. Denn wissen Sie, das alles hier gehört mir. Deshalb kostet uns auch der kleine Ausflug keinen einzigen Rand."

Er stellte sein Glas sanft auf der polierten Steinplatte des Tisches ab. Mit einem schnellen Schritt stand er dicht vor mir und nahm mein Gesicht in beide Hände. Seine Daumen fuhren sanft über meine Lippen, bevor er sich hinabbeugte und ein Kuss meine Lippen teilte, um meine Sinne vollends zu verwirren. Seine Hände schienen plötzlich überall zu sein und meine eigene Erregung spülte über mich hinweg. Ich schob meine Hände unter sein dunkles Shirt und meine Fingerspitzen die Täler liebkosten seine harten Bauchmuskeln, die unter meiner Berührung zuckten.

Irgendwie fanden wir uns in einem Wirrwarr von umherfliegenden Kleidungsstücken wieder. Seine muskulösen Arme hoben mich spielerisch leicht an und trugen mich hinüber zu dem breiten Bett. Mit Genugtuung dachte ich an die gewaltigen Baumstämme, die das Grundgerüst bildeten. Ich hatte so eine Ahnung, das ein leichter gebautes Bett unserem Ansturm wohl nicht gerecht werden würde. Ich blickte mit verschleiertem Blick hinauf zu Angus, der mit seinen Fingerspitzen die Narben an meinem Körper sanft liebkoste und sich dann aufrichtete.

„Wie kommt eine Dolmetscherin aus Dortmund an Narben von Schuss- und Stichwunden?"

„Schhsch."

Ich wölbte mich ihm entgegen und erstickte jede weitere Frage im Keim. Und ich sollte Recht behalten. Gut, dass man das Bett aus solidem Holz gezimmert hatte.

Am nächsten Morgen weckten mich die unzähligen ungewohnten Laute der einheimischen Tierwelt. Ein ausgewachsener Pavian stand hinter der zentimeterdicken Terrassentür und schenkte mir ein Grinsen, das recht eindrucksvoll seine mächtigen Reißzähne zeigte. Ich streckte ihm die Zunge heraus und zeigte ihm meinen Mittelfinger, woraufhin er sich seelenruhig trollte und mir seinen knallroten Hintern präsentierte.

Der Platz neben mir war verwaist und ich war ein wenig enttäuscht, obgleich ich mich an diesem Morgen etwas wund fühlte. Es lag schon sehr lange zurück, dass ich eine solch temperamentvolle Nacht erlebt hatte.

Der Duft von frischem Kaffee weckte meinen Geruchssinn und ich schleuderte gierig die Bettdecke von mir. Eingewickelt in einen weißen Morgenmantel schlenderte ich hinüber in das luxuriöse Esszimmer. Angus saß am Tisch und blätterte abwesend in einer Tageszeitung, während er an einem frischen Croissant knabberte, das er gelegentlich in ein Schälchen mit Marmelade tauchte. In seiner Tasse dampfte aromatischer, schwarzer Kaffee, genau so, wie ich ihn selbst liebte. Er senkte die Zeitung, sobald er meiner gewahr wurde.

„Hallo, Sunshine. Ausgeschlafen?"

Angus legte den angebissenen Rest seiner Morgenmahlzeit auf einen der kostbaren Porzellanteller und stand auf, um mich in seine Arme zu schließen. Ja, ich steckte definitiv bis zum Hals in Schwierigkeiten. Nach dem Frühstück musste ich irgendeine Möglichkeit finden, um mit Beast zu kommunizieren. Irgendwie sah ich mich außerstande, meinen Auftrag zu erfüllen. Das würde meinem Partner gar nicht gut gefallen. Ich nahm Angus gegenüber Platz und zog züchtig den Morgenmantel über meinen Knien zusammen. Seufzend genoss ich den ersten Schluck Kaffee des Tages und schloss lächelnd die Augen, als der wunderbare Geschmack echten Mokkas über meine Lippen rann. Angus sah mich schmunzelnd an.

„Mir ist heute Nacht eine ganz wunderbare Idee gekommen.

Schau hinunter auf den Fluss. Man nennt ihn den Crocodile River. Er fließt durch die gesamte Fläche des Krüger Parks und bildet die Nordgrenze von Süd-Afrika, bevor er sich in Mozambique in den indischen Ozean ergießt. Ich bin den Fluss schon einmal mit einem Kanu hinaufgepaddelt, als ich noch ein junger Mann war. Ich hätte nicht übel Lust, es noch einmal zu versuchen. Es juckt mich nachgerade in den Händen und deshalb habe ich auch schon alles arrangieren lassen. Du wirst einzigartige Einblicke in die hiesige Tierwelt erhalten. Einer der Ranger wird uns begleiten, damit wir auch sicher am Ziel unserer Reise eintreffen werden. Da wir einige lange Tage allein auf dem Wasser sein werden, bleibt dir reichlich Zeit, mir zu erklären, wie dein ganz wunderbarer, bildschöner Körper an eine solche Anzahl von Narben gelangen konnte."

„Scheisse," nur dieses eine Wort schoss mir durch den Sinn.

Dieser bescheuerte Auftrag kam mir langsam so vor wie ein Boot mit einem versteckten Loch im Rumpf. Wenn es beginnt in Schräglage zu geraten, kannst du schöpfen soviel wie du willst, irgendwann steht dir das Wasser bis zum Hals.

Dennoch lächelte ich Angus mit meinem seligsten Lächeln an und sah die Freude in seinen Augen, sodass er in diesem besonderen Augenblick aussah wie ein kleiner Junge, dem man seine erste Eisenbahn geschenkt hatte. Angus klatschte in die Hände und ein riesiger Schwarzer erschien geräuschlos wie ein Geist auf der Bildfläche.

Ich hatte schon viele große und auch starke Männer gesehen, sicher, in meinem Beruf. Doch dieser hier machte mich einfach sprachlos. Er war so schwarz wie die finsterste Nacht. An seinem gigantischen Körper gab es nicht die geringste Fettzelle, die das fortwährende Spiel seiner mächtigen Muskeln verdeckt hätte. Sein Gesicht edel zu nennen, wäre eine Untertreibung gewesen. Die

Wangenknochen waren hoch, markant und fein modeliert. Seine Nase war scharf geschnitten wie der Schnabel eines Adlers. Die Muskeln seiner Kiefer zuckten in mageren Wangen. Sein Schädel war glattrasiert, bis auf einen langen Zopf an seinem Hinterkopf, der von bunt gefärbten Lederschnüren zusammengehalten wurde. Die Lippen waren voll, dabei jedoch fein modeliert. Seine gewaltigen Hände hatten das Format von Bratpfannen. Am bemerkenswertesten jedoch waren seine Augen. Ich hatte noch niemals zuvor einen Schwarzen mit grünen Augen gesehen. Sie waren von solch einem durchdringenden Grün, dass sie an Smaragde erinnerten. Gleichzeitig strahlten sie eine eiskalte Intelligenz aus, die ohne jegliche Freundlichkeit war. Er trug eine verwaschene Jeans, die kaum in der Lage schien, die Masse seiner Oberschenkel im Zaum zu halten. Ein schwarzes Shirt umspannte seinen mächtigen Oberkörper. Quer über seiner Brust lag ein breiter Patronengurt, gefüllt mit Kaliber 45 Winchester Patronen. Auf seinem Rücken hing der Iklwa, der kurze Speer der Zulu, dessen Klinge eine Länge von mehr als dreißig Zentimetern aufwies. Die zum Töten entwickelte Waffe hatte der Legende zur Folge ihren Namen von Shaka Zulu, dem berühmten König der Zulus erhalten. Das Geräusch, das entstand wenn man die Klinge in einen Körper stieß und wieder herauszog, hatte Shaka zu diesem Namen inspiriert. An der Hüfte des Mannes steckte ein Revolver in einem Holster.

Der massige Ranger vermittelte alles in allem den Eindruck, dass er durchaus in der Lage war, mit seinen Waffen umzugehen.

„Angus. Du hast mich gerufen."

Er neigte sacht den Kopf. Doch mir war vollkommen klar, dass dieser Mann niemandes Diener war.

„Das ist Dingaan Mlungisi KwaZulu.

Mein persönlicher Leibwächter, wenn ich mich im Park aufhalte. Und manchmal begleitet er mich auch auf meinen

Reisen. Wir sind uns so nahe wie Brüder. Seinen Namen hat er übrigens erhalten, weil seine Vorfahren angeblich aus dem Kraal des alten Mörders Shaka stammen und mit dem Königsbruder verwandt sind. Das kann zwar niemand so recht beweisen, dennoch würde ich sein Wort nicht anzweifeln. Du etwa?"

Ich schüttelte ablehnend den Kopf. Ich würde überhaupt nichts anzweifeln, was dieses Gebirge von einem Mann von sich gab, es sei denn, ich hätte meine SigSauer in der Hand. Und dann sollte das Magazin besser voll sein um ihn aufzuhalten. Wer auch immer seine Vorfahren waren, mir war es ohnehin gleich. Mochte er glücklich damit werden. Aber er stellte das nächste Problem für mich dar.

Angus wandte sich an Dingaan.

"Wir brechen morgen sehr früh auf. Sorg dafür, das alles bereit ist. Wir werden etwa zwei Wochen unterwegs sein. Du kennst die besten Lagerplätze so gut wie ich. Gib Anweisung, das an den entsprechenden Punkten ein Lager aufgebaut ist, wenn wir dort ankommen."

Dingaan neigte bestätigend den Kopf und verließ ebenso geräuschlos den Raum, wie er ihn betreten hatte.

Mac stoppte ihren Bericht an dieser Stelle, erhob sich von ihrem Stuhl und streckte sich. Im Tal war es vollends dunkel geworden und leichter Regen prasselte an die Fenster. Anouk trat an die Seite der Frau und schob ihre Schnauze in ihre Hand.

„Nicolas, würdest du mir bitte einen Kaffee bringen? Das ganze Reden hat mich müde gemacht."

Nicolas erhob sich und marschierte hinüber in die Küche in die Küche.

„Sicher, kein Problem."

Die anderen am Tisch erhoben sich gleichfalls. Crystal und Trevor traten dicht neben die junge Frau, die aus dem nachtschwarzen Fenster spähte. Crystal legte eine Hand auf

Macs Unterarm.

„Ganz offensichtlich hast du deinen Auftrag nicht ausgeführt. Hat man dich daran gehindert oder hast du dich anders entschieden?"

Mac wandte sich vom Fenster ab.

„Oh doch. Ich habe es versucht. Sehr sogar. Aber gib mir eine Minute Zeit, bevor ich meine Erzählung zu Ende bringe, bitte. In der Zwischenzeit könntest du mir allerdings erzählen, was du dir in Bezug auf deinen Bruder vorgestellt hast."

Crystal verzog das Gesicht.

„Ganz ehrlich. Ich habe keine Ahnung. Ich weiss in diesem Augenblick noch nicht einmal, ob ich meinen Bruder überhaupt wirklich kenne. Aber die Tatsache bleibt bestehen, dass er mir zwei bezahlte Mörder hinterhergeschickt hat, denen wir nur mit äußerster Mühe entkommen sind."

Mac legte einen Arm um Crystals Schulter.

„Es sieht Angus nicht ähnlich, etwas so Intimes wie den Mord an seiner Schwester in fremde Hände zu legen. Seine Ehre hätte verlangt, dass er sich um diese Angelegenheit selbst gekümmert hätte."

Trevor schnaubte verächtlich durch die Nase.

„Meinst du tatsächlich, dass macht den geringsten Unterschied oder der Bursche hätte wirklich einen Funken Ehre im Leib?"

Crystals Kopf fuhr ärgerlich herum und sie sah ihren Gefährten mit zornig blitzenden Augen an.

„Das macht einen gewaltigen Unterschied. Du kennst Angus nicht. Jetzt, wo ich genauer darüber nachdenke, kann es durchaus möglich sein, dass die beiden Idioten, die uns überfallen haben, nicht wirklich das getan haben, was sie angewiesen waren zu tun. Ich verstehe ganz genau, worauf Mac hinaus will."

Trevor zuckte stoisch die Schultern. Mit seiner Partnerin über ihre Familienangelegenheiten zu diskutieren, führte mit einiger Sicherheit zu gar nichts.

„Am einfachsten wird es sein, wenn Mac ihre Geschichte zu Ende bringt. Dann entscheiden wir, wie wir weiter vorgehen werden."

Innerhalb von Sekunden versammelten sich alle wieder am Tisch. Noch selten zuvor in ihrem Leben hatte man Macs Geschichten eine solche Aufmerkamkeit entgegengebracht. Mac blickte nacheinander in die konzentrierten Gesichter ihrer Zuhörer und fuhr fort.

"Niemals zuvor in meinem Leben war ich innerlich so entzweigerissen, wie ich mich an diesem folgenden Morgen fühlte. Ich schien zurückversetzt in eine längst vergangene Welt. Der Himmel über dem Buschvelt leuchtete in so vielen Rottönen, dass ich sie beim besten Willen nicht beschreiben kann. Dazwischen leuchteten blassblaue und türkisfarbene Streifen des Morgenhimmels. Unzählige Vogelarten erfüllten die kühle Luft des aufgehenden Tages mit ihren Stimmen und das Kaleidoskop der Melodien und schrillen Schreie der weniger gesangsbegabten Flugkünstler schwoll zu ohrenbetäubendem Lärm an, als wir ihre Ruhe störten.

Angus und ich hatten auf der Terrasse unserer Lodge ein opulentes Frühstück eingenommen, während Angus mir mit der aufgeregten Stimme eines begeisterten Jungen erzählte, was wir alles auf unserer Reise erleben würden. Irgendwie fiel es mir immer schwerer zu glauben, dass dieser Mann ein Verbrecher sein sollte. Das noch vor wenigen Augenblicken so wohlschmeckende Croissant schien sich in meinem Mund in eine widerwärtige Substanz zu verwandeln, die ich nur noch mit Mühe hinuntergewürgt bekam. Angus schien den Wechsel in meiner Stimmung zu bemerken und hob fragend die Augenbrauen.

"Stimmt etwas nicht, meine Liebe?"

"Nein, nein. Es ist nur, ich mache mir ein wenig Sorgen. Ich war noch niemals im Busch und das auch noch ohne Führer und ganz auf mich allein gestellt. Also darf ich schon ein wenig Angst haben."

Angus lachte dröhnend, ergriff eine meiner Hände und küsste sie zärtlich.

"Mach dir keine Sorgen, mein Schatz. Bei Dingaan und mir bist du in besten Händen, glaube mir."

Kurze Zeit später waren wir auf dem Weg hinunter zum Wasser. Der Fahrer des schweren Toyota Landcruiser, ein mageres, schwarzes Kerlchen, das sich neben Dingaan wie ein Winzling ausmachte, summte während der kurzen Fahrt leise vor sich hin, wobei er immer wieder aus den Augenwinkeln zu seinem gewaltigen Fahrgast auf dem Beifahrersitz blickte. Nur für den Fall, dass diesem die Melodie unangenehm war. Doch offensichtlich war der Hüne über so etwas Banales wie Musik erhaben, denn seine scharfen Augen blickten unverwandt geradeaus.

So kamen wir an eine Anlegestelle, an der zwei Auslegerboote hintereinander vertäut im Wasser lagen. Die Boote waren traditonell aus einem Baumstamm herausgehauen, jedoch war am Heck eines jeden Bootes ein kleiner, leichter Außenbordmotor befestigt, deren Wasserschrauben jedoch aus dem Wasser ragten. Offensichtlich nahm Angus sein Versprechen auf einen rustikalen Ausflug recht ernst, denn es lagen Paddel bereit.

Ohne Zeit zu verlieren, denn Angus war voller Tatendrang, bestiegen wir die schwankenden Holzboote.

Der schmächtige Fahrer löste die Taue der Boote und wir stießen uns vom Steg ab. Angus begann das Boot mit kräftigen Stößen seines Paddels voranzutreiben und bald darauf hatte auch ich meinen Rhythmus gefunden und hielt mit ihm mit. Dingaan hatte keine besondere Mühe, sein Boot in unserer unmittelbaren Nähe zu halten. Die schwarzglänzenden Muskeln seiner mächtigen Oberarme spannten und entspannten sich wie gut geölte Stahltrossen.

Unterdessen glitten die Boote in die schnelle Strömung, die

das Wasser in der Mitte des Flusses zu weißem Schaum aufschlug. Augenblicklich wurden sie von den tanzenden Wellen hin und hergeworfen. Ich überließ es Angus, der im Heck paddelte, das Boot auf Kurs zu halten und hielt Ausschau nach Nilpferden und den allgegenwärtigen Krokodilen, denen der Fluss seinen Namen verdankte, während sich meine Gedanken überschlugen. Doch die Tiere waren wohl in weniger wildes Wasser abgetaucht.

Ich hatte in der letzten Nacht meine einschüssige Keramikwaffe zusammengebastelt, obgleich ich dem Ding nur sehr begrenztes Vertrauen schenkte. Sie steckte zusammen mit den unvermeidlichen Habseligkeiten, die die Handtaschen jeder Frau zieren, in meiner kleinen Hüfttasche und wartete auf ihren Einsatz.

Unschlüssig wie es weiter gehen sollte, tanzten meine Gedanken in meinem Kopf umher, wie die leichten Boote auf den Wellen, um einen Weg zu finden, wie ich Dingaan aus dem Weg schaffen konnte. Doch insgeheim war mir vollkommen klar, dass das Problem weniger mit Dingaan zu tun hatte, als vielmehr mit mir selbst. Ich war verschossen bis über beide Ohren, das war das Problem. Wenn ich es nicht sehr bald schaffte, mich auf meinen Auftrag zu konzentrieren, war der Deal so gut wie geplatzt. Ich schob energisch die unproduktiven Gedanken beiseite und wandte meine Aufmerksamkeit wieder der Gegenwart zu. Solange ich keine Entscheidung getroffen hatte, konnte ich den Ausflug ebenso gut genießen. Beast zu kontakten war unter diesen Umständen jedenfalls absolut illusorisch.

Die kühle Brise, die am Morgen auf dem Fluss geherrscht hatte, war einer stickigen, feuchten Schwüle gewichen, die von Abertausenden von Stechmücken gekrönt wurde. Das großzügig aufgetragene Mückenspray schützte nur ein paar Stunden, bevor das Martyrium der Plagegeister von neuem begann.

Dennoch war ich verzaubert von der Vielfalt der Tierwelt.

Der Fluss wand sich wie der Leib einer monströsen Schlange durch das Delta. Ab und an verzweigte er sich und bildete sumpfige Auenlandschaften, in denen sich Herden von Wasserbüffeln und Elefanten an dem saftigen, dicken Gras sattfraßen. Einzelne Tiere suchten ein Schlammloch auf, um sich mit einem Panzer aus Schlamm gegen die allgegenwärtigen Plagegeister zu erwehren. Nachdem wir das Delta durchpaddelt hatten, verengte sich den Fluss, was zur Folge hatte, dass seine Strömung schneller wurde. Angus und Dingaan hatten aufgehört, die Boote voran zu treiben und beschränkten sich darauf, sie auf Kurs zu halten. Nach dem Stand der Sonne zu urteilen, mochte es der frühe Nachmittag sein, doch ich hatte jegliches Zeitgefühl verloren. In beunruhigender Nähe hatte sich der Fluss durch eine Felsformation gefressen. Meiner Schätzung nach sollten wir in einer knappen Stunde am Eingang zu diesem Nadelöhr angekommen sein. Schon jetzt offenbarte der bis dahin so ruhige Fluss, dass er sein Gesicht sehr schnell ändern konnte. Das Wasser war gekrönt von schaumigem Weiß und ich ahnte, dass wir in wenigen Minuten in Weißwasser geraten würden.

Ich konnte nur hoffen, dass Angus wusste, was er tat. Zu Booten hatte ich ein eher zwiespältiges Verhältnis, obgleich ich in der Lage war, zu jeder Zeit mit ihnen umzugehen. Das hieß aber noch lange nicht, das ich sie mochte. Angus jedenfalls genoss jeden Augenblick.

Mit jungenhaftem Grinsen trieb er das Boot mit kräftigen Schlägen hinein in das aufgewühlte Wasser. Der Ausleger krachte immer wiedermit heftigen Schlägen auf das weiße Wasser herunter, wenn eine heftige Welle oder eine Felsnase ihn in die Luft schlug.

Der schmale Einbaum bohrte sich durch die Schaumkronen des tosenden Wassers und ich war mittlerweile bis auf die Haut durchnässt. Unterdessen hatte ich mein Paddel wieder ergriffen und half Angus, das Boot an scharfkantigen Felsen entlang zu treiben. Längst hatten meine Instinkte die Kontrolle über meine Arme übernommen und ich verlor mich in der Plackerei, das Boot auf Kurs zu halten.

Endlich öffneten sich die Felswände und entließen den Fluss hinaus in ein weites Delta. Nach Luft schnappend lehnte ich mich zurück, das Paddel vor mir über die Bordwände gelegt und ließ die atemberaubende Szene auf mich wirken. Der angestaute Fluss verteilte sich auf viele Arme. Und obwohl die afrikanische Sommerhitze die Luft zum Flirren brachte, wurde ich vom tiefen Grün des Tales schier geblendet. Die Ebene war übersät mit riesigen Herden weidender Tiere, von denen ich bestenfalls die Hälfte erkannte.

Dingaan paddelte seinen Einbaum dicht neben uns und warf Angus in seiner gutturalen Muttersprache, wie ich vermutete, ein paar rasch gesprochene Sätze entgegen. Angus nickte verstehend und deutete mit seinem Paddel auf eine Flußbiegung, nicht allzu weit entfernt.

"Dinggan sagt, das er unser Lager hinter der Biegung des Flusses hat aufschlagen lassen. Hier, wo noch kein stehendes Wasser ist, sind weniger Mosquitos zu erwarten. Weiter unten im Delta, dort wo es sumpfiger ist, wirst du gnadenlos von den Plagegeistern heimgesucht."

Ich nickte bestätigend und wir paddelten gemächlich weiter. Allmählich begannen sich meine Rückenmuskeln durch die ungewohnte Arbeit zu verknoten und ich konnte es kaum erwarten von der Plackerei erlöst zu werden.

Als wir wenig später an der Stelle ankamen, die Dingaan uns als unseren nächtlichen Lagerplatz angekündigt hatte, verschlug es mir fast die Sprache. Hatte ich zwei kleine Zelte erwartet, so sah ich mich getäuscht. Angus gab sich offensichtlich nicht mit weniger als dem Besten zufrieden. Vier große Zelte standen, in einem Quadrat errichtet, geschützt durch einen Wall aus abgeschlagenen Dornenbüschen, der sich rings um das Lager zog. Die freie Fläche in der Mitte des Lagers wurde ausgefüllt von einem schweren Tisch, bequemen Sesseln und einer improvisierten Dusche.

"Warum die Dornen um das Lager? Das war doch eine Heidenarbeit und wir sind doch nur eine oder zwei Nächte hier."

Angus deutete hinaus in die Steppe.

"Hörst du das?"

Ich lauschte und vernahm ein Gebrüll wie Donnergrollen.

"Simba."

Dingaans tiefe Stimme gab mir die Antwort.

"Er ist hungrig. Simba wird seine Weibchen heute Nacht auf Jagd schicken. Die Dornen lassen uns ruhig schlafen. Sie können nicht zu uns hinein. Es gibt Beute dort draußen, die leichter zu bekommen ist."

Seine Augen suchten meinen Blick und ich glaubte in dem düsteren grünen Glimmen seines Blickes eine Warnung zu erkennen und so nickte ich ihm verstehend zu.

Angus und Dingaan beluden sich mit dem Inhalt unserer Boote, die wir hinaufgezogen hatten auf trockenen Boden. Ich nahm meinen Anteil an der Last und so trabten wir hinüber zu dem Ring aus Dornen. Angus und Dingaan ließen keinen Sekunde den Busch aus den Augen und ich sah, das Dingaans rechte Hand ohne Last war und in der Nähe seines Revolvers schwebte.

Am Lager angekommen, zog Dingaan ein Gatter zur Seite, um uns in das Innere des Dornenwalls eintreten zu lassen. Kaum darinnen, zog er ein paar lose Büsche vor den Eingang und verschloss das Gatter sorgfältig.

Kurze Zeit später stand ich unter der improvisierten Dusche. Ich summte vor mich hin, während die Sonne in einem wahren Kaleidoskop aus Farben am Horizont versank. In einer schweren eisernen Schale hatte Dingaan ein Feuer entzündete und die beiden Männer arbeiteten ruhig Seite an Seite. Dingaan begann mit volltönender Stimme im Dialekt seines Volkes zu singen und mit einem Mal fühlte ich mich in der Zeit zurückversetzt. Das hier war das ursprüngliche Afrika, das die Menschen weißer Hautfarbe von jeher fasziniert hatte. Die Wiege der Menschheit. Während ich den beiden Männern bei der Arbeit zusah, zog ich mich um.

Das größte der Zelte war unser Schlafzelt, also das von Angus und mir. Ein großes, weiches Feldbett nahm die Mitte des Raumes ein und von der Decke hingen Mosquitonetze, sodass sich mir der Eindruck vermittelte, als schwebte das Bett auf einer Wolke.

Ich nehme an, der Eindruck war beabsichtigt. Ich trat hinaus in die Dämmerung und setzte mich an den Tisch, der vom Licht einiger Fackeln erhellt wurde. Angus sang unter der Dusche und Dingaan bereitete das Abendessen vor. Auf einem Spieß über dem Feuer briet ein Stück Fleisch mir unbekannter Herkunft. Der Tisch war gedeckt mit Porzellan und Kristall. Frische Früchte standen auf dem Tisch.

Alles sah recht dekadent aus, machte mir aber Spaß. Ich schlenderte hinüber zum Küchenzelt. Sogar ein gasbetriebener Kühlschrank stand in der Ecke und ich zog aus seinen Tiefen eine gut gekühlte Flasche Bier hervor. Wenig später nahmen wir drei Platz am Tisch und beluden unsere Teller mit dicken Scheiben des köstlich duftenden Bratens.

"Von welchem Tier stammt das Fleisch?"

Ich schnupperte daran, konnte jedoch das Aroma nicht identifizieren.

"Büffel. Das beste Fleisch der Welt."

Angus hielt kurz inne, um mir zu antworten, bevor er sich ein weiteres Stück in den Mund schob. Ganz offensichtlich war er hungrig und in seinen Augen funkelte es vergnügt. Er genoss den Ausflug und warum auch nicht?

"So, jetzt aber heraus mit der Sprache. Wie kommt eine kleine Übersetzerin aus Deutschland an so zahlreiche Narben, wie du sie hast. Und einige davon sind noch nicht sehr alt. Das macht mich schon verdammt neugierig."

Er sah mich über den Rand seines Weinglases hinweg fragend an. Darauf eine wirklich passende Antwort zu geben, war schier unmöglich, obwohl ich auf seine Frage gefasst gewesen war. Angus stützte die Ellbogen auf dem Tisch ab und legte sein Kinn auf die zusammengefalteten Hände. Dunkelblaue Augen warteten auf eine Antwort und das Schweigen wurde langsam peinlich. Angus löste seine Hände voneinander und lehnte sich auf seinem Stuhl zurück, so gelassen, dass es mich zur Weißglut trieb.

"Möglicherweise kann ich dir ja ein klein wenig nachhelfen. Ich glaube, der Name McAlistair ist dir sicherlich ein Begriff."

Eiswasser schien durch meine Eingeweide zu rinnen und ich schob meinen Teller zurück. Bedauernd sah ich auf das perfekt gebratene Fleisch hinunter. Aus uns beiden würde an diesem Abend wohl nichts mehr werden. Seufzend griff ich nach meinem Weinglas und der Alkohol löste den Knoten in meinen Gedärmen.

"Seit wann weißt du es?"

Ich schaute ihn fragend an, doch Angus ließ sich mit der Antwort Zeit. Er deutete hinüber zu Dingaan, dessen schneeweiße Zähne von einem wölfischen Grinsen entblößt wurden.

"Dingaan ist für meine Sicherheit zuständig. Wenn neue Gesichter in unserem kleinen Reich auftauchen, findet er in der Regel recht schnell heraus, woher sie kommen und wohin sie gehen. Ich muss allerdings zugeben, dass du schon eine harte Nuss warst. Bevor ich dich überreden konnte, mein Gast zu sein, warst du wirklich und wahrhaft für uns Daniela Hartung.

Deine Narben allerdings machten uns stutzig und wir begannen ein wenig tiefer und hartnäckiger zu forschen. Letzten Endes brachte uns zweierlei auf deine Spur. Du warst zwar als Frau Hartung auf einem Flug nach SA gebucht, jedoch hast du keine Kontrollen passiert. Also musstest du auf anderen Wegen in das Land gekommen sein. So haben wir die Schiffe kontrolliert, die eventuell in Frage hätten kommen können. Auch hier absolute Fehlanzeige. Letzten Endes war es aber dein Partner, der uns auf die richtige Spur brachte."

Fragend hob ich eine Augenbraue.

"Wir haben die Fingerabdrücke von eurem Frühstücksgeschirr analysieren lassen. Und siehe da. Im Register von Interpol tauchte der Name Thomas Krüger auf. Gesucht wegen kleineren Internetbetrügereien. Ist irgendwann vom Radar verschwunden, als ihm der Boden zu heiß wurde. Das stammte zwar noch von anno dunnemals, aber von da an war es nicht weiter schwer, seine Spur wieder aufzunehmen. Weißt du, Liebling, wir haben so unsere Möglichkeiten, mein Freund Dingaan und ich. Und mach bitte nicht den Fehler, Dingaan für einen ungebildeten Schwarzen zu halten. Vor einem Computer ist er unschlagbar, wenn er sich auch ansonsten ein wenig martialisch gibt. Jedenfalls tauchte Krüger im Melderegister einer Sondereinheit wieder auf. Da sind wir dann auf einige interessante Namen und die dazugehörigen Bilder gestoßen. Voila. Rate mal, wer neben Thomas Krüger das Licht der digitalen Welt erblickte, hmmh? Und ich frage mich jetzt sehr ernsthaft, was in Gottes allmächtigem Namen soll ich wohl tun? Denn weißt du. Obwohl es nicht geplant war, habe ich mich doch in dich verliebt. Und jetzt stehe ich vor einem gewissen Dilemma. Kannst du mir vielleicht sagen, wohin wir von hier aus kommen werden?"

Ich saß bis zu beiden Ohren in der Scheiße und er wusste es. Er ließ mir gerade noch soviel Spielraum, dass ich meine Unterlippe über der stinkenden Brühe halten konnte. Doch es schwappte schon gefährlich über.

Ich entschloss mich zu einer Gegenfrage.

"Das hängt ganz von dir ab, denn ich habe nicht die geringste Ahnung, wer zum Teufel DU wirklich bist."

Ich sah Angus mit funkelnden Augen an. Wenn mein Weg hier zu Ende sein sollte, dann bei Gott würde ich diesen Männern einen Kampf liefern, den sie nicht vergessen würden. Angus kratzte sich hinter einem Ohr und sah mich mit diesen wunderschönen blauen Augen an.

"Tja, wer bin ich. Würdest du den deutschen BND fragen, so würde man dir sagen, dass ich ein international tätiger Waffenhändler bin, ebenso der CIA. Doch ich fürchte, ganz so einfach lässt sich deine Frage nicht beantworten.

Du musst wissen, ich bin sehr vielschichtig. Bin ich gut? Bin ich böse? Ich nehme an, die Antwort liegt irgendwo im Dazwischen. Du solltest dir schon selbst deinen Reim darauf machen.

Was sagt dir denn dein Herz? Kannst du dich auf dein Herz verlassen? Oder bist du nur ein Killer? Kalt. Erbarmungslos. Ohne eigenes Hirn. Ohne eigenen Verstand. Ein Befehlsempfänger.

Was bist DU?

Das ist wohl eher die entscheidende Frage? Und jetzt sitzen wir beide hier, voller Fragen und nicht einer einzigen Antwort. Vielleicht sollten wir unser Abendessen wieder aufnehmen, denn ich habe einen mörderischen Hunger. Möglicherweise finden wir am Morgen ein paar Antworten."

Ohne auf meine Antwort zu warten, schnitt er sich ein frisches Stück vom Braten ab und kaute konzentriert darauf herum, ohne mir noch die geringste Aufmerksamkeit zu widmen. Dingaan trank einen Schluck Wein und seine Augen sprühten grüne Blitze. Wir zwei würden noch unseren Spaß miteinander haben. Das war so sicher wie das Amen in der Kirche."

Macs Redestrom versiegte und sie griff nach ihrem Bier. Auch Trevor und der Rest seiner Familie schwiegen. Es war ihnen allen klar, dass die Geschichte noch keineswegs an ihrem Ende angelangt war. Doch in der Zwischenzeit hatten sie reichlich Stoff zum Nachdenken. Crystal brach als erste das Schweigen.

"Warum zum Geier hatte ich keine Ahnung davon, das dem Bastard ein Stück vom Krügerpark gehört? Ich habe ewig die scheißteure Miete für die Bungalows bezahlt. Herrgott nochmal."

Mac brach in schallendes Gelächter aus, das wie eine Initialzündung wirkte und die Stimmung beträchtlich nach oben trieb.

"Aber jetzt mal ganz im Ernst," Crystal blickte Mac fragend an, "hast du herausgefunden, wer mein Bruder denn nun wirklich ist?"

Mac schüttelte verneinend den Kopf.

"Nein, das habe ich nicht, aber ich weiß, dass er mich liebt oder zumindest geliebt hat. Denn ich lebe noch.

Wenn Angus töten will, dann tut er es. Doch Angus lässt sich niemals in die Karten blicken. Er kann sanft sein wie ein Lamm und im nächsten Augenblick ist er wie ein ausgehungerter Löwe, unbarmherzig und tödlich.

Ich habe versucht, mehr über ihn herauszufinden, nachdem ich das wenige, das von mir übrig geblieben war, zu einem der Treffpunkte meiner Einheit geschafft hatte. Er macht fantastische Geschäfte mit den Russen und der neuen Regierung in Südafrika selbstverständlich auch. Ukraine, Brasilien, Mittelamerika, alles Kunden von ihm. Doch die dickste Geldquelle, der nahe Osten, Fehlanzeige. Er macht keine Geschäfte mit Terroristen. Es scheint eine Prinzipsache für ihn zu sein. Seine wirklichen Geschäftspartner ausfindig zu machen, ist mir nur sehr schwer gelungen.

Es ist immer wieder das Gleiche. Ich komme über meine Kontaktleute bis zu einem ganz bestimmten Punkt und dann ist Sense. Ende der Fahnenstange. Nicht für Geld und gute Worte kommt man nah genug an ihn ran. Er ist ein klein wenig wie Batman, nur ohne Cape und Maske. Sehr frustrierend."

Nicolas verschränkte die Arme hinter dem Kopf.

"Ich höre eine gewisse Heldenverehrung in deiner Stimme, kann das sein? Ich glaube, in Anbetracht der Umstände, unter denen wir hier zusammengekommen sind, scheint mir das ein wenig deplaziert zu sein."

Man konnte seiner Stimme eine gewisse Verärgerung nicht absprechen.

"Keine Heldenverehrung. Nein wirklich nicht. Angus ist ganz bestimmt kein Held. Er ist ein Arschloch erster Güte."

Mac stieß ihren Stuhl zurück und öffnete schweigend die Schnalle ihre Gürtels. Sie streifte unbefangen ihre Jeans über ihre Hüften und entblößte eine sternförmige, handtellergroße Narbe auf ihrem rechten Oberschenkel.

"Das habe ich Angus zu verdanken. Um ein Haar hätte sein Schuss meinen Oberschenkelknochen zertrümmert. Ich habe fast ein ganzes Jahr gebraucht, um wieder ganz und heil zu sein. Oh ja, wir haben ganz bestimmt noch eine Rechnung offen."

Amy legte vorsichtig ihre Fingerspitzen in die wulstige Vertiefung in der Mitte der Narbe.

"Das war ein sehr großes Kaliber."

Mac zog die Hose wieder über die Hüften und schloss ihren Gürtel.

"Oh ja, das war es, Kaliber 45. Aus einer einschüssigen Waffe. Meiner eigenen, gottverdammten Waffe."

"Vielleicht erzählst du deine Geschichte besser zu Ende. Ich habe so den Eindruck, das wird noch recht interessant."

Catherine trank einen Schluck Wein und schaute Mac fragend an.

Mac nahm ihre Geschichte wieder auf.

"Es ist kaum zu fassen, aber ich hatte die Nacht meines Lebens. Das Bett war weich und die Mosquitonetze vermittelten mir das Gefühl, auf einer Wolke zu schweben. Der Wein hatte mich angenehm schläfrig gemacht und ich fühlte mich irgendwie sorgenfrei. Seltsamerweise war meine Angst verblaßt. Hätte er mich einfach nur töten wollen, wäre ich schon auf dem Fluss verschwunden und kein Hahn hätte jemals wieder nach mir gekräht.

Während ich schläfrig vor mich hin döste, schob Angus die

Netze zur Seite und kam zu mir. Seine zärtlichen Lippen begannen jede noch so kleine Narbe auf meiner Haut zu suchen und zu liebkosen. Meine Hände wussten nicht wohin und ich krallte mich in seine Schultern. Er spielte mit mir und brachte mich zu ungeahnten Höhen, bevor er mich hart und kompromisslos nahm. Doch das war genau das, was ich jetzt brauchte. Wir liebten uns wild und hemmungslos, aber wir blieben, was wir auch zuvor gewesen waren. Zwei einsame Individuen, die eine undurchdringliche Mauer um sich herum errichtet hatten.

Irgendwann kurz vor dem Morgengrauen schliefen wir ein. Doch zuvor sah ich draußen einen großen Schatten an unserem Zelt vorübergleiten und ich wusste, das Dingaan in dieser Nacht nicht schlafen würde.

Nach einem recht kurzen Schlaf wurde ich geweckt durch Dingaan, der das Mosquitonetz zur Seite schob und Angus leicht an die Schulter tippte. Ohne die geringsten Anzeichen von Müdigkeit schlug der Mann an meiner Seite die Augen auf und die Decke zurück. Nackt wie Gott ihn geschaffen hatte, trat er hinaus vor das Zelt und die beiden Männern unterhielten sich in kurzen, abgehackten Sätzen in KwaZulu. Angus kam zu mir zurück, sobald Dingaan sich zurückgezogen hatte.

"Du musst aufstehen, Liebes. Wir erwarten in wenigen Augenblicken Besuch zum Frühstück. Ich denke, du möchtest dich zuvor sicherlich noch ankleiden?"

Angus reichte mir seine Hand und zog mich sanft auf die Füße. Ich brauchte nur wenige Minuten, bevor ich mit einer Tasse Kaffee bewaffnet einem rasch näherkommenden Apache Hubschrauber entgegenblickte. Die wendige Kriegsmaschine wurde von einem Profi geflogen. Das sah ich augenblicklich.

Innerhalb weniger Minuten hatte der Pilot den Kampfhubschrauber auf der einzig möglichen Stelle sauber abgesetzt, ohne irgendwelchen Hokuspokus zu veranstalten, zu dem sich Angeber hinreißen lassen. Solche Männer, die keine Ahnung davon hatten, in einem Kriegsgebiet zu operieren, noch viel weniger in einem gekämpft hatten.

Doch wie gesagt, der Pilot in dem Apache war ein abgebrühter Profi. Noch bevor die Rotorblätter ihre Geschwindigkeit auf ein erträgliches Maß reduziert hatten, sprangen zwei Männer aus dem Laderaum der Maschine. Der Mann an der Spitze kam mir doch sehr bekannt vor und ich wurde mir in diesem Augenblick klar darüber, dass mein neuer Freund Angus ein ganz besonderes Spiel mit uns vorhatte.

Beast stolperte mehr als dass er ging durch die Pforte, die Dingaan freigeräumt hatte. Dingaans mächtige Hand fasste meinen Partner im Genick und schleuderte ihn in die Mitte unseres Zeltplatzes wie ein neugeborenes Kätzchen. Beasts blutunterlaufene Augen schleuderten hasserfüllte Blicke zu dem kriegerischen Schwarzen, jedoch war ich mir im Klaren darüber, dass es dabei auch bleiben würde. Beast befand sich in einem recht erbärmlichen Zustand. Sein Gesicht schillerte in allen Regenbogenfarben, während er seine Unterarme gegen seinen Magen presste.

Ein Profischläger hatte ihn nach allen Regeln der Kunst bearbeitet und gerade soviel von Thomas Krüger, alias Beast übriggelassen, damit er sich gerade noch auf seinen eigenen Beinen halten konnte. Sehr wahrscheinlich nur aus dem einen Grund, weil er keine Lust hatte, ihn durch die Gegend zu schleppen. Die Schläge ins Gesicht hatte er mit verhaltener Kraft geführt. Doch ich war mir sicher, dass er sich bei den Körpertreffern nicht zurückgehalten hatte, denn Beast spuckte immer wieder Blut.

In diesem Moment hob der Apache wieder ab und zerzauste mit dem Wirbel seiner Rotoren die Dornenbüsche vor unserem Lager. Ich wandte mich zu Angus um und zog fragend die Augenbrauen hoch.

Angus zuckte gleichmütig mit den Schultern.

"Ich habe wirklich nicht einsehen wollen, weshalb du die

Suppe alleine auslöffeln solltest, die ihr zwei Deppen euch gemeinsam eingebrockt habt. Mit gegangen, mit gehangen. So heißt es doch in Deutschland. Nicht wahr?"

Er nahm einen Schluck aus seiner Tasse, bevor er sie auf dem Tisch in der Mitte des Lagers abstellte. Angus schob seine Hand in die Hosentasche und brachte einen Gegenstand zum Vorschein, der mir nur allzu gut bekannt war. Ein rätselhaftes Lächeln umspielte seine Lippen und sein Blick schien mich bis ins Mark zu durchleuchten.

"Nettes Spielzeug, das."

Er hielt meine einschüssige Waffe vor sein Gesicht und studierte sie eingehend.

"Dingaan hat sie gefunden. Er hat einen perfekten Riecher für sowas. Ich muss gestehen, ich habe so etwas noch niemals gesehen. Ist die auch getestet worden? Ich meine, das Ding ist ja noch nicht einmal aus Metall. Da könnte ja Gott weiß was passieren, wenn man die abfeuert."

Angus öffnete den Verschluss und zog die Patrone heraus.

"Kaliber 45. Nicht übel. Warum kleckern, wenn man klotzen kann. Aber jetzt Mal im Ernst. Hättest du es über dich gebracht, mich damit umzubringen?"

Was soll man auf so eine Frage schon antworten, wenn man als Killer einer Sondereinheit entlarvt worden ist. Ich meine, wir haben da nicht über einen Einkauf geredet, oder so was. Also hielt ich einfach den Mund und blickte ihn nur schweigend an.

"Dachte ich mir schon."

Angus schob die Patrone wieder in den Lauf zurück und verschloss die Waffe.

"Zu schade. Ich dachte wirklich, dir liegt etwas an mir."

Mit diesen Worten hob er die Waffe und die Explosion des Schusses betäubte meine Trommelfelle, bevor mein Bein nach hinten gerissen wurde und ich den Halt verlor. Der Wundschock setzte meinem Kreislauf schwer zu und das letzte was ich sah, bevor eine Ohnmacht über mich hinwegschwappte, war das besorgte Gesicht von Angus.

"Es tut mir wirklich leid, mein Schatz, aber wenn ich dich ohne einen Kratzer zu deinen Herren zurückschickte, bist du geliefert. Glaub mir, eines Tages wirst du mir dafür noch dankbar sein. Ach und noch eines. Das seltsame Ding funktioniert blendend. Ich werde es als Andenken behalten."

CHAPTER DREI
Chapter 3

"Wenn der Himmel einen Menschen erschaffen hat, muß es auch eine Aufgabe für ihn geben."

(Chinesisches Sprichwort)

Für eine kleine Weile verstummten die Gespräche in Trevors Haus. Es war, als hätte die Geschichte der jungen Frau die Gedanken der Menschen, die um den alten Eichentisch vesammelt waren, zutiefst ausgelaugt.
"Möchtest du für heute Schluss machen? Wir können morgen weitermachen. Es ist ja schon spät."
Nicolas stand auf und legte in einer beschützenden Geste die Hand auf Macs Schulter.
Mac schüttelte den Kopf.
"Nein. Ist schon in Ordnung. Ich möchte nur mit Trevor auf die Terasse eine rauchen gehen, wenn ihr nichts dagegen habt. Allein, bitte."
Mac stand auf und schlenderte hinüber zur Verandatür. Trevor und der große Hund folgten ihr. Wortlos hielt Trevor der jungen Frau seinen Tabakbeutel entgegen, die ihn dankbar nickend entgegen nahm und sich mit geschickten Fingern eine Zigarette drehte. Trevor gab ihr Feuer und Mac sog den aromatischen Rauch tief in ihre Lungen, bevor sie ihn genüsslich wieder entweichen ließ.
"Ist sie es wert?"
Mac zupfte einen Tabakfussel von ihrer Zungenspitze.
"Ist sie es wert, dass ihr alle bei dem Versuch an Angus heranzukommen, draufgehen könntet. Habt ihr über diese Möglichkeit schon mal nachgedacht?"
"Wir haben keine andere Wahl, Mac. Wenn wir nicht zu ihm gehen, wird er zu uns kommen. Auf die eine oder andere Art und Weise. Und dann ist das Überraschungsmoment auf seiner Seite."

Trevor sog betrübt dreinblickend an seiner Zigarette.

"Und ja, Crystal ist es wert. Wir sind eine Familie."

"Der Mann hat eine ganze Organisation hinter sich, Trevor. Den Krieg könnt ihr nicht gewinnen, glaube mir. Und er ist alleine für sich schon gefährlich genug. Aber ich werde euch helfen. Ich helfe euch mit allen Ressourcen, über die ich verfügen kann. Aber ich wollte ehrlich zu dir sein. Mach dir keine allzu großen Hoffnungen. So und jetzt erzähle ich den anderen meine kleine Geschichte zu Ende."

Sie drückte die Kippe aus und ging entschlossen zurück ins Haus.

Mac hakte einen Fuß unter ihren Stuhl, zog ihn vom Tisch weg und setzte sich rittlings darauf, die Arme über der Lehne verkreuzt.

"Als ich zu mir kam, fühlte ich mich hundeelend. Der Nebel vor meinen Augen wich nur zögernd. Doch nach wenigen Minuten nahm ich meine Umgebung wieder deutlich wahr. Mein erster Blick fiel auf Beast. Zusammengesunken auf einem Stuhl, hing er in den Seilen, mit denen man ihn daran gefesselt hatte. Er sah übel aus und Blut tropfte immer noch auf das braune Gras. Meine Erinnerung setzte nur langsam ein, doch dann tastete meine Hand hinunter an meinen Oberschenkel, der dick bandagiert war. Ich spürte keine Schmerzen und ich ahnte, das Angus mir eine Dosis Morphium verabreicht hatte. Mühsam robbte ich hinüber zu Beast und zog und zerrte an den Riemen, die ihn fesselten. Endlich gaben sie nach und Beast sackte zu Boden, wo er schwer atmend liegenblieb. Ein prallgefüllter Wasserschlauch lag neben dem Tisch und ich träufelte Beast davon in den Mund. Hustend und würgend kam er zu Bewußtsein.

"Dieser Schweinehund. Er hat es von Anfang an gewusst. Er wusste, aus welchen Grund wir gekommen waren und er hat uns gesucht. Und nicht wir ihn. Der Drecksack hat uns gejagt wie ein paar Kaninchen und wir sind ihm wie Anfänger auf den Leim gegangen."

Beast setzte sich auf und hielt sich stöhnend den Kopf. Seine Nase war gebrochen und zwei bildschöne Veilchen zierten inzwischen sein geschwollenes Gesicht. Mit einem Finger betastete er sehr vorsichtig seine Zähne.
"Scheiße. Da sind ein paar locker. Wenn ich die verliere, ist aber der Teufel los."
Zweifelnd schüttelte ich den Kopf.
"In deinem und meinem Zustand kannst du von Glück reden, wenn wir es in einem Stück wieder nach Hause schaffen. Was ist mit unseren Leuten? Wissen die, wo wir abgeblieben sind?"

Wenn man uns holen käme, hätten wir eine faire Chance. Doch Beast schüttelte sehr, sehr vorsichtig seinen malträtierten Schädel.
"Fehlanzeige. Die wissen nichts von uns. Die letzte Meldung, die ich absetzen konnte, informierte den Chief nur darüber, dass wir an Angus dran bleiben würden. Ich hatte ja keine Ahnung, was er mit dir genau vor hatte. Und bevor ich das richtig auf die Reihe gekriegt hatte, hatten mich auch schon ein Haufen dieser Bastarde aus der Kneipe in der Mangel. Erst saufen die mit einem und dann sowas. Das ist aber entschieden gegen den guten Ton. Wo sind wir hier eigentlich gestrandet?"
Beast zog sich auf die Beine und blickte sich um. Nur Wildnis und Dornen. Er sah mich fragend an.

"Kuck mich nicht so an. Hab selber kaum eine Ahnung. Irgendwo zwischen Südafrika und Mozambique. Wollen mal hoffen, das Angus so freundlich war, uns eine Karte zu unserem Lunchpaket gepackt zu haben. Das letzte, was ich sicher mitgekriegt habe ist, dass wir den Crocodile-River hinunter gepaddelt sind und der bildet ganz am Ende die Grenze zu Simbabwe und Mozambique. Ich wage ja gar nicht zu hoffen, das du eine Kommunikationseinheit im Stiefel

versteckt hast?
Nicht?
Das wäre auch zu schön gewesen. Na, dann lass uns mal nachschauen, was der liebe Angus uns zurückgelassen hat. Besorg mir doch mal bitte einen stabilen Ast, mit einer kräftigen Astgabel dran. Ich bezweifle, dass ich mich auf den Beinen halten kann, ohne eine Krücke."

Beast humpelte zum Rand des Lagers und zog einen der zähen Akazienäste aus dem Dorngestrüpp, welches einen Ring um das Lager bildete. Er zerrte das widerspenstige Ding hinter sich her, sorgsam darauf bedacht, sich nicht an den mörderischen Dornen zu verletzen.

Auf dem Tisch in der Mitte des Lagers lagen verschiedene Ausrüstungsgegenstände. Mein Partner inspizierte das schmale Häufchen und zog eine Machete unter allerlei Krimskrams hervor. Geschickt entfernte er die mörderischen, zentimeterlangen Dornen und umwickelte die Astgabel mit den Streifen einer Decke, die er herausgetrennt hatte, um das ganze Gebilde für mich etwas komfortabler zu machen. Er reichte mir die provisorische Krücke und ich schob mir die Astgabel unter die Achselhöhle. Dergestalt gestützt, humpelte ich hinüber zum Tisch und untersuchte mit meinem Partner die zurückgelassenen Habseligkeiten. Unter einem schweren Karabiner klemmte ein Notizzettel.

"Geliebte Mac. So nennen dich doch Freunde, ist es nicht so? Es tut mir in der Seele weh, dich in diesem Zustand zurück zu lassen. Sollte ich dir jedoch zu sehr behilflich sein, so wird dir niemand die Geschichte einer abenteuerlichen Flucht abkaufen. Dein Ruf wäre also ruiniert. Ich lasse dir ein Boot, Lebensmittel und Waffen zurück. Wenn du klug bist, baust du zusammen mit deinem Partner ein Zelt ab und nimmst es mit. Es ist ratsam, des Nachts in einem Dornenwall zu schlafen. Nimm das als wirklich guten Ratschlag an. Wenn es nach meinem Bruder Dingaan gegangen wäre, hätte ich euch den Krokodilen zum Fraß hingeworfen. Aber der Gute ist leider nicht so verliebt in dich, wie ich es bin. Nun, ich wünsche dir eine sichere Heimreise und erweise uns beiden einen Gefallen. Komm mir niemals wieder unter die Augen. Noch einmal wirst du nicht soviel Glück haben, glaub mir. Dingaan brennt darauf, euch beiden die Haut abzuziehen und ich meine das absolut wörtlich. Gut. Ich denke, mit meinen Hinterlassenschaften solltet ihr es bis nach Mozambique schaffen. Soweit mir bekannt ist, wartet eure Einheit dort auf einem Zerstörer, um euch aufzunehmen. Leb wohl und verpiss dich, mein Herz. In Liebe, dein Angus."

Ich habe den Text bis heute nicht vergessen. Mac trank einen Schluck des inzwischen schal gewordenen Bieres, das vor ihr stand. Sie schien es nicht zu bemerken und fuhr fort.

"Ich glaube ich habe den Bastard wirklich geliebt. Und zum zweiten Mal hatte ich einen meiner Männer tief enttäuscht. Das hinterließ einen bitteren Beigeschmack. Ich mag mich irren. Aber ich habe in der Zeit, die ich mit Angus zusammen war, niemals das Gefühl gehabt, dass der Mann ein Verbrecher war. Dabei hatte ich viele davon kennengelernt. Gefährlich, oh ja, das war oder ist er. Ich habe ihn niemals wiedergesehen.

Wir haben uns irgendwie bis zur Grenze durchgeschlagen, damals. Angus hatte uns einen Revolver mit sechs Patronen und einen Karabiner mit vollem Magazin hinterlassen. Wir konnten nur hoffen, dass die Tierwelt Afrikas ein Einsehen mit uns hatte und uns in Ruhe gewähren ließ. So wie es aussah, reichte die Munition gerade lange genug, um uns mit Wildbret zu versorgen.

Zerschlagen wie wir waren, dauerte es eine ganze Weile, bis wir das Zelt abgebaut hatten und unsere Siebensachen in zwei Rucksäcken verstaut hatten. Wir hatten nach Besichtigung unserer Schätze eine recht kurze Inventarliste vorzuweisen.

Zwei robuste Campinglampen, eine Taschenlampe, die erwähnten Waffen, einige Medikamente, Karte, Kompaß, Feuerzeug. Die Machete, die Beast an seinem Gürtel befestigt hatte und unser Zelt. Ein paar haltbare Lebensmittel lagen oben auf dem Haufen, gerade genug, um uns zwei oder drei Tage am Leben zu halten, falls uns kein Abendessen vor die Flinte lief.

Mühselig schafften wir unsere magere Ausrüstung zum Boot, warfen alles hinein und legten ab. Die Strömung zog uns rasch in die Mitte des Flusses und der Crocodile-River zeigte sich für uns von seiner freundlichen Seite. Wir hielten Kurs mit unseren Paddeln und keine Stromschnellen kamen uns in die Quere.

Der erste Tag verging wie im Fluge und wir legten erst an, als die Sonne schon tief am Horizont stand. Eine magere Gazelle, die sich als erste einer kleinen Herde aus den Schatten der Akazienwälder gewagt hatte, wurde zu unserem Abendessen. Während Beast einen provisorischen Wall um unser Lager aus trockenen Akazienästen und Dornengestrüpp zusammenzog, machte ich ein kleines Feuer und briet einen Schenkel des erlegten Tieres. Ausgehungert fielen wir darüber her. Später inspizierte Beast das Loch in meinem Oberschenkel.

Vor sich hin grummelnd bestreute er die Wunde mit Antibiotikapulver, bevor er sie wieder sorgsam verband. Eine Morphiumspritze vervollständigte die abendliche Versorgung und ich schlief rasch ein. Ich schlug die Augen erst wieder auf, als das Morgengrauen einsetzte und sah, dass Beast nicht geschlafen hatte. Mit dem Karabiner zwischen den Knien saß er an einen Baumstumpf gelehnt und hielt einsame Wache.

"Gib her", sagte ich zu ihm und entzog seiner Hand den Karabiner, "leg dich hin und nimm eine Mütze voll Schlaf. Übermüdet bist du zu nichts nutze. Aber trotzdem, Danke."

Unsere Tage zogen in einem beruhigenden Gleichmaß dahin. Selten gerieten wir in Gefahr und nur ein einziges Mal griff Beast zum Revolver, um ein allzu aufdringliches Krokodil davon abzuhalten, unser Boot zum Kentern zu bringen. Ganz umsonst war der Schuss allerdings nicht. Krokodil schmeckt über einem Feuer gebraten absolut lecker. Wenn ihr das mal angeboten bekommt, nicht ablehnen.

Wir brauchten fast zwei Wochen, um uns bis in nennenswerte Zivilisation durchzuschlagen. Es handelte sich um ein winziges Dorf in der Nähe des Meeres. Aus einer Wellblechkneipe setzten wir einen Notruf an unsere Einheit ab und kurze Zeit später sammelte uns ein Armee-Chopper ein.

Und es war so, wie Angus es gesagt hatte. Die ramponierte Gestalt Beasts und meine Schusswunde verschafften uns einen Freifahrtschein nach Hause. Niemand zweifelte unsere Geschicht an. Mein Partner und ich hatten ja ausreichend Zeit gehabt, um uns eine gute Story zurecht zu legen.

Tja, dass also war meine Begegnung mit Angus. Eigentlich freue ich mich nicht besonders, ihm erneut unter die Augen zu treten. Seine letzte Botschaft an mich war ziemlich eindeutig.

Mac beendete ihre Geschichte und stand auf.

"Schluss für heute. Ich fahre jetzt zurück in meine Suite und schlafe mich zum ersten Mal seit Wochen richtig aus und dann sehen wir weiter."

Damit warf sie sich ihre Jacke über und wenig später röhrte draußen der schwere Motor ihres Porsches auf.

CHAPTER VIER
Chapter 4

"Der Weise scheint in seinem Handeln langsam und ist doch schnell, er scheint zögernd und ist doch geschwind. Weil er auf die rechte Zeit wartet."

(Lü Bü We, ca. 300-245 v.Chr., chinesischer Philosoph, Politiker)

"Völlig unmöglich. Ich kann dir nicht in zwei Monaten ein Fahrzeug bauen, das du Angus als Kampffahrzeug der neuesten Generation unterjubeln kannst. Die wenigen Firmen, die sich auf so etwas spezialisiert haben, stecken jahrelange Forschung in ihre Fahrzeuge. Einmal davon abgesehen, dass mir die Hälfte der benötigten Materialien für so ein Ding fehlen."

Mac kaute ungeduldig auf ihrer Unterlippe herum. Ihr löchriger Plan stand und fiel mit dem Können von Nicolas.

"Gut, das sehe ich ja auch ein. Aber ist es möglich, eine voll funktionsfähiges, taktisches Vehikel zu bauen? Das Ding muss ein angsteinflößendes Aussehen haben, jede Menge elektronischen Krimskrams vorweisen, ein oder zwei vernünftige Waffensysteme, eine gute Panzerung und Schnelligkeit. Und das Ganze braucht auch nur eine einzige Woche zu halten. Dann müssen wir ohnehin wieder verschwunden sein."

"Hah! Das wünscht sich die US Army auch, da bist du ja in bester Gesellschaft."

Mac schmollte.

"Mensch, du hast doch früher auch immer alles hinbekommen, was du schaffen wolltest."

Nicolas dachte angestrengt nach und ließ sich mit seiner Antwort Zeit.

"Möglicherweise, und ich sage mit Bedacht möglicherweise. Möglicherweise kann ich dir etwas zusammenschustern, das ein paar Interessenten lange genug täuschen kann, bis wir deinen irrsinnigen Plan in die Tat umsetzen können. Was ich denen bieten kann, sollte sie für eine Weile beschäftigen. Aber bevor die Türen von dem Ding herunterfallen, müssen wir wieder weg sein."

Mac nickte zufrieden.

"Das hört sich schon mehr nach dem Nicolas an, den ich kenne. Aber ein wenig länger sollte das Ding schon halten. Denn damit werden wir wieder verschwinden. Also bau es gut."

"Jesses!"

Nicolas hob entnervt seine Hände.

"Jetzt hängt wieder alles an mir, oder wie? Das ist ja genau wie damals. Ach komm schon, Mac. Dann gib uns mal ein wenig mehr von deinem genialen Plan, damit wir wenigstens wissen, was noch alles auf uns zu kommt."

Mac grinste von einem Ohr zum anderen. So langsam kam sie in Fahrt.

"So gefällst du mir schon besser. Immer schön positiv bleiben, alter Junge."

Sie wippte auf ihrem Stuhl auf und ab und der mehr als unausgegorene Plan, der ihr eigentlich erst vor wenigen Minuten eingefallen war, nahm langsam, aber sicher Formen an.

"Also, noch mal von vorn.

Die US Army stellt auf ein neues taktisches Fahrzeug um. Das ist eine Tatsache und der gute alte Humvee hat ausgedient. Das neue Ding ist Klasse. Ich habe es schon einmal gefahren. Allerdings nur in der Erprobungsphase. Aber egal.

Fakt ist, dass die Russen das große Hosenflattern kriegen. Warum, entzieht sich mir. Ist ja bloß ein Auto. Vielleicht wollen sie auch nur ein neues Spielzeug haben.

Angus hinwiederum macht alles zu Geld, was sich verkaufen lässt. Wenn wir ihm ein Fahrzeug liefern, das er den Russen andrehen kann, dann macht er richtig Kasse. Und von den großen Herstellern wird ihm niemand so ein Ding verkaufen wollen, denn dann haben sie die Amerikaner im Genick. Und genau hier beginnt unser Auftritt. Wir schleppen ihm einen Prototypen an, dass denen die Augen aus dem Kopf fallen.

Wir suggerieren Angus, dass wir zwar nicht in der Lage sind, das Ding in Serie zu bauen, aber die Russen können das. Allerdings nur mit unserem Know-how. Die Geschichte muss beim ersten Anlauf sitzen. Da gibt es keine Generalprobe. Irgendwie müssen wir es dann schaffen, Angus zu kidnappen und mit dem Prototypen zu verduften. Dann könnten wir uns in Ruhe mit Angus befassen, ohne dauernd über die Schulter blicken zu müssen. Tja, mehr fällt mir im Augenblick auch nicht ein."

Catherine hatte die Füße auf die Couch hinaufgezogen und es sich bequem gemacht. Ihre unruhigen Finger drehten Locken in ihr langes Haar.

"Hört sich ja alles mega einfach an. Wir bauen also ein trojanisches Pferd in Kampfwagenform. Das klappt doch nie."

"Es ist aber die einzige Möglichkeit, um an Angus heranzukommen. Das muß klappen und das hat es ja in der Geschichte auch schließlich schon einmal. Eine andere Chance haben wir nicht. Jedenfalls fällt mir keine andere ein. Aber ich bin ganz Ohr, wenn ihr einen beseren Vorschlag habt."

Catherine seufzte ergeben.

"Okay, gut, gut. Und was dann? Wenn wir ihn haben. Angus meine ich. Was machen wir dann?"

Mac atmete tief und leicht genervt ein.

"Leute, Leute, Leute. Ich improvisiere doch auch nur. Wenn ihr eine Garantie oder sowas haben wollt, kauft euch eine Waschmaschine.

Wenn wir ihn haben, versuchen wir aus Südafrika zu

verduften. Das lasst dann mal meine Sorge sein. Zuerst müssen wir das Dingens da auf die Räder stellen, unser Trojanisches Pferdchen. Wenn wir das hingekriegt haben, schicke ich Angus eine Mail, beziehungsweise lasse eine schicken. Fertig. Entweder er beißt an oder nicht. Immer schön einen Schritt nach dem anderen.
 Nicolas.
 Wir zwei ziehen uns jetzt zurück und gehen durch, was du an Material brauchst und schreiben unsere Einkaufsliste. Ihr anderen denkt schon mal darüber nach, wo wir in Ruhe arbeiten können. Eine Halle muss zwingend her.
 Amy, bringst du uns bitte Kaffee? Sei so lieb.
 Ich fürchte, dass wird eine lange Nacht. Und jetzt hopp, hopp. Es gibt jede Menge zu tun."

 Nicolas klappte den Bildschirm seines Laptops auf und startete einige Programme, die Mac unbekannt waren. Konzentriert tippte er auf seiner Tastatur ein paar Befehlszeilen ein und auf dem Display erschien zu Macs Verblüffung die Konstruktionszeichnung eines Humvee.
 Nicolas lehnte sich in seinem Sessel zurück.
 "Der Humvee, auch High mobility multiporpose wheeled vehicle genannt, wird zwar in der amerikanischen Armee vorwiegend benutzt, hat sich aber nie wirklich bewährt. Er ist zu schwer, zu langsam, zu schwach gepanzert, hat einen zu hohen Verbrauch und seine Geländeeigenschaften sind nicht wirklich gut. Aber seine Konstruktionspläne sind das einzige, was ich habe. An die Neuentwicklungen anderer Firmen, deren Namen hier nichts zur Sache tut, komme ich nicht ran.
 Also bleibt mir nur eines zu tun. Eine Art neuen Humvee zu bauen, aber besser. Und zwar viel besser.
 Ich werde dem Auto ein neues Design geben. Ich besorge bessere Komponenten. Getriebe, Antrieb, Motor, unzerstörbare Reifen, sowas eben. Das alles kann ich besorgen.

Aber was ich nicht besorgen kann, das ist eine neue Panzerung und Waffensysteme. An das Zeug komme ich nicht ran. Da besteht höchste Geheimhaltungsstufe. Und da gibt es auch keine Diskussion.
Die Elektronik entwerfe ich selbst neu. Das ist easy. Das kriege ich ganz sexy hin. Die ganzen Spielereien, um ein wenig Hokuspokus zu veranstalten, liefern mir meine alten Verbindungen. Ich brauche denen ja nicht zu erzählen, dass es diesesmal nicht um ein Modellflugzeug geht."

Mac grinste still in sich hinein. Er hatte angebissen. In seinem Kopf schwirrte es jetzt schon von Plänen und Listen. Gut so.

"Was brauchst du von mir?" wollte Mac wissen.
"Nun weißt du, der Humvee ist über acht Tonnen schwer. Das müssen wir irgendwie in den Griff bekommen und abspecken. Was ich brauche ist Panzerstahl der neuesten Generation, Panzerung der dritten Generation und Hohlstahlstäbe und Träger aus Kohlenstoffstahl. Ich brauche abgereichertes Uran, Wolframplatten und Plasmaschweißgeräte. Und ich brauche Leute, eine Halle und Waffen."
Mac schrieb ein paar Stichworte auf einen Zettel und sah Nicolas fragend an.
"Warum abgereichertes Uran und von welcher Panzerung reden wir hier?"
Nicolas dachte kurz nach.
"Abgereichertes Uran ist hart. Sehr hart. Es ist fast undurchdringlich, aber sehr schwer zu bekommen und die Grundlage einer perfekten Panzerung. Was ich noch brauche, ist eine Verbundpanzerung aus Panzerstahl, Keramik, Uran und Wolfram. Kevlar nicht zu vergessen."
"Was ist das denn genau für ein Zeug? Erklär mir das mal, bevor ich meinen Telefonjoker setze."

Mac zog ihr Handy aus der Tasche und legte es neben ihre Notizen.

Nicolas lehnte sich zurück und ordnete seine Gedanken neu.

"Nun, es verhält sich ungefähr so. Früher verbaute man einfache, gefaltete, hochdichte Panzerstähle, die mit Wolfram, Stickstoff, Kohlenstoff und ein paar Prisen Hiervon und Davon angereichert waren. Das funktioniert heute nicht mehr.

Aber warum? Nun, erstens ist das Zeug zu dick und zu schwer. Zweitens haben sich die panzerbrechenden Waffen dramatisch verbessert. Die gehen durch unseren guten alten Stahl wie durch Butter. Deshalb die Panzerung der dritten Generation, wie man sie in Fachkreisen nennt.

Wenn Angus etwas zuerst testet, dann die Haltbarkeit der Panzerung. Ist die Scheisse, kann der Rest noch so gut sein, du kriegst das nicht verkauft. Also konstruiere ich auf Basis des guten alten Humvee ein neues Vehikel, dessen Rahmen aus Hohlstahl besteht. Das spart uns eine satte Tonne Gewicht ein und ist stabil wie der Teufel, wenn ich das mache. Die neuartige Panzerung ist um ein Drittel leichter als das Zeug, das die Ingenieure am Humvee verbaut haben. Hier sparen wir noch eine Tonne ein. Außerdem geht da nichts, aber auch gar nichts durch.

Die neuen Waffen sind Hohlkopfladungen, die ungefähr aufgebaut sind wie ein umgekehrter Trichter. Beim Aufschlag wird eine Treibladung gezündet, die die nach innen gekehrte Nase unseres gedachten Trichters ausstülpt und durch die Panzerung jagt, wie ein heißes Messer durch die obligatorische Butter. Durch die so entstandene Öffnung in der Panzerung wird hochexplosives Uranpulver in den Panzerinnenraum getrieben.

Sowie es sich mit Luft vermischt, detoniert das Gemisch.

Bumm!

Das Panzerinnere ist zerstört, der Innenraum massiv kontaminiert. Wer da noch heraus findet, hat nicht mehr allzu lange Zeit auf diesem Planeten übrig. Ende der Fahnenstange.

Die neuartige Verbundpanzerung mit dem schönen Namen Mjöllnir hat jetzt aber eine kleinen Trick auf Lager. Zerstört der Stachel die Außenpanzerung, zersplittern die Keramikplatten, die als zweite Lage der Panzerung verbaut sind. Sie deformieren und zerschlagen den eindringenden Stachel wie Mjöllnir, Thors Hammer. Der hat dann nicht mehr die leiseste Chance, krumm wie er ist, die letzten, schweren Panzerungen aus abgereichertem Uran und der elastischen Kevlardeckschicht zu durchschlagen und zerstört sich nun praktisch von selbst.

Dumm ist nur, dass niemand an diese Panzerung herankommt. Die ist so geheim, geheimer geht es nicht.

Also, auf Wiedersehen schöner Plan.

Zudem benötige ich für den Rest der Karosserie Hartmetall. Das Zeug hat den Härtegrad 8 auf der Härteskala. Diamant als Vergleich hat die höchste Härte mit 10. Komme ich auch nicht dran.

Ich meine nicht die Diamanten, sondern das Hartmetall."

Nicolas griff frustriert nach seiner Kaffeetasse und schlürfte angewidert von dem inzwischen kalten Gebräu.

Mac griff nach ihrem Handy.

"Mal sehen, was ich machen kann. Welche Mengen brauchst du denn, um unser Baby auf die Räder zu stellen?"

Nicolas kratzte sich nachdenklich am Kinn.

"Lass mal sehen. Ungefähr zwei Tonnen Hohlstahl. Das sind so ungefähr einhundert Stäbe. Dann sagen wir mal 40 Quadratmeter der Panzerung und 30 bis 40 Quadratmeter von dem Hartmetall.

Bevor ich das nicht durchgerechnet habe, sind das nur Schätzungen. Aber so ungefähr wird's hinhauen."

Macs Daumen schwebte über der Tastatur des Telefons.

"Wie lange brauchst du für die Konstruktionspläne?"

"Zwei, drei Tage. Mehr nicht. Ich habe ja die Konstruktionsdaten des Humvee hier auf dem Laptop. Alles, was ich machen muss, ist meine Verbesserungen einzusetzen und der Karosserie ein neues Gesicht zu geben.

Ah! Wir brauchen auch noch ein oder zwei Waffensysteme. Kriegst du das hin?"

Nicolas zappelte aufgeregt auf seinem Stuhl. Das war doch mal eine Aufgabe nach seinem Geschmack. Mac tippte eine Nummer in das Handy und wartete.

"Jahaa?"

Die gelangweilte Stimme am anderen Ende der Verbindung ließ keinen Zweifel daran, dass deren Besitzer etwas Besseres zu tun hatte, als sich zu unterhalten. Ach, wie Mac die sanfte, gutgelaunte Stimme von Beast vermisst hatte.

"Ich gebe dir jetzt mal rasch eine Einkaufsliste durch. Finde mal raus, wie schnell du den Kram besorgen kannst."

Und damit legte sie auch schon los. Am anderen Ende der Leitung herrschte minutenlang Totenstille.

"Du willst mich verarschen, gell? Bist du irre geworden? Glaubst du, der Kram liegt im nächsten Baumarkt rum oder ist bei Hobbyking.com zu haben?"

Mac hatte keine Lust auf solche Spielchen. Sie wurde sauer.

"Kannst du das? Oder kannst du's nicht? Finde das raus. Und zwar schnell!"

Beast merkte immer recht zügig, wenn mit Mac nicht zu spaßen war. Brummelnd tippte er auf seiner Tastatur herum und setzte ein Spider-Suchprogramm frei, das durch das Internet jagte. Versöhnlich drang seine Stimme aus dem Gerät.

"Gib mir ein paar Minuten. Mein kleines Programm braucht eine Weile, um ungesehen durch einige Firewalls zu gelangen. Ich rufe dich zurück, sobald ich sichere Informationen in der Hand habe."

Damit unterbrach er die Verbindung.

"Gut."

Mac legte befriedigt das billige Mobiltelefon auf die Tischplatte.

"Mein Partner wird tun, was er kann. Aber es dauert ein wenig."

Nicolas war zufrieden. Das war besser als ein glattes Nein.

"Ist mir recht. Lass mich jetzt allein, bitte. Ich möchte mit der Konstruktion anfangen. Und sag bitte Amy, ich brauche frischen Kaffee. Und stark. Das wird eine richtig lange Nacht."

Die junge Frau schob ihren Stuhl zurück und ließ ihren alten Freund in seinem Zimmer zurück. Nicolas bemerkte nicht einmal, dass sie den Raum verlassen hatte.

Antonio sagte es nun bestimmt zum sechsten Mal.

"Ich halte das Ganze für keine gute Idee."

Catherine sah ihrem Mann tief und leicht genervt in die Augen.

"Das hast du schon erwähnt. Aber hast du nun eine Halle mit zwei Hebebühnen für uns oder nicht?"

"Jahaah. Die habe ich."

Antonio konnte stur sein wie Büffel.

"Was ich aber auch habe, sind zehn Arbeiter, die ihren Lohn verdienen wollen. Und was soll ich deiner Meinung nach mit denen anstellen, wenn wir ein Ungetüm von Kampffahrzeug bauen? Denen erzählen, dass das unser neuestes Hobby ist, oder was?"

"Ja, mein Gott. Gib ihnen halt Urlaub. Was weiß denn ich? Außerdem haben die schon unseren Schrott von dem Zusammentreffen mit dem Söldner weggeräumt. Ach und die kleine Leiche zum krönenden Abschluss nicht zu vergessen. Glaubst du, die regen sich über ein Auto auf, das wir bauen? Können die schweißen? Irgend etwas reparieren? Einen Ölwechsel machen, von mir aus? Ein paar Lampen eindrehen? Dann haben wir sicherlich Verwendung für deine Jungs. Gib ihnen einen Bonus, dann sind die schon still. Mensch. Sei doch jetzt mal flexibel."

Catherine hatte die Schnauze voll von Ausflüchten. Mein

Gott, es war doch wahr, was sie jetzt schon zum dritten Mal heruntergebetet hatte. Die Männer waren Antonio treu ergeben. Das war doch vollkommen offensichtlich. Seufzend gab Antonio nach.

"Gut. Wenn Nic die Pläne fertig hat, sehen wir weiter." Antonio gab resignierend nach.

Catherine warf ihre dichte Mähne zurück und sah ihren Mann kampflustig an.

In diesem Augenblick betrat Mac den Raum.

"Hey. Alles klar hier?"

Crystal schaute sie durchdringend aus diesen intensiven tiefblauen Augen an, die es fertigbrachten, einem Menschen das Gefühl zu vermitteln, dass sie ihn bis auf die Knochen durchschaute.

"Was habt ihr beiden denn zustande gebracht?"

"Nun. Im Augenblick prüft mein Partner Beast, oder Thomas, wenn euch das lieber ist, ob wir an die Materialien herankommen, die Nic braucht. Der ist im Augenblick für die Welt verloren, seine Gedanken drehen sich nur noch um das Fahrzeug."

Amy stand schon auf ihren Füßen.

"Schon verstanden. Ich mach ja schon den Kaffee."

Lächelnd blickte Mac der zierlichen Rothaarigen hinterher. Ganz offensichtlich hatte Nicolas das große Los gezogen.

Der Rest der Mannschaft in Gestalt von Crystal, Catherine, Antonio und Trevor hatte sich in der Bibliothek auf ihren Lieblingsplätzen verteilt. Das gewohnte abendliche Feuer knisterte im Kamin und erwärmte den großen Raum trotz der nebligen Kälte, die über dem Wald hing. Trevor hatte wie an jedem Abend die elektronischen Fallen und Bewegungssensoren aktiviert, mit denen sein Sohn das große Haus und das angrenzende Grundstück ausgestattet hatte. In den Bäumen ringsum glühten die roten Augen der Infrarotkameras in ungleichmässigen Abständen auf.

Jedes Mitglied der Familie trug seit dem Zwischenfall im vergangenen Jahr eine Waffe bei sich, obgleich die Waffen nicht zu sehen waren. Nach dem desaströsen Sommer des letzten Jahres überließen die O'Maras nichts mehr dem puren Zufall. Angus war schon zu lange ruhig geblieben. Sie spürten es in allen Knochen, das sich ein Sturm anbahnte. Die Nervosität steigerte sich praktisch mit jedem Tag und sie waren froh, endlich selbst die Initiative ergeifen zu können. Mac bediente sich an der kleinen, aber wohlsortierten Bar. Sie setzte sich auf den Boden, neben die große Hündin und kraulte das Tier hinter den Ohren, während sie verträumt in die Flammen zu blicken schien. Doch hinter der hübschen Stirn rasten ihre Gedanken, um sich einen halbwegs narrensicheren Plan auszudenken.

CHAPTER FÜNF
Chapter 5

"Auch aus Steinen, die einem in den Weg gelegt werden, kann man Schönes bauen."

(Johann Wolfgang von Goethe 1749-1832, deutscher Dichter)

Die weitläufige, lichtdurchflutete Halle war erfüllt von ohrenbetäubendem Lärm, der in den Ohren von Nicolas wie Musik klang. Fröhlich vor sich hin pfeifend durchtrennte er ein mehrere Zentimeter dickes Stahlrohr mit einem der Diamantschneider, von denen gleich mehrere ihr infernalisches Gekreische zu der allgemeinen Geräuschkulisse in der Halle beitrugen. Nicolas schob seine Schutzbrille hinauf auf sein dunkelblondes Haar und wischte sich den perlenden Schweiß von der Stirn. Zufrieden blickte er sich um. Die Arbeit schritt gut voran. Auf einer der beiden großen Hebebühnen setzten einige seiner Männer das Fahrwerk des Predator zusammen.

Predator. Jäger.

Und ein Raubtier und Jäger, das sollte dieses gewaltige Fahrzeug auch werden. Die Konstruktionspläne hingen überall in der Werkstatt verteilt an den Wänden und immer wieder blieben Mitarbeiter seiner Crew davor stehen und studierten sie sehr genau und mit Stolz in den Augen.

"Hey Diego, ja, dich meine ich."
Nicolas Vorarbeiter schaute fragend von seiner Arbeit auf.
"Du setzt das Bauteil da falsch herum an. Wenn du das so verschweißt, geht die ganze Steifigkeit in dieser Sektion den Bach runter. Schau dir noch mal die Pläne an, Mensch."
Den scharfen Augen von Nicolas entging gar nichts. Wenn die erste Schicht die Werkstatt verließ, kontrollierte er jede Schweißnaht und jede einzelne Sektion des schweren, zweiteiligen Chassis anhand seiner Pläne, bevor er die

Arbeiten an die nächste Schicht übergab. Es mochte ja sein, dass der Predator nicht mit den neuen Konstruktionen der großen Firmen mithalten konnte, aber er wollte verdammt sein, wenn er ihnen nicht ziemlich dicht auf den Fersen sein würde.

Nicolas markierte mit einem Stift und einer Schiebelehre einen Punkt auf dem Stahlstab, den er in Passform schnitt und verband diesen Punkt in gerader Linie mit einer zweiten Markierung, bevor er die Schutzbrille wieder vor seine Augen schob und den Diamantschneider in Gang setzte. Das sündhaft teure Diamantblatt fraß sich mit atemberaubender Geschwindigkeit durch das Hartmetall, das erst wenige Tage zuvor geliefert worden war. Die schweren Transporter tauchten ohne Vorankündigung bei Nacht und Nebel vor Antonios Firma auf.

Schweigende, hartgesichtige Männer entluden die Fracht, wendeten die Fahrzeuge und verschwanden ebenso rasch, wie sie wenige Stunden zuvor aufgetaucht waren. Noch in der Dunkelheit, vor Beginn des Morgengrauens, brachten Antonios Männer das kostbare Metall und die Mjöllnir-Panzerung in der großen Halle unter, wo Nicolas bereits sehnsüchtig darauf wartete. Augenblicklich begannen die Arbeiten und die ersten der großen Hartmetallplatten zerfielen in neue Formen.

Nach nunmehr zwei vollen Arbeitstagen, an denen die Männer um Nicolas in drei Schichten geschuftet hatten, stand das neuartige Fahrgestell bereit, um es mit seiner Federung und den luftlosen Reifen auszustatten, die Nicolas eingeplant hatte. Bei den Reifen handelte es sich um die neueste Erfindung eines namhaften Reifenherstellers. Diese Prototypen waren luftlos und mit einer Wabenkonstruktion aus unzerstörbarem, federndem Material gefüllt, das noch nicht einmal einen eigenen Namen bekommen hatte. Die Außenhülle dieser mächtigen Walzen bestand aus einem Stahl-Wolframgeflecht, das mit dem gleichen Material beschichtet war, welches die Wabenkonstruktion bildete. Sofern nicht eine Lenkrakete in das Fahrwerk einschlug, würden diese Reifen selbst bei starkem Beschuss und in härtestem Gelände keinen Schaden nehmen. Nur zähneknirschend hatte der Kontaktmann diesem Deal zugestimmt. Aber es war noch eine alte Schuld zu begleichen. Nicolas schaltete den Diamantschneider aus und ging hinüber zu Diego, der unterdessen das neue Bauteil in der richtigen Anordnung mit dem Rest des Chassis verschweißt hatte. Die Verbindung zwischen dem vorderen und hinteren Teil des Chassis wurde durch ein gewaltiges Axialgelenk von gut und gerne einem Meter Durchmesser hergestellt.

Nicolas hatte noch keine Ahnung wie sich das bei einer Fahrt in schwerem Gelände bewähren würde, aber dadurch gewann seiner Meinung nach das Fahrzeug zusätzliche Wendigkeit, da sich die beiden Fahrwerkteile in entgegengesetzten Richtungen verwinden konnten, ohne das der Predator dabei Schaden nahm.

Eine gewisse Ähnlichkeit mit einer Ameise war vorhanden und es war auch genau dieses Grundprinzip der Natur, das Nicolas in seinen Berechnungen angewandt hatte. Seinen Logarithmen zufolge sollte das Vehikel damit ungleich besser in hartem Gelände zurechtkommen, als alles bisher dagewesene. Die Herausforderung hatte darin bestanden, dieses empfindliche Mittelstück, dieses gewaltige gegenläufige Gelenk, vor eventuellen Beschädigungen zu schützen.

Brach es, war der Predator unbrauchbar.

Da Nicolas jedoch über die neuartige Mjöllnir-Panzerung verfügte, konnte noch nicht einmal eine Landmine dieses Baustück beschädigen. Doppelte Platten dieser hochtechnischen, massiven Panzerung schützten den Unterboden.

Eine Sirene ertönte, die das Ende der ersten Schicht dieses Tages ankündigte und müde Männer senkten ihre Werkzeuge oder löschten die Flammen ihrer Schweißgeräte, bevor sie sich daranmachten, ihre Arbeitsplätze für die nächste Schicht vorzubereiten. Nicolas begann mit seiner üblichen Routine, die Arbeit dieser Schicht zu überprüfen.

Das nächste Team hatte die Aufgabe, die Federbeine und die Radaufhängung zu montieren. Diese Federung bestand aus einem Verbund von drei extrem harten, flexiblen Schraubenfedern, in deren Mitte zwei voneinander unabhängige Stoßdämpfer ihre Arbeit verrichteten.

Diese Art der Konstruktion gewährleistete höchste Sicherheit und war schnell und einfach zu ersetzten, sollten allen Erwartungen zum trotz alle Einheiten gleichzeitig ihren Dienst aufgeben, was höchst unwahrscheinlich schien.

Wenn die Arbeit gut lief, stand der Predator morgen auf eigenen Beinen, beziehungsweise seinen eigenen Reifen. Nicolas hoffte inständig, das er das gewaltige 375 PS Dieselaggregat, dass er erst heute geliefert bekommen hatte, noch am Donnerstag einbauen konnte, denn es stand ihnen noch eine beachtliche Menge an Arbeit bevor.

Die Hälfte seiner Mannschaft hatte alle Hände voll damit zu tun, die Karosserieteile und den Tank in Form zu bringen. Der Tank des Fahrzeuges bestand aus doppelwandigem Stahlblech, das nach der Fertigstellung noch einen reißfesten Kunststoffüberzug erhalten sollte, zumindest wenn er fertig geschweißt war. Nicolas hatte den Tank sehr flach konstruiert, als einen Teil des Bodens der hinteren Fahrzeugeinheit. Dieser Tank und der große Motor von Catarpillar wurden von doppelten Lagen der Verbundpanzerung geschützt, bildeten sie doch das mächtige Herz des Predator.

Je länger Nicolas über der Konstruktion gesessen und gebrütet hatte, desto mehr hatte ihm das Projekt Spaß bereitet. Das hier war das Größte, das er jemals auf die Beine gestellt hatte. Er rieb sich die Hände. Wenn erst die fernbedienbare Drehringlafette für Waffen bis zum Kaliber 12,7 mm geliefert werden würde, ginge der Spaß erst richtig los. Mac hatte ihm

nicht zuviel versprochen.
Alles, was er benötigte, schaffte Beast heran.
Des Nachts, wenn die Arbeit ohne ihn weiterlief, tüftelte er mit Macs Computerfreak an der Elektronik des Predators herum. Und das war ein hartes Stück Ingenieurskunst. In wenigen Tagen würde er mit dem Einbau der Elektronik beginnen, dann musste jeder Handgriff sitzen.
Wenn auch nur ein Relais nicht schaltete, waren sie und der ganze Plan aufgeschmissen. Alles stand und fiel mit der Funktionstüchtigkeit dieses wunderbaren Fahrzeuges.

Beast ging die Schaltungen wieder und wieder durch und seine Recheneinheiten durchliefen alle möglichen Simulationen, doch er konnte keinen Fehler in seinen Berechnungen finden.
Er erwartete den Anruf von Nicolas in wenigen Minuten. Endlich konnte er ihm alle Schaltpläne zur Verfügung stellen. Eine komplett gepackte Frachtkiste war auf dem Weg nach Italien. Hierin befand sich alles an elektronischen Spielereien, die den Predator zum Leben erwecken würden. Das war ganz große Kunst und der mürrische, einsame Mann grinste zum ersten Mal seit langer Zeit. Was für ein höllischer Spaß. Das ging weit über alles hinaus, was er bisher gebaut hatte.

Es war Donnerstagmorgen und der mächtige Diesel hing an einer Laufwinde und schaukelte langsam vor sich hin.
"Fahr doch langsamer. Diego, ich bringe dich um, wenn der Haken reißt. Langsamer, noch langsamer und STOPP!"
Der glänzende, tonnenschwere Motor beruhigte sich und die Schaukelei kam gänzlich zum Stillstand.
"Jetzt absenken. Runter, weiter, weiter und STOPP!"
Nicolas kroch unter das Chassis und betrachtete argwöhnisch den Winkel, in dem die Maschine hing. Nur noch ein paar Millimeter nach rechts und dann noch ein wenig hinab und dann konnten sie das Triebwerk an das Getriebe

anflanschen und an seinen Halterungen montieren. Der Rest war nur noch reine Routine. Morgen!

Morgen konnte er den Klang des Triebwerkes zum ersten Mal hören. Nicolas freute sich wie ein Kind darauf und konnte es kaum erwarten. Er gab seine letzten Anweisungen an Diego weiter und der unerschütterliche Vorarbeiter senkte das Triebwerk punktgenau in seine Halterung. Zwei Mechaniker krochen unter das Chassis und verschraubten das vormontierte Getriebe mit dem Aggregat.

Fertig. Die Auspuffanlage zu montieren überließ Nicolas seinem Vorarbeiter Diego. Er wollte die Frachtkiste in Augenschein zu nehmen, die heute geliefert worden war.

"Hah."

Endlich war das richtige Spielzeug da. Er bedauerte seine kleine Amy. Sie würde heute Abend wieder einmal mit dem Rest der Familie Vorlieb nehmen müssen. Es kribbelte in seinen Finger. Das war für ihn schöner als Weihnachten. Nicolas schob die Frachtbox eigenhändig in einen der hinteren Räume, die an die geräumige Halle angrenzten. Das hier ging nur ihn allein etwas an.

Mit einem Akkuschrauber bewaffnet ging er daran, die Verschraubungen zu lösen, die den Deckel an seinem Platz hielten und ungeduldig wie ein kleines Kind warf er die Schaumstoffschnipsel, die den Inhalt schützten, nach allen Seiten davon, wühlte sich geradezu hinein, bis er das erste der Pakete in der Hand hielt. Mit glänzenden Augen begutachtete er den Inhalt und ein jungenhaftes Grinsen überzog sein Gesicht.

"Na, zufrieden?"

Mac lehnte sich entspannt, mit vor der Brust verschränkten Armen an den Rahmen der Tür. Nicolas hatte sich nicht verändert in all den Jahren. Damit würde Amy wohl leben müssen. Aber nachdem sie die kleine, energische Rothaarige kennengelernt hatte, war sie sich ziemlich sicher, das Amy die Fäden sicher in der Hand hielt. Der junge Riese vergötterte sie geradezu.

Nicolas hob nur zögernd seinen Blick.

"Beast hat prima Arbeit geleistet. Das sind die hochwertigsten Bauteile, die mir jemals untergekommen sind. Wenn wir es nicht schaffen, Angus damit die Überraschung seines Lebens zu bereiten, dann weiß ich auch nicht weiter. Beast und ich haben alles bis ins kleinste Detail ausgeknobelt. Ich muss schon gestehen, dein Partner ist einsame Spitze.

Wenn ich den Predator fahrbereit verkabelt habe, werde ich der Mannschaft ein paar freie Tage geben und den Rest der Elektronik selbst einbauen. Morgen werfen wir erst einmal den Diesel an und wenn das ohne Probleme über die Bühne geht, setzen wir die Karosserie zusammen. Die meisten der Bauteile haben wir schon zurecht geschnitten. Nur die gerundeten Teile meines Entwurfes bereiten uns noch ein wenig Kopfzerbrechen, da sich die Keramikplatten der Panzerung ja nicht biegen lassen. Deshalb setzen wir die Rundungen in Puzzlemanier zusammen und verkleiden das Ganze mit Stahlblech.

Welche Bewaffnung hast du auftreiben können?"

Mac setzte sich auf einen Stapel Paletten und zog eine ihrer schmalen, schwarzen Zigarillos aus der Tasche ihres Hemdes. Mac sog ein wenig des aromatischen Rauches in ihre Lungen und blies ihn sacht durch ihre Nase wieder aus, bevor sie antwortete.

"Ich habe ein 12,7 mm Maschinengewehr für die Drehringlafette auftreiben können. Zusätzlich dazu einen drahtgelenkten Tow-Raketenwerfer der Combat Klasse. Mehr wollten meine Quellen mir nicht zugestehen, da ich schon eine alte Schuld eingefordert habe. Das muß für uns reichen, um das Interesse von Angus zu wecken. Da reden wir uns dann schon raus.

Die beiden Systeme sind ja immerhin neueste Technik. Die werden ganz kurz vor unserem Abflug geliefert. Du musst sie entweder hier in Rekordzeit montieren oder auf dem

Flugzeug, das uns zu unserem Zielpunkt bringt. Aber lieber wäre es mir, wenn wir es noch rechtzeitig hier am Boden schaffen. Unterwegs haben wir noch genug zu tun, ohne uns mit Basteleien aufhalten zu müssen."

Nicolas setzte sich neben die junge Frau, die breitbeinig und mit auf die Oberschenkel gestützten Armen entspannt rauchte.

"Mein Plan war, das noch hier einzubauen. So wie es scheint, liegen wir sehr gut im Zeitplan. Wir haben also noch satte vier Wochen bis zum ersten Testlauf. Die Bewaffnung hatte ich ohnehin bis zum Schluß aufgehoben. Ich kann ja nicht mit einem MG hier einen Berg hinaufturnen. Da ist der Ärger vorprogrammiert. Wenn alle meine Berechnungen stimmen, wovon ich ausgehe, sollten wir nichts an unserem neuen Spielzeug auszusetzen finden."

Mit diesen Worten erhob er sich.

"Ich besuche jetzt mal meine kleine Frau und teile ihr mit, dass wir uns heute Abend nur kurz sehen werden. Begeistert wird sie davon kaum sein."

Die komplette Crew stand nervös um die Hebebühne herum, die sich zu Boden gesenkt hatte. Nicolas füllte Dieseltreibstoff in einen kleinen provisorischen Tank, der mit dem Aggregat des Predators anstelle des Haupttanks verbunden war. Er kletterte in die zukünftige Fahrerkabine, die im Augenblick noch aus einem skelettartig anmutenden Hartmetallrahmen bestand. Eine leere Bierkiste ersetzte den Fahrersitz und eine Aluminiumplatte mit improvisierten Schaltungen das Armaturenbrett.

"Ladies and Gentleman, please start the engine."

Grinsend presste er einen Daumen auf den Startknopf des Motors. Der gewaltige Turbodiesel begann damit, den Treibstoff aus dem kleinen provisorischen Tank zu saugen und presste ihn in die heiße, komprimierte Luft seiner Brennkammern. Das Luft-Treibstoffgemisch entzündete sich beinahe augenblicklich und der gewaltige Motor erwachte unter Dröhnen zum Leben. Das schwere, beruhigende Geblubber des angenehm ruhig laufenden Triebwerkes war Musik in den Ohren der gebannten Zuschauer und begeisterte Mechaniker stießen ihre Fäuste triumphierend in Luft. Geschafft. Sie hatten es geschafft. Der Rest war bloße Routine. Sie alle waren stolz auf das, was sie in so kurzer Zeit auf die Räder gestellt hatten. Die Crew machte sich müde, aber zufrieden auf den Heimweg, eine satte Prämie in den Taschen, die Trevor hatte springen lassen.

CHAPTER SECHS
Chapter6

The question isn't who is going to let me; it's who is going to stop me.
(Ayn Rand)
"Die Frage ist nicht, wer es mich tun läßt, sondern wer hält mich auf?"

Die Mechaniker hatten ihr Bestes gegeben. Nach mehr als einem Monat beinharter, konzentrierter Arbeit war der Predator fertig. Er stand in der Mitte der Halle, die für alle so etwas wie ein zweites Zuhause geworden war. Voller Stolz betrachteten sie das sechs Tonnen schwere Fahrzeug, das mit seiner nagelneuen, sandfarbenen Lackierung erhaben und ehrfurchtgebietend hoch vor ihnen auftragte. Die schwere Ringlafette mit montiertem Maschinengewehr, die sowohl von Hand, als auch ferngesteuert bedient werden konnte, erweckte bei den meisten Menschen, die das Fahrzeug zum ersten Male zu Gesicht bekamen, so etwas wie Angst. Denn die Maschine diente nur dem einen Zweck. Zur Abschreckung und der Demonstration brachialer Kraft. So war sie konstruiert worden. Und obgleich sie auf Konstruktionsplänen basierte, die ein gänzlich anderes Fahrzeug hervorgebracht hatten, war sie zu einem Prototyp geworden, der seinesgleichen suchte. Nicolas und Diego hatten das Monster in mehreren aufeinander folgenden Nächten getestet. Die wenigen Fehler und Schwachpunkte, die sie fanden, wurden sofort repariert und ausgemerzt.

Alles in allem waren sie mehr als zufrieden mit ihrem Ergebnis. Der Predator hatte eine Reichweite von ungefähr sechshundert Kilometern. Damit übertrafen sie die Ergebnisse des Humvee um glatte einhundert Kilometer. In Anbetracht dessen, dass man es mit einem sechs Tonnen schweren Koloss zu tun hatte, war der Zuwachs als großartiges Ergebnis zu bezeichnen. Die Höchstgeschwindigkeit hatten sie von einhundertundzehn Stundenkilometern um glatte zwanzig Stundenkilometer steigern können. Die Geländegängigkeit lag jenseits jeder Diskussion. Das Axialgelenk im Mittelbereich des Predator war ein Geniestreich und wäre imstande gewesen, Nicolas zu einem reichen Mann zu machen, wenn die Welt es denn jemals zu Gesicht bekommen sollte.

"Feierabend und Urlaub für alle."
Nicolas drehte sich zu seinen Männern um.
"Ich bezahle euch noch einen Bonus auf eure Arbeit. Und dann marsch nach Hause, zu euren Familien. Ihr macht jetzt erst einmal zwei Wochen nichts, bevor der Alltag wieder beginnt. Ich danke euch allen und bitte, kein Wort, zu niemandem. Heute Abend feiern wir eine Party auf dem Gelände meines Vaters. Ihr alle und eure Familien seit herzlich eingeladen. Und jetzt macht euch nach Hause. Marsch, Marsch."

Johlend verließen die Männer die Halle und innerhalb weniger Minuten blieb Nicolas alleine in der Halle zurück. Zielstrebig verriegelte er die Türen und stieg in die geräumige Fahrerkabine. Die provisorische Bierkiste als Sitz hatte einem öldruckgefederten Sessel ihren Platz geräumt. Der Platz des Beifahrers war gleichzeitig auch der Platz des Schützen. Das futuristische Armaturenbrett war so gestaltet, dass Fahrer und Beifahrer es je nach ihren speziellen Aufgaben nutzen konnten, ohne den anderen bei seiner Arbeit zu stören. Monitore übertrugen die Bilder der Aussenkameras.
Eine breite, gefederte Sitzbank bot weiteren Besatzungsmitgliedern Platz. Die Scheiben des Predator aus Panzerglas konnten durch Panzerschotts geschlossen werden. In diesem Augenblick übernahmen Kameras den Blick zur Außenwelt und übertrugen ihre Bilder auf mehrere Bildschirme, sodass ein jedes der Besatzungsmitglieder über einen Rundumblick verfügte. Es gab einen verriegelbaren

Ausstieg in die hintere Kabine, durch die man an den Geschützturm gelangen konnte, sofern er nicht vermittels der Fernsteuerung des Schützen bedient wurde. Im Gegensatz zu den meisten Fahrzeugen, die für die Armee konstruiert worden waren, vermittelte der Innenraum des Predator so etwas wie eine halbwegs behagliche Athmosphäre. Das Äußere des Vehikels hielt jedoch, was der Name versprach. Predator.
Jäger. Intelligent und effizient.

Nicolas öffnete mit einem kleinen Akkuschrauber die verborgenen Verkleidungen, hinter denen sich die versteckten Nervenbahnen des Jägers entlang wanden. Konzentriert und sorgfältig ging er daran, einzelne Stränge, die er verlegt hatte, aus ihren Halterungen zu lösen. Aus dem Koffer den er in die Kabine hineingewuchtet hatte, entnahm er verschieden elektronische Bauteile und begann damit, sie in das elektronische Nervensystem zu integrieren. Leise vor sich hin pfeifend zog er ab und an die Pläne zu Rate, die Beast ihm übermittelt hatte.

Nicht das er sie benötigt hätte. Er konnte jede Schaltung und jeden Handgriff im Schlaf ausführen.

Der Predator erwachte Stück für Stück aus seinem Dämmerschlaf. Es war seine Stunde. Die Stunde des Jägers.

Die großen Tore öffneten sich knirschend und blendendes Licht aus den Leuchtstoffröhren der offenen Halle fiel auf einen Sattelzug, der vor den Toren wartete. Der schwere Sattelschlepper setzte sich langsam rückwärts in Bewegung und schob sich in die Halle hinein, bis nur noch die Zugmaschine im Freien stand. Der tiefschwarze Nachthimmel außerhalb der Halle schien indes jeden Fetzen Licht, dessen er habhaft werden konnte, in sich aufzusaugen. Die umliegenden Gebäude lagen in tiefer Dunkelheit und niemand nahm Kenntnis von den frühmorgendlichen Arbeiten.

Und wenn es jemand gesehen hätte, so wäre ihm alles normal erschienen. Das zu so früher Stunde die Arbeiten im Sägewerk begannen, war nicht besonders außergewöhnlich. An diesem Morgen jedoch war nicht alles so wie an jedem anderen Tag. Im Inneren der Halle sprang schnurrend ein gewaltiger Turbodiesel an. Das gigantische Fahrzeug, zu dem das Triebwerk gehörte, schob sich langsam auf die Laderampe des Sattelschleppers. Bremskeile wurden unter seine Räder geschoben, als es seine Positition erreicht hatte, und das Fahrzeug wurde mit äußerster Sorgfalt gesichert. Eine schwere Plane verbarg den Predator vor allzu neugierigen Blicken, bevor die schwere Zugmaschine sich in Bewegung setzte. Am Steuer saß niemand anderes als Antonio, der für die O'Maras mittlerweile schon wie selbstverständlich zum Fahrer schwerer Lasten geworden war.

Den Sitz des Beifahrers nahm Catherine ein. Unter ihrem Sessel, tief in die hinterste Ecke geschoben, lag ihre schwarze neun Millimeter Glock, ohne die sie mittlerweile keinen Schritt mehr aus dem Haus trat. Nicht, dass sie ängstlich gewesen wäre oder so. Es verhielt sich nur so, dass sie die schwere Waffe liebte und das Gefühl der Sicherheit, die sie vermittelte.

Der Sattelschlepper, gefolgt von einem großen mattschwarzen Landrover, rollte unbehelligt durch die Nacht und den beginnenden Morgen. Sein Ziel war ein alter Militärflughafen, der zu Zeiten des kalten Krieges stark frequentiert gewesen war. Nun lag er verlassen da, wie so viele militärische Einrichtungen, die nutzlos geworden waren. Langsam aber sicher bemächtigte sich die wild wuchernde Vegetation der Anlage. Doch die alte Rollbahn war noch in gutem Zustand.

Am Ende des alten Rollfeldes wartete eine sandfarbene Transportmaschine, die offensichtlich in früheren Tagen zu militärischen Zwecken genutzt wurde. Sie war bar jeglicher Hoheitszeichen oder Erkennungsnummern. Mac lehnte an einem der riesigen Propeller und unterhielt sich leise mit dem Piloten, mit dem sie sich eine Zigarette teilte. Im Osten ging langsam die Sonne auf. Mac blickte auf ihre Uhr. Wenn alles nach Plan lief, sollte Antonio in wenigen Minuten das Rollfeld erreichen. Der Pilot warf die Kippe zu Boden und trat die Glut mit seinem Stiefel aus. Mit geübten Bewegungen stieg er hinauf in die Kanzel und öffnete die hintere Ladeluke, die sich fast geräuschlos zu Boden senkte.

Als hätten sie nur auf ein geheimes Stichwort gewartet, bog in diesem Augenblick Antonios Sattelschlepper auf das Gelände ein.

Mit pneumatisch pfeifenden Bremsen kam das Fahrzeug zum Stillstand und feiner Staub trieb davon. Antonio und Catherine verließen das Führerhaus und in diesem Augenblick bog auch der schwarze Landrover der O'Maras auf das alte Militärgelände ein. Ohne auch nur eine Sekunde zu zögern, schob sich der schwarze Geländewagen am Sattelschlepper vorüber in die Ladebucht des großen Flugzeuges. Seine Insassen sprangen aus dem Inneren und verzurrten den Landrover mit bereits bereitliegenden Gurten. Nicolas sprang die Rampe hinunter und entriegelte den Predator, nachdem er mit Macs Hilfe die Plane entfernt hatte. Anerkennend vor sich hinpfeifend nahm ihr Pilot das Fahrzeug in Augenschein.

"Donnerwetter. Das nenne ich mal ein gelungenes Stück Metall. Was ist das für eine Maschine? So etwas ist mir noch nicht untergekommen. Den würde ich zu gerne einmal fahren. Wer hat den gebaut?"

Fragend besah er sich die Wartenden. Sein Blick fiel auf den jungen, muskulösen Riesen.

"Du?"

Er hob erstaunt die Augenbrauen.

"Solltest du jemals arbeitslos werden, laß es mich wissen. Ich kann dir mit ziemlicher Sicherheit einen Job besorgen. Na los, mach schon. Bring dein Baby schon zu Mama."

Nicolas startete die Maschine des Jägers und manövrierte

ihn vorsichtig die Rampe hinauf in das Flugzeug. Die Hinterräder des Predators waren kaum über die Kante gerollt, da schob sich die Ladeluke schon wieder in ihre Flugposition und verschloss den Bauch des Transportflugzeuges.

In der geräumigen Ladebucht der Frachtmaschine flammten grelle Leuchtstoffröhren auf und erhellten den Laderaum. Das Grollen der startenden Triebwerke erinnerte die Passagiere daran, die Sitze einzunehmen. Argwöhnisch betrachtete Amy, die ebenfalls im Landrover gewesen war, die mit Stoff bezogenen, metallenen Rahmen der spartanischen Sitzgelegenheiten. Offensichtlich waren sie nicht dazu bestimmt, es sich allzu bequem zu machen.

Das Getöse der Triebwerke ging in ein hohes Pfeifen über und behäbig setzte sich die Maschine in Bewegung. Nach einem kurzen Wendemanöver am Anfang der Startbahn gewann die Maschine schnell an Fahrt.

Rumpelnd raste das Flugzeug über die von Schlaglöchern übersäte Startbahn. Vor dem einzigen Fenster des Laderaumes raste die Landschaft dahin und die Nase des Flugzeuges ohne Namen hob sich majestätisch in die Luft. Trevor spürte den Steigflug in den Eingeweiden. Er war nicht halb so gelassen wie seine Hündin, die zu seinen Füßen lag und mit interessiertem Blick ihre Umgebung betrachtete. Crystal, Amy, Antonio und Catherine lehnten mit geschlossenen Augen in ihren Sitzen. Sie waren vollkommen fertig. Nicolas, neugierig wie immer, hatte sich entschuldigt, um den Piloten ein wenig auszuhorchen. Mac lag ausgestreckt auf dem Boden und hatte sich in einen Schlafsack gewickelt. Der Flug dauerte sicherlich mehr als zehn Stunden. Die ehemalige Soldatin war sich im Klaren darüber, das Schlaf in den nächsten Tage knapp werden konnte und war fest entschlossen, sich solange wie möglich auszuruhen.

Während die Frachtmaschine mit ruhig brummenden Motoren Malta überquerte und Kurs auf den Felsen von

Gibraltar nahm, nutzten auch die anderen die Zeit zu einem erholsamen Schlaf. Die letzten Wochen waren für alle geprägt gewesen von hektischer Betriebsamkeit. Diese Anspannung löste sich nun schlagartig, obwohl der härteste Teil ihrer Unternehmung noch vor ihnen lag. Macs Plan unausgegoren zu nennen, wäre wohl die Untertreibung des Jahrhunderts gewesen. Alle waren sich darüber einig, dass die Scheiße wahrscheinlich noch im Ventilator landen würde, bevor alles vorüber war. Aber dieser Plan, so unsicher er auch sein mochte, war alles was sie hatten. Allen Sorgen zum Trotz schliefen sie wie eine Ladung Steine.

Geweckt wurden sie durch das Fahrwerk, das polternd und rumpelnd aus dem Bauch des Flugzeuges fiel. Trevor setzte sich schlaftrunken auf. Behutsam schob er den Kopf seiner immer noch schlafenden Hündin von seinem Schlafsack hinunter. Nachdem er sich aus dem engen Ding herausgewunden hatte, weckte er den Rest seiner Mannschaft. Tief unter ihnen funkelten die Lichter von Kinshasa.

Ein Lautsprecher erwachte mit knisterndem Rauschen zum Leben.

"Tankstop, Leute."

Die unerschütterliche, fröhliche Stimme ihres Piloten drang scheppernd aus dem verbeulten Metallgehäuse.

"Anschnallen und das Rauchen einstellen. In wenigen Minuten gibt es etwas zu beißen. Falls sich nicht einige Rebellen über den Flughafen hergemacht und die Vorräte aufgefressen haben. In Kenya kann man nie wissen was einen erwartet."

"Wie beruhigend, findet ihr nicht auch?"

Amy versuchte mehr oder weniger erfolglos, sich ihr rotes Lockenmeer zu entwirren. Schließlich gab sie es auf und setzte sich auf den unbequemen Metallrahmen, um sich anzuschnallen. Ihr Magen schien sich durch ihren Hinterausgang verdrücken zu wollen, als die Wildgans, wie sie die Frachtmaschine insgeheim getauft hatte, sich in eine weite Kurve legte, um das Rollfeld anzusteuern, das zwischen üppiger Vegetation kaum auszumachen war. Der Pilot schien mit den Gegebenheiten sehr vertraut zu sein, denn wenig später setzte die Maschine wesentlich sanfter auf dem Boden auf, als Amy es von so manchem Touristenflug gewohnt war.

Die paar Hütten Flughafen zu nennen, war defenitiv geprahlt. Eine Sandpiste, einige Wellblechbaracken und ein Tankwagen von fragwürdiger Beschaffenheit. Das war es dann auch schon. Die O'Maras und ihre Freunde kletterten die schmale Leiter hinunter, die eine Gangway ersetzte. Der Anblick des Tankwagenfahrers, der sich mit einer brennenden Kippe im Mund daranmachte, den Einfüllstutzen in die Tankklappe zu schieben und Kerosin in die Tanks der Wildgans fluten zu lassen, verschlug ihnen die Sprache. Sie nahmen die Beine in die Hand und verschwanden im sogenannten Restaurant. Wenn alles in die Luft flog, wollten sie zumindest einen vollen Magen haben.

Drinnen war es heiß. Nicht einfach nur heiß, nein, es war die Hölle. Die Sonne knallte auf das rostige Wellblechdach und in der primitiven Küche werkelte ein fröhlich grinsender, dicker, wie ein Schwein schwitzender Schwarzer an einem offenen Feuer.

Amy machte auf dem Absatz kehrt, doch Nicolas hielt sie am Ellbogen fest.

"Halt, halt, halt. Mitgegangen, mitgehangen. Laß uns erst einmal schauen, was auf der Speisekarte steht."

Wieder Erwarten schmeckte das Reisgericht, das sie gewählt hatten, erstaunlich gut. Wenn man nicht allzuviele Fragen darauf verschwendete, welches Tier seinen Beitrag zur Fleischeinlage geleistet hatte. Aber alle waren hungrig und etwas Besseres war nicht zur Hand. Doch Amy überlegte sich schon die ganze Zeit, wo sie die Tabletten gegen

Magenverstimmung und Durchfall nur hingepackt hatte. Die Eiswürfel hatte sie jedenfalls schon aus ihrer Cola herausgefischt, was immer das auch noch nutzen mochte. Sie sah spitzbübisch grinsend zu Catherine hinüber, die mit sichtbar langen Zähnen an einem sehnigen Stück Fleisch knabberte, um es dann doch mit der Gabel an den Rand des Tellers zu schieben, der bestimmt schon seit Wochen kein sauberes Wasser mehr gesehen hatte.

"Alles gutt?"

Der dicke Koch wischte sich die fettigen Hände an der unglaublicherweise noch fettigeren Schürze ab. Er hob die dicke Holzplatte, die seinen Arbeitsplatz vom Gastraum abteilte an und bewegte sich mit erstaunlich leichtem Schritt aber schwingendem Bauch zu seinen neuen Freunden an den Tisch. Sichtlich stolz auf seinen deutschen Wortschatz redete er ohne Punkt und Komma weiter.

"Wenn bleibt zum Abendessen, gibt Ziege. Hab gestern selbst kaputt gemacht, schön frisch. Hängt hinter Haus, kannst gucken. Suchst beste Stück, ich mache zum Abendessen fir eisch."

Einladend zeigte er zum hinteren Ausgang, wo ein dunkles Bündel an einem Baum baumelte.

"Warum ist das Vieh so schwarz?" flüsterte Amy in das Ohr von Nicolas.

Grinsend wandte Nicolas seinen Kopf und wisperte zurück.

"Die ist nicht schwarz. Pass auf."

Er stand auf und deutete fragend auf ein Stück Holzkohle, das unter der Feuerstelle lag. Der Koch nickte, immer noch grinsend, allerdings nicht verstehend, was der junge Weiße vorhatte. Blitzschnell schleuderte Nicolas den Brocken durch die geöffnete Tür.

Die Holzkohle traf mit einem klatschenden Geräusch auf das dunkle Bündel, welches förmlich zu explodieren schien. Ein riesiger Fliegenschwarm stob nach allen Seiten auseinander.

Und da baumelte er. Der sichtlich abgemagerte, deutlich erhellte Kadaver einer Ziege.

"Voila. Abendessen."

Nicolas grinste noch breiter als der Koch, denn Amys Teint hatte einen reizvoll grünen Farbton angenommen, der perfekt zur roten Farbe ihrer Haare passte.

Fand er. Das war allerdings, bevor Amy ihm ihre flache Hand gegen den Schädel knallte.

"Blödmann."

Nun, um den Ziegenbraten kam Amy herum. Nicht, dass sie das sonderlich gestört hätte.

Der Transporter hob noch vor Einbruch der Nacht wieder ab und nahm Kurs auf Angola. Der Pilot hatte mit Bedacht die längere, südliche Route an der Küste des Atlantischen Ozeans entlang gewählt. Die Luftraumüberwachung war auf dieser Route mehr als löchrig, ganz im Gegensatz zur Nordroute über das Mittelmeer und den Tschad. Der Linienverkehr war dort sehr dicht, da die großen Fluglinien nur über diesen Flugkoridor Südafrika anflogen.

Es war Nacht geworden. Die Besatzung der Wildgans, Amy hatte alle mit diesem Namen infiziert und so war er hängengeblieben, vertrieb sich die Zeit mit einem Kartenspiel. Das beruhigende, gleichmäßige Brummen der großen Sterntriebwerke vermittelte das Gefühl von Geborgenheit.

Sie überflogen Luanda in Angola und streiften Swakopmund in Namibia nur wenige Stunden später. Genau an dieser Position verließ ihr Pilot die Küste und drang unautorisiert in den Luftraum von Namibia ein. Die Transportmaschine blieb in sehr geringer Flughöhe um das Radar der Luftraumüberwachung zu unterfliegen.

Von Swakopmund bis nach Reservoir, einem Nest mitten in Südafrika, nur wenige Kilometer entfernt von Kimberley, einer ehemaligen Diamantenstadt, waren es nur knapp sieben Stunden Flugzeit.

Mitten in der Nacht tauchte die Maschine über dem nächtlichen Himmel der kleinen Stadt Reservoir auf. Der Pilot brachte die Frachtmaschine auf der staubigen Landebahn ohne Probleme und sehr schnell zum Stehen. Innerhalb weniger Minuten räumte die O'Mara Crew den Frachtraum und der Predator verschwand in der Dunkelheit des afrikanischen Bushvelds. Den schwarzen Landrover dicht auf seinen Fersen. Das Flugzeug hob wieder ab. Innerhalb weniger Minuten war der ganze Spuk vorüber. Die einzigen, die sich noch über diese Geschehnisse in dunkler Nacht wunderten, waren ein Rudel Schakale auf der Suche nach Beute.

CHAPTER SIEBEN
Chapter 7

"Die Nichtwissenheit wissen, ist das Höchste. Nicht wissen, was Wissen ist, ist ein Leiden. Nur wenn man unter diesem Wissen leidet, wird man frei von Leiden. Das der Berufene nicht leidet, kommt daher, dass er an diesem Leiden leidet; darum leidet er nicht."

(Laotse 6 Jh.v.Chr.)

Eddie Stobart wippte auf einem knarrenden alten Stuhl vor und zurück, wie es ein Kind am Mittagstisch der Mutter tun könnte. Er hatte seine stämmigen, um nicht zu sagen fetten Beine, deren ungewaschene Füße in alten, ausgelatschten Schuhen steckten, auf dem Geländer seiner Holzveranda abgestützt und blinzelte dösig in die hitzeflirrende Luft des Bushvelds. Eine Dose Bier leistete ihm dabei gute Gesellschaft.

In Botshabelo herrschte um die Mittagszeit nicht gerade Hochbetrieb. Der winzige Ort inmitten des ausgedörrten Savannenlandes, am Rande von Lesotho, hatte wenn es hoch kam eine Einwohnerzahl von dreihundert Erwachsenen, wovon wahrscheinlich die Hälfte zu dieser Tageszeit besoffen in ihren Hütten vor sich hin schnarchte.

In Botshabelo lief das Leben ein wenig anders ab. Stobart kratzte sich seinen juckenden Drei-Wochen-Bart und seine wulstigen Lippen schoben den kalten und abgelutschten Zigarrenstummel, den er nur am Abend vor dem Zubettgehen ausspuckte, auf die andere Seite seines schlaffen, feuchten Mundes. Eddie hatte die Hände über seinem runden Bierbauch gefaltet und döste mit halbgeöffneten Augen vor sich hin. Seine Tankstelle machte heute keine besonders guten Umsätze.

Wenn man es genau nahm, machte sie die eigentlich niemals. Dabei besaß Eddie die einzige Tankstelle im Umkreis von 100 Meilen. So wie sein Vater zuvor, Gott sei seiner alten Säuferseele gnädig. Seine schwerfälligen Gedanken, eingelullt von zuviel Bier, wälzten dieses Problem gerade zum hundertsten Male hin und her, als eine Erscheinung in der vor Hitze flirrenden Luft der Savanne seine Aufmerksamkeit auf sich zog. Eddie richtete sich kerzengerade auf und sein Adamsapfel hüpfte aufgeregt in seinem faltigen Hals.

Mein Gott. Guter alter Gott. Der fette Tankwart sprang auf seine Plattfüße, was angesichts seiner Leibesfülle beinahe an ein kleines Wunder grenzte. Ein Träger seiner schmierigen Latzhose rutschte von seiner haarigen, schmalen Schulter und er richtete sich zu seiner vollen Größe von Einmeterfünfundsechzig auf.

Aliens.

Mitten am sonnenhellen Tag. Aliens in Botshabelo.

Und er allein hatte es schon immer geahnt. Hatte er es nicht gewusst? Er hatte es gestern Abend im einzigen Pub von Botshabelo, dem Broken Ellbow, noch Ohm Koopman haarklein erklärt. Das mit den Aliens und das alles. Und dass sie nur darauf warteten, alles zu übernehmen. Also die Erde und so. Er hatte es erst am Tag zuvor in einem seiner zerfledderten, zerlesenen Magazine gelesen und so konnte er sich noch genau an jedes Wort erinnern. Doch Ohm Koopman hatte ihn nur einen alten Spinner genannt und aus diesem Grund hatte Eddie dem Alten auch kein weiteres Bier mehr ausgegeben.

Das sonderbare Fahrzeug der Außerirdischen hielt mit knirschenden Reifen, die mindestens so groß waren wie die Traktorreifen von Farmer Dunnberrys Schlepper, neben der Zapfsäule. Eine Tür öffnete sich und Eddie starrte offenen Mundes an dem riesigen Fahrzeug empor, das entfernte Ähnlichkeit mit einer Ameise auf Rädern hatte. Er erwartete, dass Dampf oder zumindest giftiger Nebel aus der sich öffnenden, metallenen Luke drang, doch nichts dergleichen geschah. Stattdessen erschien der verlockende Umriss einer Frau und Eddie leckte sich über die feuchten Lippen, ohne seinen Zigarrenstummel zu verlieren, der wie angeklebt auf seiner Lippe baumelte.

Seine kühnsten Träume waren in Erfüllung gegangen. Diese Frau war überwältigend. Langes Haar, das in der Sonne schimmerte wie die Mahagonitruhe seiner Oma. Volle Brüste und Hüften, wie aus einem seiner alten Playboyhefte. Und es war ihm dabei vollkommen egal, was unter dieser wunderbaren Hülle zum Vorschein kommen mochte, so schlimm konnte das Alien wohl nicht sein.

"Hey. Hey, du da.

Ja genau, dich meine ich! Kannst du auch Diesel zapfen? Oder hast du vergessen, wie das funktioniert? Dann mach mal los. Und mach den Tank voll."

Eine Klappe öffnete sich mit leisem Klacken. Eddie blickte stirnrunzelnd darauf, doch er wusste nicht wirklich, was er davon halten sollte. Sicherlich war das ein Test seiner Intelligenz. Er schluckte schwer. Das würde nicht leicht werden.

Mit zitternden Händen griff er nach der Zapfpistole und seine rotgeäderten Schweinsäuglein suchten den Einfüllstutzen dieses fantastischen Fahrzeuges.

"Komm lass mal gut sein."

Die Frau seiner Träume sprang geschmeidig wie eine Buschkatze zu Boden, obgleich ihre Füße sich in Höhe von Eddies Kopf befanden. Doch die schlanke Frau federte den Sprung locker in den Knien ab und schnappte sich noch in der gleichen Bewegung die Zapfpistole des zur Salzsäule erstarrten Tankwarts, den sie um Haupteslänge überragte.

Eddie zuckte mit erhobenen Händen zurück, als hätte er sich verbrannt. Die Erscheinung, sein Alien, stopfte den

Rüssel der Zapfpistole in die Öffnung des Tanks. Die Frau arretierte den Abschaltmechanismus mit gekonnten Bewegungen und wandte sich wieder an Eddie, während der Diesel in den Tank des großen Trucks gurgelte.

Die Schönheit vor ihm fischte den glibberigen Zigarrenstummel angewidert aus Eddies Mund, warf ihn zu Boden und zerrieb ihn mit einem Fuß im Staub. Aus einer Tasche über ihrer rechten Brust zog sie einen schwarzen Zigarillo, den sie in den Mund von Eddie stopfte.

"Hier. Rauch mal etwas Vernünftiges. Der Mist auf dem du da herumkaust, bringt dich noch um, Mann."

Eddie nickte, ohne sich dessen wirklich bewusst zu sein. Er würde nie wieder rauchen können. Das war ihm klar. Diese Zigarre würde einen Ehrenplatz erhalten. Davon konnte er noch seinen Kindern erzählen. Falls er eine Frau finden konnte, die dumm genug war, sich in Botshabelo länger als fünf Minuten aufzuhalten. Oder bei Eddie.

Fünf Minuten später war Eddie ein wenig beunruhigt. Dreihundert Liter Diesel waren scheinbar spurlos im Bauch des Kolosses verschwunden. Er umrundete schlurfend das Monster, doch er konnte nirgendwo ein Leck entdecken. Und da gab es auch keine Pfütze, nirgendwo nicht. Letztendlich gab die Zapfpistole zu Eddies Erleichterung ein klackendes Geräusch von sich und zeigte damit an, dass der Tank bis zum Rand gefüllt war. Die schöne Frau stopfte die Zapfpistole zurück in ihre Halterung.

Mac griff in ihre Gesäßtasche und zog ein dickes Bündel Banknoten hervor. Dreitausendzweihundert Rand zeigte die Anzeige auf der Zapfsäule. Nun, dreihundert Liter Diesel hatten heutzutage eben ihren Preis.

Mac kletterte die kurze Leiter empor, schloss die Luke hinter sich und warf sich in den Sitz des Schützen.

Nicolas grinste sie an.

"Den guten Mann hast du ja vollkommen um den Verstand

gebracht."

Mac verzog den Mund ebenfalls zu einem schiefen Grinsen. "Allzu viel davon hat der Bursche ja nicht. Schau ihn dir doch an." Sie deutete auf einen der Monitore, dessen Kamera eine Großaufnahme des guten alten Eddie zeigte, der offenen Mundes hinter ihnen herstarrte, während der Predator grummelnd Fahrt aufnahm und den feinen Staub der Sandstraße aufwirbelte.

"Und was glaubst du wohl, was geschieht, wenn Catherine in ein paar Minuten mit dem Landrover ankommt? So einen Tag hat der Bursche schon lange nicht mehr erlebt. Der vergisst mich doch glatt innerhalb von Sekunden, wenn eine neue Traumfrau vor ihm steht."

Der große, grauhaarige, ruhige Mann lehnte an der Seite seines schwarzen Landrovers und beobachtete mit einem Fernglas aus Armeebeständen die Szene an der staubigen kleinen Tankstelle. Ein stilles Lächeln umspielte seine Lippen. Macs Auftritt war einfach filmreif gewesen. Trevor verstaute das Fernglas wieder in seiner Hülle. Dann reichte er es weiter an die schwarzhaarige Frau, die noch im Auto saß. Ihr rechter Arm ruhte entspannt auf dem Rahmen der Tür, im geöffneten Fenster.

"Wie lange warten wir noch?"

Crystal kniff die Augen zu schmalen Schlitzen zusammen, um ihre Augen vor der blendenden Glut des Mittagssonne zu schützen.

Trevor antwortete nicht sofort. Er blickte noch einmal hinüber in die Ferne, dorthin, wo der Predator nur noch als kleiner Punkt in der hitzeflirrenden Luft zu erkennen war.

"Ein paar Minuten. Wir wollen nicht miteinander in Verbindung gebracht werden."

In diesem Augenblick ertönte die Stimme von Nicolas aus den Lautsprechern des Landrovers.

"Ihr könnt losfahren. Der kleine Kerl an der Tankstelle wird euch ganz bestimmt nicht mit uns in Verbindung bringen."

Trevor pfiff Anouk, seine Hündin heran, die sich die Zeit damit vertrieben hatte, ein paar seltsam aussehende Tiere durch die Gegend zu hetzen. Mit hängender Zunge kehrte sie zum Landrover zurück und schlüpfte geschmeidig durch die Tür der Ladefläche des großen Geländewagens, die Trevor für sie geöffnet hatte. Trevor bezog wieder seinen Platz hinter dem Steuer und startete den Motor, bevor er sich zu den Insassen auf der Rückbank umwandte.

Amy döste in der Hitze. Ihr Kopf war auf die Schulter von Antonio gesunken, der in der Mitte zwischen den beiden Frauen saß und eine Dose Cola schlürfte. Catherine, Trevors Tochter knabberte an einer Scheibe Biltong, einem scharfgewürzten, luftgetrockneten Stück Fleisch, das eine der beliebtesten Delikatessen der Einheimischen war.

Trevor wandte sich wieder der staubigen Sandstraße zu. Er legte den ersten Gang ein und steuerte das schwere Fahrzeug auf die Sandstraße. Innerhalb weniger Minuten rollte der Landrover neben Eddis Zapfsäule.

Eddie hatte es sich gerade erst wieder bequem gemacht. Seine neue Bierdose war noch nicht einmal geöffnet und er warf einen schmachtenden Blick darauf. Schicksalsergeben und seufzend erhob er sich, ein wenig langsamer als noch eine halbe Stunde zuvor und schlappte missmutig hinunter zu dem wartenden Landrover.

Heute herrschte ja geradezu Hochbetrieb. Soviel Sprit verkaufte er sonst bestenfalls in einer Woche. Eddie schlurfte neben die Fahrertür und schob einen der Träger seiner schmuddeligen Latzhose zurück an seinen angestammten Platz. Die Türen des schwarzen, staubigen Autos öffneten sich und Eddie fiel um ein Haar die Kinnlade herunter. Die drei Frauen, die aus dem Wagen stiegen, waren einfach eine Wucht und erinnerten ihn an einen Film den er erst kürzlich im Kino gesehen hatte. Irgendetwas mit Engeln. Er konnte sich daran nicht mehr so recht erinnern, doch an die Frauen erinnerte er sich sehr genau.

Heute war sein Glückstag. Eddie konnte die Augen kaum abwenden, bis ihn eine der Frauen barsch mit einem Akzent ansprach, den er nur zu gut kannte.

"Hey, Boy. Wie siehts aus. Hast du Sprit für uns oder willst du uns nur weiter anstarren. Mach den Tank voll, aber ein bißchen plötzlich."

Johannesburg. So redeten sie in Johannesburg. Jetzt fiel es Eddi wieder ein.

Er nickte ergeben.
"Sicher, Ma'am, sofort, sofort. Sorry."
Er schnappte sich die Zapfpistole und begann damit, den Tank des Landrover aufzufüllen. Mit so einem Modell kannte er sich wenigstens aus.

"Äh, Ma'am, ist Ihnen unterwegs ein Auto begegnet, ich möchte sagen, fast schon ein Truck, der, ähemm, etwas sonderbar ausgesehen hat?"

Crystal schaute Eddie fragend und mit zusammengezogenen Augenbrauen fragend an.

"Was verstehst du denn unter sonderbar, Junge?"

Eddie kratzte sich den Kopf und dachte sehr angestrengt nach, bevor er eine Antwort gab.

"Na ja, das Ding hat ausgesehen, als wärs nicht von dieser Welt. Hab sowas noch niemals nicht gesehen. Ist weitergefahren in Richtung Maseru, na jedenfalls, wenn er auf dieser Straße bleibt. Wenn ihr euch ranhaltet, holt ihr sie vielleicht noch ein."

Crystal sah Eddie unverwandt in die Augen.
"Wer ist SIE?"
Die Stimme der Südafrikanerin war schneidend und kalt wie Eis.

Unsicher senkte Eddie seinen Blick. Diese Frau verursachte ihm Unbehagen.

"Ich meinte nur das Auto, vielleicht holt ihr das Auto noch ein."

Crystal drückte dem verunsicherten Tankstellenbesitzer ein Bündel Banknoten in die Hand.

"Wir fahren nicht nach Maseru. Wir fahren hinauf ins Bushveld, nach Pretoria. Wir haben Freunde dort oben. Aber wenn wir dem Fahrzeug begegnen sollten? Sollen wir den Leuten etwas ausrichten?"

"Nein, nein. Ich dachte ja nur. Gute Fahrt."

Eddie steckte sich gedankenlos den Zigarillo, den die schöne Frau ihm geschenkt hatte, in den Mund und begann heftig darauf herum zu kauen. Für heute war sein Bedarf an Aufregung restlos gedeckt. Er schlurfte mit gebeugtem Rücken hinauf auf seine Veranda und streckte sich genüsslich im Schaukelstuhl aus. Betrübt starrte er auf die Bierdose in seiner Hand. Die war unterdessen warm geworden. Scheisse!

Trevor lenkte den Landrover weg von der Straße und hinein in die Steppe. Er schlug einen weiten Bogen bis er das kleine Städtchen Botshabelo hinter sich gelassen hatte. Nicolas und Mac warteten auf einer Anhöhe. Eine kleine Gruppe Akazien spendete ihnen spärlichen Schatten in der gleissenden Nachmittagssonne.

"Ist der Tankwart ein Problem?"

Nicolas sah seinen Vater fragend an, der eine Landkarte auf der Haube des Landrovers ausgebreitet hatte.

Trevor legte ein paar Steine auf die Landkarte, um zu verhindern, dass der staubige Wind sie mit sich riss und zog gemächlich seinen Tabakbeutel hervor.

"Ich denke, dazu fehlen dem Mann ein paar Gehirnzellen. Der denkt gar nichts und wenn, dann dreht es sich in erster Linie um Bier. Vergiss ihn.

Welchen Weg schlagen wir von hier aus ein?"

Trevor zündete sich seine Zigarette an und blies eine dünne Rauchfahne in die Luft.

Unterdessen beugte sich sein Sohn über die Karte und fuhr ihre bisherige Route mit dem Zeigefinger nach. Bis er Botshabelo auf der Landkarte entdeckt hatte.

"Crystal sagt, nicht weit von hier befindet sich ein kleiner Fluß. Der Mohokare River. Dort gibt es eine Felsformation, die in einer Gegend liegt, die Hangars Drift genannt wird."

Nicolas tippte mit seinem Finger auf einen Punkt auf der Karte.

"Ich habe die Koordinaten schon im Navigationssystem des Predators gespeichert. Mac übermittelt sie auf das System des Landrovers, wenn wir weiterfahren. Nur für den Fall, dass wir uns trennen müssen. In dieser Felsformation befindet sich eine Höhle, die groß genug ist, dass wir mit den Autos in sie hineinfahren können. Dort werden wir die Nacht verbringen und uns mit Beast in Verbindung setzen. Bis jetzt haben wir noch keine Nachricht erhalten, dass Angus angebissen hat."

Trevor trat die Reste seiner Zigarette mit der Stiefelspitze aus und faltete die Karte sorgfältig wieder zusammen.

"Gut. Dann fahren wir am besten sofort weiter. Ich möchte noch vor Einbruch der Dunkelheit dort ankommen."

Er bewegte vorsichtig seine Schulter, die immer noch unter dem Durchschuss litt, den ihm einer von Angus Söldnern beigebracht hatte, als diese versucht hatten, Crystal zu kidnappen und nach Südafrika zurückzubringen.

Trevor pfiff Anouk zurück, die diesen Ausflug sichtlich genoss. Die große Wolfshündin sprang mit einem Satz in den Laderaum des Landrovers und machte es sich wieder auf ihrer Decke gemütlich. Trevor besah sich den Rest seiner kleinen Mannschaft.

Ihm fehlte der rechte Ausdruck dafür. Sie waren alles zusammen. Familie, Freunde, Kampfgefährten. Auch Mac gehörte nun zu ihnen. Sie und Crystal verband inzwischen mehr als eine Freundschaft. Die beiden Frauen waren in dieser

Gruppe die einzigen wirklichen Kämpfer und dieses Bewußtsein schmiedete ein besonderes Band zwischen ihnen. Trevor hatte nichts dagegen. Das hier war Crystals Heimat und Mac hatte von Anfang den Platz als Führer der kleinen Gruppe innegehabt.

Bis nach Hangars Drift waren es noch gut und gerne zweihundert Kilometer und der Weg führte sie durch schwieriges Gelände. Nur mit einigem Glück würden sie am frühen Abend ihr Lager innerhalb der Höhle aufschlagen können.

Mac saß am Steuer des Predators und betrachtete konzentriert ihre Monitore. Die Kameras zoomten die Landschaft heran und die junge Frau suchte das Land nach unerwünschter Gesellschaft ab. Doch die hitzeflirrende Luft und weites, trockenes, unbesiedeltes Land war alles, was sie sah.

Mac startete den Jäger. Der schwere Catarpillar sprang dröhnend an.

Das Steuer des Kampffahrzeuges war vollgepackt mit Elektronik. Noch immer musste Mac sich vergewissern, welches der zahlreichen Bedienelemente sie benutzen wollte. Im Augenblick war sie auf der Suche nach etwas, dass eine Verbindung zum Landrover herstellen könnte. Endlich wurde sie fündig und Catherine meldete sich.

"Wir sind startklar. Los geht's."

Mac legte den ersten Gang des halbautomatischen Getriebes ein. Die mächtigen, beinahe unzerstörbaren Reifen setzten sich in malende Bewegung und zerbröselten loses Sandsteingeröll zu Staub. Der Predator rollte geräuschlos den Hang hinab, gefolgt von dem staubigen Landrover. Für Mac war es eine Freude, dieses mächtige Fahrzeug zu steuern.

Es war unglaublich, was Nicolas in dieser kurzen Zeit konstruiert und gebaut hatte.

Der Predator schnurrte mit beindruckender Leichtigkeit durch die Steppe. Die Bodenwellen, Löcher und Steinbrocken, die sich ihm in den Weg stellten, beeindruckten das sechs Tonnen schwere Gefährt nicht. Die Fahrerkabine blieb komfortabel ruhig und die wenigen Stöße, die Bodenwellen bis zur Kabine schickten, wurden von den öldruckgefederten Sesseln sicher aufgefangen. Nicolas, der sich im Sessel neben ihr ausgestreckt hatte, beobachtete gelassen den Weg und die dahingleitende Landschaft. Mac hatte inzwischen den Predator bis in den höchsten Gang hinauf beschleunigt.

"Hast du viele Männer getötet?"
"Wie bitte?"
Diese direkte Frage überraschte Mac.
Nicolas wandte den Kopf nicht eine Millisekunde von den Monitoren ab.
"In deinem Job. Wieviele Männer hast du getötet?"
"Warum mußt du das unbedingt wissen? Glaubst du, ich wäre nicht imstande, diesen Job zu Ende zu bringen?"
Ihre braungebrannte Hand schaltete den Predator mit präzisen, harten Bewegungen einen Gang hinunter. Vor ihr lag eine Anhöhe und sie hielt eine konstante Geschwindigkeit von achtzig Stundenkilometern ein.
Der Landrover war indes in den Rückspiegeln kaum noch zu erkennen. Nur die Monitore, die ein Bild der Außenkameras wiedergaben, zoomten das langsamere Fahrzeug heran. Mac verschwendete keine Gedanken an den Landrover. Es war zu erwarten gewesen, dass er nicht mit dem Kampffahrzeug Schritt halten konnte.
"Nein, keineswegs. Es ist nur, wie soll ich sagen, reine Neugier.
Nein, das ist gelogen. Du hast mir gefehlt. In den ersten Jahren, nachdem du verschwunden warst, dachte ich, ich könnte ohne dich nicht leben. Ich habe einfach immer weiter gemacht, weil man es so von mir erwartet hatte. Aber innerlich

habe ich mich ausgehöhlt und leer gefühlt.
Wir haben nicht wirklich zueinander gepasst, wir beide. Aber du hattest ein Vakuum in mir hinterlassen, Mac. Und ich möchte gerne ein wenig mehr von dir wissen. All diese vergangenen Jahre. Ich möchte wirklich sehr gern herausfinden, wie du gelebt hast. Und welche Art Frau aus dem wilden Mädchen von damals geworden ist, dass ich einmal geliebt habe."

Nicolas betrachtete ruhig das Gesicht neben sich. Diese hohe, klare Stirn. Die winzigen Fältchen in den Augenwinkeln. Die Haut auf dem Nasenrücken immer noch oder schon wieder verbrannt. Ihre klaren, schönen Augen waren unverwandt auf den Weg vor ihnen gerichtet, der ihre ganze Aufmerksamkeit erforderte. Nicolas konnte sehen, wieviel Freude es der Frau neben ihm bereitete, das schwere Fahrzeug mit all ihrem Geschick zu steuern. Sein Blick huschte über die Kontrollen. Alles lag im grünen Bereich. Der Predator schnurrte wie eine zufriedene Katze.

"Ich nehme an, du hast ein Recht darauf, zu erfahren, warum ich mich nie wieder bei dir gemeldet habe. Immerhin hast du mein Leben gerettet. Also gut. Aber alles kann ich dir nicht erzählen, das musst du verstehen.

Zunächst einmal. Ich habe mich nie wieder bei dir gemeldet, weil es für uns kein Zurück mehr gab, aber ich wusste immer ganz genau, wo du warst oder ob es dir gut erging.

Beast hat keine Ahnung davon. Er hätte mich für verrückt gehalten. Aber ich habe über meine eigenen Verbindungen immer wieder Nachforschungen über dich angestellt. Im letzten Jahr habe ich dich dann aus den Augen verloren. Tja, aber du hast ja mich gefunden.

Ob ich viele Männer getötet habe?

Einige. Das war Teil meines Jobs."

"Ist es dir nicht schwergefallen? Das Töten. Hattest du niemals Alpträume deswegen?"

Nicolas drehte den Sessel des Bordschützen zu Mac herum und blickte die junge Frau fragend an.

Mac zuckte mit den Schultern.

"Das legt sich mit der Zeit. Das erste Mal wirklichen Feindkontakt zu haben, dass war eine der härtesten Erfahrungen meines Lebens. Ich erinnere mich an jede Sekunde und jeden Augenblick, obwohl ich es liebend gern vergessen möchte.

Wir waren mitten in einem Kriegsgebiet und eine Landmine hatte einen meiner Kameraden schwer verletzt. Das Leben sickerte aus ihm heraus und obwohl ich versuchte, alle Teile von ihm zusammen zu halten, gelang es mir nicht. Das war in Afghanistan. Wir waren Scouts und hatten die Aufgabe, das Gelände vor uns zu erkunden, damit unsere Einheit gefahrlos nachrücken konnte.

Mein Partner war der Erfahrenere von uns beiden und mein Kommandant. Wir waren einige Kilometer vor der Truppe unterwegs, als wir in dieses Minenfeld gerieten. Also war ich allein auf mich gestellt. Da war niemand, der mir helfen konnte oder mir Anweisungen geben konnte, was zu tun sei. Ich war in Panik. Mit einer Hand versuchte ich, den Riß in der Bauchdecke meines Partners zusammen zu halten, doch immer wieder rutschte eine graue Schlinge seiner Gedärme aus ihm heraus, wie eine überlange Bratwurst. Mir war übel.

Und dann kamen sie. Es waren fünf. Kindersoldaten. Kleine Bastarde, kalt wie Eis. Durch harten, unmenschlichen Drill zu seelenlosen Monstern mutiert. Hatten ihre Kalaschnikows umgehängt und trotteten grinsend einen Abhang hinab. Alles was sie sahen, waren zwei blutverschmierte Gestalten, die im Dreck lagen. Ich hatte mich über meinen sterbenden Partner gelegt und brachte mein Gewehr in Schussposition.

"Mach sie fertig."

Die ersterbende Stimme von Rick, meinem Partner, drang

flüsternd an mein Ohr und ich nickte ihm zu, während seine Augen sich schlossen. Bevor die kleinen Drecksäcke ihre Schießprügel in die Luft bekamen, hatte ich sie schon erwischt. Rick war tot, als ich mich aufrichtete und hinüberging, um nachzusehen, ob noch einer am Leben war.

Weißt du, Nic, wenn du in der heilen Welt lebst, die man euch vorgaukelt, dann scheinen wir die Monster zu sein. Aber wir, die wir da draußen kämpfen und sterben, sind der wahre Grund dafür, das ihr satten Normalbürger es euch am Abend vor dem Fernseher gemütlich machen könnt. Und manchmal weiss ich nicht, wer die wahren Monster sind. Nein, wir, alle die so sind wie ich, wir haben keine Alpträume mehr. Manchmal noch nicht einmal mehr Träume."

Mac verstummte und kletterte mit dem Predator eine weitere Anhöhe hinauf. Viel steiler diesesmal. Die gewaltigen Reifen malmten sich unbeirrbar ihren Weg hinauf auf den Kamm. Nicolas befürchtet, dass der Landrover um das Hindernis herum fahren musste. Das bedeutet eine weitere halbe Stunde Zeitverlust auf den Predator.

"Können wir hier auf Vater und die anderen warten?"

Mac blickte zweifelnd zum Himmel hinauf.

"Nein. Wir fahren weiter. Auf diesen Koordinaten sind Erdüberwachungssateliten unterwegs. Beast hat mir die Überflugzeiten durchgegeben. In wenigen Minuten kommen wir in deren Erfassungswinkel hinein. Dann haben uns die Amerikaner auf den Monitoren. Ich möchte das nicht riskieren. Trevor findet uns ja wieder."

Der Predator kippte über den Rand der kleinen Felsformation und strebte unaufhaltsam den Hang hinab.

"Warum bist du eigentlich bei deinem Job geblieben? Ich meine, es ist ja wohl kein Spaß, angeschossen oder abgestochen zu werden. Und trotzdem machst du immer weiter. Warum?"

Nicolas legte ein paar Schalter um und prüfte die Systeme seiner Konstruktion. Alles schien in bester Ordnung und er wandte seine Aufmerksamkeit wieder Mac zu.

Vor den schmalen Fenstern zog die Landschaft in beruhigendem Gleichmaß einige Minuten still vorüber. Mac dachte noch immer über die Frage von Nicolas nach.

"Ich vermute, weil es dieses eine ist, das ich am besten kann. Und es erfüllt mich mit einer gewissen Genugtuung, wenn ich die Welt von einem Mörder befreit habe. Das mag sich in deinen Ohren barbarisch oder wild und unmenschlich anhören, aber so ist es nun mal.

Ich bin eine geborene Jägerin, Nicolas. Dieser Reiz der Jagd läßt sich mit nichts anderem vergleichen. Und ich jage das gefährlichste Wild von allen. Ich töte ein Tier nur, wenn ich muss, zum überleben.

Die Sorte Beute, die ich jage, ist gefährlicher als alles, was du dir vorstellen kannst. Und darin bin ich sehr gut."

Aus den Lautsprechern drang die Stimme von Catherine.

"Hey, ihr zwei Turteltauben. Antonio fährt um diesen Felsklumpen drumherum. Da kommen wir nicht drüber. Fahrt ihr weiter bis zum Treffpunkt. Macht keinen Sinn, auf uns zu warten."

"In Ordnung."

Mac setzte den Predator in Bewegung und nahm Kurs auf Hangars Drift am Mohokare River.

CHAPTER ACHT
Chapter8

Norris: "Men are like steel. When they lose their temper, they lose their worth."

(Männer sind wie Stahl. Wenn sie ihren Charakter verlieren, verlieren Sie ihren Wert.)

Angus Conan Reilley, aus dem Clan der McDonalds lehnte sich in seinem schweren Ledersessel nach vorne und legte sein Kinn auf die gefalteten Hände, die Ellbogen auf der Tischplatte abgestützt. Zwischen seinen dunkelblauen Augen hatte sich eine steile Falte gebildet.

"Wer hat uns ein neuentwickeltes Kampffahrzeug angeboten?"

Dingaan, sein Partner, Freund und Leibwächter zuckte mit seinen mächtigen Schultern, die in einem maßgeschneiderten Jacket steckten.

"Ist uns vollkommen unbekannt. Mein Check hat nichts wirklich Gehaltvolles ergeben. Scheint ein kleiner Tüftler zu sein, der sich auf Sonderfahrzeuge spezialisiert hat. Ein kleiner, deutscher Ingenieur. Scheint Geld zu brauchen. Das ist jedenfalls der Grund, den er unseren Kontaktleuten angegeben hat."

Angus strich sich sein dunkles Haar zurück und scrollte sich durch die Datei, die Dingaan ihm auf seinen Laptop übermittelt hatte.

"Ich traue diesem Burschen nicht. Warum hat er das Ding nicht den großen Herstellern angeboten?"

Dingaan stand auf und füllte seine Kaffeetasse an dem chromglänzenden Automaten nach, der einen Teil des Büros beanspruchte, bevor er sich wieder an seinen Freund wandte.

"Die bezahlen doch nichts. Glaubst du, die haben ein Interesse daran, so ein Vehicel von einem Niemand zu kaufen, nachdem ihre Ingenieure jahrelang Zeit damit vertrödelt haben, sich irgendeinen Scheiß auszudenken?"

Angus schmunzelte.

"Scheint so, als hättest du einen Narren an dem Burschen gefressen."

Dingaan drehte den Laptop zu sich herum.

"Hast du dir dieses Ding, dass der Bursche gebaut hat, mal näher angesehen? Nein? Das solltest du aber. Ich habe mir den Teil der Pläne genau angeschaut, die er übermittelt hat. Alles nur Fragmente. Aber wenn der Rest so gut ist wie das, was ich gesehen habe, dann könnten wir damit sehr viel Geld verdienen. Ich glaube nicht, dass es zur Zeit auf dem Markt etwas Vergleichbares gibt."

Der Schwarze trank einen Schluck aus seiner Tasse.

Angus war noch nicht vollkommen überzeugt.

"Hast du das unseren Spezialisten gezeigt? Was meinen die denn dazu? Um mich zu überzeugen, das ich einen Deal mit einem Niemand abschließen soll, brauche ich schon sehr gute Argumente. Und der Kerl kann das noch nicht einmal in Serie produzieren."

Verärgert stellte der riesige Schwarze die Tasse klirrend auf die Tischplatte aus blauem Granit.

"Komm schon, Angus. Verkauf mich doch nicht für dumm. Du weißt ganz genau, dass wir nur einen Prototyp und die dazugehörigen Pläne brauchen, um aus dem Deal ein Milliardengeschäft zu machen. Wir bieten unserem neuen Freund eine hübsche Summe als Abfindung und schieben ihn über die Grenze ab. Und wenn das nicht genügt, fliegen wir ihn auf eine Urlaubsinsel seiner Wahl. Wir können nur gewinnen."

Der schlanke Mann mit den pantherhaften Bewegungen stieß sich von der Tischplatte ab.

"Also gut. Schick eine Botschaft über unsere Kontaktmänner. In einer Woche soll er hier in Phuthaditjiaba auftauchen und seine Karre vorstellen. Kommt er auch nur einen Tag zu spät, kann er den Deal vergessen. Mach ihm das klar."

Dingaan grinste.
"Ich denke, das ist eine gute Entscheidung."
"Wir werden sehen." Angus blickte nachdenklich aus dem großen Fenster hinaus auf die Drakensberge. "Wir werden sehen!"

Amy rührte unterdessen gelangweilt in einem zerbeulten Topf herum, dessen Inhalt auf einem Gaskocher vor sich hin brodelte. Sie hatte miese Laune. Richtig beschissene, tiefschwarze, miese Laune. Das Geschaukele durch die Steppe den ganzen heißen Tag lang hatte ihr die Freude an Südafrika jedenfalls gründlich vergällt. Sie hatte Kopfschmerzen und über den Rest wollte sie gar nicht erst reden. Ihre Laune hatte sich auch nicht gerade dadurch verbessert, dass sie an einem recht netten Fluss kampierten, in dem man aber leider nicht schwimmen gehen konnte ohne von Krokodilen gefressen zu werden, oder was noch besser war, von einem übellaunigen Nilpferd angefallen zu werden.
Die hochgiftigen, grünen Baumschlangen nicht zu vergessen, die in den Bäumen am Fluß auf Beute warteten. Sie biss die Zähne zusammen und warf ihrerseits einen höchst giftigen Blick hinüber zu den Fahrzeugen, die in der großen Höhle bequem Platz gefunden hatten. Nicolas steckte bis zum Hintern unter der Haube des Predators, als wäre das Scheißding das Wichtigste auf der Welt.
Seit Wochen redete er schon von nichts anderem mehr und langsam aber sicher ging ihr das auf die Nerven. Sie hockte ewig alleine herum während Crystal und Trevor im Dämmerlicht der Savanne herumspazierten, umrundet von Anouk, die sich hier scheinbar trotz der Hitze wie zuhause fühlte. Catherine und Antonio checkten zum zigsten Male die eingehenden Nachrichten, von denen es bislang nicht gerade allzu viele gegeben hatte, nämlich gar keine. Wer sollte ihnen auch wohl schreiben oder sie anfunken, häh? Da kam ja nur

Beast in Frage. Es würde ja bestimmt genügen, einmal pro Stunde in den Kampfwagen zu klettern und nachzugucken. Weiß der Teufel, was die zwei da drinnen wirklich trieben. Amy riß sich zusammen, als der Geruch von angebranntem Fleisch in ihre Nase stieg.

Mist. Sie rührte wieder mit mehr Enthusiasmus in dem Topf herum und hoffte, dass man den verbrannten Geschmack nicht allzusehr herausschmeckte. Sie verzog ihren Mund zu einer wunderhübschen, nachdenklichen Schnute und griff zu der Kiste mit den Kochutensilien. Mal sehen, was sie noch in den Topf geben konnte, um den strengen Geschmack zu überdecken.

Thymian, Oregano und Basilikum. Genau das Richtige. Großzügig streute sie die getrockneten Kräuter über den Eintopf und rührte alles kräftig durch. Sie roch vorsichtig an ihrer Kreation. Schon besser. Jetzt mußte sie aber aufgepassen. Noch einmal konnte sie das Zeug nicht retten. Sie warf einen letzten, nachdenklichen Blick auf den Hintern von Nicolas. Wirklich lecker. Der Hintern. Nicht der Eintopf. Heute Nacht würde sie ihn daran erinnern müssen, dass sie auch gewisse Bedürfnisse hatte.

Hoffentlich schlief der Rest ihrer kleinen Expedition schnell ein. Die rothaarige junge Frau drehte das Gas des Campingkochers auf die kleinste Stufe hinunter und erhob sich von ihrem Platz, leise dabei fluchend, weil sich ihre Muskeln steif anfühlten. Sie schlenderte hinüber zu ihrem Lebensgefährten. Der Predator stand etwas erhöht auf einer Art Podest. Der Boden der Höhle war seltsam glattgeschliffen, fast schon bretteben. Ab und an konnte man die Kratzspuren großer Raubtiere erkennen, die ihre Krallen an dem weichen Sandstein geschärft hatten. Doch die Spuren waren alt. Hatte Crystal jedenfalls gesagt. Lautlos trat Amy hinter Nicolas und legte besitzergreifend ihre Hand auf seinen Hintern, der nach wie vor das einzige war, was aus dem mächtigen Fahrzeug hervorragte. Mit einem Ruck fuhr der junge Riese empor und stieß einen wüsten Fluch aus, als er sich den Kopf an einer der Streben der schweren Motorhaube stieß.

"Himmel, Arsch und Zwirn. Immer auf dieselbe Stelle. Das kann ja wohl nicht wahr sein. Wer...? Ach, Amy, du bist's. Entschuldige bitte, aber das hat weh getan."

Nicolas rieb sich die Schramme, die ihm die Strebe zugefügt hatte. Amy trat näher an ihn heran und zog seinen Kopf zu sich herab. Sanft küsste sie die rote Strieme.

"Entschuldige, mein Großer, aber das Abendessen ist fertig. Kommst du?"

Amy schmiegte sich sanft an Nicolas und der Riese schmolz dahin wie Butter in der Sonne. Er küsste die kleine, zierliche Frau auf den einladenden Mund und legte seinen Arm um ihre Taille.

"Wer könnte denn schon solch einer Einladung widerstehen."

Nicolas klopfte mit seinen Knöcheln gegen die Seitenwandung des Predators.

"Hey, ihr da drinnen. Zeit zum Abendessen. Jetzt oder nie. Sonst schütten wir den Rest in den Bach."

Grinsend zog er Amy weiter. Die Seitentür des schweren Kampfwagens öffnete sich nach einigen schweigenden Minuten. Catherine kletterte zuerst hinaus und stopfte sich rasch den Saum ihres Hemdes in den Hosenbund, bevor sie zu Boden sprang. Als sie den feixenden Blick ihres Bruders wahrnahm, überzog eine leichte Röte ihr Gesicht, doch dann beschloss sie, die Sache sportlich zu nehmen und warf ihrem Bruder eine Kusshand zu.

"Keine anzüglichen Bemerkungen bitte," Antonio grinste den Bruder seiner Frau an, "ich bin von Gesetzes wegen dazu verpflichtet, wie du sehr wohl weisst. Falls du dich einmal entschließen solltest, in meine Fußstapfen zu treten, hast du das gleiche Problem."

"Schönes Problem. Ich spare mir mein Mitleid für eine andere Gelegenheit auf. Haben wir denn wenigstens eine

Nachricht von Beast erhalten?"
Nicolas kniete sich neben den Gaskocher und griff nach der Schöpfkelle, um seinen Teller zu füllen. Der Eintopf roch verführerisch. Vorsichtig probierte er das dampfende Gericht. Ein wenig skeptisch verzog er das Gesicht.
"Bißchen rauchig, der Geschmack, findet ihr nicht auch?"
Amy zuckte mit den Schultern und setzte eine unschuldige Miene auf.
"Keine Ahnung was du meinst. Mir schmeckt der Eintopf."
"Ach ist ja egal, ich bin jedenfalls hungrig wie ein Wolf. Das war ein langer Tag."
Nicolas hieb ein und löffelte sich bis zum Grund seines Tellers durch, ohne noch ein einziges Mal den Kopf zu heben. Alle anderen taten es ihm nach. Während der nächsten Stunde vertrieb sich ein jeder die Zeit nach Lust und Laune, oder nach Gelegenheit. Nicolas, mit einem Eimer und Handtuch bewaffnet, machte sich mit Amy auf den Weg hinunter zum Fluss. Sie suchten sich eine seichte Stelle am Ufer und zogen sich bis auf die Unterwäsche aus, um ein notdürftiges Bad zu nehmen. Nicolas hielt Wache, bewaffnet mit einem halbautomatischen Gewehr, um Amy vor ungebetenen Besuchern zu schützen. Nachdem sich Amy gereinigt hatte, übernahm sie die Waffe. Frisch und erholt machte sich das junge Paar auf den Weg zurück zur Höhle. Trevor erwartete sie bereits am Eingang.
"Wir haben Nachricht von Beast. Angus hat sich gemeldet. Er erwartet uns in einer Woche in seinem Hauptquartier in Phuthaditjiaba. Crystal sagt, dass wir es von Hangars Drift bis nach Phuthaditjiaba in einem Tag schaffen können. Also haben wir sechs Tage Zeit, unsere Pläne noch einmal genauestens durchzugehen. Hat einer von euch Mac gesehen? Sie war nicht beim Abendessen und ist bis jetzt noch nicht wieder aufgetaucht. Wir machen uns langsam Sorgen um sie."
"Mac kann schon auf sich selbst aufpassen. Sie wollte auf die Jagd gehen."

Nicolas blickte auf seine Uhr.

"Sie ist jetzt etwas mehr als vier Stunden verschwunden. Wenn sie in einer Stunde nicht zurück ist, benutzen wir das Mobiltelefon und rufen sie an. Und wenn sie tausendmal sauer darüber ist."

"Ach ich glaube, das wird nicht nötig sein."

Catherine deutete hinüber zum Fluss. Im Licht der untergehenden Sonne trottete eine einsame Gestalt heran. Über den Schultern baumelte eine kleine Antilope, deren haltloser Kopf bei jedem Schritt hin und her schaukelte. Bei ihren Leuten angekommen, warf Mac den Kadaver zu Boden und wischte sich den Schweiß aus den Augen.

"Wurde immer schwerer, dieses Tier. Ist unser Essen für morgen. Wir sollten ein wenig sparsam sein mit unserem Proviant."

Mac schnupperte in die Luft.

"Ich hoffe, ihr habt mir etwas vom Eintopf aufgehoben? Ich sterbe vor Hunger. Irgendwelche Nachrichten?"

Während Amy einen Teller mit Eintopf für Mac füllte, setzte Antonio sie über die Nachricht von Beast ins Bild. Dankbar nickend nahm sie den Teller entgegen und begann, das Essen hungrig in sich hinein zu schaufeln. Mit einem Stück Brot wischte sie den Teller aus, trank einen Schluck Wasser und lehnte sich dann bequem zurück, in einer ihrer Taschen nach einem Glimmstengel suchend. Genüsslich setzte sie den teuren Tabak in Brand, sog ihn tief in ihre Lunge und blies ihn dann genüsslich durch die Nase wieder aus.

"Dann residiert er immer noch in Phuthaditjiaba, wie ich es vermutet hatte. Der miese Hund. Und er hat angebissen."

Triumphierend schlug sie eine Faust in die Handfläche der anderen Hand.

"Hah! Jetzt sind wir unserem Ziel ein ganzes Stück näher gekommen. Wir müssen nun sehr, sehr vorsichtig zu Werke gehen. Das ganze Nest ist quasi seine Privatarmee. Wenn auch nur ein einziger seiner Männer Lunte riecht, sind wir geliefert.

Dann haben wir Dingaan und seine Zulus am Hals und dann rettet uns nichts mehr."

Mac drückte den Stummel des halbgerauchten Zigarillo in einer kleinen Nische im Boden aus.

"Also gut. Wir bleiben hier bis zum nächsten Mittwoch. Dann fahren wir am frühen Morgen vor Sonnenaufgang los. Trevor und Nicolas bringen den Predator zu Angus. Die anderen begeben sich auf ihre Posten, wie abgesprochen. Nicolas, lass uns hinüber zum Predator gehen und Kontakt mit Beast aufnehmen. Wir haben noch einige winzige Details zu klären."

Mac vibrierte vor Energie. Endlich hatte die Warterei ein Ende. Sie haßte die Zeit zwischen Planung und Einsatz, zur Untätigkeit verdammt, bis die Saat aufging. Diese Zeit im Dazwischen, wie Mac es nannte, fühlte sich für sie immer an, als würde sie durch dickes, zähes Gelee in finsterer Nacht waaten. Alles schien sich in Zeitlupe abzuspielen und die Langeweile machte sie immer ganz hibbelig. Im Augenblick rasten ihre Gedanken, um alle losen Fäden miteinander zu verknüpfen. Mac fühlte sich lebendig bis in die Haarspitzen. Als sie die Einstiegsluke des Kampfwagens öffnete, war ihr Plan ausgereift und Mac hatte die lange Liste fertig, die Beast abarbeiten musste. Sie erklomm die kurze Einstiegsleiter, dichtgefolgt von Nicolas, der die Tür verschloss. Sie nahmen die Sitze vor dem Kontrollpaneel des Predators ein.

"Funktionieren alle deine kleinen elektronischen Spielereien?"

Mac drehte ihren Sessel zu Nicolas herum.

"Der gesamte Plan steht und fällt mit dir. Das ist dir doch klar?"

Nicolas schmunzelte.

"Wie oft hast du mich das schon gefragt? Hundertmal? Oder öfter? Ich bin mit Beast alles wieder und wieder durchgegangen. Alle Systeme funktionieren reibungslos. Jetzt kommt alles darauf an, dass Angus mitspielt."

Missmutig knabberte Mac an einem Fingernagel.

"Das ist der Teil eines Planes, der mir mehr als alles andere zuwider ist. Du hast alles bis in das kleinste Detail durchdacht und nun hängt alles davon ab, ob deine Beute in die Falle tappt. Du hast es ab diesem Zeitpunkt einfach nicht mehr in der Hand. Was dann folgt, ist in den meisten Fällen reine Improvisation. Meine Narben können ein Lied davon singen. Lass uns Beast anrufen, damit wir weiterkommen. Mit Reden erreichen wir nur wenig."

Ihre Finger rasten über die Tastatur, die sich direkt neben dem Steuer des Kampffahrzeuges befand. Ein kleiner Monitor erwachte zum Leben und eine blinkende Nachricht verkündete, das die Elektronik versuchte, mit Beast Kontakt aufzunehmen. Beasts Stimme hallte nach einigen Sekunden aus den Lautsprechern des Predators.

"Was liegt an, Commander?"

"Ich habe eine Liste für dich. Ich sende dir die Nachricht als verschlüsselten Text, Code eins, verstanden?"

Mac beendete die Verbindung und sendete die Textnachricht an Beast, die sie in der Datenbank des Predator gespeichert hatte.

"Jetzt heißt es, abwarten und Tee trinken. Das wird eine lange Woche, Teufel nochmal."

Die Tage vergingen irgendwie, aber in monotoner Eintönigkeit. Mac nahm die anderen gelegentlich mit zur Jagd. Mit Ausnahme von Amy, die davon nichts wissen wollte. Die O'Maras hingegen freuten sich über die willkommene Gelegenheit, dieses wunderbare Land kennenzulernen, obgleich sie keineswegs passionierte Jäger waren. Die Weite der Savanne, dass von der Sonne gebleichte, sandfarbene, trockene Gras, wogend im Wind, nur unterbrochen von vereinzelten Grüppchen verkrüppelter Akazien, all das hatte eine beinahe magische Wirkung auf die Abenteurer. Gelegentlich zog eine Herde kleiner Antilopen vorüber. Großwild oder sogar Raubkatzen suchte man hier allerdings vergebens. Amy vertrieb sich unterdessen die Zeit mit fischen, an ihrer Seite das unvermeidliche Gewehr.

Die Fische, die sie aus dem trüben Wasser des Mohokare River gezogen hatte, muteten ihr teilweise doch sehr befremdlich an. Doch Amy nahm an, dass sie essbar waren. Sie würde sie Crystal zeigen, sobald sie von der Jagd zurück war. Die experimentierfreudige junge Frau hatte eine sogenannte Kochgrube ausgehoben, in der sie schon seit Stunden ein Feuer aus Akazienholz unterhielt. Nachdem sie die brennenden Scheite aus der Grube entfernt hatte, füllte sie den heißen Hohlraum mit ausgenommenen, gesalzenen Fischen, die sie in große Blätter gewickelt hatte. Dazu kamen essbare Wurzeln, die sie ausgegraben, gereinigt und ebenfalls in Blätter gewickelt hatte. Amy füllte die Grube bis zu Dreivierteln ihres Fassungsvermögens, dann bedeckte sie alles mit Erde. Obenauf packte sie einige der noch glühenden Kohlen und entfachte damit das Feuer neu. Sie würde es an der Oberfläche der Grube noch eine weitere Stunde brennen lassen.

Die Abenddämmerung senkte sich herab, als die erfolglosen Jäger zurückkehrten. Obwohl sie den ganzen Tag einer kleinen Herde Kuduantilopen gefolgt waren, mussten sie unverrichteter Dinge umkehren, nachdem die Tiere den Fluss an einer seichten Stelle überquert hatten und weit vor ihnen in der Savanne verschwanden. Müde ließen sie sich am Feuer nieder, hungrig und durstig wie sie waren. Grinsend schob Amy die Glut zur Seite und begann, mit einem kleinen Spaten die oberste Erdschicht zu entfernen, bis dampfende Blätter zum Vorschein kamen. Ein aromatischer Geruch stieg aus der Kochgrube auf.

"Amy, du bist ein Genie."

Catherine half ihrer Freundin, den Inhalt aus der Kochgrube heraufzuholen. Vorsicht wickelten die Frauen die heißen Bündel auf und verteilten das Essen. Ruhe senkte sich über das Lager, während sie das Mahl genossen. Ein jeder hing seinen eigenen Gedanken nach. Morgen würden sie Angus treffen und der Ausgang dieser Begegnung war mehr als ungewiss. Mac spielte den Plan in Gedanken wieder und wieder durch, ohne Schwachstellen zu finden. Sie hatte getan was in ihrer Macht stand. Aber Angus war unberechenbar. Es mochte sein, dass er seine eigenen Pläne mit ihnen hatte.

Die Morgendämmerung des nächsten Tages versetzte die kleine Truppe um Trevor und Cystal in helle Alarmbereitschaft. Bis nach Phuthaditjiaba war es mit dem Predator ein Weg von höchstens sechs Stunden wie die Krähe flog. Der Landrover mit Antonio am Steuer und den Frauen an Bord hatte ein anderes Ziel. Hier mußten sich ihre Wege trennen. Nicolas inspizierte ein allerletztes Mal die Systeme des Predators. Alles funktionierte zu seiner Zufriedenheit. Beast hatte ihm die Koordinaten des Treffpunktes in das Navigationssystem eingespeist. Es gab keinerlei Ausreden mehr. Die Stunde der Wahrheit rückte näher und Trevor und sein Sohn bestiegen das Führerhaus des Kampfwagens. Nicolas nickte Mac ein letztes Mal zu, bevor er die Luke des Panzerfahrzeuges schloss. Er startete die Maschine und das beruhigende Schnurren des mächtigen Diesels klang wie Musik in seinen Ohren. Er schaltete alle Waffensysteme scharf und ein Druck auf einen verborgenem Schalter ließ den Predator zu seinem elektronischen Halbleben erwachen.
"Bis du bereit?"
Nicolas blickte in die ruhigen, grauen Augen seines Vaters.
Trevor schüttelte den Kopf.
"Nein, bin ich nicht, aber wir ziehen das jetzt trotzdem durch. Mach schon, Junge, fahr los."
Die riesigen Reifen des Predators wühlten sich durch den weichen Sandstein und das Fahrzeug schien wie ein gewaltiger, majestätischer Löwe von seinem Podest herabzusteigen, als es seinen Weg hinab in das kleine Tal

einschlug, immer entlang des Mohokare River. Der Fluss schimmerte im Licht der aufgehenden Sonne und die Herden, die zum Trinken an den Fluss gezogen waren, trotteten langsam wieder hinauf in die Savanne. Es war die Stunde der Jäger und der Predator war mit ihnen.

CHAPTER NEUN
Chapter 9

"Man kann niemanden angreifen, der sich nicht selbst zur Zielscheibe macht."
Henry Meyer-Brockman

Dingaans Zulus waren auf ihren Posten. Er hatte sie eigenhändig aus seinem Impi, seiner Streitmacht, ausgewählt. Sie waren die Härtesten und Gnadenlosesten von allen. Und sie waren ihm bis zum Tod treu ergeben. Zufrieden betrachtete er das Gelände, auf dem Angus den deutschen Ingenieur zu treffen gedachte. Vor seinen Augen weitete sich ein wüstenhaftes Tal, eingerahmt von niedrigen Felsformationen. Angus weisse Söldner nahmen die vorderen Linien ein, die das Tal schützten. Dingaan sah keinen Sinn darin, seine Leute von einem übereifrigen Weißen in den Rücken schießen zu lassen. Er hatte seine Krieger aus diesem Grund am Eingang des Tales postiert. Sie würden den Deutschen in das Tal hineinlassen, aber keinesfalls mehr hinaus. Dingaan blickte hinauf zur Sonne, obwohl er an seinem Handgelenk eine teure Uhr trug. Alte Gewohnheiten starben nur langsam. Wenn der Deutsche noch ein Geschäft machen wollte, sollte er sich besser beeilen.

"Nazo-ke umfowetho."

Eine rauhe, gutturale Stimme erklang aus dem Funkgerät, das Dingaan bei sich trug.

"Ja, ich sehe es auch, mein Bruder. Sie werden in einer halben Stunde hier eintreffen."

Dingaan beschattete die Augen mit einer seiner riesigen Hände. Am Horizont blähte sich eine Staubwolke und seine Späher hatten das Fahrzeug angekündigt. Der Zulu-Krieger lehnte sich lässig und entspannt an einen sonnenwarmen Felsen und harrte der Dinge, die da kommen sollten.

Das angekündigte Vehikel war im Okular des Feldstechers bereits deutlich zu erkennen. Angus pfiff anerkennend durch die Zähne. Das schwere Fahrzeug bahnte sich unerschütterlich seinen Weg durch das felsige Terrain, dabei kaum das Tempo verringernd. Interessanterweise schien sich das Kampffahrzeug dabei immer wieder in seiner Mittelachse zu verwinden, ohne dabei jedoch irgendeinen erkennbaren Schaden zu nehmen. Von seinem Standplatz aus machte es den Eindruck einer riesigen Ameise, die sich mit einer Geschwindigkeit von gut und gerne achtzig Stundenkilometern dahinbewegte. Angus betrachtete die Reifenkonstruktion genauer. Ganz offensichtlich schien den mächtigen Rädern weder Löcher im Fels, noch Felsbrocken etwas anhaben zu können. Der Fahrer nahm keinerlei Rücksicht. Angus kannte alle zur Zeit auf dem Markt befindlichen, militärischen, Fahrzeuge, und keines von ihnen konnte sich mit dem Vehikel dort unten auch nur im Entferntesten messen.

Zufrieden vor sich hin pfeifend, verstaute er den Feldstecher in seiner Hülle und kletterte hinunter zu Dingaan, der wie ein ebenholzfarbenes Standbild, an einen Felsen gelehnt, wartete. Grinsend betrachtete Angus seinen schwarzen Bruder. Er hatte sich wie immer, wenn Fremde sich mit Angus trafen, in seine Stammestracht gehüllt, die mehr von seiner muskelbepackten Figur enthüllte, als verbarg. Seine Assegai steckten in einer Hülle auf seinem Rücken und in seiner rechten Hand hielt er seine geliebte Winchester. Es gab um Längen bessere Gewehre, doch dieser Schießprügel befand sich schon seit Generationen in Dingaans Familie und selbst wenn das Gewehr um die Ecke schießen würde, was es keineswegs tat, hätte Dingaan es allen anderen vorgezogen. Das Gesicht mit der scharfen Nase und den hohen Wangenknochen war stoisch in seiner Ruhe und kein Muskel regte sich in ihm.

Angus wandte seine Aufmerksamkeit dem Fahrzeug im Tal

zu. Es kam genau in der Mitte des Talkessels zum Stehen und das leise Motorengeräusch erstarb. Die vorderen Türen öffneten sich und zwei hochgewachsene Männer offensichtlich unterschiedlichen Alters sprangen aus der Fahrerkabine. Der ältere von beiden zog einen Tabakbeutel aus seiner abgewetzten Jeans und drehte sich in aller Seelenruhe eine Zigarette, gerade so, als befände er sich auf einem Betriebsausflug. Offensichtlich schien Furcht ein Fremdwort für ihn zu sein, denn sein Gesicht verzog sich zu einem Lächeln, als er die Männer betrachtete, die ihre Waffen auf ihn gerichtet hatten. Der jüngere, ein wahrer Hühne mit enorm breiten Schultern und Oberarmen, die die Ärmel seines Khakihemdes zu sprengen drohten, untersuchte währenddessen gelassen sein Fahrzeug. Angus trat aus den Schatten der Felsen.

Gelassenen Schrittes, die Hände hinter seinem Rücken verschränkt, schlenderte er zu den Neuankömmlingen. Dingaan schloss sich ihm nach wenigen Schritten an und die beiden Männer gingen Schulter an Schulter weiter, bis sie wenige Meter vor Trevor und Nicolas stehen blieben. Die vier Männer fixierten einander und es schien, als wären alle anderen Männer im Tal nicht mehr von Bedeutung.

Trevor tat sich schwer damit, seine Ruhe zu bewahren. Er nahm den Blick nicht von den dunkelblauen Augen des Mannes, dessen Ähnlichkeit mit seiner Schwester Crystal unverkennbar war. Schlussendlich senkte er den Blick doch ein wenig und zog ein letztes Mal an seiner Zigarette, bevor er sie im Sand zertrat. Diese wenigen Sekunden genügten ihm, um seine widerstrebenden Emotionen wieder unter Kontrolle zu bekommen. Seine Hand tastete hinauf zu der Narbe an seiner Schulter, die er Angus zu verdanken hatte.

"Sie sind also der Warlord. Ich hatte sie mir etwas anders vorgestellt."

Nicolas brach die Stille.

Angus grinste jungenhaft.

"Wie denn? Zigarre im unrasierten Gesicht, nach Fusel stinkend und verfettet, mit einer Nutte an jedem Arm?"

"So in etwa. Ein paar Tätowierungen schwebten mir auch noch vor. Aber lassen wir das Vorgeplänkel. Ich glaube kaum, dass sie zum Philosophieren hierher gekommen sind."

Nicolas war wie Trevor ein wenig irritiert von Angus. Der Mann hatte eine aristokratische Aura, die sie nicht erwartet hatten. Er war sich allerdings nicht ganz im Klaren darüber, wer der gefährlichere von beiden war, der pantherhafte, aristokratische Angus oder der gewaltige Schwarze an seiner Seite mit dem kriegerischen Auftreten. Im Zweifelsfall hätte er auf den Warlord gesetzt.

"Nun gut."

Nicolas deutete auf den Predator.

"Das hier habe ich anzubieten. Wie haben Sie sich das Geschäft vorgestellt."

Angus lächelte.

"Immer langsam, mein junger Freund. Geschäfte dieser Art werden nicht über dem Knie abgebrochen, wie man so schön sagt. Schließen Sie Ihr Gefährt ab und folgen Sie mir. Dort, im Schatten der Felsen, haben meine Leute ein Willkommensessen angerichtet. Mit vollem Magen verhandelt es sich sehr viel besser. Wir werden noch einen langen Nachmittag vor uns haben. Während wir essen, sehen sich meine Ingenieure das Auto etwas aus der Nähe an. Selbstverständlich werden sie nicht das Geringste beschädigen. Sie haben mein Wort darauf."

Trevor und Nicolas folgten Dingaan und Angus, die zurück zu den Felsen schritten. Erstaunlicherweise stand dort eine lange Tafel, die sich unter der Last der Speisen bog, die man darauf angerichtet hatte. Einige Zulufrauen in bunten Gewänder warteten geduldig auf die Gäste, um sie zu bewirten.

Auf einem kleinen Felsplateau, ungefähr zwei Kilometer

von der Festtafel entfernt, standen Crystal und Mac auf der Motorhaube des Landrovers und betrachteten die Szene im Talkessel durch ein scharfes Fernglas.

"Angus hat angebissen. Ich kenne diesen Gesichtsausdruck, mit diesem satten, zufriedenen Lächeln, nur zu gut. Es fehlt nur noch, dass er sich die Lippen leckt, dann ist der Eindruck eines Fuchses, der gerade eine Gans gefressen hat vollkommen."

Crystal senkte das Fernglas und sprang von der Motorhaube hinunter, in das raschelnde Gras.

Mac grinste ihre neue beste Freundin an.

"Na, wollen wir mal sehen, ob wir dem alten Fuchs das Fell über die Ohren ziehen können? Wir haben ein paar Asse im Ärmel."

"Hast du keine Angst um unsere zwei kostbaren Lockvögel?"

Crystal blickte skeptisch drein.

"Angus ist ein eiskalter Hund. Trevor und Nic sind auf ihre eigene Art und Weise sicherlich ganz wunderbare Männer. Aber mein Bruder lebt in einer brutalen Welt, die den beiden völlig fremd ist."

Mac nickte verständnisvoll.

"Doch, das habe ich. Aber wenn sie ihre Rolle glaubhaft spielen, dann haben wir eine wirklich gute Chance, unseren Plan durchzuziehen."

Crystal war nicht wirklich überzeugt.

"Warum hast du Catherine, Amy und Antonio in dem kleinen Delta, nahe des Flusses abgesetzt?"

"Sie werden abgeholt werden. Vertrau mir. Aber ich kann die drei im Augenblick hier nicht gebrauchen.

Sieh mal. Nicolas, Beast und ich haben alles bis ins kleinste Detail geplant. Falls Angus in unsere Falle tappt, ist hier der Teufel los. Wir beide, du und ich, sind die einzigen Profis in diesem Spielchen. Es reicht mir völlig, dass ich Nicolas und seinen Vater ins Feuer werfen muss. Wenn der Tanz losgeht, brauche ich jemanden an meiner Seite, der ohne nachzudenken schießen und auch töten kann. Schau, ich liebe die drei, wirklich, aber sie sind Amateure und ich will sie nicht verlieren."

Mac streifte die Hülle von ihrer Blazer und justierte die Zieloptik. Sie nahm ein wenig Sand auf und warf ihn in die Höhe, um die Stärke und Richtung des Windes zu prüfen. Mit geschickten Fingern entleerte sie das Magazin ihrer Waffe und unterzog jede einzelne der Patronen einer genauen Untersuchung, bevor sie die Munition wieder zurück in das Magazin schob. Sie verfuhr ebenso mit zwei weiteren Magazinen, die sie in ihren Gürtel steckte. Einem Aluminiumkasten entnahm die junge Frau ein Dreibein, das sie mit ihrer Waffe verschraubte und reichte ein zweites an Crystal weiter. Es war eine beachtliche Entfernung bis zum Talkessel und jeder Schuss musste sitzen.

Crystal war ein wenig unbehaglich zumute und sie fragte sich, ob sie es mit den Schiesskünsten der Attentäterin aufnehmen konnte. Doch sie würde ihr Bestes geben.

Beast, Macs Partner, hatte ein Gewehr nach Crystals Maßen anfertigen lassen. Die Waffe war hässlich wie die Nacht, doch Crystal musste zugeben, dass sie wie angegossen in ihrer Hand lag.

Die beiden Frauen breiteten eine leichte Decke auf dem Boden aus, um ungebetene Störenfriede abzuhalten. Der Biss einer Ameise im falschen Augenblick konnte eine Katastrophe auslösen.

Die so unterschiedlichen Frauen bauten die Gewehre in einem Abstand von knapp zwei Metern nebeneinander auf und nahmen den Predator ins Visier, um noch ein letztes Mal die Zieloptik zu einzustellen. Mac schwenkte ihre Waffe und betrachtete die versteckten Posten. Einen nach dem anderen.

Die Weißen in der ersten Linie bildeten kein allzu großes Hindernis, darum musste sich Beast kümmern. Doch die Zulu, die am einzigen Ausgang des Tales postiert waren, bereiteten Mac Sorgen.

Mac hatte nicht vor, ein Gemetzel anzurichten, aber die hartgesichtigen Schwarzen würden sich niemals ergeben, solange sie auch nur kriechen konnten. Sie stammten von den stolzesten, unbarmherzigsten Kriegern ab, die es jemals gegeben hatte. Dagegen nahmen sich Attilas Hunnen wie eine Bande von Sonntagsschülern aus. Mac zuckte die Achseln. Sie würde einfach tun, was notwendig war.

Trevor tupfte sich Bratensaft mit einer blütenweißen Leinenserviette von den Lippen. Zumindest das Mittagessen war die Reise wert gewesen, was immer auch geschehen mochte, dachte er ironisch.

Gesättigt lehnte er sich zurück und betrachtete forschend den Mann, der es darauf angelegt hatte, seine eigene Schwester zu töten. Im Augenblick unterhielt sich Angus angeregt mit Nicolas. Zu Trevors Überraschung war der Mann ein begabter Techniker. Doch Dingaan stand Angus in nichts nach.

Hinter der hohen, pechschwarzen Stirn arbeitete ein logisch denkender, analytischer Verstand. Trevor war vollkommen klar, wie Angus es geschafft hatte, in der Welt der Mörder seine Geschäfte zu tätigen. Die beiden Männer, Dingaan und Angus, waren gefährlicher als eine Klapperschlange. Davon war Trevor überzeugt. Doch heute mussten sie ihren Meister finden. Es war nicht so, das Trevor überheblich gewesen wäre, davon war er weit entfernt. Doch Trevor und sein Sohn kämpften um das Überleben ihrer Familie.

Trevor nickte dankend einer schwarzen Schönheit zu, die aus einer silbernen Kanne aromatischen Mokka in winzige Tassen einschenkte.

Er zog seinen Tabakbeutel hervor und drehte sich eine seiner geliebten Zigaretten.

"Darf ich?"

Angus umrundete den Tisch und bat Trevor um den Tabakbeutel. Er nahm ihn aus Trevors Hand entgegen und betrachtete ihn sorgfältig.

"Interessanter Beutel. Er scheint mir sehr alt zu sein. Ein Erbstück, vielleicht?"

"Sozusagen."

Trevor zog es vor, nicht allzu gesprächig zu sein. Menschen neigten dazu, allzu geschwätzig zu sein. Zu leicht verplauderte man sich.

"Die Blutflecke auf dem Leder, woher stammen sie?"

Trevor steckte seine Zigarette in Brand und sog den aromatischen Rauch des ägyptischen, süßen Tabaks ein, bevor er Angus antwortete.

"Sie sind ausgesprochen neugierig, nicht wahr? Aber nun gut, ich will es Ihnen sagen. Nein, das Blut stammt nicht von mir. Der Beutel hat einem Soldaten aus dem ersten Weltkrieg gehört. Ich nehme an, es ist sein Blut. Doch das ist eine sehr lange Geschichte."

Angus hatte wieder Platz genommen und genoß das Aroma des teuren Tabaks, während er der Rauchfahne hinterher blickte, die der Steppenwind mit sich nahm.

"Sie müssen mir die Geschichte unbedingt erzählen. Ich liebe Geschichten. Aber nun möchte ich erfahren, wie es euch gelungen ist, mit mir Kontakt aufzunehmen? Meine Adresse steht ja nicht gerade im örtlichen Telefonbuch. Also bitte. Ich höre!"

Seine Stimme hatte einen scharfen Klang angenommen und es war klar, dass das höfliche Geschwätz nun sein Ende gefunden hatte. Der Mann aus Südafrika schien sich einer Metamorphose unterzogen zu haben. Die nonchalante, nette Art eines weltoffenen Kaufmannes war dem harten, kantigen Gesicht eines Mannes gewichen, der sein Geld mit den schlimmsten Verbrechern der Welt machte und sich nicht den kleinsten Fehler leisten konnte, wenn er am Leben bleiben wollte.

Trevor drückte sehr bedächtig seine Zigarette aus, um etwas Zeit zu gewinnen und trank die winzige Mokkatasse auf einen Zug leer, obgleich der wunderbare Kaffee etwas mehr Aufmerksamkeit verdient gehabt hätte.

"Die Verbindungen über die wir verfügen, tun hier nichts zur Sache. Wichtig für Sie ist einzig und allein, wie gut das Produkt ist, über dass wir mit Ihnen verhandeln möchten."

"Ganz wie Sie meinen."

Angus füllte sein Glas aufs Neue und trank einen winzigen Schluck.

Im gleichen Augenblick ertönte im Talkessel eine Explosion und Nicolas fuhr wie von einer Tarantel gestochen aus seinem Sessel auf. Rings um den Predator loderten Flammen, die erst erloschen, als die sensorgesteuerten Löschdüsen des Kampffahrzeuges ihre Arbeit verrichteten und vermittels einer chemischen Löschflüssigkeit die Flammen erstickten. Wenige Augenblicke später stand der Wagen geschwärzt, aber ansonsten unversehrt in der Nachmittagssonne.

"Scheint so, als hätte ihr Angebot seinen ersten Test bestanden. Meinen Glückwunsch."

Angus angelte sich in aller Seelenruhe eine frische Erdbeere, an der er genießerisch knabberte.

"Die Panzerung ist wirklich gut. Ist es die neue Mjöllnir-Panzerung?"

Nicolas atmete tief durch, obgleich sein Blutdruck sich noch immer nicht beruhigt hatte.

"Das und noch ein klein wenig mehr. Meine eigene kleine Kreation, sozusagen. Die Mjöllnir ließ noch einige Lücken offen, die ich schließen musste. Ich nehme an, Sie haben den Predator nicht mit einem Uransprengkopf beschossen, denn dann fällt unsere kleine Probefahrt ins Wasser."

"Aber nicht doch, mein Freund. Ich liebe zwar

Überraschungen und ein kleines Feuerwerk ab und an, aber ich bin weder dumm, noch lebensmüde. Das war zwar eine Hohlkopfgranate, aber ohne die handelsübliche Füllung. Wir haben die Uranfüllung ausbauen lassen und mit Mehl ersetzt. Was sagen Sie dazu? Witzig, oder nicht? Wir hätten im Falle eines Versagens der Panzerung zumindest ihre Inneneinrichtung versaut, was unter den gegebenen Umständen völlig bedeutungslos gewesen wäre, da unser kleines Geschäft dann bereits sein Ende gefunden hätte. Betrachten Sie es einfach als kleinen Scherz meinerseits.

Nun wollen wir uns das gute Stück aber einmal aus der Nähe betrachten. Ich bin ja so gespannt darauf, zu erfahren, womit Sie die Neuerwerbung der amerikanischen Armee zu schlagen gedenken. Die Jungs aus dem Mittelwesten, die das Rennen um den ersten Platz für sich verbuchen konnten, haben die Latte recht hoch gehängt, müssen Sie wissen. Ach übrigens. Mir gefällt der Name Predator. Er weckt ganz bestimmte Assoziationen in mir."

Angus stand auf und Dingaan war nur einen Sekundenbruchteil später an seiner Seite.

Trevor und Nicolas erhoben sich gleichfalls, wobei sie stoische Minen zur Schau trugen, obgleich ihnen das Herz in der Brust hämmerte. Die Stunde der Wahrheit rückte näher. Nicolas betete aus tiefster Seele, das seine Konstruktion keinen Fehler aufwies. Ihrer aller Leben hing nun davon ab, wie sorgfältig er gearbeitet hatte.

Ein paar Kilometer weiter südlich saßen Catherine, Amy und Antonio am Ufer des Mohokare Rivers. Amy stocherte nachdenklich mit einem Stock in einem Termitennest herum und beobachtete fasziniert die Insekten, die empört wegen dieser Störung aus der Öffnung schwärmten.

"Ich habe Schiss. Hundserbärmlichen Schiss. Es kann jetzt nicht mehr sehr lange dauern bis es losgeht. Was glaubt ihr? Haben wir eine reele Chance?"

Antonio stopfte sich seine kurze Pfeife, setzte sein Feuerzeug in Brand und entzündete den Tabak. Er blies seelenruhig einen Rauchring in die Luft, drückte den Tabak mit seinem schwieligen Daumen fest und zog erneut an der Pfeife, bevor er sich eine Antwort für Amy zurechtgelegt hatte.

"Ich weiß nicht, Kleines. Ich habe auch Angst. Aber wir können uns nicht ein Leben lang verstecken, denn sonst werden wir ein Leben lang Angst haben. Und das kann ich nicht akzeptieren. Wenn ich schon eines gewaltsamen Todes sterben soll, möchte ich gerne den Ort und die Zeit bestimmen. Ich finde, das hier wäre ein geeigneter Platz dafür, wenn es denn so sein soll, findest du nicht?"

Er lächelte Amy an, den kurzen schwarzen Stiel der Pfeife zwischen die Zähne geklemmt und nahm ihre Hände in die seinen.

"Hab keine Angst. Wir werden es schon schaffen. Mac ist klug und sie weiß ganz genau, was sie tut. Wenn jemand es schaffen kann, Angus zu überlisten, dann Mac."

"Wenn Nicolas etwas geschieht, möchte ich nicht mehr weiterleben. Ich kann das einfach nicht. Er ist ein Teil von mir und ohne ihn wäre ich nur noch halb lebendig. Das wäre weit schlimmer als der Tod."

Amy warf den Stock in den Fluß, nachdem sie die aufgeregten Insekten abgeklopft hatte und beobachtete, wie er von der Strömung rasch davongetragen wurde. Catherine rückte näher an ihre Freundin heran und legte den Arm um die verängstigte junge Frau mit dem flammendroten Haar.

"Hör auf damit, ja? Wir alle werden es schaffen, verstehst du. Es kann einfach nicht sein, das unserer Familie etwas zustoßen wird. Das haben wir nicht verdient. Schau dir Anouk an. Sie ist voller Selbstvertrauen und Lebenslust, obwohl sie dem Tode im letzten Jahr so nahe war oder vielleicht sogar deswegen."

Amy's Mine hellte sich nicht auf.

"Aber sie weiß es ja auch nicht besser. Sie kann ja nicht wissen, was heute auf dem Spiel steht. Sie ist ja nur ein Hund."

Catherine schüttelte zweifelnd den Kopf.

"Ich bin mir da nicht so sicher. Natürlich ist sie ein Hund, das meinte ich nicht. Aber ich glaube sehr wohl, das sie weiß, was heute auf dem Spiel steht. Wenn Dad sich von ihr trennt, dann muß es einen sehr guten Grund haben und das ahnt sie. So und jetzt ist Schluß mit dem Trübsalblasen. Aus einem verzagten Arsch weht auch kein frischer Wind."

Catherine stand auf und griff nach ihrem Gewehr.

In diesem Augenblick tauchte über der Felsformation ein gewaltiger Helikopter wie aus dem Nichts auf. Catherine blieb der Mund vor Verblüffung offen stehen und das Gewehr fiel ihr aus der Hand.

"Ich glaube, ich habe mir gerade in die Hose gemacht."

Amy klammerte sich an ihre Freundin und starrte ungläubig das Monstrum an, dass rasend schnell näher kam und über ihnen schwebte. Der Druck den die mächtigen Rotoren erzeugten, war kaum fassbar. Die kleine Gruppe suchte Deckung hinter einem Felsen, während der Heli zur Landung ansetzte. Antonios Pfeife war in seinem Mund erloschen.

Angus kratzte mit einem Fingernagel an der Oberfläche der Seitentür.

"Nur eine kleine Delle, kaum zu fassen. Wirklich saubere Arbeit. Meine Leute haben ein Video von der Explosion gedreht. Mit ein wenig bewegtem Anschauungsmaterial verkauft sich ein Produkt heutzutage allemal besser. Machen Sie das Ding mal auf."

Surrend entriegelte sich der Predator und Angus schwang sich hinauf in die Fahrerkabine. Er pfiff anerkennend durch die Zähne und rutschte in den Fahrersitz, der kaum merklich unter seinem Gewicht in die Öldruckfedern sank. Der Waffenhändler legte seine Hände auf das Steuer des Prototyps und begutachtet fachmännisch das Interiör des neuartigen Fahrzeuges. Monitore und Lenksysteme dominierten die Konsole. Im Sessel des Copiloten waren in den Armlehnen rechts und links jeweils ein Joystick zur Steuerung der Waffensysteme eingearbeitet.

"Wozu dienen die?"

"Geschützturm und Raketenwerfer. Geschützturm rechts. Raketenwerfer links. Die gesamte Artillerie läßt sich über den Platz des Copiloten steuern. Sollte die Elektronik beschädigt werden, kann man das Geschütz manuell bedienen. Dazu begibt man sich in den hinteren Laderaum. Dort befindet sich der Ausstieg zur Geschützluke."

Nicolas deutete auf ein massives Schott, das im Augenblick geschlossen war.

"Welchen Typ eines Raketenwerfers haben Sie verbaut?"

Interessiert studierte Angus die Anzeigen und sein Zeigefinger tippte an einer Reihe von Schaltern entlang.

Nicolas ergriff die Hand des Waffenhändlers und zog sie energisch zurück.

"Seien sie vorsichtig. Wenn wir uns einig werden, bekommen Sie eine komplette Einweisung, aber bitte, jetzt nicht einfach irgendeinen Knopf drücken oder Schalter umlegen. Der Predator hat seinen Namen nicht umsonst. Wenn Sie ein paar Männer verlieren wollen, nur weiter so."

Angus starrte ihn schweigend aus eisigen dunkelblauen Augen an.

"Fassen Sie mich nie wieder an. Verstehen Sie? Dieses eine Mal lasse ich Ihnen das durchgehen. Aber nur dieses eine Mal. Ist das verstanden worden? Und jetzt zeigen Sie mir gefälligst, wie man das Ding startet, bevor ich meine restliche gute Laune verliere."

Nicolas zog unbeeindruckt von diesem Ausbruch einen

kleinen, elektronischen Schlüssel aus seiner Brusttasche.
"Dann hören Sie jetzt genau zu. Beginnen wir mit dem automatischen Schlüsselsystem. Es gibt einen Schlüssel für jedes Besatzungsmitglied. Der Predator entriegelt sich automatisch, wenn Sie in eine bestimmte Entfernung zu ihm kommen. Sie brauchen nichts zu tun. Sie steigen ein, nehmen Platz suchen den roten Button mit dem Wort Engine drauf und pressen diesen."

Nicolas war sich vollkommen klar darüber, das er Angus verärgert hatte, aber das lag auch in seiner Absicht.

"Falls Sie den Predator selbst fahren und steuern wollen, möchte ich Ihnen gerne noch einige Instruktionen geben, wenn das sich mit Ihrem Stolz vereinbaren läßt. Außerdem möchte ich vorschlagen, dass mein Vater bei der Fahrt anwesend ist. Es ist zum Teil auch sein Baby. Wenn Sie möchten, laden Sie ihren Leibwächter mit ein, dann können Sie auch gleich herausfinden, wie sich das Ding unter voller Beladung manövrieren läßt. Aber zuvor möchte ich Ihnen gerne die Vorzüge des Jägers nahebringen."

Nicolas O'Mara spielte seine Rolle ganz genau so, wie Mac sie ihm eingetrichtert hatte. Er schob sich aus dem Beifahrersitz.

"Kommen Sie mit und folgen mir in die hintere Kabine."

Er stieg durch das Schott, das aus Hartmetall bestand und hielt vor einem gewaltigen Axialgelenk inne. Der Zwischenraum zum hinteren Durchstieg war sehr eng, doch Angus quetschte sich neben den Ingenieur.

"Im Grunde besteht der Predator aus zwei getrennten Fahrzeugen, wenn man so will. Er ist als Allradfahrzeug konstruiert, natürlich. Wie bei normalen Konstruktionen auch, ist die Lastverteilung fünfundsiebzig zu fünfundzwanzig, was bedeutet, das der Hauptteil des Antriebes auf die Vorderräder wirkt und nur ein Anteil von fünfundzwanzig Prozent auf die Hinterachse umgelenkt wird. Das wird normalerweise über eine Kardanwelle erreicht. Der Nachteil einer solchen

Konstruktion ist, daß das Chassis verwindungssteif ist. Das bedeutet, der gesamte Rahmen neigt sich nach der einen oder anderen Seite je nach Gelände. Sie wissen sicher oder es ist Ihnen schon einmal passiert, dass Sie auch das beste Allradfahrzeug auf die Seite werfen können, wenn Sie einen Fahrfehler machen. Man versucht diesen unangenehmen Effekt auszugleichen durch die Einzelradaufhängung, was aber nur in begrenztem Maße möglich ist. Wir haben den Predator anders konstruiert."

Nicolas deutete auf das Axialgelenk.

"Der Predator wird auf seinen Vorderrädern von einem dreihundertfünfundsiebzig Pferdestärken leistenden Dieselaggregat angetrieben. Wir haben einen kleinen Teil dieser Leistung dazu verwendet, um einen Elektromotor mit Energie zu versorgen, der über den Hinterrädern montiert ist und sie unabhängig vom Dieselaggregat antreibt. Elektronisch ist er mit den Vorderrädern gekoppelt um Vorder- und Hinterradantrieb synchron zu schalten. Das hat uns in die Lage versetzt, den Predator in seiner Mitte mit diesem Axialgelenk auszustatten, durch das sich der Jäger um fast sechzig Grad verwinden kann. Bildlich gesprochen kann er mit seinen Vorderrädern auf ebenem Boden fahren und seine Hinterräder fahren an der Wand eines Hauses entlang und treiben ihn trotzdem an. Natürlich verfügt er zudem über eine Einzelradaufhängung, was ihm noch größere Freiräume verschafft. Damit kann er beinahe jedes und glauben Sie mir, wirklich fast jedes Gelände durchqueren. Sollte der Antrieb auf der Vorderachse beschädigt sein, aber der Diesel läuft noch, dann bringt Sie mein Baby immer noch bis nach Hause. Nicht mehr ganz so schnell wie zuvor, aber nach Hause. Ist der Diesel beschädigt, schaffen die Batterien je nach Schwierigkeit des Geländes immer noch eine Reichweite von circa fünfzig Kilometern. Somit können Sie ihn zumindest aus direktem Beschuss heraus retten, oder von mir aus auch irgendwo eine Currywurst kaufen gehen, wenn der Kiosk in absehbarer Reichweite steht. Selbstverständlich ist der Elektroantrieb wasserdicht versiegelt und arbeitet auch unter Wasser, was uns vor ziemliche Probleme gestellt hat, die wir aber recht elegant gelöst haben. Kommen Sie, gehen wir weiter."

Nicolas schob sich durch das Zwischenschott in die hintere geräumigere Kabine.

"Hier finden Sie eine komplette medizinische Versorgungseinheit, ausgestattet mit allem, was nötig sein könnte, um einen Schwerverletzten ein ganze Weile am Leben zu halten. Verstehen Sie mich nicht falsch. Das ist trotz allem kein Krankenhaus, kann aber Leben retten, wenn man innerhalb einiger Stunden ein Krankenhaus oder ausgebildete Ärzte erreicht. Der Boden unter uns ist ein doppelwandiger Stahltank, doppelt gepanzert und fast unzerzörbar. Er faßt mehr als fünfhundert Liter Treibstoff, genug für beinahe eintausend Kilometer Fahrt, je nach Belastung und Gelände. Zur Geschützlafette, die aus- und einfahrbar ist, steigt man hier auf."

Nicolas öffnete die Schraubverschlüsse einer runden Luke.

"Der Turm ist mit einem Schnellfeuergeschütz Kaliber zwölfkommasieben bestückt. Die Ladekette faßt achttausend Schuß. Sie können die in einem Stück rausrotzen, aber dann ist der Lauf ausgeglüht und sie müssen ihn auswechseln. Gehen Sie vorsichtiger und überlegter zu Werke, schafft der Lauf drei Ladeketten, bevor er aufgibt. Sie finden hier in einem Kasten in der Seitenwandung drei Ersatzläufe. Der festinstallierte Tow-Werfer in der Front des Predators ist mit sechs Raketen bestückt, die drahtgelenkt sind. Wenn ihr Kanonier etwas taugt, bringt er die auch ins Ziel.

Gehen wir wieder in die Fahrerkabine."

Angus glitt durch das Schott und der Hüne mit dem sandfarbenen Haar folgte ihm.

"Nehmen Sie wieder Platz, bitte."

Nicolas ließ sich ihm Sessel des Kanoniers nieder.

"Die Panzerung ist die neuartige Mjöllnir-Panzerung, wie Sie ja schon recht spektakulär herausgefunden haben. Sie können die Fenster des Jägers, die aus Panzerglas bestehen, mit Panzerschotts verschließen, wenn Sie in direkten Beschuss geraten. Dann nehmen Sie Ihre Umwelt durch Kameras wahr. Sie haben selbstverständlich Rundumsicht und jedes Kamerasystem ist doppelt vorhanden, wie übrigens auch jedes andere Navigationsinstrument. Das nur zu Ihrer Sicherheit. Sie können die Außenluftkanäle schließen und das Innere des Predators mit Pressluft fluten, um feindliches Gas auszupressen und draußen zu halten.

Wenn Sie das tun, schalten sich Virenfilter zu, um die schnuckeligen kleinen Biester ebenfalls von der Besatzung fern zu halten. In den Kotflügeln sind leichte Panzerschotts eingebaut, die Sie auf Knopfdruck über die Räder schieben können, die an und für sich unzerstörbar sind, aber man kann ja nie wissen, was auf einen zukommt. Nicht wahr? Das funktioniert selbstredend nur auf relativ ebenen Flächen. Ansonsten sind die Reifen luftlos und nahezu unzerstörbar.

Tja, was soll ich noch sagen. Eigentlich spricht der Predator für sich. Fahren Sie ihn. Testen Sie ihn. Aber keine Spielchen mit den Waffensystemen. Wenn wir uns einig werden, können Sie mit dem Jäger anstellen was immer Sie wollen. Aber erst dann, verstanden?"

"Und wenn nicht?"

Eine hochgezogene Augenbraue war das einzige Anzeichen dafür, das Angus höchst irritiert war.

Nicolas sah ihn kalt lächelnd an.

"Dann jage ich das Ding in die Luft und du kuckst in die Röhre."

Angus rechte Hand zuckte schnell wie eine Natter nach vorne und schloß sich um den Hals von Nicolas. Wie eine Stahlklaue pressten sich die schlanken Finger in die Luftröhre.

"Übertreib es nicht mein Freund. Du bist nur ein armseliges kleines Würstchen, dass ein wenig Kohle machen will. Wenn du und hör mir jetzt genau zu, wenn du ein Geschäft mit mir machen willst, dann bist du von jetzt an höflich, unterwürfig und still, es sei denn ich frage dich etwas. Hast du mich verstanden? Ein Kopfnicken reicht vollkommen als Antwort."

Nicolas nickte, doch tief in seinen Augen glomm ein dunkles Feuer, das dem Warlord anscheinend entging, denn der löste zufrieden seinen Griff.

"Dingaan!"

Angus beugte sich aus dem Fahrzeug.

"Bring Mister Trevor hierher und dann steig mit ihm ein. Wir machen eine kleine Probefahrt."

Der Schwarze schob Trevor vor sich her und gab ihm einen leichten Schlag auf den Hinterkopf, um ihn zu etwas schnellerer Gangart anzutreiben. Trevor senkte den Kopf und biß sich knirschend auf die Zähne, jedoch gehorchte er dem Willen des Zulus und kletterte schweigend in die Kabine.

Angus wandte sich an seinen Leibwächter.

"Nimm doch mit Mister O'Mara auf der Rückbank Platz und behalte die zwei genau im Auge. Wenn sie Mist bauen, brich ihnen das Genick. Wenn sie mir auf den Geist gehen, brich ihnen das Genick. So und jetzt her mit dem elektronischen Schlüssel."

Ihm entging vollkommen, das Nicolas einen kleinen Schalter an der Unterseite des Copilotensessels betätigte.

CHAPTER ZEHN
Chapter10

"Was mein Gegner von mir hält, dürfte zweitrangig sein; Hauptsache er überschätzt sich"
(Martin Gerhard Reisenberg)

"Showtime."
Dieses eine Wort riß Crystal aus ihrem Halbschlaf und sie warf einen Blick auf ihre Armbanduhr. Es war noch nicht einmal siebzehn Uhr. Der Griff ihrer sehnigen Hand schloß sich um den Kolben ihrer häßlichen Waffe und sie legte die Wange in die dafür vorgesehene Vertiefung in dem seidig glänzenden Holz. Sie schloss ihr linkes Auge und spähte durch die Zieloptik, plötzlich hellwach und voller Adrenalin. Crystal blickte nur kurz zum Standplatz des Predators, bevor sie sich wieder darauf konzentrierte, die hinter einzelnen Felsen versteckten Zulukrieger zu überwachen. Ohne sich umzuwenden wusste Crystal, dass ihre Freundin das Gleiche auf der linken Seite übernahm.

Die Optik ihrer Waffe war perfekt eingestellt. Dort unten lagen zwanzig Krieger auf der Seite, die sie abdecken sollte. Crystal kannte mittlerweile den Standort von jedem der Männer ganz genau. Das bedeutete, eine knappe Minute zielen und feuern, um die Männer zu neutralisieren.

Mac lag vollkommen regungslos und kontrollierte die linke Seite des Talausganges. Wie sie befürchtet hatte, rollten mehrere Panzerfahrzeuge älterer Bauart in Position und versperrten die Ausfahrt des Tales.

"Beast?"
Mac sprach leise in ein kaum sichtbares Mikrofon.
"Ja, Commander?"
Ihr Koordinator verfolgte das Geschehen über seine Monitore. Die elektronische Zieloptik ihres Gewehres übertrug fortwährend die Bilder aus dem Tal.

"Bist du bereit zu übernehmen? Wenn der Predator Fahrt aufgenommen hat, beginnt die Show. Ab diesem Augenblick gibt es kein Zurück mehr. Also bitte, sag mir, das du alles im Griff hast."

Mit angespanntem Gesichtsausdruck sah Mac hinunter ins Tal. Angus hatte wie immer an alles gedacht.

Sie hoffte nur, das er nicht noch ein verdammtes Ass im Ärmel hatte. Alles was sie aufzuweisen hatte, war ein Elektronikgenie, das in Europa hockte und eine ehemalige Polizistin. Nicht gerade viel, in Anbetracht der Umstände. Andererseits gab es da aber auch noch Trevor und Nicolas. Mac hoffte, dass sie damit das Kreuz-Ass in der Hand hielt. Bislang hatte niemand davon gesprochen, was geschähe, wenn ihr aberwitziger Plan fehlschlug. Doch wenn man mit dem Teufel pokerte, dann konnte man sich das wohl an zehn Fingern ausrechnen.

"Ist schon klar, Commander. Ich habe hier alles im Griff, das klappt schon. Nur nicht nervös werden."

"Sagte der Mann der zehntausend Kilometer weiter nördlich hockt. Deine Haut ist ja wohl in Sicherheit."

Beast lachte.

"Richtig. Aber war es denn nicht schon immer so. Und ist es dir nicht so am liebsten. Du bist doch diejenige, die die Aktion braucht. Sagst du zumindest immer wieder."

Mac schmunzelte. Da hatte der Gute wieder einmal recht.

"Jetzt aber still. Der Motor des Predator ist angesprungen."

"Ich sehe das, Mac. Der Jäger sendet mir seine Daten. Laß mich jetzt mal in Ruhe meine Arbeit tun und mach du die deine, dann wird auch alles gut. Ende und aus."

"Arroganter kleiner Sack."

Mac spuckte in den Staub und preßte ihr Auge wieder gegen die Zieloptik.

Angus hingegen preßte den Starter des großen Fahrzeuges. Beinahe geräuschlos sprang das schwere Dieselaggregat an.

"Wie schalte ich das Ding?"
Fragend blickte Angus seinen Beifahrer an.
"Ein wenig spät für die Frage, oder? Der Predator verfügt über eine Halbautomatik. Wenn Sie Gas geben, setzt sich der Predator in Bewegung, dann legen sie den zweiten Gang ein. Die Wipptasten rechts und links am Steuer sind eine Tipptronik. Damit können Sie die Gänge wechseln. Rechts geht es nach oben. Links schalten Sie runter. Kennen Sie sicher von einem ihrer Privatautos. Dasselbe Prinzip, nur ein größerer Motor. Wenn Sie anhalten wollen, einfach nur die Bremse treten, das Fahrzeug macht den Rest."

"Und was ist mit dem Elektromotor über der Hinterachse?"
Nicolas zuckte die Achseln.
"Was soll damit sein? Der ist selbstverständlich synchronisiert. Kümmern Sie sich nicht drum. Und jetzt einfach los. Haben Sie einfach ihren Spaß."

Dingaan auf dem Rücksitz knurrte unwillig. Er mochte es nicht, wenn man in einem solchen respektlosen Ton mit Angus sprach.

Angus zog verärgert eine Augenbraue in die Höhe und geriet kurz in Versuchung, seinem Gegenüber ein zu schallern, überlegte es sich dann aber doch anders. Er gab entschlossen Gas und das Kampffahrzeug setzte sich geschmeidig in Bewegung. Angus legte die Mittelfinger seiner rechten Hand auf die Tipptronic und schaltete eine Gang nach oben.

Nicolas drehte sich hinüber zu Angus.
"Das Getriebe verfügt über sechzehn Gänge. Sie schalten aber nur acht davon. Das halbautomatische Getriebe legt den nächsten Gang selbsttätig ein und schaltet ruckfrei hoch, sobald die Geschwindigkeit passend zum Gang ist."

Mit dem Betätigen der Schaltung hatte Angus tief im Inneren des Predators eine ganze Reihe von Reaktionen ausgelöst, ohne sich dessen bewußt zu sein. Nicolas allein war sich im klaren darüber, was als nächstes geschehen würde und er wappnete sich geistig dafür. Nicht einmal sein Vater war über alles im Bilde. Zu dessen eigenem Schutz. Die nächsten Sekunden würden nicht besonders angenehm werden.

Das elektronische Bewußtsein des Jägers erwachte zu seinem halbintelligenten Leben, denn so war er programmiert worden. Das Fahrzeug wartete geduldig auf weitere Befehle.

Beast betrachtete zufrieden seine Monitore und seine geschickten Finger begannen, über die Tastatur zu huschen, die bequem auf seinen Knien lag. Der Predator unterbrach alle Verbindungen zum Steuer und zur Schaltung. Ebenso blockierte er die elektronischen Schlüssel. Von diesem Augenblick an war niemand innerhalb der Fahrerkabine Herr über den Jäger. Gas strömte in die Presslufttanks und wurde in den Innenraum des Predators gepresst. Die Türen verriegelten sich automatisch.

Die Insassen nahmen weder einen absonderlichen Geruch noch ein alarmierendes Geräusch war. Innerhalb weniger Sekundenbruchteile sackten die Köpfe der Männer auf ihre Brust und nur noch die Sicherheitsgurte hielten sie aufrecht.

Das Licht im Innenraum erlosch und verwandeltes sich in ein dunkles, grünes Glühen. Die Panzerschotts senkten sich über die Panzerglasscheiben und die Kameras erwachten zu eigenständigem Leben. Der Predator hatte sich in das verwandelt, was er tatsächlich war. Ein Jäger, der nur noch einem einzigen Herren gehorchte.

Grinsend setzte sich Beast etwas bequemer in seinen Sessel. Seine Unterarme lagen entspannt auf den Armlehnen des Sessels und die Hände locker auf den Joysticks. Auf seinen Monitoren sah er die Bilder, die der Predator ihm übermittelte.

Beast schaltete das Kampffahrzeug um einen Gang nach oben und schob einen seiner Steuerknüppel nach vorne. Der Jäger beschleunigte und Beast zog ihn in einen weiten Kreis hinein, um ein Gefühl für das Fahrzeug zu bekommen. Er schaltete einen weiteren Gang hinauf und gab mehr Gas. Noch hatte niemand bemerkt, das etwas ganz und gar nicht stimmte.

"Ich habe die Kontrollen übernommen."

Seine Stimme hallte in den Kopfhörern wieder, die Crystal und Mac trugen.

"Jetzt heißt es, alle Mann festhalten."

Mit knirschenden Bremsen kam das Fahrzeug zum Stehen. Die Innenkameras zeigten Beast, dass die Männer sicher verzurrt, aber bewußtlos in ihren Sesseln hingen. Beast ließ die Gurtautomatik die Sicherheitsgurte straffen. Aus den Nackenstützen fuhren Polster aus, die den Kopf der Männer stützten sollten. Beast ließ sich die Entfernung des Talausganges auf seinem Monitor anzeigen. Fast anderthalb Kilometer bis zur freien Savanne. Das sollte genügen, um den Predator auf seine Höchstgeschwindigkeit zu beschleunigen.

Beast aktivierte den Raketenwerfer und das Geschütz. Das war eine kniffelige Aufgabe. Selbst für ihn war es nicht leicht, beide Kontrollen gleichzeitig zu bedienen und den Predator auf Kurs zu halten.

Klickend rasteten die Tow-Raketen in ihren Abschußrohren ein. Beast schob eine rote Abdeckung mit dem Daumen seiner rechten Hand nach oben, und schaltete die Raketensysteme scharf. Die Ringlafette gehorchte seiner Steuerung und er schwenkte das schwere Geschütz einmal probeweise im Halbkreis. Beast atmete tief ein und aus und konzentrierte sich.

"Playtime."

Der Kontrollraum in Kehl zog sich aus Beasts Bewußtsein zurück. Er schob einen seiner Joysticks vor und das mächtige Fahrzeug nahm Fahrt auf. Konzentriert durchlief Beast alle Gänge und ließ den Monitor nicht einen einzigen Sekundenbruchteil aus den Augen.

"Jetzt."

Entschlossen schob er den Gashebel ganz nach vorne. Das schwere Fahrzeug schleuderte Kies und Sand in die Luft und beschleunigte mit dröhnendem Motor. Der Turbolader heulte auf vollen Umdrehungen.

Auf einer Anhöhe in den Felsen um Phutadithjiaba entsicherten zwei wild entschlossenen Frauen ihre Gewehre und eröffneten beinahe gleichzeitig das Feuer. Noch bevor die Panzerfahrzeuge, die den Talein- und Ausgang versperrten, sich auf die neue Situation einstellen konnten, waren zwei der sechs Tow-Raketen, die der Predator an Bord hatte, in der Luft und spulten rasend schnell ihre Drähte ab, mit denen Beast die Waffen in das Ziel lenkte. Die Flugkörper eilten mit einer Geschwindigkeit von mehr als dreihundert Metern pro Sekunde dahin, bevor sie in den Panzerfahrzeugen einschlugen und sie zerstörten.

Im Augenblick des Einschlages feuerte Beast zwei weitere der Raketen ab und steuerte sie auf die Stellungen der Sicherheitstruppen zu. Egal was jetzt auch geschah, er konnte sich nicht mehr darum kümmern und überließ die Raketen sich selbst. In wenigen Sekunden überbrückte der rasende Predator die Entfernung bis zum Ausgang des Tales und durchbrach die Feuerhölle, die er entfacht hatte, ohne auch nur langsamer zu werden.

Der Predator schleuderte dabei die Wracks der Panzerfahrzeuge achtlos zur Seite und Beast lenkte den angesengten Jäger hinaus in die Savanne. Er atmete tief durch. Das ging ja wie geschmiert.

Crystal und Mac sicherten ihre Waffen und sprangen auf die Füße. Jede der Frauen packte eine der Decken, auf denen sie ausgeharrt hatten und warfen sie zusammen mit ihren Waffen in den Laderaum des Landrovers.

Mac startete das Geländefahrzeug. Trockenes Gras und Staub flogen in hohem Bogen durch die Luft, als sie den Rover wendete und hinunter ins Tal holperte, um dem Predator zu folgen, den Beast von Deutschland aus steuerte. Gott segne das Internetzeitalter. Noch verkniff sich die Assassine jeglichen Triumpf, doch bislang lief alles nach Plan. Die einfachsten Pläne waren doch immer noch die erfolgversprechensten. Mac tat sich schwer damit, den Koloss einzuholen und so beschränkte sie sich darauf, ihn nicht aus der Sichtweite zu verlieren. Alles was jetzt noch zu tun blieb, war, die beiden flüchtenden Fahrzeuge zum Treffpunkt zu bringen.

Mac presste das Gaspedal zu Boden und trieb den Landrover schlingernd und schleudernd über die mit Felsbrocken und Bodenwellen übersäte Fluchtroute.

Der Chinook schwebte ruhig in einhundert Metern Höhe.

Die gegenläufigen Rotorblätter hielten das dreißig Meter lange, knapp zehn Tonnen schwere Flugmonster unbeweglich in der Luft. Der Transporthubschrauber, der bis vor einigen Monaten in den nun mittlerweile nicht mehr existenten amerikanischen Coleman Kasernen in Mannheim stationiert gewesen war, wartete geduldig auf seine Ladung.

Catherine presste ihre Nase an eines der winzigen Fenster, die nur einen sehr begrenzten Blick auf das Land gestatteten, das unter dem Chinook verharrte.

"Da sind sie."

Eine Staubwolke am Horizont wurde zunehmend größer. Je näher sie dem Hubschrauber kam, desto deutlicher schälten sich die Umrisse zweier Fahrzeuge aus dem dichten Staub. Die Piloten des Chinook spulten die Transportseile des Hubschraubers einige Meter ab, bevor Beast den Predator zum Stillstand brachte. Der Motor erstarb. Der Landrover mit

Mac und Crystal an Bord schlingerte mit viel zu hoher Geschwindigkeit heran und kam nur knapp hinter dem Kampffahrzeug zum Stehen. Mac sprang aus der Fahrertür des Geländewagens und hastete zum Predator. Sie zog die schweren Transportösen aus ihren Halterungen.

Die gleiche Prozedur durchlief Crystal bei dem Landrover. Der Chinook schwebte nun wenige Meter über ihnen und seine Rotoren peitschten die Luft. Nur mühsam hielten sich die Frauen auf den Beinen, doch es war ihre Aufgabe die Transporthaken des Hubschraubers einzuklinken. Mac sprang in den Landrover, sobald die Verbindung hergestellt war und steuerte ihn langsam an den Predator heran, bis die Stoßstange in der Verbindungskralle des Predators einrastete. Crystal gab den Piloten Zeichen und starke Seilwinden im Inneren des Chinook begannen damit, die beiden Fahrzeuge unter den Boden des Hubschraubers zu hieven.

Im allerletzten Augenblick, bevor der Landrover sich zu weit vom festen Boden entfernt hatte, warf sich Crystal neben Mac und verschloss die Tür. Sie hatte nur sehr wenig Interesse daran, bei einer Marschgeschwindigkeit von zweihunderundfünfzig Kilometern pro Stunde aus dem Auto zu purzeln. Es war schon schlimm genug, das sie nicht in einer sicheren Kabine, sondern in einem freischwebenden Auto hockte. Und das alles in einer Flughöhe von zwei Kilometern.

Mit metallischem Knirschen traf das Dach des Landrovers auf den Stahlboden des Transporthubschraubers. Der Chinook wendete und nahm Kurs auf den weit entfernten indischen Ozean. Dort wartete ein schwerer Kreuzer, der ehemals in der Flotte der Bundesrepublik Deutschland gefahren war, auf den Chinook. Damit war das Kontingent an Gefälligkeiten, die man Mac noch geschuldet hatte, erschöpft.

Die Barracuda rollte mit stampfenden Maschinen in der schweren See.

Auf dem Landungsdeck der ehemaligen Fregatte unter deutscher Flagge hastete die Besatzung für einen unbeteiligten Zuschauer scheinbar orientierungslos umher. Das war ein gefährlicher Trugschluss. Auf dem Schiff von Kapitän Hans Georg Larsen, genannt Hansi, herrschte eiserne Ordnung. Wenn man einmal davon absah, dass die Hälfte der Besatzung aus Ganoven bestand. Wahrscheinlich die gesamte Besatzung.

Der Kapitän war jedenfalls ganz sicher einer. Larsen kaute auf seiner erkalteten Pfeife und verkörperte das Sinnbild eines Seebären in seiner Urform, während seine kräftigen Hände das Steuerruder des Panzerkreuzers umklammerten. Sein Spitzname beruhte auf dem Scherz eines alten Freundes, der irgendwie hängengeblieben war.

Der Mann besaß einen wuchtigen Oberkörper, dessen Massigkeit leicht darüber hinwegtäuschen konnte, dass sich unter der derben Jacke pure Muskelmasse bewegte. Wer Hansi jemals ohne Hemd gesehen hatte, verkniff sich recht schnell jeden Scherz auf seine Kosten. Nicht wenige waren in einem Hafenbecken gelandet, die sich ein Lachen nicht hatten verkneifen können. Seine Hände waren groß und derb. Das alterslose Gesicht war von Wind, Salzwasser und Sonne zerfurcht. Seine Beine waren lang, sehnig und dünn, was die Massigkeit seines Oberkörpers noch hervorhob.

Im Augenblick jedoch betrachtete er sorgenvoll den bleischweren Himmel über dem Ozean.

"Die verdammte Hubschrauberbesatzung sollte sich besser ein wenig ins Zeug legen."
Dachte Larsen im Stillen.
Ein Taifun zog auf. Vielleicht war es auch nur ein Sturm, aber das war auf dem indischen Ozean an sich schon bedrohlich genug. Die Fracht, die unter dem Bauch des Chinook hing, musste schleunigst herunter auf das Landedeck und von dort in den Laderaum, bevor der Sturm losbrach. Am Ende kippte der Kram in den Tümpel und das war nicht Teil

der Abmachung zwischen ihm und Mac. Der Hubschrauber würde es schwer genug haben, auf dem Rückflug vor dem Sturm zu bleiben. Der riesige Transporthubschrauber schwankte in der Luft über dem Landungsdeck als hätte seine Besatzung zu tief ins Glas geschaut. In gefühlter Zeitlupe senkten die Piloten die beiden aneinander gekoppelten Fahrzeuge auf die Barracuda hinab. Die Piloten waren gut. Sehr gut sogar. Es war nicht gerade einfach, bei den immer wieder auftretenden starken Böen den Chinook ruhig zu halten. Nach einer gefühlten Unendlichkeit trafen die Räder der Fahrzeuge auf das Landedeck. Augenblicklich wendete der riesige Transporthubschrauber und raste vor den schwarzen, drohenden Wolken in voller Kampfgeschwindigkeit davon

Larsen nickte versonnen. Die Jungs in dieser fliegenden Blechkiste wussten nur zu gut, was auf sie zukam. Er wandte seine Aufmerksamkeit wieder der Landefläche zu. Eine muskulöse, junge Frau löste die Verbindungskralle, die die beiden Fahrzeuge koppelte und Larsen erkannte selbst auf die beträchtliche Entfernung vom Ruderhaus zur Landefläche, dass es sich um Mac handelte, die dort um ihr Gleichgewicht kämpfte. Ihre Art sich zu bewegen und ihre Figur waren unverkennbar. Auch wenn ihr Gesicht durch die vom Wind verwehten, langen Haare kaum zu erkennen war.

Bei beiden Fahrzeugen sprangen die Motoren an. Hansi Larsen runzelte die ohnehin zerfurchte Stirn. Soweit er informiert war, lag die Besatzung des Kampffahrzeuges in tiefem Schlummer, was auch sicherlich für ihn vorteilhafter war. Larsen wollte und brauchte auf seinem Schiff keine Schießereien. Er verdiente sein Geld damit, möglichst unauffällig über die Meere zu schippern und Fracht auszuliefern, die etwas, sagen wir mal, heikel war in ihrer Beschaffenheit. Er atmete seufzend aus.

"Pitter, übernimm mal für eine Weile das Ruder. Ich gehe hinunter in den Frachtraum und schaue mir mal an, was der

Wind zu uns hereingeweht hat. Halte den Kurs auf offene See bei. Wir versuchen vor dem Sturm davon zu laufen. Ich möchte nicht an der Küste gesehen werden."

Der dunkelhäutige Steuermann, Pitter war nicht wirklich sein Name, übernahm das Ruder mit stoischem Gesichtsausdruck und beschleunigte den Kreuzer auf zwölf Knoten. Eigentlich hatte seine Mutter ihn auf den Namen Hiob taufen lassen, aber Larsen mochte anscheinend die Assoziation nicht, die sich mit dem Namen verband. Pitter hatte sich daran gewöhnt, wie an so vieles. Doch wenn es einen Menschen gab, den er zutiefst respektierte, dann war es sein Kapitän. Der Mann war ein Pirat und Schmuggler, doch für die Mannschaft der Barracuda würde er sein Leben geben, wenn es darauf ankam.

Larsen stakste auf seinen unerschütterlichen Seemannsbeinen aus der Kabine und schwang sich die Metalltreppe zum Mitteldeck hinunter. Der Mann war flink wie ein Gibbon, wenn er sich auf seinem Schiff bewegte. Sein Decksoffizier hatte unterdessen die abgesetzten Fahrzeuge in das untere Deck hinuntergeschafft, um sie dort an ihrem vorgesehen Platz zu bringen.

Jeden Augenblick konnte der Sturm losschlagen und Larsen hatte keine Ahnung, ob sie schon weit genug vor seinen ersten Ausläufern fuhren. Er hörte das beruhigende Wummern der schweren Schiffsdiesel des Codog-Antriebes der Barracuda. Die große Dieselmaschine des Codog war gekoppelt mit zwei Gasturbinen, die die Fregatte, die ursprünglich zur U-Boot-Jagd entworfen und gebaut worden war, auf Höchstgeschwindigkeit katapultieren konnte.

Es war eine Heidenarbeit gewesen, die Gasturbinen zu erneuern, nachdem er die verschrottete Barracuda illegal von einem Abwrackunternehmen abgekauft hatte. Aber es hatte sich mehr als gelohnt. Während Larsen auf dem Weg zum Laderaum hinunter war, grinste er stillvergnügt vor sich hin. Sein altes Mädchen hatte jeden Cent, den er in sie investiert hatte, mindestens zweimal wieder hereingeholt.

Das Schott zum Laderaum öffnete sich zischend, als er in den Erfassungsbereich der Sensoren trat. Sein Lademeister hatte gute Arbeit geleistet und die beiden Fahrzeuge standen trocken und sauber verzurrt auf ihrem zugewiesenen Platz. Der übrige Teil von Larsens Laderaumes war vollgestopft mit allerlei Frachtgut, zu dem es keine gültigen Papiere gab.

An einer Wand des riesigen Laderaumes lehnten zwei Frauen, in den Händen einen dampfenden Becher, der gefüllt war mit heissem, starkem Kaffee, die sich murmelnd unterhielten. Auf ein paar Frachtkisten auf der gegenüberliegenden Seite saßen weitere drei Personen. Larsen kannte sie als Catherine, Amy und Antonio. Mac hatte ihm ihre Bilder via E-Mail zukommen lassen. Und alle Informationen, die für Larsen wichtig waren. Larsen war immer gern genau im Bilde, was vor sich ging. Wahrscheinlich lebte er aus diesem Grunde noch.

Sein Lademeiser war in ein intensives Gespräch mit den drei Personen vertieft. Larsens suchender Blick fiel auf einen riesigen, bildschönen Husky, der zu Füßen der Frau lag, die er als Catherines O'Mara kannte.

Zielstrebig ging er auf die Hündin zu. Er liebte Hunde über alles. Seine riesigen Pranken zerzausten dem Wolfshund das Nackenfell. Ob Anouk zu überrascht von Larsen liebevollem Angriff war, oder ob sie ihn vom ersten Augenblick an mochte, das konnte nur sie allein wissen. Jedenfalls ließ sie die Liebkosungen über sich ergehen, ohne auch nur zu knurren.

Larsen stand auf.

"Willkommen an Bord. Mein Name ist Hans Larsen und ich bin der Kapitän der Barracuda. Auf diesem Schiff ist mein Wort Gesetz."

Larsen ging von einem zum anderen, um die Neuankömmlinge per Handschlag willkommen zu heißen. Vor Mac blieb er stehen, ohne ihr die Hand zu reichen. Mac und Larsen fixierten einander für einige, schweigsame

Sekunden, dann schloss der alte Seebär die junge Frau in seine massigen Arme, die in dieser bärenhaften Umarmung beinahe verschwand.

"Schön, das wir uns wiedersehen. Es ist schon eine ganze Weile her, das wir uns das letzte Mal gesehen haben, nicht wahr. Ein wenig zu lange für meinen Geschmack, mein Schatz."

Mac lachte.
"Ja, ein paar Jahre sind das nun schon geworden, du alter Pirat. Aber es stimmt, es ist schön, dass wir uns widersehen."
"Wo habt ihr euere Mitbringsel gelassen? Sind die noch in der Blechkiste da drüben?"
Larsen deutete mit seinem besenstieldicken Daumen auf den Predator.
"Nein. Dein Lademeister war so nett, uns zwei leere Laderäume zur Verfügung zu stellen. Dort warteten unsere Mitbringsel auf das Erwachen, und ich schätze mal, es wird ein böses Erwachen werden."
Larsen neigte fragend den Kopf.
"Sollten es nicht eigentlich sechs Passagiere außer dir sein? Ich kann hier aber nur vier zählen. Wo sind die zwei Männer, Nicolas und Trevor, die dazugehören?"
"Wir haben sie in eine leere Kajüte verfrachtet. Sie haben die Lockvögel für unsere Beute gespielt und leider das Betäubungsgas ebenfalls eingeatmet. Wenn sie erwachen, wird es ihnen ziemlich dreckig gehen."
Larsen nickte.
"Gut, dann habt ihr es also ohne Verluste bis zur Barracuda geschafft. Aber was hast du mir denn nun ganz genau angeschleppt, mein Engel? Damit ich wenigstens im Bilde darüber bin, mit wem ich meinen Spaß haben werde."
"Na, ich weiß nicht so recht, ob du damit deinen Spaß haben wirst? Aber interessant wird es bestimmt werden. Einer deiner

neuen Passagiere ist der Warlord."

Larsen kniff ein Auge zusammen und verzog das Gesicht zu einer schmerzlichen Grimasse, wobei er ein wenig Ähnlichkeit mit Popeye aufwies.

"Du meinst, DEN Warlord?"

"Yep. Angus Reiley in voller Größe und in Bestform."

Mac grinste Larsen entschuldigend an.

"Sorry, konnte ich dir vorher nicht mitteilen, hättest mich eventuell nicht an Bord gelassen."

"Joh."

Larsen verschränkte die muskulösen Arme vor seiner Brust.

"Hätte gut so kommen können. Dir ist klar, dass du mich damit in eine mehr als beschissene Situation bringst? Der Mann vergißt nicht und er vergibt auch nicht. Das bedeutet, wenn nicht alles so läuft, wie du dir es vorstellst, wird er mein Schiff nicht wieder lebend verlassen. Ist dir das klar?

Ich bin nicht mehr der Jüngste. Die paar Jahre die mir noch bleiben, will ich in Ruhe und Frieden in irgendeinem malerischen, ruhigen Hafen verbringen und nicht mit abgezogener Haut in der Gosse landen. Und das meine ich wortwörtlich so wie ich es sage. Ich kenne den Burschen nur zu gut. Habe ein paar Geschäfte mit seinem Partner, diesem riesigen Schwarzen mit den grünen Augen gemacht.

Es wäre sehr nett von dir gewesen, mich nicht ins offene Messer rennen zu lassen, meine Liebe. Ich hätte dich nicht im Stich gelassen, Mac. Schon allein um alter Zeiten Willen."

Larsen schüttelte resignierend den Kopf.

"Was hast du jetzt vor?"

Mac kaute auf ihrem Daumennagel, wie sie es immer tat, wenn sie sich nicht ganz im Klaren darüber war, was zu tun war.

"Ich denke," meinte sie schließlich, "ich denke, ich werde mich mit einem starken Kaffee bewaffnet in etwa einer Stunde in die Höhle des Löwen wagen und ein wenig mit ihm plaudern. Vielleicht kann ich ihn davon überzeugen, mir zu sagen, was er über Element 018625 weiß."

Larsen wechselte die Farbe schneller als ein Chamäleon. Mac schätzte, das sein Blutdruck sich gerade in diesem Augenblick vor dem Siedepunkt einpendelte und sie wartete regelrecht auf den Dampf, der jeden Augenblick aus seinen Ohren schießen musste.

"Mac," Larsen hob seinen rechten Zeigefinger, "lass mich das hier nur rasch auf die Kette kriegen. Du schleppst mir den Warlord und seinen Partner an Bord, was schon an sich schlimm genug ist. Und jetzt erzählst du mir, dass du auf der Jagd nach Element 018625 bist.

Mac. Mac.

Ich dachte, ich wäre dein Freund. Weißt du eigentlich, was du mir antust?"

"Es tut mir leid, Larsen, aber du bist der Einzige, der es schafft, von Südafrika in Rekordzeit bis ins Mittelmeer zu kommen, ohne dass jemand Fragen stellt. Zudem jage ich nicht hinter dem Element her, denn ich habe es schon. Was wir aber noch nicht gefunden haben, sind die Jungs, die das Zeug zusammengeschustert haben. Angus will das Element, weil ihm schon die Daten und die Entwickler abhanden gekommen sind."

Sie zog den Würfel, der an einer Kette zwischen ihren Brüsten baumelte, aus ihrem Hemd und reichte die Kette weiter an Larsen, der den hautwarmen Metallwürfel eingehend betrachtete.

"Macht ja nicht allzuviel her, dieses kleine Ding. Auf der anderen Seite halte ich damit beinahe die ganze Welt in meinen Fingern. Du bringst mich schwer in Versuchung, meine Liebe. Dieses hübsche Schmuckstück erspart mir einige Jahre harter Arbeit auf See."

In diesem prekären Augenblick erwachte der Predator zum Leben. Das harte, metallische Geräusch mit dem ein Geschoss in den Verschluss des großkalibrigen Maschinengewehres glitt, verursachte unwillkürlich eine Gänsehaut. Larsen blickte unbeeindruckt grinsend in die dunkle Öffnung der riesigen Waffe, die seinen Kopf ins Visier genommen hatte.

"Beast?"

Larsen sah Mac fragend an und deutete mit dem Daumen auf den Kampfwagen.

"Er kann jedes Wort, das wir sprechen, hören?"

Larsens Frage war mehr an den Lauf des Maschinengewehres gerichtet, denn an Mac.

"Ich würde es nicht drauf ankommen lassen. Eher versenkt Beast deinen Kahn, als das du mit dem Würfel verschwinden kannst. Du hast dir einen harten Brocken in deinen Laderaum geholt, mein Lieber."

Macs Gesicht war steinhart geworden. Die nette, junge Frau war verschwunden und hatte dem Killer, der sie war, Platz gemacht.

Der alte Kapitän lachte aus vollem Hals.

"Du bist einfach unglaublich. Dreist und frech wie eine Friedhofskrähe. Komm, lass es gut sein. Hier hast du das Ding zurück. Ich habe genug Geld für den Rest meines Lebens angesammelt. Ich brauche diesen Mist nicht. Alles was ich will, ist der Spaß, den ich mit deiner Bande von Spinnern haben werde."

Larsen hielt Mac den Würfel samt Kette entgegen und die Kämpferin entspannte sich, während sie sich die Kette wieder über den Kopf streifte. Das bösarige Surren im Inneren des Predator erstarb.

Der alte Kapitän nahm das sehr wohl zur Kenntnis.

"Danke Beast, alter Junge. Sei friedlich und bau keinen Scheiss mit deinem Spielzeug. Dein Boss ist bei mir so sicher wie in Abrahams Schoß. Kommt jetzt mit mir auf die Brücke, dann bespechen wir alles weitere. Bis deine kostbare Fracht aufwacht, vergehen noch ein oder zwei Stunden und dann müssen die Herren sich erst einmal auskotzen. Also, auf gehts."

Larsen marschierte los und Mac gab ihrem Team das Zeichen ihr zu folgen.

CHAPTER ELF
Chapter11

Im Ehrenkodex der Samurai findet sich folgende Weisheit: "Ist dein Gegner schwächer als du, warum dann kämpfen? Ist dein Gegner stärker als du, warum dann kämpfen? Ist dein Gegner dir ebenbürtig, wird er verstehen, was du verstehst und es wird keinen Kampf geben."
Japan

Angus Conan Reiley öffnete mühsam seine verklebten Augen. Sein Schädel pochte wie verrückt. Stöhnend wälzte er sich in eine halb sitzende, halb liegende Position und stützte den schmerzenden Kopf in beide Hände. Die abgestandene, nach Dieseltreibstoff stinkende Luft, die er tief in seine Lungen sog, verursachte ihm einen Brechreiz, den er nur mit äusserster Mühe unterdrücken konnte. Soweit Angus feststellen konnte, war das Feldbett aus Bambus der einzige Einrichtungsgegenstand in dem Lagerraum in dem er sich befand. Langsam und mit Bedacht stellte sich der sehnige Mann auf seine wackligen Beine. Obgleich er sich hundsmiserabel fühlte, grinste er. Dingaans Plan schien aufgegangen zu sein. Der alte Fuchs hatte recht behalten. Anscheinend floss doch ein beträchtliches Maß von Shakas Blut in seinen Adern. Der schwarze Mörder, der die Zulu-Nation mit Stahl und Feuer geeint hatte, war als größter schwarzer Stratege in die Geschichte eingegangen. Sein Nachkomme Dingaan stand ihm in Sachen Planung und Vorraussicht in Nichts nach.

Dingaanss Schachzüge brilliant zu nennen, würde seinem Freund in keinster Weise gerecht werden. Angus rieb sich den verkrampften Nacken. Er hatte allerdings nicht erwartet, dass diese Amateure mit solch einem aberwitzigen Plan auftauchen würden. Doch wenn ihn die paar Unannehmlichkeiten seinem Ziel näherbrachten, war es billig erkauft. Angus fragte sich nachgerade, wann seine heissgeliebte Schwester wohl auftauchen würde, als sich das Metallschott des Lagerraumes, seines augenblicklichen Gefängnisses, zischend öffnete.

"Na so was. Dich hätte ich als allerletzten Menschen auf der Welt hier erwartet."

Der Klang des letzten Wortes schwebte noch im Raum, als Macs Faust krachend an seinem Kinn explodierte. Der heftige Schmerz vernebelte kurz die Sinne des Waffenhändlers, was wohl auch der Grund dafür war, dass er die Gerade nicht hatte kommen sehen, die ihn mitten auf der Stirn traf. Angus strauchelte. Doch bevor er sich fangen konnte, fegte ihn ein Tritt von den Beinen und er krachte auf den Rand des Bambusbettes.

"Steh auf."

Macs schneidende Stimme drang kalt an seine von einem Rauschen erfüllten Ohren.

"Ich bin noch nicht fertig mit dir."

Angus hockte auf dem kalten Boden und wischte sich mit dem Handrücken das Blut von seiner aufgeplatzten Oberlippe.

"Scheint so, als hätte ich den Schlag verdient, aber versuch das bloß nicht noch einmal. Tu uns beiden den Gefallen. Allmählich bin ich doch etwas verärgert."

"Schwätzer."

Mac spuckte neben die Hand von Angus mit der er sich auf dem Boden abstützte. Das Blau in der Iris des Iren verdunkelte sich um einige Nuancen. Knurrend richtete sich der blutende Mann auf.

"Wenn du es unbedingt so haben möchtest, dann komm."

Angus winkte Mac zu sich heran.

Grinsend rieb sich die muskulöse, junge Frau die Hände.

"So gefällt mir das. Dann laß uns spielen."

Spielerisch schoss sie ein paar leichte Schläge ab, denen Angus ohne Probleme auswich. Mac ließ ihm genug Zeit, zu Atem zu kommen. Ein Mann, der sich kaum auf den Beinen halten konnte, war kein Gegner für sie. So trieb sie ihn fort von dem Feldbett und hinein in die Mitte des Raumes.

Angus blieb außerhalb ihrer Reichweite. Er hatte keine Lust, sich zu Brei schlagen zu lassen, und er wusste, dass sie dazu im Stande war. Da Mac eine etwas kürzere Reichweite als er besaß, musste sie zwangsläufig näher an ihn herankommen und diese Tatsache spielte er aus. Doch sie wechselte ohne Vorwarnung ihren Kampfstil und um ein Haar hätte der Kick, der auf seine Brust zujagte, ihn überrascht. Doch Angus drehte sich ein wenig zur Seite und der Tritt verfehlte ihn um wenige Zentimeter. Sein knochentrockener Aufwärtshaken traf Mac an der Wange. Zischend vor Schmerz versuchte Mac, dem angeschlagenen Mann ihre Handkante auf das Schlüsselbein zu wuchten.

Wenn der heimtückische Schlag sein Ziel gefunden hätte, wäre der Kampf bereits jetzt entschieden gewesen. Der dünne Knochen des Schlüsselbeines hält einem solchen, mit aller Härte geführten Hieb nicht Stand, ganz egal, wie durchtrainiert ein Mensch ist. Doch Angus rechte Hand schoss schnell wie eine Natter in die Höhe und ergriff Macs Handgelenk gleich an der Handwurzel. Er überdehnte das Handgelenk mit aller Kraft und riss dabei den Arm der kämpfenden Frau erst nach oben und dann ruckartig zurück. Mac geriet aus dem Gleichgewicht und ein schneller, harter Schlag traf ihre Rippen. Die Luft entwich pfeifend ihren Lungen und sie wich ein paar Schritte zurück, um ihre Strategie zu ändern und zu Atem zu kommen. Angus blieb ihr hart auf den Fersen, doch das sollte sich als Fehler herausstellen, denn Mac hatte damit gerechnet.

Noch während er sich in seiner Vorwärtsbewegung befand, warf sich ihm Mac entgegen. Ihre Stirn krachte gegen Angus Nasenrücken und der schwarzhaarige Mann sah für einen sehr langen Augenblick Sterne. Diese kurze Zeitspanne genügte Mac, um zwei harte, schnell ausgeführte Schläge an den Kopf von Angus abzufeuern. Der erste Treffer landete auf seiner Kinnspitze und warf seinen Kopf zurück. Der zweite

Schlag, ein weit hergeholter Schwinger, den man nur ansetzen kann, wenn der Gegner bereits halb geschlagen ist, traf Angus an der rechten Schläfe und beendete den Kampf.

Dumpf schlug sein Körper auf dem Metallboden auf. Mac stand nach Luft ringend über dem gefallenen Mann und wischte sich Blut und Schweiß aus der Stirn. Sie öffnete und schloß ihre Fäuste konvulsivisch und leckte dabei das Blut von den aufgeschlagenen Knöcheln. Die siegreiche Kämpferin wartete geduldig, bis Angus getrübtes Bewußtsein sich wieder geklärt hatte. Während er sich mühsam auf seine Ellbogen aufrichtete und benommen den Kopf schüttelte, hockte sich Mac vor ihn auf ihre Fersen und sah Angus prüfend an.

"Kaffee?"

Mac zog ein Taschentuch hervor, mit dem sie ihre Lippen vorsichtig abtupfte. Angus blickte aus seiner halbsitzenden Position in die Augen, die ihn schon damals, als sie sich kennenlernten, vom ersten Augenblick an fasziniert hatten. Er streckte seine Hand aus.

"Hilf mir mal auf die Füße. Immerhin hast du ja deinen Spass gehabt."

Mac grinste ihn an und verzog schmerzlich das Gesicht, als ihre Lippe sie daran erinnerte, dass sie auch einige Plessuren abbekommen hatte.

"Und jetzt verrate mir einmal, was du mit diesem Theater zu schaffen hast."

Obwohl er einen harten Kampf hinter sich hatte, gab Angus nicht so leicht klein bei.

"Hey!"

Mac hob warnend einen Zeigefinger.

"Hast du für heute noch nicht genug Dresche abbekommen, Angus? Kann mir mal jemand einen Stuhl und genug Kaffee für eine Stunde bringen."

Mac hatte scheinbar ins Nichts hinein gesprochen, doch wenig später öffnete sich das Schott und ein dürrer Mann mit Frettchenaugen brachte einen Klappstuhl und eine Kanne

Kaffee mit zwei Metallbechern in den Lagerraum. Schweigend stellte er das Gewünschte ab und verließ nach einem neugierigen Blick auf den blutenden Mann den Raum so lautlos, wie er ihn betreten hatte. Angus setzte sich stöhnend auf das Bett.

"Hier nimm."

Mac reichte Angus ein kleines Kästchen, das ihm sehr bekannt vorkam. Verdutzt öffnete der Mann den winzigen Kasten aus Samt.

Und lachte dröhnend.

"Ich vermute, das habe ich verdient."

Mit diesen Worten entnahm er dem Kästchen die beiden Aspirintabletten, die darin lagen und schluckte sie trocken hinunter.

"Und jetzt heraus mit der Sprache, was willst du von mir? Ich habe dich damals gewarnt, mir nicht wieder in die Quere zu kommen. Ich hege keine Freundschaft für dich, dass weisst du."

Aus irgendeinem ihr unerfindlichen Grund traf diese Bemerkung Mac wie ein Stich ins Herz. Doch sie verzog keine Miene und füllte die beiden Becher die auf dem Tablett standen, mit dem aromatischen, starken Mokka, den Angus bevorzugte.

"Hier. Trink es, oder laß es."

Angus schlürfte behutsam die heisse Flüssigkeit und stöhnte genussvoll auf. Seine Lebensgeister erwachten wieder.

"Was zum Teufel hast du mit meiner Schwester zu schaffen?"

Die direkte Frage überraschte Mac.

"Ist 'ne lange Geschichte. Die heben wir uns am besten bis nach dem Abendessen auf. Zum Ausgleich dafür kannst du mir ja erzählen, was du mit Element 018625 anstellen willst."

Angus hob überrascht eine Augenbraue.

"Oh, welche Überraschung. Da hat aber jemand seine Hausaufgaben gemacht."

"Darauf kannst du wetten. So, unser kleines Gespräch ist beendet. Ich lasse dir Wasser und Seife bringen. Und ein paar frische Klamotten. Du stinkst, mein Lieber. Mach dich frisch, dann lasse ich dir dein Abendessen bringen. Den Kaffee lasse ich dir hier. Hilft dir unter Umständen beim Nachdenken. Ich komme später wieder und dann unterhalten wir uns ein wenig länger."

Mac erhob sich von ihrem Stuhl und klappte ihn wortlos zusammen. Sie klopfte gegen das Schott und schlüpfte durch die entstehende Öffnung, kaum das diese breit genug für sie war.

Das Team um Trevor und Crystal hatte sich auf der Brücke zum Abendessen versammelt. Larsen wollte mit ihnen reden, jedoch zugleich das Ruder im Auge behalten. Bislang hatte der alte Skipper es geschafft, die Barracuda vor dem Sturm zu halten. Die alte Fregatte lief mit voller Marschgeschwindigkeit. Larsen hielt dabei Kurs auf die Straße von Mozambique, die Durchfahrt zwischen der Insel Madagaskar und Mozambique. Larsens Ziel waren die Komoren, eine Inselgruppe, die bis 1974 unter französischer Herrschaft gelegen hatte.

Heutzutage war es eine eigene Bundesrepublik und Larsens wichtigster Stützpunkt auf dem Weg hinauf zum Golf von Aden. Hier bunkerte er seinen Treibstoff und nahm Fracht auf, die in den wenigsten Fällen über vernünftige, legale Papiere verfügte. Sie illegal zu nennen, hätte Larsen empfindliche Seele allerdings zutiefst verletzt.

Seine übliche Route verlief von Mozambique bis in das rote Meer, von dort nach Port Taufiq und weiter durch den Suezkanal zum Mittelmeer. Das war auch einer der Gründe, die Mac veranlaßt hatten, Larsen um Hilfe zu bitten. Einmal davon abgesehen das er ein alter Freund war und die Tatsache, das er schweigen konnte wie ein Grab. Larsen hatte auf dieser Strecke in jedem Hafen seine Mittelsmänner sitzen. Seine Schmiergelder waren legendär, weshalb er den Spitznamen Bin-Larsen al-Pasha trug. In Port Taufiq nannte er eine alte Villa aus der Jahrhundertwende sein Eigen. Man munkelte, das Lesseps, der Erbauer des Suezkanals, den Prachtbau hatte errichten lassen, nachdem er in unfreiwilligen Ruhestand hatte treten müssen. Leider gab es keine Papiere, die das belegen konnten, aber Larsen war trotzdem stolz auf die Geschichte und sein Haus. Er erstickte jegliche Zweifel an dem Wahrheitsgehalt der Erzählung jedenfalls im Keim. Notfalls verteidigte er sie auch mit seiner knorrigen Faust. Im Augenblick jedoch nagte er gelassen an einem knusprig gebratenen Hühnerbein und legte es gerade lange genug auf seinem Teller ab, um eine Frage zu stellen.

"Also. Schießt mal los. Und ich bitte um die absolute Wahrheit, sonst werfe ich euch in Moroni von Bord. Und glaubt mir, da wollt ihr nicht hocken bleiben. Auf dem Mückenschiss gibt es nur ein paar magere Hühner, die den ganzen lieben langen Tag vor den fetten Ratten, die es dort gibt, um ihr Leben rennen. Nachts sind die Biester, ich meine damit die Ratten, noch tausendmal penetranter. Betrachtet das also bitte als Versprechen.

Jetzt aber raus mit der Sprache. Was habt ihr mit dem Warlord zu schaffen und vor allen Dingen, was habt ihr mit ihm vor. Von dem grünäugigen Kastenteufel Dingaan nun mal gar nicht zu reden. Keiner meiner Leute hat genug Schneid, um dem schwarzen Mistkerl sein Abendessen durch die Tür zu schieben.

Ah, da fällt mir ein, für den Job brauche ich noch einen Freiwilligen. Hand hoch, wer sich den Spaß nicht nehmen lassen will."

Larsen blickte grinsend in die Runde. Wie erwartet, kam natürlich keine Hand freiwillig in die Höhe. Sein Blick blieb an Nicolas hängen.

"Du da scheinst mir doch recht stabil gebaut zu sein. Da

gibst du doch einen ganz passablen Freiwilligen ab und deshalb gebe ich dir den Job auch gerne.

Nein! Keine Widerrede. Ist wirklich gern geschehen."

Kopfschüttelnd ergab sich Nicolas in sein Schicksal und löffelte sich noch einen Schlag Kartoffelbrei neben die Reste seines Hühnchens. Quasi als Henkersmahlzeit. Sein Vater legte unterdessen sein Besteck zur Seite und ergriff das Wort.

"Da ich sozusagen den Clan-Chef hier abgebe, will ich Ihre Fragen beantworten. Der erste und wohl wichtigste Punkt ist, dass meine Partnerin die Schwester von Angus ist."

Larsen verschluckte sich an seinem Hühnchen.

Nach Luft ringend griff er nach einem Glas Wasser, was die Misere jedoch nur verschlimmerte. Nicolas hieb dem alten Seefahrer kräftig auf den Rücken und pfeifend flog ein Stück Knorpel aus dessen Kehle. Der nickte Nicolas mit hochrotem Kopf zu und bedeutete Trevor wortlos fortzufahren.

"Tja, wie das Leben so spielt, haben wir uns in Italien kennengelernt, als sie sich dort vor ihrem Bruder versteckte."

"Und warum zum Teufel, schnappt ihr euch den Burschen und schippert mit ihm über die Weltmeere. Das ergibt doch keinen Sinn."

Larsen schüttelte verständnislos den Kopf.

"Der Mann ist gefährlicher als eine Grube voller Klapperschlangen. Ich werde von Glück reden können, wenn der nicht meinen Kahn versenken läßt, sowie er verduften kann. Falls er und sein durchgeknallter Adjutant das nicht in die eigenen Hände nehmen. Und ihr hättet besser die Beine in die Hand genommen und euch nach Grönland abgesetzt. Mit ein wenig Glück hättet ihr euch ein neues Leben als Krabbenfischer im Eismeer oder etwas in der Art aufbauen können. Man versuchst ja auch nicht, sich einen Löwen vom Leib zu halten, indem man ihn am Schwanz packt. Das geht doch voll in die Hose."

Larsen holte nach seiner Ansprache pfeifend Luft.

"Nun haben wir aber die Bescherung hier an Bord zum

Abendessen. Was genau war denn euer ach so genialer Plan? Klärt mich mal auf."

Trevor blickte fragend zu Mac, die ihre Gabel mit Erbsen zurücklegte, die sie gerade im Begriff stand, sich in den Mund zu schieben. Seufzend kratzte sie sich an der Wange, um etwas Zeit zu gewinnen, dann sprach sie.

"Ich habe mein ganzes Leben nach der Devise gelebt, dass Angriff die beste Verteidigung ist. Wenn ich dem Gegner den ersten Schritt überlasse, wird er mir immer diesen einen Schritt voraus sein. Das ist beim Schachspielen schon schlecht, aber auf Angus bezogen ist das so ziemlich das Blödeste was man machen kann. Immerhin steht hinter diesem Mann eine ganze Armee, wenn er das so will. Im Augenblick aber nicht. Und kein Mensch außer uns hat in dieser Sekunde eine Ahnung, wo er sich aufhält. Jetzt liegt es einfach an uns, aus der Situation das Beste zu machen."

"Ach, und das Beste, was dir heute eingefallen ist, war, den Burschen nach Strich und Faden zu verdreschen."

Larsen blickte Mac verständnislos, mit fragendem Gesichtsausdruck und angehobenen Schultern an.

"Ist dir je in den Sinn gekommen, dass er das mit auf deine Rechnung schreiben könnte, hmmh? Nicht, dass die nicht schon vollgekritzelt wäre, mit all dem Kidnapping und so. Allerdings muß ich zugeben, das du es ziemlich spektakulär hinbekommen hast, einen der gefährlichsten Männer der Welt durch die Mangel zu drehen. Ich hätte das filmen sollen. Auf Youtube hätten sie eine Million dafür springen lassen. Minimum!"

Mac winkte gelangweilt ab.

"Das war nur eine alte Rechnung, die noch zwischen uns offen war. Das trägt er mir nicht nach. Das ist eine Ehrensache für Angus.

Tja, was nun meinen Plan angeht, da bin ich im Augenblick noch dran am knobeln."

"Woah, bist du noch ganz dicht?"

Amy blitzte Mac mit ihren grünen Augen an.

"Du schleppst uns quer durch Afrika, quasi um die halbe Welt, wir schippern auf einem alten Kahn, sorry Kapitän Larsen, und mir ist kotzübel und du weißt nicht, wie die Geschichte weitergeht? Hast du noch alle Tassen im Schrank?"

Jetzt war Mac aber sauer. Sie hob warnend einen Finger und ihre Augen zogen sich drohend zusammen.

"Jetzt halt mal die Luft an, du rothaariger Kobold. Ihr wolltet Angus und ich habe euch Angus geliefert. Und keiner von euch ist dabei zu Schaden gekommen. Jetzt hock dich mal wieder auf deinen hübschen, runden Hintern, Schätzchen, und laß mich mal einen winzigen Moment lang über dieses Problemchen nachdenken. Und wenn ich ganz, ganz viel Glück habe, dann steuert ihr ja auch etwas Konstruktives zu unserer Diskussion hier bei, anstatt mich nur verständnislos anzuglotzen.

Wenn ich also jetzt so darüber nachdenke, dann war so mein allererster Gedanke, dass ich unbedingt herausfinden will, was Angus mit diesem neuen Element anstellen will.

Angus ist vieles, aber bekloppt ist er nicht und auch nicht größenwahnsinnig. Der wollte dieses Zeug nicht verscherbeln, glaubt mir. Dann könnte er genausogut die gute alte blaue Kugel selbst in die Luft jagen und da hockt er auch mit drauf.

Nein, nein. Der Junge hat einen ganz bestimmten Plan und das Ding mit den zwei bescheuerten Killern, die er Crystal hinterhergeschickt hat, dass ist einfach doof gelaufen und gründlich in die Hose gegangen. Die Deppen haben ihn übertölpelt. Sowas kommt in den besten Familien vor. Höchstwahrscheinlich hätte er sie eigenhändig an die Löwen verfüttert, wenn sie seine Schwester nicht an einem Stück und verhalten schnaufend zurückgebracht hätten.

Jetzt kommen wir dann also zur Millionen-Dollar-Quizfrage. Was will er. Und das, meine Freunde, gehe ich jetzt herausfinden. Und du mein Lieber." Sie deutete auf Nicolas.

"Du gehst jetzt deinen neuen Kumpel füttern. Wir sehen uns dann später zum Feierabendbier."

Mit diesen Worten schob sie ihren Teller in die Mitte des Tisches und marschierte wortlos von der Brücke der Barracuda.

"Ach, hat die Frau nicht ein herzerwärmendes Temperament? Wenn ich doch nur zehn Jährchen jünger wäre."

Larsen blickte versonnen dem sich davonwiegenden Hinterteil hinterher.

"Mach zwanzig Jahre draus, Sportsfreund, dann könnte es hinhauen."

Schmunzelnd drückte Antonio den Tabak in seiner Pfeife fest.

CHAPTER ZWÖLF
Chapter 12

"Wo Elephanten sich bekämpfen, hat das Gras den Schaden."
Indien

"Noch einen Schlag Kartoffelbrei."
Fordernd hielt Nicolas die Platte mit erwähntem Kartoffelbrei dem Koch unter die Nase. Zweifelnd besah sich der winzige Mann mit der Kochschürze den riesigen Haufen gestampfter Kartoffeln, der sich dort bereits auftürmte.
"Na los, mach schon. Da geht doch noch was."
Nicolas schnappte sich die Soßenkelle und goß reichlich davon über das vegetarische Monument.
"Das sollte genügen."
Er leckte sich einen Finger ab, den er versehentlich in dem Gemisch versenkt hatte und machte sich schwankend auf den Weg. Während er sich mühsam auf den Beinen hielt, sann er darüber nach, ob die Kampfausbildung, die ihm Crystal im letzten Jahr hatte zuteil werden lassen, wohl ausreichen würde, um mit dem Zulu fertig zu werden. Das Schiff rollte und schlingerte in der rauhen See und machte es ihm nicht leicht, sich zum Lagerraum durchzukämpfen und dabei das Tablett in der Waagerechten zu halten. Obgleich dem jungen Riesen ganz offensichtlich in der kurzen Zeit in der er an Bord

der Barracuda war, keine Seemannsbeine gewachsen waren, schaffte er es auf wundersame Art und Weise, seine rutschige Fracht bis zum Lagerraum hinunter zu bugsieren.

Skeptisch besah er sich das Schott, das ihn im Augenblick noch von Dingaan trennte. Just in diesem Augenblick war Nicolas klargeworden, wie sich ein Dompteur fühlen musste, ehe er den Tigerkäfig betrat.

Er freute sich nicht auf die Begegnung, aber da der Job nun mal an ihm hängengeblieben war, wollte er auch nicht wie ein Feigling dastehen. Er hoffte nur, dass sein wackliger Plan aufging, sonst brauchte er wahrscheinlich später noch einige Apirin und das eine oder andere Pflaster. Er musste einfach nur blitzschnell sein und den Überraschungsmoment nutzen.

"Aufmachen."

Das Schott schob sich zur Seite und der riesige, muskelbepackte Dingaan flog wie eine Katze durch die Öffnung.

Noch während er sich in der Luft befand, klatschte Nicolas ihm die Platte mit Kartoffelbrei mitten ins Gesicht. Die Augen und Nasenlöcher des Schwarzen waren vollkommen verklebt von der Pampe und bevor er halbwegs sein Gleichgewicht wiedergefunden hatte, steckte der Lauf von Nicolas riesigem Colt Kodiak unter einem von Dingaans verklebten Nasenlöchern.

"Nur weiter so, mein Freund. Wir können das jetzt auf zweierlei Arten machen. Du säuberst dein Gesicht und ißt brav zu Abend oder ich verpasse dir ein Piercingloch in deiner schwarzen Gurke, durch das du die Ankerkette der alten Fregatte, auf der du dich im Augenblick befindest, fädeln kannst. Such es dir aus. Wenn du die richtige Entscheidung triffst, unterhalten wir uns und möglicherweise kannst du dich im Anschluss mit deinem Kumpel beraten, der vernünftiger als du zu sein scheint. Allerdings hat der seine Abreibung aber auch schon hinter sich. Also, was soll es sein?"

Nicolas verlieh seiner Frage Nachdruck, indem er den

blauschwarzen, achtkantigen Lauf des Kodiak etwas weiter nach vorne schob, was den blanken, glänzenden Schädel des Schwarzen nach hinten drückte. Hass begann in den unglaublichen, grünen Augen des riesigen Mannes zu glitzern und Nicolas ahnte, das er einen Freund für das ganze Leben gefunden hatte.

"Also hast du dich für ein Abendessen entscheiden können?"

Der junge, blonde Riese starrte unverwandt in die grünen Reptilienaugen des Zulus.

Dingaan antwortete nicht sofort, doch dann nickte er.

"Im Augenblick herrscht Waffenstillstand, Weißbrot. Aber glaub nur ja nicht, das du mir so einfach davonkommst. Und jetzt bestell schon frisches Essen und Wasser, oder soll ich den Fraß da vom Boden aufheben?"

Nachdem der Zulu sich gesäubert hatte, setzte er sich auf das Feldbett und begann damit, sein Essen hungrig hinunter zu schaufeln. Immer wieder betrachtete er zwischen zwei Bissen den jungen Riesen, der ihm an Körpergröße ebenbürtig war. Ob er allerdings in einem offenen Kampf eine Chance gegen ihn selbst, Dingaan, haben würde, bezweifelte der schwarze Krieger. Aber er war erfindungsreich, und das machte ihn gefährlich. Ein Kämpfer, der seinen Kopf benutzte, hatte immer eine Chance. Nun, darüber würde die Zukunft entscheiden müssen. Dingaan wischte den Teller mit einem Stück Brot sauber und schob ihn dann zur Seite, argwöhnisch beobachtet von Nicolas, der die Kodiak nicht einen Augenblick lang gesenkt hatte.

"Dann rück mal mit der Sprache raus, Weißbrot. Was wollt ihr mit diesem TamTam bezwecken?"

Nicolas zog indigniert eine Augenbraue in die Höhe.

"Mein Name ist Nicolas. Nicolas O'Mara. Versuch dir diesen Namen zu merken, Spatzenhirn.

Tja, was soll das hier werden? Ich nehme an, du kennst

Crystal Reilley?"

"Die Schwester von Angus? Sicher. Warum?"

Dingaan schien verblüfft zu sein, diesen Namen zu hören.

"Sie ist mit meinem Vater liiert. Und irgendwie habt ihr zwei Intelligenzbolzen es geschafft, uns zwei Auftragskiller auf den Hals zu hetzen. Aber diese zwei Hornochsen waren noch blöder als dein Chef. Tja, und jetzt möchten wir doch zu gerne herausfinden, was Angus gegen die O'Mara Familie hat. Und versuchen, ihn vom Gegenteil überzeugen. Auf die eine oder andere Art und Weise. Je nachdem wie klug ihr seid."

Nicolas Miene war kalt wie Eis.

Der riesige Schwarze lehnte sich auf seine Arme zurück, sodaß seine Muskeln wie schwarze Schlangen unter der glänzenden Haut seiner mächtigen Oberarme zuckten.

"Du nennst uns allen Ernstes dumm?

Junger Freund, ich glaube, dir ist noch nicht ganz klargeworden, mit wem du dich da eingelassen hast. Du Jammergestalt. Sowas wie dich fressen wir doch zum Frühstück, wenn uns danach ist. Aber was die zwei Arschlöcher angeht. Das war ganz offensichtlich mein Fehler. Ich habe mir nicht die Mühe gemacht, sie einer genaueren Untersuchung zu unterziehen, sonst hätte ich gemerkt, wie instabil die zwei Psychos wirklich waren.

Ihr Auftrag war ganz klar umrissen, sehr einfach und dein Familie war in diesem Szenario nicht eingeplant. Wenn sie sich an ihre Anweisungen gehalten hätten, wäre niemand zu Schaden gekommen. Aber es sollte wohl nicht so sein.

Nun, es wird nicht so einfach werden, diesen gordischen Knoten zu durchschlagen.

Aber eines muß ich euch lassen, die Nummer mit dem Kampffahrzeug war schon einsame Klasse. Wer hatte denn diese brillante Idee?"

Nicolas sah wenig Sinn darin, Dingaan zu belügen. Wenn sie sich nicht einigen konnten, würde der Schwarze das Schiff nicht wieder lebend verlassen. Larsen war zu diesem Thema deutlich genug geworden.

"Billie-Jean Mac McAlistair."

Dingaan lachte schallend und aus tiefster Seele in seinem sonoren, tief dröhnenden Bass.

"Ich habe es Angus damals schon gesagt. Wirf sie in den Fluß und ersäuf sie, habe ich ihm wieder und wieder gesagt. Aber nein.

Der verliebte Mann mußte ja seinen verdrehten Kopf durchsetzen und schau, wohin uns das gebracht hat. Junge, Junge, Junge. Wie ich es hasse, Recht zu behalten. Wo ist sie? Ist sie hier an Bord? Tu mir den Gefallen und bring sie zu mir, damit ich ihr den hübschen Hals umdrehen kann. Wie seid ihr denn an diese Frau geraten?"

Nicolas bemerkte, das der Zulu sich sichtlich zu entspannen schien.

"Wir sind alte Jugendfreunde, nichts weiter. Sie ist nur hilfsbereit."

"Ist die Welt nicht ein Dorf? Der unwahrscheinlichste aller unwahrscheinlichen Zufälle geschieht und wir sitzen alle zusammen an Bord von diesem alten Seelenverkäufer. Ich fasse es nicht."

Dingaan legte sich auf sein Bett und verschränkte die Arme hinter seinem Kopf.

"Tu mir den Gefallen und laß mich jetzt allein. Ich muß ein wenig nachdenken.

Ach, wenn du mich das nächste Mal besuchst, keinen Kartoffelbrei bitte. Ich hasse dieses Zeug."

In der Kabine von Trevor und Crystal herrschte bleierne Stille, obgleich sie geradezu vollgestopft war mit Menschen. Allen stand die Anstrengung der letzten Tage ins Gesicht geschrieben, mit Ausnahme von Anouk natürlich, die einfach nur auf der Seite lag und zufrieden vor sich hin schnarchte. Solange sie bei ihrem Rudel war, war die Hündin es zufrieden und Larsen hatte sie mit Hühnchen vollgestopft, das er ihr unentwegt zugesteckt hatte. Amy saß neben dem schlafenden, großen Hund auf dem Boden und kraulte fortwährend nervös das dichte Nackenfell, was wohl zu ihrer Beruhigung beitrug und Anouk nicht weiter zu stören schien.

Amy mochte es überhaupt nicht, über ihre Zukunft im Unklaren zu sein und so wie es sich für sie darstellte, konnte die Zukunft gar nicht nebulöser sein. Sie hatte nicht die leiseste Ahnung, was sich aus dem Kidnapping des Waffenhändlers entwickeln sollte. Und sie hatte den verdammt starken Eindruck, das es Mac auch nicht besser erginge.

Andererseits war die ehemalige Soldatin der Special Forces unberechenbar in ihren Handlungen und Gedankensprüngen. Es war beinahe so, als wäre sie ein laufendes Computergehirn, das unentwegt Fakten auswertete und Situationen rasend schnell neu berechnete. Mac dachte auf ihren Füßen, wie man so schön sagte. Was nichts anderes bedeutete, als das sie über den nächsten Schritt nachdachte, während sie noch dabei war den ersten zu tun. Amy war sich allerdings ziemlich sicher, das nichts, was die bezahlte Attentäterin unternahm, nicht bis zur Gänze durchkalkuliert war.

Endlich brach ihre Freundin Catherine das unangenehme Schweigen.

"Was denkt ihr, was könnte Mac wohl als nächstes vorhaben. Diese Ungewissheit macht mich total kirre. Und das Gerede von Larsen, das er Angus nicht lebend vom Schiff lassen will, dass schmeckt mir überhaupt nicht. Das Ding mit den zwei Killern, die wir uns vom Hals geschafft haben, dass war eine Sache. Wir haben nur versucht, uns zu verteidigen. Aber Angus, na ihr wißt schon, nein, das geht nicht. Da mache ich nicht mit. Basta!"

Crystal versuchte Trevors Tochter zu beruhigen.

"Mach dir da mal keine allzu großen Sorgen. Larsen redet viel, wenn der Tag lang ist. Aber der Mann ist kein eiskalter

Mörder. Ein Schmuggler, Schlitzohr und Tunichtgut, aber kein eiskalter Mörder. Und Angus ist nicht so leicht zu töten, glaubt mir. Ich habe mir die Ereignisse der letzten beiden Tage wieder und wieder ins Gedächtnis gerufen, und ich werde das seltsame Gefühl nicht los, das mein Bruder noch ein Ass im Ärmel hat. Das ging alles viel zu glatt. Ich bin sehr gespannt, was Mac aus Angus herausbekommen kann.

So, und jetzt verschwindet ihr alle in eure eigenen Kajüten. Ich bin fix und fertig und morgen liegt ein langer Tag vor uns. Beim Frühstück werden wir erfahren, was Nic und Mac uns zu sagen haben und dann sehen wir weiter. Also, Abmarsch. Ich brauche jetzt mal etwas Privatleben, Leute. Alles hat schließlich seine Grenzen."

In dieser Nacht hatte die Barracuda gute Fahrt gemacht und hatte es tatsächlich geschafft, vor dem Sturm davon zu laufen. Das Meer lag nun spiegelglatt vor dem Bug der großen, schnellen Fregatte und sie machte volle Fahrt.

Larsen blickte auf sein Chronometer und berechnete im Stillen seine Fahrzeit bis zu den Komoren. Der Wetterdienst gab keine Warnungen für die Straße von Mozambique aus. Alles war ruhig auf See. Unwahrscheinlich, dass sie länger als fünfzehn Stunden bis zu ihrem ersten Stopp benötigen würden.

Larsen übergab wie immer das Ruder an Pitter, seine rechte Hand und Steuermann und machte sich auf den Weg zum Speisesaal, um sich mit den restlichen Abenteurern zu beraten, respektive, um herauszufinden, wie es mit Angus weitergehen sollte.

Trevor und seine gesamte Familie saß über dampfenden Kaffeetassen, in temperamentvolle Gespräche vertieft. Mac war noch nicht bei ihnen, doch Larsen hatte sie erst spät in der Nacht aus der Arrestzelle des Waffenhändlers kommen sehen.

Praktisch in jeder Sektion des ehemaligen Kriegsschiffes nahmen Kameras fortwährend alles auf, was ihnen vor die

Linse kam.

Larsen schnappte sich einen Stuhl und setzte sich an den Tisch der O'Maras. Den untersetzten, muskulösen Italiener hatte er der Einfachheit halber in die gleiche Schublade gesteckt, ebenso wie die kleine, entzückende Rothaarige. Larsen war schon von jeher für einfache Lösungen verschrien. Genau in diesem Augenblick betrat Mac den Raum und steuerte auf den Tisch zu, dabei verhaltend gähnend.

"Na, dann wären wir ja alle beisammen."

Larsens dröhnende Stimme erfüllte den Speisesaal.

"Heute reden wir aber mal Tacheles. Gestern war ja keine wirkliche Zeit dazu. Also, Mac. Dein Plan?"

Mac schnappte sich die Kaffeekanne und füllte sich gedankenverloren einen Becher mit der schwarzen Brühe, die darin dampfte. Sie trank einen Schluck und einen zweiten, bevor sie die Tasse auf dem Tisch absetzte und ruhig in die Runde blickte.

"Der Bursche hat uns voll geleimt."

Dieser eine Satz hing wie das Dröhnen einer Kirchenglocke über den Köpfen des Teams.

"Der Hurensohn war uns immer einen Schritt voraus. Der wusste ganz genau, dass er nur auf uns zu warten brauchte und das früher oder später etwas geschehen musste, ohne das er einen Finger zu rühren brauchte. Angus hat das knallhart durchdacht. Und der Mistkerl Dingaan hat den ganzen, verdammten Plan bis zum Ende ausgeheckt und schnarcht nun in seinem Verlies selig und zufrieden vor sich hin. Ich könnte ihm den Hals umdrehen. Schwarzes Arschloch, das er ist. Himmel, Arsch und Zwirn."

Sie trank erneut einen Schluck Kaffee und fuhr dann fort, bevor man sie mit Fragen bombardieren konnte.

"Sie ahnten, das wir möglicherweise einen Versuch unternehmen würden, zu ihnen zu kommen. Das wir nicht warten würden, bis erneut ein Kommando vor eurer Haustüre erscheinen würde. Sie wussten nicht, wie und wo es geschehen könnte, doch als wir Angus zu einem so günstigen Zeitpunkt den Predator anboten, waren sie sich sicher, dass nur du, Crystal, dahinterstecken konntest."

Mac sah Crystal in die Augen.

"Dein Bruder ist clever, aber das ist ja keine wirkliche Neuigkeit.

Sagt euch eine Drei-D-Projektion irgendetwas?"

Bis auf Nicolas blickten alle verständnislos auf die muskulöse Frau. Nur in den Augen von Nicolas blitzte es auf.

"Als wir uns auf dem Plateau eingerichtet haben, um den Eingang zum Tal für euch freizuschießen, da hatte Dingaan doch zu beiden Seiten seine Zulus postiert, nicht wahr?"

Mac blickte zu Crystal, die nur bestätigend nickte.

"Die waren auch echt, allerdings nur solange, bis uns die Explosion, die den Predator traf, für einen winzigen Sekundenbruchteil abgelenkt hat. Von diesem Zeitpunkt waren unsere Gegner nur noch dreidimensionale Projektionen, auf die Crystal und ich dann geschossen haben. Wir haben nicht einen einzigen von Dingaans Kriegern umgelegt. Die hatten sich bereits schön brav in Deckung begeben. Und ich Esel bin darauf reingefallen. Anscheinend lassen meine Reflexe erschreckend nach."

"Ich verstehe nicht ganz."

Trevor lehnte sich in seinen Sessel zurück und verschränkte abwartend seine Arme vor der Brust.

"Der wahrscheinlich größte Waffenhändler der Jetztzeit läßt sich von uns Halbamateuren Hopps nehmen. Fein, prima! Und zu welchem Zweck?

Der Mann hat Geld wie Heu und ganz sicher eine kleine Privatarmee im Rücken. Und jetzt dümpelt er einsam mit seinem Kettenhund über das Meer. Der Kerl macht doch keine Kreuzfahrt ins Blaue hinein. Der führt doch etwas im Schilde. Das ist doch alles vollkommen unsinnig."

"Nicht, wenn man seinen Schachzug kennt," meinte Mac.

"Und der wäre?"

CHAPTER DREIZEHN
Chapter13

"You never really understand a person until you consider things from his point of view.....Until you climb inside of his skin and walk around in it." (Harper Lee)

"Du wirst niemals eine Person wirklich verstehen, bevor du nicht die Dinge aus seiner Sicht betrachtest.....Bevor du nicht in seine Haut steigst und in ihr eine Weile herumläufst."

Die Barracuda hatte im alten arabischen Hafen von Moroni, der Hauptstadt von Grande Comore, der größten Insel der Komorengruppe, Anker geworfen.

Larsen hatte das Schiff sofort nach dem Anlegen verlassen, um seinen dubiosen Geschäften nachzugehen. Unterdessen wurden Waren hektisch ausgeladen und neue Waren deutlich diskreter angeliefert.

Die O'Mara Truppe hatte sich Larsen für eine kleine Weile angeschlossen, der die Insel wie seine Westentasche kannte. Sie hatten sich allerdings bald von ihm getrennt, um zum Krater des noch aktiven Vulkanes der Insel hinauf zu steigen, der dass noch immer schlagende Herz der Insel bildete.

Antonio war fasziniert von der Aussicht, das riesige,

rauchende Ding in Augenschein nehmen zu dürfen. Sein Durchmesser maß mehr als zwei Kilometer. Der Vulkan besaß das größte Kraterloch aller irdischen, noch tätigen Vulkane und war, um es kurz zu machen, beängstigend.

Catherine mochte gar nicht darüber nachdenken, was sich unter der Oberfläche der Insel abspielte, aber mittlerweile war sie abgebrüht genug, um sich nicht allzu lange mit negativen Gedanken aufzuhalten. Dessen ungeachtet beäugte sie das rauchende, kilometertiefe Kraterloch doch recht skeptisch, nachdem sie zusammen mit Antonio, Amy und Nicolas den vier Stunden dauernden Aufstieg hinter sich gebracht hatte.

Catherine fragte sich allen Ernstes, warum zum Geier man sich auf einer Vulkaninsel ansiedelte, deren Vulkan jederzeit kurz vor dem Ausbruch stand. Ein Picknick auf einer tickenden Zeitbombe war deutlich sicherer.

Sichtlich erleichtert über den gemeinsamen Entschluss zum Abstieg, trabte Catherine leichtfüßig den Hang des Kraters hinab. Für die Schönheit der Natur hatte sie keine Augen. Dabei hatte die Flora und Fauna der Insel durchaus ihre Reize. Das Klima der Insel war submarin und die Temperatur schwankte nur um wenige Grad im Jahresmittel. Grande Comore war die mit Abstand bevölkerungsreichste, malerischste und schönste Insel der gesamten Gruppe, doch diese erfreulichen Informationen perlten an Catherine ab wie Wasser an einem Walfisch. Wenn es nach ihr gegangen wäre, hätte die Barracuda schon abgelegt und Kurs auf den Golf von Aden genommen. Sie hatte Sehnsucht nach Italien.

Ähnliche Gedanken, die sich auf das Ablegen der Fregatte bezogen, beschäftigten auch Angus. Kapitän Larsen hatte freundlicherweise das Schott öffnen lassen, dass die beiden provisorischen Zellen voneinander trennte. Im diesem Augenblick hockten Angus und Dingaan mit dem Rücken an eine der metallenen Wände gelehnt und unterhielten sich leise im Plauderton.

Dingaan wandte seinen mächtigen Schädel seinem Freund und Partner fragend zu.

"Was denkst du, Bruder. Glaubst du, unser Plan geht auf?"

Wenn Angus ehrlich zu sich selbst war, dann musste er einräumen, dass die Chancen bestenfalls bei fünfzig Prozent lagen. Aber dem gegenüber stand, dass sie keinen Plan B hatten. Also sollte Plan A besser funktionieren, fand er. Angus sah das relativ stoisch, obgleich er sich beileibe nicht zu den eingefleischten Stoikern zählte.

"Nun ja. Die O'Maras haben uns den Gefallen getan, unsere Prachtkörper ungesehen aus Afrika heraus zu schaffen, ohne eine Spur von uns bei unseren dubiosen Freunden zu hinterlassen. Zweitens wissen sie ganz genau, wo das Element versteckt ist. Und last but not least leben wir noch, was der empfindlichste Punkt auf meiner Liste war, der mir denn auch die größten Sorgen bereitet hatte.

Hätte ich allerdings geahnt, dass sie Mac angeheuert hatten um das Ding durchzuziehen, dann hätte ich alles abgeblasen. Das hätte uns Kopf und Kragen kosten können, verdammt noch mal. So ein Fehler darf uns nicht noch einmal unterlaufen. Wenn wir es nicht schaffen, den Ort ausfindig zu machen, an dem sich unsere beiden abhanden gekommenen Genies aufhalten, dann könnte sich das zu einer ernsthaften weltweiten Bedrohung ausweiten. Und auf so einen Mist habe ich nicht die geringste Lust.

Nicht, wenn mein guter Name auf dem Spiel steht. Immerhin hatte ich das verdammte Zeug schon einmal unter Verschluß, bis ich mich von meiner nichtsahnenden Schwester habe zusammenschlagen lassen. Meine eigene Dummheit hat uns in diese Misere gebracht. Und jetzt hocken wir zwei Idioten mit frierendem Arsch auf dem blanken Boden einer abgetakelten Fregatte und fragen uns allen Ernstes, ob unser genialer Plan aufgeht."

Missmutig schnappte Angus sich seine Kaffeetasse und trank einen Schluck der unzumutbaren Pissbrühe. Das Zeug schmeckte wie das Waschwasser seiner Socken. Vermutete er.

"Ich bin mir nicht sicher," nahm Dingaan den Faden auf, "ob es eine gute Idee von dir war, der Attentäterin reinen Wein einzuschenken."

"Ich habe keine andere Möglichkeit gesehen, Dingaan. Diese Frau ist viel zu clever, um sie auf Dauer an der Nase herumzuführen. Entweder sie spielt unser Spiel mit oder nicht. Hängt wahrscheinlich ganz davon ab, wie die O'Maras und meine Schwester der Sache gegenüberstehen. Und ob sie uns die Geschichte abkaufen, das wir auf der richtigen Seite des Zaunes stehen."

Der schwarze Hüne zuckte die mächtigen Schultern.

"Dann sollten wir besser beten, dass sie uns glauben. So, ich haue mich jetzt aufs Ohr. Bei meinem Glück kommt wieder jemand mit Stampfkartoffeln vorbei und das ist wirklich das allerletzte, was ich heute noch ertragen kann. Wir reden morgen weiter, Bruder. Verriegle das Schott hinter mir, ja?"

Angus tat Dingaan den Gefallen und streckte sich selbst auf seinem unbequemen Bett aus. Er hatte beinahe jedes Zeitgefühl verloren, da die Lagerräume der Barracuda keine Bullaugen hatten. Also schloss er die Augen und fiel augenblicklich in einen tiefen, bleischweren Schlummer.

"Hast du ein so ruhiges Gewissen, dass du wie eine zufriedene, satte Katze schlafen kannst?"

Die leise, dunkle Frauenstimme weckte den pantherhaften Mann. Doch seine Augen blieben geschlossen, als er mit ruhiger Stimme antwortete.

"Hallo Schwester. Ich hoffe, du bist wohlauf?"

Crystal lehnte sich auf ihrem Stuhl zurück und betrachtete schweigend ihren Bruder, so, als würde sie ihn zum ersten Mal sehen.

Angus sprach mit immer noch geschlossenen Augen weiter, da seine Schwester beharrlich schwieg.

"Du bist Schuld daran, das ich mich freiwillig hier auf diesem Seelenverkäufer befinde. Du hast mir keine andere Wahl gelassen, sonst wäre meine mühsam aufgebaute Tarnung in die Luft geflogen. Das war nicht sehr nett von dir."

Angus öffnete erst jetzt die Augen. Er schwang die Füße über den Rand des Bettes und fing den bohrenden Blick seiner Schwester mit seinen strahlendblauen Augen ein. Es war, als würde er in einen magischen Spiegel blicken, der sein Ebenbild in das einer Frau verwandelt hatte. Ihre Gesichtszüge und die seinen waren sich so ähnlich, wie es nur bei Zwillingspaaren der Fall sein konnte.

"Ich würde sagen, mein Lieber, dass du die Schuld daran ganz allein trägst. Immerhin bin ich mit knapper Not deinen zwei Idioten entkommen, und nicht umgekehrt."

Crystal zog eine filterlose Zigarette aus der Brusttasche ihres Hemdes.

"Seit wann rauchst du? Du solltest doch wissen, wie ungesund das ist."

Angus scharfe Augen betrachteten die Zigarette.

"Die ist handgerollt. Herzchen, du mußt dir nicht alle schlechten Angewohnheiten deines Lovers aneignen."

"Das geht dich einen feuchten Kehricht an. Stattdessen könntest du mir die ganze verfahrene Geschichte erzählen. Mac scheint im Augenblick keine Zeit dafür zu haben. Sie hat sich praktisch im Predator verbarrikadiert und heckt zusammen mit Beast etwas aus.

Angus nickte verstehend und machte es sich auf seinem schmalen Feldbett so bequem, wie es ihm unter den gegebenen Umständen möglich war.

"Wahrscheinlich bin ich dir das schuldig. Also gut. Womit soll ich beginnen, Schwester? Ich denke, am besten mit dem Tag deiner Flucht aus Süd-Afrika. Nachdem du mir mit meinem besten Wein eins über den Schädel gezogen hattest.

Ich lag noch eine ganze Weile ohne Bewußtsein in meinem

Esszimmer. Der dicke Teppich unter mir hatte das Blut aufgesogen, dass aus dem breiten Riss in meiner Kopfhaut sickerte. Das Blut und der Wein haben meinen teuren Perser total versaut."

Angus tastete an der weißen Strähne entlang, die sein schwarzes Haar zierte.

"Mir ging es nicht besonders gut und meine Knie waren recht wackelig, als ich wieder zu mir kam. Zu entdecken, dass mein Tresor von dir geöffnet worden war, machte mir auch nicht gerade Freude. Was hattest du dir nur dabei gedacht, die USB-Sticks und die Kette mit der Probe von 018625 mitgehen zu lassen. Sieh mal, es hat mich ein Jahr harter Arbeit gekostet, um an das Zeug ranzukommen. Meine Auftraggeber waren alles andere als begeistert, nachdem ich eine entsprechende Nachricht abgesetzt hatte, das kannst du mir glauben."

Crystal blickte ihren Bruder fragend an.

"Auftraggeber welcher Art? Ich war überzeugt davon, das du nur auf eigene Rechnung arbeitest."

"Das tue ich auch. Aber hauptsächlich erhalte ich meine Aufträge über Kanäle der UN. Ich würde mich nicht gerade als Angestellten der UN bezeichnen, das klingt möglicherweise ein wenig großspurig, aber so etwas in der Art bin ich schon. Ein paar Funktionäre von denen haben mich vor einigen Jahren mal besucht und mir ein Angebot gemacht, das ich einfach nicht ablehnen konnte.

Und danach? Du weißt ja wie das so geht. Man macht es einmal, man macht es zweimal und dann ist es auf einmal Routine. Immerhin verfügte ich über die perfekte Tarnung für diese Art Arbeit, die sie im Sinn hatten. Also kaufte ich meine Waffen zum Vorzugspreis und verscherbelte sie an Länder, die sie nötig hatten, um sich gegen die sogenannten Bösen dieser Welt zur Wehr zu setzen, um es prosaisch auszudrücken. Natürlich immer brav unter deren Leitung.

Die gefährliche Meute allerdings, die für mich arbeitet, hat keine Ahnung, was ich wirklich tue. Die Kerle sind in der Tat eine Bande von Halsabschneidern. Nur Dingaan ist in mein kleines Geheimnis eingeweiht. Schwester, wenn auch nur ein Wort von dem was ich dir jetzt sage, dieses Schiff verlässt, bin ich ein toter Mann."

"Alles schön und gut. Aber wie bist du an die Probe des neuen Elementes gelangt?"

"Das verrate ich dir gerne, aber bitte sei so gut. Besorge mir doch zuerst einen vernünftigen Kaffee. Am besten eine ganze Kanne davon. Dieses schauerliche Gebräu dort in der Kanne macht mich völlig fertig."

Crystal stand auf und murmelte ein paar kurze Sätze in die Sprechanlage, die an der Wand neben dem Ausgang angebracht war. Zufrieden nahm sie wieder Platz und bat Angus, fortzufahren.

"Dingaan und ich brauchten eine ganze Weile, um herauszufinden, wo sich die beiden genialen Burschen versteckt hatten, die das Zeug entwickelt hatten. Wir haben alle unsere Verbindungen spielen lassen und Unmengen an Geld, das uns nicht gehörte, aus dem Fenster geworfen, bevor wir sicher sein konnten, ihren tatsächlichen Aufenthaltsort ausfindig gemacht zu haben. Unsere Verbindungsleute konnten uns dabei nur sehr wenig behilflich sein, da sie selbst in einer äußerst prekären Positon waren.

Das Gerücht, dass man es geschafft hatte, dieses Element zu produzieren, hatte sich wie ein Lauffeuer verbreitet und einen Wettlauf ausgelöst. Man könnte geneigt sein zu sagen, einen Wettlauf gegen die Zeit und den Tod. Nun, Dingaan und ich haben diesen Wettlauf gewonnen. Wir setzten unsere beste Mannschaft in Marsch, um die beiden Eierköpfe und ihr Produkt nach Hause zu holen. Währenddessen waren wir vollauf damit beschäftigt, unseren Leuten die Flanken zu sichern. Ich verzichte darauf, dir alle unschönen Einzelheiten zu erzählen. Es genügt wohl, wenn ich dir sage, dass es einigen guten Männern die Gesundheit und mehr gekostet hat, dieses Stück seltenen Metalles zu uns zu schaffen. Wir waren nur einen einzigen Tag von der Übergabe an meine Auftraggeber entfernt, als wir beide unseren kleinen Familienzwist ausgetragen haben. Der Rest ist Geschichte."

Angus schwieg, da sich in diesem Moment das Metallschott öffnete und einer von Larsens Männern mit mürrischem, zugleich aber neugierigem Blick den Kaffee servierte, der bestellt worden war. Crystal nahm dem Mann das Tablett ab und scheuchte den Matrosen mit einer herrischen Handbewegung hinaus.

"Warum hast du mir nicht schon früher reinen Wein eingeschenkt? Es hätte mir als deiner Schwester und Polizistin gefallen, zu wissen, dass du nicht zu einem gewissenlosen Halunken herabgesunken warst."

Sie hielt Angus einen randvollen Becher entgegen und füllte dann ihre eigene Tasse auf.

Angus trank zuerst einen Schluck, bevor er seiner Schwester in die Augen blickte und antwortete.

"Wie hätte ich das denn tun können, ohne dich in Gefahr zu bringen? Schau, es hatte mich Jahre gekostet, meine Tarnung aufzubauen. Ich konnte das nicht alles durch unbedachtes Geschwätz aufs Spiel setzen. Ich hatte praktisch in jedem großen Waffengeschäft meine Finger im Spiel. Meine Organisation ist auf der ganzen Welt gefürchtet und geachtet zugleich. Hast du auch nur die geringste Ahnung, was es mich gekostet hat, dieses Imperium aufzubauen? Ich musste immer wieder über Leichen gehen. Und du weißt sehr gut, dass ich das so meine, wie ich es sage.

Ich habe mit dem Abschaum der Welt zu Abend gegessen und ohne mit der Wimper zu zucken zugesehen, wie sie einfach aus einer Laune heraus, einen ihrer Bediensteten bestialisch abgeschlachtet haben. Ich habe das getan, um die Welt vor größerem Schaden zu bewahren, aber so wahr mir Gott helfe, manchmal lassen mich diese Bilder nicht schlafen. Du hast keine Ahnung, welchen Preis ich gezahlt habe."

Für Crystal kamen die Worte ihres Bruders beinahe einer

Beichte gleich. Doch ebenso vehement, wie er seiner Seele Luft gemacht hatte, so schnell verstummte Angus auch wieder. Er schien sich sammeln zu müssen und seine verkrampften Finger umschlossen den Becher, als wäre seine Hand erkaltet und zu Eis erstarrt.

Er hob erst nach einigen schweigsamen Minuten seinen Blick und sah seiner Schwester in die tiefblauen Augen, deren Farbe er mit ihr teilte.
"Anyway. Die Sache mit den zwei Tölpeln tut mir leid. Was auch immer dir das wert ist. Sie hatten detaillierte Anweisungen. Und für einen Profi war der Job leicht. Ich habe mich offensichtlich geirrt. Warum?"
"Wegen einem treuen Hund und Gott."
Crystal lächelte ein seltsames, irgendwie entrücktes Lächeln. Angus war verwirrt.
"Ich verstehe nicht ganz."
"Es war wohl so etwas wie ein Dominoeffekt oder von mir aus auch ein Chaoseffekt. Du kennst ja sicher diese Theorie, dass wenn in Tokio ein Schmetterling mit den Flügeln schlägt, in Los Angeles ein Sturm aufzieht.
Gott hat gewürfelt und die Würfel fielen schlecht für Trevor und mich.
Sie haben uns mit der Waffe bedroht, als wir gerade im Begriff standen, eine nicht ganz legale Lieferung nach Deutschland zu bringen. Einer von ihnen war schneller als ich und hat mich angeschossen. Nur ein Streifschuß am Arm, nichts Ernstes.
Doch sie hatten Trevors Hündin übersehen, die versuchte, uns zu Hilfe zu kommen. Bei diesem ebenso törichten, wie heldenhaften Versuch wurde sie schwer verletzt. Trevor tötete daraufhin in blinder Wut einen der Söldner mit seiner Axt, bevor ihn selbst zwei Schüsse trafen. Ein Schulterdurchschuss und ein Streifschuß am Kopf. Der überlebende Söldner betäubte mich und trieb alle Anderen wie Schafe im Keller

von Trevors Haus zusammen, um sie dort verhungern zu lassen. Das kranke Arschloch. Er verkeilte die Türen zum Keller mit Holzpflöcken und machte sich mit mir auf den Weg, um sein Flugzeug zu erreichen, das auf ihn und seine Beute wartete.

Dank der Erfindungsgabe von Nicolas, Trevors Sohn, der auch den Predator konstruiert hat, gelang es den Gefangenen, sich aus diesem Kellergefängnis zu befreien und Trevor und Anouks Leben zu retten. Während der Söldner den Versuch unternahm, die Kette mit dem künstlich hergestellten Element am Ende doch noch aufzuspüren, kam er durch Anouk, Trevors Wolfshündin, ums Leben, die ihm, gerade erst zusammengeflickt, die Schlagader zerfetzte. Das ist so in etwa die Kurzfassung der Geschehnisse am Lago di Garda."

Angus war sprachlos.

"Es ist einfach nicht zu fassen. Wer hätte an einen simplen Hund gedacht, der alles vermasselt. Ich kann es nicht glauben. Und Gott als Würfelspieler. Wenn die Geschichte nicht so ernst und frustrierend zugleich wäre, könnte ich darüber möglicherweise lachen.

Und was fangen wir jetzt an? Ich bin mir sicher, dass diese Frage schon ein oder zweimal gestellt worden ist. Dieser Mann, Trevor, ist er dir wichtig?"

"Es ist nicht nur Trevor allein."
Crystal schüttelte den Kopf.
"Es ist diese ganze Familie, Angus. Eine Familie, wie ich sie nie kennengelernt habe und ich bin nun ein Teil davon. Wir alle gehören zusammen."

"Ich glaube," sagte Angus, "ich glaube, es wird besser sein, wenn wir uns alle um einen Tisch setzen."

CHAPTER VIERZEHN
Chapter 14

"Stell dich dem Kampf.
Führe andere in den Kampf.
Handle umsichtig.
Halte dich an die Tatsachen.
Sei auf das Schlimmste vorbereitet.
Handle rasch und unkompliziert.
Brich die Brücken hinter dir ab.
Sei innovativ.
Sei kooperativ.
Und laß dir nicht in die Karten sehen."

Sun Tse (500 v.Cr.) Chinesischer General und Meisterstratege >Die Kunst des Krieges<

"Oooch Mac! Mensch! Isafjördur? Wo zum Geier liegt denn das?"

Beast, im Normalfall schon übellaunig, ließ keinen Zweifel daran, das er einen neuen Job so spät am Abend nicht zwingend brauchte.

Mac, jetzt ganz der Profi, der sie war, antwortete mit kontrollierter, ruhiger Stimme.

"Das weiß ich nicht, aber ich kann dir die Koodinaten

geben."

Sie saß im Führerhaus des Predators und hatte die Füße bequem auf die Kante des Cockpits gelegt, dabei drehte sie ihren Sessel hin und her, rauchte ein Zigarillo und war recht guter Laune.

Beast knurrte am anderen Ende der Verbindung wie ein gereizter Hund. "Naaa, dann schieß mal los."

Mac schwang die Füße zu Boden und zog einen Zettel zu Rate, den sie aus ihrer Hosentasche zog.

"Das Kacknest liegt 66 Grad und fünf Minuten Nord und dreiundzwanzig Grad und sieben Minuten West."

Beast schüttelte missbilligend weit entfernt in Deutschland sein müdes Haupt.

"Ist dir schon jemals in den Sinn gekommen, dein Scheiss-Handy zu benutzen und Mister Google um Rat zu fragen?"

Macs Stimme war immer noch ruhig und dizipliniert.

"Ich brauche ein wenig mehr an Informationen, als mir das Internet liefern kann."

"Was sollen das denn für Informationen sein?" Beast konnte sich nicht vorstellen, um was in Gottes Namen es da gehen konnte.

"Dann spitz mal die Ohren. Laut Angus sind die zwei Halunken, die sich Wissenschaftler schimpfen, weder vom Erdboden verschwunden, noch sind sie gekidnappt worden, wie auch immer man das verstehen möchte. Es scheint vielmehr so zu sein, das sie sich auf eine Insel, besser Halbinsel in einem isländischen Fjord verkrochen haben. Die Halbinsel liegt gegenüber von Isafjördur und ist heutzutage ein fast unbewohntes, schwer zugängliches Naturreservat. Sie sind mit der Kohle, die Angus ihnen bezahlt hat, verduftet, nachdem Crystal ihn zusammengedroschen hatte. Sie haben einfach die Gunst der Stunde genutzt. Wie es den Anschein hat, hatten sie dabei tatkräftige Hilfe. Jetzt sollte man sich die Frage stellen, wer zum Teufel das wohl sein könnte. Und ein

Schelm, wer jetzt sofort an die Russen denkt. Aber wenn man mal alle Fakten zusammenzählt, dann kommt man unter dem Strich bei unseren alten Freunden raus. Die Amis sind es jedenfalls nicht. Da hätte ich schon etwas läuten hören. Die brauchen Publicity, wann immer sie die kriegen können. Was ich jetzt von dir haben möchte, sind die Aktivitäten der Russen vor dieser Inselgruppe. Ich brauche Daten über die Verteilung der spärlichen Bevölkerung auf Hornstrandir, das ist der Name dieses gottverlassenen Naturreservates. Und wenn möglich die Zusammensetzung der Bevölkerung auf Isafjördur und wie man neugierigen Blicken dort oben entgehen kann. Ich benötige die Koordinaten der Wasserstraßen in den Fjorden für Larsen und welche Flüge von und zum Flughafen von Isafjödur gehen. Außerdem musst du mir detaillierte digitale Karten des Wegenetzes auf dieser Ansammlung von Steinen zum Bordcomputer des Predator senden, denn den Predator nehme ich mit auf die Reise."

Beast hatte sich im Geiste Notizen der Wünsche seiner Chefin gemacht und schwieg für eine kleine Weile, bevor er Mac fragte, "Du willst also nach Island?"

"Das muss ich," antwortete Mac, " wenn ich diesem Zeug auch nur einen Schritt näher kommen will, ist das der einzige Ansatzpunkt den ich habe."

"Wenn wir es mit den Russen zu tun haben, sollten wir besser unseren Kopf einziehen und in Deckung bleiben, die sind sehr unruhig dieser Tage."

Man konnte den Missmut in der Stimme des Koordinators heraushören.

"Wenn wir uns hier zu weit aus dem Fenster lehnen, ist unsere Tarnung schneller in Fetzen als ein Kolobri mit den Flügeln schlagen kann. Dann können wir einpacken, Liebes. Und du weisst genauso gut wie ich, dass es dann auf der Kugel, auf der wir sitzen, keinen Platz gibt, an dem wir uns verstecken können."

Das Lachen war aus Macs Gesicht verschwunden. Sie setzte sich kerzengerade hin und straffte die Schultern.

"Du wirst schon eine Möglichkeit finden, um unterzutauchen, Thomas. Da mache ich mir keine Sorgen. Du hast Zugang zu meinen Konten, also kannst du über genug Geld verfügen."

Mac schwieg einen Augenblick und holte tief Luft.

"Und was mich betrifft, ich lebe schon recht lange von geliehener Zeit. Entweder ich komme durch oder nicht. Karma."

"Hey, hey. So einen Scheiß muß ich mir nicht anhören, Blödkopf. Wir beide sind Partner und wenn du es nicht schaffst, schaffe ich es auch nicht."

Beast schluckte schwer.

"Du bist alles an Familie was ich habe, Mac. Ohne dich bin ich allein auf diesem Dreckskrümel, der durch das Weltall düst. Das wäre kein Leben mehr für mich. Also behalt diesen Schwachsinn für dich."

Mac holte tief Luft. Das war das intimste Geständnis, das Beast wahrscheinlich in seinem ganzen Leben von sich preisgegeben hatte.

"Dann enttäusch mich nicht und bring mich wieder gesund nach Hause. In all den Jahren warst du meine Kraft, wenn ich schwach geworden bin. Du warst meine Augen, wenn ich nichts mehr gesehen habe, und du warst meine Ohren, wenn ich taub war. Sieh für mich und höre für mich. Finde meinen Weg und sei meine Stärke, von der niemand ausser uns Kenntnis hat. Und jetzt an die Arbeit. Wenn wir mit heiler Haut aus diesem Wirrwar herauskommen wollen, finde an Informationen was ich brauche und noch ein wenig mehr dazu. Und bleib mit dem Predator verbunden. Auf jeden Fall. Schaffst du das?"

"Ja. Geh jetzt schlafen."

Und damit unterbrach Beast die Verbindung. Es hätte ihn auf die Palme gebracht, wenn Mac bemerkt hätte, dass seine

Stimme zitterte. Er schaltete die Bordsysteme des Predator auf Standby und aktivierte alle Sensoren des Kampfwagens, nachdem Mac das Führerhaus verlassen hatte. Dann schenkte er sich einen doppelten Schnaps ein, von der Sorte die er Pierre abgeschwatzt hatte. Er hatte dieses sichere Gefühl, dass er ihn heute Abend gebrauchen konnte. Das Zeug rann wie Feuer seine Kehle hinunter und als es in seinem Magen explodierte, schüttelte er sich wohlig. Und die Augen des Predator glühten gespenstisch in der Dunkelheit des stillen Lagerraumes.

Tag drei auf See.
Die Stunden vergingen in eintönigem Gleichmaß, während sich die Barracuda ihren Weg durch die bleischwere See pflügte. Keine Welle kräuselte das Wasser und keine Wolke stand am Himmel. Nur wenn fliegende Fische sich aus dem Wasser katapultierten, bekam der Spiegel der Wasseroberfläche Risse und ebenso durch den scharfen Bug der Barracuda, die sich durch diesen Spiegel schnitt. Larsen hatte die Hände über seinem flachen Bauch gefaltet und blies Rauchringe in die Luft, die nach Salz, Meertang und dem aromatischen Aromas des Pfeifentabaks roch. Sein Steuermann hielt die Fregatte auf Kurs und fuhr mit weniger als zehn Knoten, um Treibstoff einzusparen. Noch am Ende der kommenden Nacht würde die Barracuda in den Golf von Aden einfahren. Also noch reichlich Zeit, um sich einen Schlachtplan zurechtzulegen, bevor sie in Nähe des Suezkanales kamen. Larsen legte eine seiner Hände auf den Kopf seiner neuen, vierbeinigen Freundin. Anouk schob herrisch ihre Schnauze in die offene Hand des Mannes und Larsen lachte so ausgelassen, das der Kopf seiner gebogenen, langstielige Pfeife, die er heute aus seiner umfangreichen Sammlung gewählt hatte, auf seiner Brust auf und ab hüpfte. Er kraulte das dichte, grauweiße Nackenfell der Hündin und sprach nach einer kleinen Weile seine stillen Gedanken laut

aus.

"Es gibt drei Dinge die in der isländischen Landschaft als unzählbar gelten. Die Erdhügel im Vatnsdalur, die Anzahl der Inseln im Breidafjördur, man schätz ihre Zahl auf dreitausend und die Seen des Arnarvatnsheidi. Und dort wollt ihr die Burschen suchen? Na dann, viel Glück dabei. Da liegt die Nadel im berühmten Heuhaufen ja geradezu auf dem Präsentierteller."

Larsens Blick schweifte über die kleine Gruppe, die sich mit ihm zusammen auf dem Deck der Barrakuda in der Nachmittagssonne räkelte.

Mac hatte es sich in einem hölzernen Liegestuhl unter einem provisorischen Sonnensegel bequem gemacht und trank ab und an aus ihrer eisgekühlten Bierdose. Das Geschaukel der Fregatte machte sie angenehm schläfrig. Trotzdem sah sie sich genötigt, Larsens Kommentar, den er an niemanden Bestimmten gerichtet hatte, zu beantworten. Sie schob sich in ihrem Liegestuhl ein wenig höher und Larsen beobachtete dabei fasziniert, wie sich ihr Bikinioberteil bei dieser plötzlichen Bewegung spannte.

"Ich habe eine Überraschung für dich, Larsen. Du, mein Lieber, wirst unser Skipper sein. Beast hat mir heute morgen die Seekarten der fraglichen Umgebung übermittelt. Ich habe sie auf die Datenbank der Barrakuda geladen und das Schiff mit den Systemen des Predator gekoppelt. Wir werden dort oben ein Schiff brauchen, auf dessen Kapitän ich mich verlassen kann."

Larsen drückte den glühenden Tabak in seinem Pfeifenkopf, der aus dem Holz einer Mooreiche geschnitten war, sachte mit seinem Daumen fest, ohne eine Miene dabei zu verziehen. Er betrachtete eingehend und konzentriert die feine Maserung des sündhaft teuren Holzes und sann kurz darüber nach, wo er sie gekauft hatte und an den deftigen Preis von mehr als eintausend Euro, den er für dieses Prachtstück gezahlt hatte.

Doch sie war jeden Cent davon wert. Wirklich. Larsen liebte sie über alles.

Eigentlich war eine Mooreiche ja nichts weiter als eine alte Eiche, die ihr Ableben in einem Sumpf gefunden hatte und deren Holz über die Jahrhunderte durch das saure Moorwasser konserviert worden war, sinnierte er.

Ähnlich einer Moorleiche eben.

Aber dieser Baum hatte beinahe sechstausend Jahre unbeachtet und unberührt im Moor gelegen. Dabei nahmen die Gerbsäuren der Eiche die Säurepartikel des sauren Wassers auf und gaben dem Baum eine pseudofossile Beschaffenheit, ohne dass die Eigenschaften des Holzes verlorengegangen wären. Das Holz war sogar noch brennbar. Ein solcher roher, sehr, sehr alter Stamm brachte bis zu achtzehntausend Euro auf dem Markt. Dieser hier, aus dem seine Pfeife geschnitten worden war, hatte mehr als das Doppelte gekostet. Diese riesige Eiche war im Moor versunken, als Ötzi bei der Überquerung der Alpen den Tod gefunden hatte. Zu diesem Zeitpunkt war der Baum schon 600 Jahre alt gewesen. Doch an das Holz einer solchen Seltenheit zu gelangen war schwierig. Weshalb seine Gedankengänge wieder bei Macs trockenem Kommentar angelangten.

"Das wird kosten, Herzchen. Durch den Trip gehen mir mindestens zwei Fuhren durch die Lappen. Und eine Gefahrenzulage wird auch fällig werden. Da oben tummeln sich die Russen wie ein Schwarm Heringe herum. Die sind nicht eben erfreut, eine alte Kriegsfregatte unbekannter Herkunft in Gewässern zu haben, die sie selbst für sich beanspruchen. Und sei sie noch so alter Bauart. Falls die Brüder uns aufbringen ist mein Name Hase und ich weiß von nix. Dann stell ich mich dumm und kann mich noch nicht mal an meinen Namen erinnern. Ist das klar? Du bist mir wirklich lieb und teuer, Mac; ihr alle seid dass und mir auch ans Herz gewachsen, aber Geschäft ist Geschäft und Schnaps ist

Schnaps. Ich muss ja auch an meine Crew denken, die Jungs haben schließlich Familie und hungrige Mäuler zu stopfen. Die Barracuda ist verdammt schnell, doch es kann alles Mögliche geschehen. Nach dem Abendessen gebe ich dir also mein Angebot. Nimm es an oder lass es bleiben. Es wird nicht verhandelbar sein."

CHAPTER FÜNFZEHN
Chapter 15

"Im Leben kann man nicht immer gute Karten haben. Worauf es wirklich ankommt ist, mit einem schlechten Blatt gut zu spielen."
(Unbekannter Verfasser)

Trevor runzelte missmutig die Stirn und war ausnahmsweise einmal nicht mit Crystal einer Meinung.
"Verstehe ich das richtig? Larsen hat Angus und diesen schwarzen Teufelsbraten aus seinem provisorischen Gefängnis entlassen und zum Abendessen eingeladen? Auf die Bitte von Mac?
Schatz, mir schmerzt immer noch die Schulter bei jeder Bewegung und wenn ich mir im Spiegel das Loch in meinem Rücken betrachte, wird das wohl auch bis an mein Lebensende so bleiben. Woher der plötzliche Sinneswandel? Zuerst wollte Larsen den Warlord an die Fische verfüttern und das in möglichst kleinen Stücken und jetzt serviert er ihm die Fische zum Abendessen. Da komme ich nicht mehr so ganz mit."
"Es geht nicht darum, ob wir aus heiterem Himmel Freunde sind, Trevor. Es geht darum, wer außer uns ein direktes Interesse an Element 018625 hat. Und wie wir an diesen Jemand herankommen. Angus ist jedenfalls nicht unser Feind.

Ich glaube ihm das. Mein Bruder ist ein Arschloch. Ehrgeizig, von sich selbst überzeugt und tausend andere Dinge, die mir nur gerade nicht in den Sinn kommen, aber er ist weder dumm noch unvorsichtig. Wenn er sich mehr oder minder freiwillig an Bord der Barracuda begeben hat, dann hat er einen ganz bestimmten Plan. Und dieser schwarze Hurensohn Dingaan, der ihm nie von der Seite weicht, ist aus dem gleichen Holz geschnitzt. Mac und Larsen wollen herausfinden, welchen Plan Angus ausgeheckt hat. Und Angus ist entweder gewillt, es dir zu sagen oder aber nicht. So, und jetzt steig endlich in deine verdammte Hose, damit wir zum Essen kommen. Ich bin am verhungern."

Trevor knurrte ungehalten. Sein Appetit hielt sich sehr in Grenzen. Aber Crystal zuliebe stieg er in seine Klamotten.

Larsen hatte mehrere Tische zusammenschieben lassen, um alle an eine Tafel zu bekommen. Der Speiseraum der Barracuda war bis auf den Kapitän und den Koch leer. Der winzige, aber sehr inspirierte asiatische Schiffskoch hatte ein Dinner angerichtet, welches den Vergleich mit einem Kapitänsdinner auf einem Luxusliner nicht zu scheuen brauchte. Larsen war sehr gespannt, wie sich der Abend entwickeln würde.

Einer nach dem anderen trudelten seine geladenen Gäste ein, bis nur noch Angus Reiley und Dingaan Kwa'Zulu mit ihrer Abwesenheit glänzten. Larsen konnte die Nervosität am Tisch beinahe greifbar spüren, bis sich endlich die Tür des Speiseraumes öffnete und die beiden unfreiwilligen Gäste eintraten. Larsen betrachtete die beiden Neuankömmlinge und musste zugeben, dass Angus einen Raum zu dominieren verstand. Seine pure körperliche Präsenz schien in der Luft ein elektrisches Prickeln zu erzeugen. Er hatte seine verschmutzte Kleidung gegen einen Anzug eingetauscht, der ihm wie angegossen zu sitzen schien, obgleich er sich das Kleidungsstück von Larsen geborgt hatte. Dingaan hingegen erzeugte Respekt und eine Aura der Bedrohung, obwohl er immer noch in zerrissenen Jeans und einem schwarzen T-Shirt gekleidet war, die nur gereinigt worden waren. Niemand hätte ihn dazu bewegen können, sich ein Kleidungsstück von einem anderen Menschen zu borgen. Dieser Mann stand jenseits aller Höflichkeit.

Larsen erhob sich und deutete auf zwei freie Sessel.

"Bitte, meine Herren, nehmen Sie doch Platz und seien Sie meine Gäste."

Angus dankte Larsen mit einem knappen Nicken und nahm neben Mac Platz. Dingaan setzte sich ihm gegenüber, an die Seite von Nicolas, ohne eine Miene zu verziehen. Larsen nahm ebenfalls wieder am Kopfende der Tafel Platz. Zwei Stuarts servierten Champagner und verließen den Raum, um in der Küche darauf zu warten, bis sie benötigt wurden.

Der Abend zog sich mit freundlichem, belanglosem Geplauder dahin und die Gäste genossen das vorzügliche Mahl. Beim Kaffee angelangt ergriff Larsen das Wort und bat um Ruhe am Tisch.

"Meine Damen und Herren. Nachdem wir uns erfrischt, gestärkt und blendend unterhalten haben, ist nun wohl die Zeit gekommen, an dem wir uns ernsteren Dingen zuwenden müssen. Weshalb wir alle an Bord der Barracuda versammelt sind, muss ich nicht erst erklären. Jeder hat dazu seine eigenen Beweggründe, die nicht notwendigerweise mit denen der anderen übereinstimmen müssen. Tatsache ist aber auch, dass wir einen Ausweg aus diesem Dilemma finden sollten, bevor jemand zu Schaden kommt. Aus diesem Grund spiele ich heute Abend den Talkmaster an diesem Tisch."

Larsen hob warnend seinen rechten Zeigefinger.

"Ihr alle befindet euch unter meiner Befehlgewalt, solange ihr euch auf meinem Schiff befindet. Mein Wort ist auf diesem Schiff Gesetz. Ich bin an Bord der Barracuda Gottvater, sein Sohn und auch der heilige Geist. Und nach mir ist das mein erster Steuermann, Pitter.

Für Mac gilt; keine Spielereien mit dem Predator und deinem durchgeknallten sogenannten Logistikfachmann Beast.

Wir werden nicht eher von diesem Tisch aufstehen, bis wir einen Konsens gefunden haben, ist das klar? Denn die Quintessenz falls wir das nicht tun, wird sein, dass nicht alle den nächsten Hafen sehen werden. Und das meine ich keineswegs als Scherz. Denn ihr alle habt mich in eure privaten Spielereien verwickelt und meine Crew und mich einer Bedrohung ausgeliefert, die ich in keinster Weise absehen, noch tolerieren kann."

Larsen trank einen Schluck Wein weil seine Kehle von dem unerfreulichen Gequatsche ausgetrocknet war und fuhr leiser fort.

"Mister Reiley, Sir, seien Sie so freundlich und erleutern mir Ihre wahren Beweggründe. Irgendwie fällt es mir sehr schwer zu glauben, dass, bei allem gebotenen Respekt, einer der größten Halunken die mir derzeit bekannt sind, mit einem Mal ein Heiliger sein soll. Also bitte, sie haben als erster das Wort."

Angus dachte kurz über Larsens Ansprache nach. Er schob seinen Stuhl zurück und schlug gelassen seine langen Beine übereinander. Als er sprach, erfüllte seine sonore, ruhige Stimme den Speisesaal der Barracuda.

"Aus der Sicht aller Anwesenden betrachtet, muß ich Ihnen recht geben, Käpitän Larsen. Es gibt nur wenig, was zu Gunsten meines Freundes und meiner Person spricht. Bedenken Sie jedoch, dass Dingaan und ich uns so gut wie freiwillig in die Hände meiner Schwester begeben haben. Was aus meiner Sicht an Selbstmord grenzen mag. Dingaan und ich haben alle Brücken hinter uns abgebrochen und sind Ihnen, Sir, meiner Schwester und Ihrer Crew vollkommen schutzlos ausgeliefert. Ich denke, allein diese Tatsache spricht für sich.

Wir, mein Partner und ich, hatten lange Debatten darüber,

wie wir meine Schwester davon überzeugen könnten, dass diese unglückselige Aktion mit den beiden Dummköpfen so nicht von mir angeordnet worden war. Wir dachten uns, wenn wir uns nicht etwas sehr Überzeugendes, sehr Spektakuläres einfallen lassen, würde Crystal uns die Geschichte niemals abnehmen. Das hätte ich an ihrer Stelle auch nicht getan.

Zudem hatten wir beide nicht die leiseste Ahnung, was zum Teufel sich da in Italien wirklich abgespielt hatte. Meine Informanten in Europa konnten Crystal nicht finden. Es schien so, als hätte der Erdboden sie verschluckt. Zusammen mit den beiden Tölpeln, die keine Nachricht mehr abgesetzt hatten, sobald sie italienischen Boden betreten hatten.

Dann kam urplötzlich dieses Angebot für das neuartige Kampffahrzeug, zum denkbar günstigsten Zeitpunkt für mein kleines Geschäft. Das schien uns wieder ins Spiel zu bringen, weil wir vermuteten, dass die Urheberin dieser Anfrage Crystal sein könnte. Wie sie es geschafft hatte, so ein Fahrzeug auf die Beine zu stellen, war uns rätselhaft. So rechneten wir also damit, dass es entweder Crystal sein könnte oder aber ein zweiter Anbieter, was uns veranlasste, mit absoluter Vorsicht zu Werke zu gehen. Und so bauten wir unseren Plan auf unseren dürftigen Vermutungen auf.

Dann kam eine Meldung zu uns herein, dass ein unbekanntes, nicht gemeldetes Flugzeug sich nach Südafrika hereingeschlichen hatte. Die Meldung kam von meinen Leuten an der Küste, die die Flugrouten permanent überwachen. Die nächste seltsame Meldung drang aus einem kleinen Nest in der Einöde zu uns. Ein trotteliger Tankwart tönte durch die Gegend, das er Aliens habe landen sehen. Dabei beschrieb er das sogenannte Landefahrzeug so exakt, das es sich mit den Plänen deckte, die man uns angeboten hatte. Nun war uns klar, dass wir es nicht mit einem anderen Warlord oder einer Regierung zu tun bekommen hatten, die an mir interessiert waren, sondern das es sich um Amateure handeln musste. Keiner der bekannten Fahrzeughersteller wäre auf diese Art und Weise zu Werke gegangen. Ich darf euch allerdings ein Kompliment machen; ihr wart wirklich ausgesprochen gut und einfallsreich."

Mac lachte leise in sich hinein.
"Dann hast du also wieder einmal einen meiner Pläne durchschaut und bist mir zuvorgekommen. Ich sollte mir wohl besser einen anderen Job suchen."
Angus lächelte die braungebrannte Frau an.
"Das würde ich so nicht sagen, meine Liebe. Deine Planung war unter den gegebenen Umständen perfekt. Jeder andere wäre zweifellos darauf hereingefallen. Was mich allerdings dazu brachte, quer zu denken, war die Tatsache, dass ich darauf gewartet hatte, dass meine Schwester den ersten Zug machen würde. Es ist nicht Crystals Art, auf ihrem hübschen Hintern zu sitzen und abzuwarten, bis das Unheil über ihr hereinbricht. Sie zieht es vor, sich Unannehmlichkeiten aus dem Weg zu schaffen und ihnen entgegen zu laufen."
Antonio hatte sich seine Pfeife gestopft und den Tabak entzündet. Der stämmige Italiener lehnte sich zurück und paffte ein paar Rauchwolken an die Decke. Er sah nachdenklich drein. Ein Gedanke beschäftigte ihn schon die ganze Zeit.
"Nehmen wir für den Moment einmal an, dass ihr beiden Helden wirklich so unschuldig seid, wie ihr sagt. Ein Mann wie du, Angus, mit Macht, Geld, Einfluß und einer Horde von Halsabschneidern, die ihm aufs Wort gehorchen, sollte doch Mittel und Wege finden, sich ein Problem vom Hals zu schaffen, ohne seine eigene Haut zu Markte zu tragen. Ich kann mir nicht vorstellen, dass der einzige Grund weshalb du dich von uns hast schnappen lassen, der ist, das du dich mit Crystal versöhnen möchtest. Mein Lieber, du bist ein Fuchs, der noch dazu mit allen Wassern gewaschen ist. Was ist dein wirklicher Plan? Das möchte ich zu gern wissen."
Angus schnippte einen unsichtbaren Fussel von seinem

Jacket.

"Die Tatsache, dass die beiden Söldner sich nicht an meine Instruktionen gehalten haben, war in der Tat sehr ungewöhnlich. Normalerweise führt man meine Anordnungen wortgetreu aus. Dingaan hat noch einmal den Hintergrund der beiden durchleuchtet, doch diesesmal hat er ein wenig tiefer gegraben. Dabei hat sich herausgestellt, dass die zwei auch auf einer anderen Lohnliste standen.

Trevor, deine Hündin hat mir wirklich einen sehr großen Gefallen getan. Sie hat mir genug Zeit und Luft verschafft, um mich neu zu orientieren. Allerdings muss ich ein wenig weiter ausholen, um das zu erklären."

Angus setzte sich ein wenig bequemer in seinen Sessel.

"Ich würde sagen, dass unsere schöne Welt von, sagen wir einmal, circa dreißig bis vierzig Familien regiert wird, dann noch dem Vatikan und ein paar steinreichen Sheiks. Das ist altes, sehr altes Geld, von dem wir hier reden. Und zwar eine wirklich große Menge davon. Der Großteil dieses Geldes wurde in Kriegen gescheffelt. Diese Familien teilen sich das gigantischste Vermögen, das man sich vorstellen kann. Dieses Vermögen ist es, das den Regierungen der Erde sagt, wie der Hase zu laufen hat. Sie haben ihre Leute, zumeist Familienmitglieder, in Schlüsselpositionen sitzen. Und das, meine Freunde, ist eine Tatsache die niemand leugnen will und kann.

Nun komme ich ins Spiel. Ich mache mich auf Bitten einer Behörde, deren Name im Augenblick wenig zur Sache tut, auf den Weg, ein künstliches Element in meinen Besitz zu bringen, das die Geschicke der Menschheit verändern könnte. Ich bekomme es sogar relativ leicht in meinen Besitz, weil niemand mit dem Auftauchen meiner Leute gerechnet hat. Und über Nacht bin ich der gefährlichste Mann der Welt geworden. Weil man vor mir eine Heidenangst hat.

Angst, das ich etwas in Gang setze, das unumkehrbar ist. Das die Weltordnung verändern könnte, wie sie seit fast zweihundert Jahren besteht. Denn so weit reicht die Zeitspanne zurück, seit diese Familien die Geschicke der Schafe gelenkt haben, die das Volk sind. Hätte ich dieses Element in Händen, ich könnte diese Familien vernichten. Und jetzt denkt mal über Einsteins Spruch nach, in dem er sagt, dass man ein Schaf sein muss, um ein perfektes Mitglied der Herde zu sein. Ich bin aber kein Schaf. Der Teufel soll mich holen, wenn ich nicht herausfinde, wer mir diesen Mist eingebrockt hat.

Was euch nun betrifft. Meinen Informationen zufolge ist der Name O'Mara noch nicht bekannt geworden. Wenn ihr also einfach verschwindet und zu eurem normalen Leben zurückkehren wollt, steht euch nichts im Wege. Für Crystal gilt das natürlich nicht.

Alles was ich tun wollte, war, meine Schwester in Sicherheit zu bringen und mit ihr zu verschwinden, bevor der Boden unter unseren Füßen zu heiss wurde. Ich hatte leider wieder nicht weit genug gedacht."

Die O'Maras blickten einander an und schüttelten unmerklich und einvernehmlich den Kopf.

"Wir gehen zusammen und wir hängen zusammen, wenn es denn so sein soll. Crystal gehört nun ebenso zu unserer Familie, wie sie zu dir gehört. Also finde dich damit ab, dass du unsere Familie am Hals hast, Angus. Wir ziehen das zusammen durch oder gar nicht. Also herzlich willkommen. Schwager."

Trevor sprach leise aber mit Nachdruck.

"Ich weiß nicht genau, was du in Island alleine ausrichten wolltest, aber wir werden bei dir sein. Einige von uns werden mit dir nach Isafjördur gehen, andere nicht. Und jetzt legen wir einmal unsere Pläne übereinander und sehen, was sich dabei deckt."

Angus Warlord

CHAPTER SECHZEHN

Chapter 16

"Leben ist eine ununterbrochene Anpassung der innerern Beziehungen an die äußeren Umstände."
Herbert Spencer 1820-1903, englischer Philosoph

Die Barracuda wartete auf die Freigabe der Fahrt durch den Suezkanal. Da der Kanal nur im Einbahnverkehr befahrbar ist, musste Larsen darauf warten, dass die Konvois, die aus dem Mittelmeer kommend, auf Durchfahrt waren, den Kanal endlich freigaben. Davon gab es keinerlei Ausnahmen und das war durch internationales Recht festgeschrieben und besiegelt. Dieses System funktionierte schon seit der Erbauung des Kanales reibungslos. Selbst Kriegsschiffe müssen sich an dieses Abkommen halten.

Die Besatzung der Barracuda nutzte die Wartezeit, um sich im Hafen ein wenig Vergnügen zu suchen. Larsen und die anderen blieben an Bord, um ungesehen zu bleiben und die Zeit dazu zu nutzen, ihr weiteres Vorgehen zu planen.

Man hatte sich dazu entschlossen, das Antonio, Catherine und Amy zurück zu Trevors Haus reisen sollten. Einerseits mußte Antonio sich um sein Geschäft kümmern, andererseits brauchte der Rest der Abenteurer, die sich auf den Weg nach Island machten, eine Basisstation neben Beasts

Komandozentrale in Kehl, Deutschland. Angus und Mac hatten einen Flug nach Isafjördur gebucht, der starten sollte, sobald sie im Hafen von Messina, Italien, Anker geworfen hatten.

Nach scheinbar endloser Wartezeit gaben die Hafeninspektoren des Suezkanales die Durchfahrt frei und die Barracuda machte sich auf die 163 Kilometer lange Reise. Bei Port Said nahmen sie das Wasser des Mittelmeeres unter den Bug und erreichten zwei Tage später den Hafen von Messina in Süd-Italien. Mac und Angus verließen die Truppe in Messina und machten sich auf den Weg zum Flughafen von Palermo.

Mac war sichtlich erleichtert, als sie am Check-Point feststellte, dass sie nur einmal das Flugzeug wechseln musste. Sie hasste die Schlepperei von Gepäckstücken und verschlief einen Flug am liebsten vom Start bis zur Landung.

Dingaan hingegen war ungehalten darüber, das Angus mit Mac nach Island fliegen wollte und er selbst an Bord der Barracuda zurückbleiben sollte, während Larsen Waren verlud und neuer Treibstoff gebunkert wurde.

Larsen wiederum hatte einige unschöne Dispute mit seinen Klienten, doch was blieb ihnen anderes übrig, als sich in ihr Schicksal zu fügen und darauf zu warten, das Larsen so bald als möglich wieder Anker in Messina warf.

Antonio, Catherine und Amy fuhren den Landrover im Hafen von Messina an Land und machten sich auf die zweitägige Heimreise, hinauf zum Lago di Garda.

Die Trennung fiel allen schwer, in Anbetracht der Tatsache, dass der Ausgang der Unternehmung sehr ungewiß war.

So blieben lediglich Trevor, Crystal, Nicolas und Dingaan zurück an Bord der Barracuda, in ihrer Gesellschaft Anouk. Die Hündin von Trevor zu trennen war unmöglich.

Pünktlich am dreißigsten April 2013, um

siebzehnuhrfünfundvierzig mitteleuropäischer Sommerzeit stieg die Boing 727 von Palermo aus in den Himmel. Angus und Mac hatten keinen Blick für die Schönheit der Landschaft, die sich unter ihnen immer weiter entfernte. Beider Gedanken waren auf Isafjördur gerichtet. Mac schmeckte die Tatsache nicht besonders, dass sie auf ihre eigene Waffe verzichten sollte, doch es war ein Ding der Unmöglichkeit gewesen, sie mit an Bord zu schmuggeln. Beast hatte zwar dafür gesorgt, dass eine neue Waffe sie am Ankunftsort erwarten würde, doch Mac kannte die Eigenheiten ihrer eigenen Blazer wie das Innere ihres eigenen Kopfes. Um eine neue Waffe wirklich kennenzulernen, benötigte es vieler Stunden Feineinstellung und Probeschießen auf verschiedene Distanzen. Dazu war jedoch die Zeit zu knapp.

Schweigend nahmen Angus und Mac das Abendessen ein und es war genauso schlecht, wie man es von der Touristenklasse gewohnt war. Der Weiterflug von Rom nach Isafjördur war Gott sei Dank für die erste Klasse gebucht. Den Mac wie gewohnt verschlief, während Angus sie lächelnd betrachtete.

Der kleine Flughafen von Isafjördur war kaum mehr als eine Ansammlung von niedrigen, eingeschossigen Quadern, deren Grundgerüst wahrscheinlich aus Holz errichtet worden war. Mac konnte das nicht so genau feststellen, da man die Fassade mit matt lackierten Blechtafeln oder mattem Kunststoff verkleidet hatte. Doch auch das ließ sich nicht so genau feststellen und sie verkniff es sich, probehalber an die Fassade zu klopfen, während sie durch die blaue Schiebetür trat, die sich geräuschlos zur Seite schob. Eine Schrift, die auf dem schlichten blauen Vordach angebracht war, verkündete großspurig auf der linken Seite
"Brottför"
und direkt daneben "Departure".
Mac nahm der Einfachheit halber an, dass beides das

Gleiche bedeutete, während sie sich ihren altgedienten Seesack über die Schulter schwang. Angus trat hinter ihr aus dem Eingang und kniff die Augen zusammen, da die Morgensonne blendend über den niedrigen Bergen emporstieg, die den blauen Fjord säumten. In seiner Hand hielt er den Schlüssel zu einem Jeep Cheerokee, den Beast bei der hiesigen Leihwagenfirma unter einem Firmenpseudonym gebucht hatte.

Selbst jetzt, am ersten Mai, bedeckten Schneekappen die Berge, die den Fjord säumten und das Gras an den Hängen war noch braun vom Winter. Die Luft war knisternd kalt, zumindest für das Gefühl der beiden Neuankömmlinge, die mehr an Hitze denn an Kälte gewöhnt waren. Mac verzog ungläubig das Gesicht, als ein paar Jugendliche mit Skateboards an ihr vorüberglitten, gekleidet in kurzen Hosen und T-Shirts. Einzig eine Mütze schützte vor der kalten Luft. Jedoch war die Kopfbedeckung wahrscheinlich mehr ein Zugeständnis an die zur Zeit herrschenden Modegesetze unter den Youngstern.

Der gemietete Jeep entpuppte sich als zerschrammter Veteran zahlreicher Landüberquerungen und selbst die Steinschlagschilde in den Radkästen und dem Unterbau des Wagens waren zerbeult und teilweise eingerissen. Die Farbe der Lackierung ließ sich nur noch schwer eingrenzen, doch Angus tendierte zu einem rotbraunen Metallic-Lack.

Mac und Angus warfen ihre Gepäckstücke in den Laderaum des Jeeps. Angus hatte seinen nagelneuen Rucksack mit gleichfalls nagelneuen Kleidungsstücken gefüllt, der Tatsache Tribut zollend, das er Afrika etwas überhastet verlassen hatte. Angus warf Mac die Schlüssel zu, nachdem er festgestellt hatte, dass er es mit einem linksgesteuerten Auto zu hatte. Es war ihm von jeher schleierhaft, wieso man in manchen Teilen der Erde rechts und in anderen links das Steuer anbrachte. Aber im Grunde war es im herzlich egal. Er war einfach nur zu müde zum fahren.

"Wo werden wir die Nacht verbringen?"

Angus blickte sich um und inspizierte die Umgebung, soweit es die Gebäude zuließen, die seinen Blick einschränkten. Isafjördur zog sich in einem weiten Halbkreis um einen kleinen Hafen, in dem Fischerboote der Shrimp-Fangflotte, kleine Jachten und Touristenschiffe vor Anker lagen. Die Architektur der kleinen Stadt schwankte zwischen malerischen, traditionellen Holzhäusern, blau und rot bepinselt und nüchternen Betonbauten.

Alles in allem erschien Angus ein Leben hier ungefähr so erstrebenswert wie ein Grundstück am Nordpool, jedoch machte die allgemeine Freundlichkeit der Menschen das Manko um einiges wieder wett.

Die Hänge der Berge ringsum waren übersät von Felsbrocken und Angus konnte sich des Eindruckes nicht erwehren, dass in Island die Steine scheinbar aus den Steinen wuchsen. Er blickte Mac fragend an, die sich ebenfalls orientiert hatte. Sie hatte seine Frage noch nicht beantwortet.

"Kein Hotel. Beast hat ein Haus gemietet. Wir werden bereits erwartet. Man wird uns dort mit allem versorgen, was nötig ist. Beast hat die Adresse des Hauses in das Navigationsgerät des Jeep speichern lassen. Also sollten wir keine Probleme haben, es zu finden. Laß uns fahren, ich brauche dringend eine Dusche."

Mac schwang ihren Hintern auf den kalten Fahrersitz und warf den röchelnden Diesel an, der wahrscheinlich kurz vor dem Zusammenbruch stand. Jedenfalls vermutete Mac das, nachdem sie einen prüfenden Blick auf den Kilometerstand geworfen hatte.

Zumindest war der Tank voll. Sie setzte zurück, legte den Vorwärtsgang ein und folgte der schnurgeraden Straße, auf der in großen weißen Buchstaben "Managata" gepinselt stand. Mac hatte keinen Dunst was das bedeuten sollte, doch ein

Schild am Ende der Straße kennzeichnete sie als Einbahnstraße und das bedeutete es dann wohl auch. Gott sei Dank war sie instinktiv in die richtige Richtung gefahren. Eine Konfrontation mit der hiesigen Polizei war das allerletzte was Mac gebrauchen konnte.

So ziemlich am Ende der kleinen Stadt schwenkte das Navi seine schwarzweiße, virtuelle Zielflagge direkt neben einem Gebäude, das locker als Bates Motel durchgehen konnte. Es war eine dreigeschössige Fragwürdigkeit allerersten Ranges. Mac parkte den Jeep auf einem winzig kleinen Grundstück, das mit struppigem Gras bewachsen war und direkt vor der Front des Hauses lag. Sie würgte den Diesel ab und stieg zusammen mit Angus aus.

Angus deutet auf die Front des Hauses.

"Das ist dein Ernst, ja? Jesus Christus. Ich glaube, ich schlafe heute im Auto."

"Jetzt stell dich mal nicht so mädchenhaft an, so schlimm ist es doch gar nicht." Mac grinste.

"Nicht schlimm? Bist du blind, Frau. Ich habe Angst, dass das Ding zusammenfällt, wenn ich mich an eine x-beliebige Wand lehne."

Angus deutete auf die rostige Wellblechwand der Fassade, die ehemals über einen kotzgrünen Anstrich verfügt hatte, um diese Schauerlichkeit ein wenig freundlicher zu gestalten. Jetzt versuchten die riesigen Flecke aus dunkelbraunem Rost, welche die Fassade zierten, den Rost des Daches einzuholen. Doch nach allem was Angus von der Straße aus sehen konnte, hatte das Wellblechdach das Rennen um mehr als eine Nasenlänge gewonnen. Wenigstens schien es noch dicht zu sein, was an sich schon ein Bonus war. Die halbbmannshohen Fenster der Front wurden von schmutzigen Gardinen verdeckt, die ihre letzte Wäsche gesehen hatten, als Käpt'n Ahab nach Moby Dick gejagt hatte.

"Ach komm, jetzt mal frohgemut rein da."

Mac warf sich den Seesack auf den Rücken und stapfte zur

sechsstufigen Holztreppe, die in einem kleinen Podest mündete. Die dunkelbraune Haustür schien relativ neu zu sein. Das Oberlicht aus gesprungenem, verdreckten Glas war es sicher nicht. Vorsichtig setzte Angus einen Fuß nach dem anderen auf die ächzenden Stufen, denen er keine Sekunde vertraute. Mac suchte vergeblich nach einer Klingel oder einem isländischen Pendant davon, jedoch wurde sie nicht fündig. Sie klopfte einmal kräftig an die hölzerne Tür, die sich unter der Wucht der hämmernden Knöchel ganz von selbst knarrend öffnete.

"Bates Motel, wie ich sagte."

Angus schob Mac zur Seite und betrat den muffig riechenden Korridor. Alles war in halbdunkles, diffuses Licht getaucht, doch offensichtlich zweigten rechts und links neben der Holztreppe, die in das Obergeschoß führte, kleine Zimmer ab. Die Wände des Korridors wurden nur noch teilweise von Tapeten verhüllt, die sich augenscheinlich anschickten, zu Papierstaub zu zerfallen. Der fadenscheinige Teppich, der den Boden bedeckte, diente höchstwahrscheinlich allen Milben dieser Welt als Hauptquartier.

Bevor Angus seine Inspektion aller weiteren Ungeheuerlichkeiten fortsetzen konnte, ertönte aus dem Obergeschoß eine fröhliche Stimme. Ganz offensichtlich hatte der Eigentümer dieser Stimme einen Grund zum Feiern, denn Mac hatte alle Mühe, das weithin schallende Genuschel überhaupt als Sprache zu identifizieren.

"Was'n los, da unnden. Auffwass waatet ihr 'n soollang. Imma reinspasiert in maain draudes Heimmh!"

Mac konnte nur noch mit dem Kopf schütteln und abwinkend betrat sie die altersschwache Treppe. Oben angekommen tat sich der Blick zu einem Raum auf, der von bläulichen Rauchschwaden durchzogen wurde. Mac vermutet, dass der Besitzer der nuschelnden Stimme gerade dabei war, dass Ungeziefer, welches dieses Haus zweifellos beherbergte, auszuräuchern. Kein Mensch konnte solche Massen an

Tabakrauch produzieren, ohne dabei zu ersticken. Angus wedelte den Rauch mit der Hand zur Seite und öffnete vorsichtig ein Fenster, bevor er sich an die Gestalt wandte, die in einem alten Ohrensessel halb lag, halb saß und eine Wodkaflasche auf den Knien balancierte, ohne sie auch nur eine Sekunde aus den blutunterlaufenen Äuglein zu lassen. Das teigige Gesicht wurde dominiert von einer scharfgeschnittenen Nase, die wie ein Geierschnabel aus Smarnis Gesicht herausragte.

"Ääjj, bisse blöd odda wat? 'S is aaschkalt da drauss'n. Mach ssu, Menschsch."

Das plötzlich energische Bündel Mensch geriet in schwankende Bewegung und versuchte, sich aus dem Sessel zu hieven, doch Angus, dem der Spaß nun langsam verging, drückte den dürren Mann energisch zurück.

"Bleib sitzen und rühr dich nicht von der Stelle. Und halt endlich dein Maul, bevor ich mich vergesse. Und reiß dich mal lange genug zusammen, um uns zu erklären, was das hier für eine Bruchbude ist, und wo wir unsere Ausrüstung finden. Und wenn du nicht innerhalb einer halben Stunde glockennüchtern vor mir stehst, kannst du dich auf die Abreibung deines Lebens gefaßt machen.

Also, wie ist dein Name?"

"Mussja nich drregt so grob wern, Mann. Mein Nam iss Smarni Sigurdsson, abba Smarni is genuch. S'Schlügchn Vodga hat mir nurr 'n bischen die Zeit verdribn, bisser hier waad. Issja immerhinn Sondach, nich waa? Also entschulje mich bidde, fürne Minudde, bin gleich widda daa."

Nach diesem hoheitsvollen Statement stemmte sich Smarni aus seinem Sessel und wankte davon, sichtlich bemüht nicht in Schlangenlinien zu laufen, auf der Suche nach einem Badezimmer, oder wie auch immer das hier in Island genannt wurde. Angus deutete auf die betrunkenen Bohnenstange.

"Wenn das alles ist, was dein Partner zu bieten hat, na dann, Prost Mahlzeit. Dann packen wir am besten gar nicht erst aus."

Mac hatte eine leichte Migräne, weil sie viel zu wenig Wasser getrunken hatte und dementsprechend war das Schiff ihrer guten Laune im Sinken begriffen.

"Angus. Seit wir hier angekommen sind, bist du am meckern. Tu uns beiden den Gefallen und warte doch mal ein wenig ab. Mir gefällt das auch nicht so besonders, aber Beast wird schon seine Gründe haben. Vertrau mir. So und jetzt mache ich mich auf die Suche nach einem Cafe oder Restaurant um meine Laune ein wenig zu heben. So schnell kommt der liebe Smarni bestimmt nicht zurück. Und sollte er bis dahin nicht nüchtern sein, kassiert er seine Abreibung von mir, verlass dich drauf."

Mit diesen Worten schulterte sie ihren Seesack und stapfte wildentschlossen die Treppe hinunter. Angus zuckte gleichmütig mit den Schultern und folgte Mac.

Sie wurden in der Nähe einer kleinen Kirche fündig. Ein schmuckes Gebäude im unvermeidlichen Wellblechkleid wurde von einem schlichten Schild gekrönt, das mit dem einfachen Wort "Cafe" seine Gastfreundschaft anpries. Offensichtlich benötigte man an hier am Rande zum Eismeer keine größere Werbung. Angus schob die Holztür auf und betrat den großen einzelnen Gastraum zuerst. Drinnen war es warm und gemütlich. Ein eiserner Holzofen, der in einer Ecke des Raumes vor sich hin bollerte, spendete behagliche Wärme und das schlichte Ambiente hieß die Hungrigen willkommen. Es war nur ein einziger Tisch von einem einzelnen Mann besetzt, der in einem Buch las und dabei ab und zu an einer Teetasse schlürfte. Das war Angus vollkommen recht. Weniger neugierige Blicke.

Mac und Angus setzten sich an einen Tisch am Fenster, nachdem sie ihre Daunenjacken ausgezogen hatten. Nur wenige Augenblicke später erhob sich der einsame Leser und trat zu ihnen.

"Willkommen in Isafjördur. Mein Name ist Snurri

Haraldsson, ihr Gastgeber. Darf ich Ihnen die Speisekarte bringen?"

Neugierig nahm der große wikingerhafte Mann die Neuankömmlinge in Augenschein.

"Zum Angeln hier? Die Lachse kommen bald den Fluß hinunter. Dauert dann nicht mehr lange, bis es von Touristen wimmelt. Würde weiter oben am Fossa mein Glück versuchen. Ist einsamer dort und die Lachse sind fetter."

Angus nickte zustimmend. Es schien ihm klüger zu sein, die Vermutung des Wirtes zu bestätigen. So waren weniger Erklärungen nötig und der Mann würde die Geschichte als Wahrheit weitererzählen, da der Vorschlag von ihm selbst gekommen war. Angus nahm sich vor, Snurri nach dem Essen ein wenig auszuhorchen. Zwar war Island mit etwas mehr als 100000 Quadratkilometern Landfläche der zweitgrößte Inselstaat Europas, verfügte jedoch nur über knapp dreihundertunddreißigtausend Einwohner, die sich weitestgehend über die Küstenstädte verteilten. In Island kannte jeder jeden, was aus der Tatsache resultierte, das die meisten Isländer zwei oder mehr Jobs hatten. Eine Lehrerin im kurzen Sommer konnte im Herbst Shrimpfischerin sein und im Winter Schriftstellerin, im Frühjahr dann Angestellte in einer Bibliothek. Man war da recht flexibel. Deshalb sahen sich die meisten Isländer auch als große Familie an. Was ihre Sprache betraf, waren die Isländer puritanisch, jedoch sprachen fast alle fließend englisch.

Unterdessen lagen die Speisekarten vor Mac und Angus. Die Auswahl war recht überschaubar. Es gab Fisch, Fisch oder Schaf. Angus entschied sich für ein Stockfischgericht und Mac schloss sich ihm an. Snurri nahm die Bestellung entgegen und verschwand in der Küche, nachdem er einen sündhaft teuren Rotwein serviert hatte.

Mac hatte sich gegen das labberige, schwache Bier entschieden, welches man als einziges Bier in Island kaufen konnte. Das lag daran, dass Island ein etwas seltsames

Verhältnis zu Alkohol hatte.

Wie Amerika, so hatte auch Island vor unendlich langer Zeit ein Alkoholverbot eingeführt, das zwar erst sieben Jahre nach dem Volksentscheid 1908 im Jahre 1915 durchgesetzt, jedoch bereits 1921 wieder rückgängig gemacht wurde. Auf Drängen der Spanier, die den isländischen Fisch solange boykottieren wollten, bis der Verkauf von spanischem Rotwein wieder legalisiert würde. Demzufolge konnte man Wein und Schnaps bald wieder erwerben, weil die Russen auf diesen Zug aufsprangen, aber Bier blieb seltsamerweise weiterhin verboten, obwohl es über ungleich weniger Alkohol verfügte. Wahrscheinlich war das als lahmes Zugeständnis an die Abstinenzbewegung gedacht. Das Gesetz wurde zwar im Jahre 1989 ebenfalls geändert, aber vernünftiges Bier gab es trotzdem nicht zu kaufen. Was dazu führte, dass die Isländer das schwache erlaubte Bier mit starkem erlaubten Wodka panschten, um ihm ein wenig mehr Lebensgeister einzuhauchen. Das Ganze war zwar einigermaßen lächerlich, aber jedem Tierchen sein Pläsierchen, wie es so schön heißt. Der Rotwein jedenfalls schmeckte gut und Macs Migräne war mit Hilfe von einigen Gläsern Wasser ebenfalls verschwunden.

"Also", Angus setzte sein Glas ab und lehnte sich behaglich zurück, "nachdem wir uns zumindest einen sauberen Platz zum Abendessen gesichert haben, was denkst du wohl, wer hinter der Geschichte mit unseren verschwundenen Wissenschaftlern steckt?"

Mac schwenkte die tiefrote Flüssigkeit in ihrem Kelch herum, ohne auf die Frage sofort zu antworten. Sie ließ sich ein wenig Zeit, trank noch einen Schluck und stellte den Wein zurück auf den Tisch.

"Ganz ehrlich, Angus. Ich habe keinen Schimmer. Bis vor wenigen Tagen warst du ja mein Verdächtiger Nummer Eins. Aus Geldgier, Machtgier, was weiß ich denn schon? Doch im

Augenblick tappe ich da auch ein wenig im Dunkeln. Wer hat da wohl kein Interesse. Wenn wir eine Strichliste machen sollten, dann stünden an meiner ersten Stelle jedenfalls die Energiekonzerne, Ölproduzenten, Autohersteller, Politiker, Militär und vielleicht der eine oder andere Geschäftsmann. Doch mein Hauptaugenmerk würde auf Ersteren liegen."

"Ich habe das ungute Gefühl," meinte Angus, "dass wir uns hier in Isafjördur nicht allzulange aufhalten sollten. Ich habe mich zwar mit Dingaan elegant aus dem Staub gemacht, dank eurer Mithilfe, aber ich werde das verdammte Gefühl einfach nicht los, dass man uns bereits auf den Fersen ist. An eurer Operation waren recht viele Leute beteiligt. Wer kann schon sagen, wem im unpassendsten Moment ein Satz herausrutscht, der uns auffliegen lässt.

Wie lange braucht Larsen bis er vor Island liegt?"

Mac zog eine Papierserviette zu sich heran und einen Kugelschreiber aus ihrer Jacke. Sie kritzelte ein paar Berechnungen auf das Stück Papier, bevor sie Angus antwortete.

"Wenn die Barracuda mit zwanzig Knoten auf offener See laufen kann, macht das über den Daumen gerechnet ungefähr acht Tage bis zu ihrem Eintreffen. Larsen muss zuvor durch die Meerenge von Gibraltar bis er in diesen offenen Gewässern ist. Das macht insgesamt, grob geschätzt, eine Reise von dreieinhalbtausend Kilometern. Das ist eine ganze Menge Holz. Und auch wenn die Barracuda ein sehr schnelles Schiff ist, rechne lieber mit neun bis zehn Tagen."

Angus verzog beinahe schmerzlich das Gesicht.

"So lange können wir hier nicht bleiben. Wir müssen uns auf den Weg nach Hornstrandir machen und wir können nicht die Fähre von Isafjördur benutzen. Was bedeutet, dass wir uns durch teilweise sehr unwirtliches Gelände schlagen müssen und dort oben im Naturreservat gibt es so gut wie keine befestigten Straßen, denen wir folgen könnten. Ich denke, morgen können wir noch bleiben, vielleicht auch noch übermorgen, dann müssen wir hier verschwinden."

Angus schwieg, denn Snurri bugsierte ein Tablett, beladen mit zwei riesigen Tellern, durch die Klapptür zur Küche. Der Wirt fragte nach weiteren Wünschen und da sie keine hatten, zog er sich zurück.

Nach zwei Stunden und einem unterhaltsamen Gespräch mit dem Wirt, stellte Angus den Jeep vor der rostgrünen, vorübergehenden Behausung ab, die sie noch mindestens einen weiteren Tag beherbergen sollte. Die frühe isländische Nacht war bereits hereingebrochen und das alte Haus war hell erleuchtet. Es strahlte nun beinahe so etwas wie Behaglichkeit aus.

Dieser Eindruck verstärkte sich noch, als sie das Haus betraten. Zwar war es nicht weniger schäbig, doch das sanfte Licht der Lampen milderte den negativen Gesamteindruck, den sie am Tage gewonnen hatten. Smarni Sigurdsson schien sich einem kleinen Schlummer unterzogen zu haben, denn wenn er auch noch nach Fusel stank, so stand er doch einigermaßen frsch und nüchtern vor Angus, der ihn skeptisch mit zusammengezogenen Augenbrauen musterte.

"Also gut, Smarni, dann wollen wir noch mal von vorne anfangen. Wo ist unsere Ausrüstung und wo werden wir schlafen?"

Smarni deutete kleinlaut auf eine Tür.

"Ich habe alles in diesem Zimmer untergebracht. Es ist bis zum kleinsten Detail alles vorhanden, wie es von Beast bestellt und bezahlt worden ist. Keine Sorge deswegen. Und es tut mir leid, dass ich heute nachmittag etwas indisponiert war.

Es war eine harte Arbeitswoche und in Island feiern wir am Wochenende. Das ist ein alter Brauch. Es kommt nicht wieder vor, so lange Sie hier in meinem Haus untergebracht sind, Mister Reiley. Mein Ehrenwort darauf. Wenn Sie mir bitte folgen möchten?"

Smarni öffnete eine schmale Tür, die in eines der Zimmer

führte, die im rückwärtigen Teil des Hauses lagen. Ausrüstungsgegenstände aller Art und Beschaffenheit standen und lagen verstreut im ganzen Zimmer umher. Mac schüttelte verständnislos den Kopf über dieses Chaos. In ihrer Welt war Ordnung oberstes Gebot und die Vorraussetzung zum Überleben.

So machte sie sich daran, jeden einzelnen Gegenstand zu untersuchen und in saubere Stapel, geordnet nach ihrem Bestimmungszweck, zu sortieren. Die Untersuchung der beiden Gewehrtaschen, die in einer Ecke des Zimmers lehnten, hob sie sich bis zum Ende ihrer Arbeit auf, obwohl Mac vor Neugier schier platzte.

Angus lehnte sich bequem an eine der Wände des Raumes, die genug Platz dazu bot und beobachtete Mac fasziniert bei ihrer konzentrierten Arbeit, ohne sie zu unterbrechen. Seine wachsamen Augen nahmen Macs System in sich auf, denn wenn sie sich in der unwirtlichen Wildnis des isländischen Hinterlandes befanden, musste sie sich blind aufeinander verlassen können. Es schien eine Ewigkeit zu dauern, bis sie bei den Gewehrhüllen anlangte. Mit glänzenden Augen öffnete sie die massigere von beiden. Mit sanften, beinahe liebevollen Händen streifte sie die gepolsterte Hülle von der großen Langwaffe ab.

"Ah, was für ein feines Gewehr."

Mac drehte sich zu Angus um und hielt ihm die mattschwarze Waffe auf ausgestreckten Armen bewundernd entgegen.

"Mag sein, das unser Smarni ein Wochendsäufer ist, aber von Waffen versteht er eine ganze Menge. Das hier ist eine Sig Sauer SSG 3000, aber das hast du bestimmt schon erkannt.

Eines der besten Präzisionsscharfschützengewehre. Der Repetierverschluß arbeitet hochpräzise und die Waffe ist bis auf 2500m Entfernung tödlich, wenn der zweite Mann, der Beobachter, etwas taugt. Der Schaft ist aus mehrfach verleimtem, jahrzehntelang gelagertem Buchenholz. Der

Pistolengriff mit seinen Punzierungen liegt wunderbar geschmeidig in der Hand. Die Zieloptik ist einfach fantastisch.

Die Sig kann mit verschiedenen Patronenarten geschossen werden. Jedoch ist die Winchesterpatrone vom Kaliber 308 die erste Wahl für Schüsse über die lange Distanz. Die Remingtonpatrone funktioniert auch gut. Darüber hinaus kannst du alle Varianten der B-Patronen, also panzerbrechend, Brandpatronen oder Explosivgeschosse bis zu einer Länge von 88mm mit der SIG abfeuern. Die Waffe ist direkt nach meiner Blazer das Gewehr meiner Wahl.."

Angus kannte die Waffe wirklich recht gut, jedoch tat er Mac den Gefallen und fragte sie ein wenig aus, um ihr eine Freude zu machen und ihre Anspannung zu lockern.

"Warum bevorzugst du den Repetierer und keine halbautomatische Waffe?"

Mac verzog das Gesicht zu einer verächtlichen Grimasse.

"Das ist doch nicht dein Ernst. Keine halbautomatische Waffe taugt als Präzisionswaffe. Die Rückstoßenergie, die den Verschluß antreibt, sorgt für große Ungenauigkeiten innerhalb der Waffe. Sie hat überall zuviel Spiel, um ein Verkanten der Munition zu verhindern. Bei einem Repetierer habe ich dieses Problem nicht. Der mechanische Verschluß schiebt die Patrone sauber und langsam genug in die Kammer. Alle Teile passen bis auf einen tausendstel Millimeter genau ineinander. Der Lauf ist hochfein gezogen und verleiht der Patrone eine sehr präzise, berechenbare Flugbahn"

Angus gab noch nicht auf.

"Was ist denn mit diesem neuartigen Gewehr? Diesem Smart-Gewehr? Ich habe gehört, dass selbst Schützen, die noch nie ein Gewehr in der Hand hatten, über eine App damit zielgenau sind. Ich glaube, die Trefferquote lag über eine Distanz von 700 Metern bei sage und schreibe siebzig Prozent."

Mac schnaufte verächtlich.

"Ich brauche weder eine App noch ein Smart-Phone zum

Schießen. Denn das benötigst du dazu, um mit diesem Spielzeug auch zu treffen. Ein Prozessor berechnet deinen Haltepunkt.

Wenn ich schieße, dann treffe ich, wo und wie ich will. Sonst schieße ich nicht. Und ich treffe immer und überall und dazu brauche ich auch keinen Handyempfang und fünf Minuten Rechnerzeit. Das ist eine Spielerei für Möchtegern-Sniper. Ausserdem liegt meine Trefferquote bei einhundert Prozent. Nur fürs Protokoll, limitiert nur von der Reichweite meiner Waffe. Mit diesem Baby hier nehme ich es jederzeit mit so einem Jahrmarkts-Dreck auf. Verlaß dich drauf."

Mac beendete atemlos ihre temperamentvolle Ansprache und Angus grinste versöhnlich.

"Was für eine Munition hat unser liebenswerter Smarni denn für uns eingepackt?"

Mac kramte in die Tasche und förderte drei verschiedene, schwergewichtige Pakete zu Tage.

"Also wir haben hier die Standardpatronen von Winchester, dann die Panzerbrechenden von Remington und ein Paket Explosivgeschoße von Parabellum. Damit sollten wir für jeden erdenklichen Notfall gerüstet sein."

Smarni war unterdessen wieder in das Zimmer zurückgekehrt und deutete auf die Gewehrtaschen.

"In jeder Tasche findet ihr noch eine SIG 210 Pistole. Nicht mehr das neueste Fabrikat, aber eine der präzisesten Handfeuerwaffen die ich kenne. Verschießt neun Millimeter Parabellum Patronen. Ich habe zwei Pakete mit je 100 Patronen dazugepackt."

"Was ist in der zweiten Tasche?"

Angus war neugierig geworden. Als Waffenhändler kannte er so ziemlich jedes Fabrikat und Smarni schien ein Spezialist auf diesem Gebiet zu sein.

"Macht die Tasche auf. Dann seht ihr es."

Man konnte sehen, wie Smarni vor Stolz glühte.

Angus öffnete die zweite Tasche. Ein Gewehr kam zum

Vorschein, das ihm nur zu gut bekannt war. Es war ein südafrikanisches Fabrikat im Kaliber 50. Das war ein mächtiges Gewehr und es feuerte ein ebenso mächtiges Geschoß ab, das über eine enorme Reichweite verfügte. Vielleicht war die Waffe nicht ganz so gut wie die SIG, aber dennoch vergleichbar.

"Warum nur Langwaffen mit großer Reichweite?"

Angus war neugierig, weshalb Smarni diese Wahl getroffen hatte.

Smarni kratzte sich hinter einem Ohr, als müsse er scharf nachdenken, was sicher nicht der Fall war.

"Seht ihr. Island ist ein großes Land, mit wenigen Bewohnern, durchsetzt von Gletschern und dürftigem Grasland, mit steinigen Hängen und kalten Bergen. Nur die Straßen an der Küste sind Teerstraßen. Im Hinterland findet ihr zumeist unbefestigte Geröllwege vor. Wenn man euch angreifen wird, dann aus großer Distanz, einfach weil unser Land so weitläufig ist. Deshalb die Präzisionsgewehre. Falls ihr nahe genug heran kommt, reicht die SIG Pistole. Wir können morgen früh einen Ausflug machen, damit ihr euch einschießen könnt."

Smarni war ein ganz anderer Mensch geworden, nachdem er nüchtern geworden war. Angus Skepsis hatte sich zwischenzeitlich gelegt und er klopfte der Bohnenstange auf den Rücken.

Strahlend vor Freude zog Smarni Mac aus dem Raum zum Korridor.

"Kommt, ich zeige euch eure Zimmer."

CHAPTER SIEBZEHN
Chapter17

Die meisten Probleme erledigen sich von alleine, man darf sie nur nicht dabei stören...

...und getreu nach diesem Motto ließ Nicolas Dingaan in Frieden und ging ihm in den ersten Tagen, nachdem die Barracuda den Hafen von Messina in Italien verlassen hatten, geflissentlich aus dem Weg.

In diesem Augenblick steckte Nicolas wieder einmal unter der Motorhaube des Predators und schraubte an dessen Maschine herum, obwohl das vollkommen überflüssig war. Zu gerne hätte er sich im Maschinenraum des Schiffes nützlich gemacht, doch Larsen mochte es nicht, wenn sich jemand an seinem Schiff zu schaffen machte, der nicht zu seiner handverlesenen Crew gehörte.

"Hey, Weißbrot, wie lange brauchen wir noch, bis wir zu dieser Tiefkühlinsel kommen?"

Der tiefe Bass des Zulu dröhnte durch die Lagerhalle wie ein Paukenschlag.

Beinahe, aber eben doch nur beinahe, wäre Nicolas in die Höhe gefahren. Was ihn davor bewahrte, war die Tatsache, dass er es sich angewöhnt hatte, niemals zu erschrecken, wenn er unter einer Motorhaube steckte. Er war es leid, den Kopf voller Beulen zu haben. So wie es aussah, respektierte niemand seine Privatsphäre.

"Ich wäre dir wirklich von Herzen dankbar, wenn du diesen Weißbrotmist endlich lassen würdest, SCHWARZBROT.

Offensichtlich werden wir noch eine Weile miteinander verbringen dürfen, also lass es einfach sein und nenn mich bei meinem Namen. Das dürfte kaum sehr schwer sein. Unseren privaten Ärger können wir austragen, wenn wir unser gemeinsames Geschäft abgschlossen haben. Ab dann stehen dir meine Fäuste und ich zur Verfügung.

Um nun deine Frage zu beantworten.

Larsen fährt mit ungefähr 21 Knoten, was ziemlich nahe an der Höchstgeschwindigkeit der Barracuda liegt. Wir sollten Isafjördur spätestens am nächsten Samstag erreichen, also in fünf Tagen. Mac und Angus brechen Morgen in Richtung Bjarnafirdi auf, um dort einen Informanten zu treffen, den Mac aufgetan hat. Das Nest liegt auf der anderen Seite der Halbinsel, auf der auch Isafjördur liegt. Der Mann nennt sich "The Sorcerer" und lebt in der Mitte von Nix und Garnix. Der Typ ist ein Überbleibsel aus dem kalten Krieg. Betreibt heutzutage einen Shop mit dem klangvollen Namen Islandic Sorcery and Witchcraft. Angeblich kennt der sich blendend in diesem Naturreservat aus."

Dingaan zuckte gelangweilt seine mächtigen Schultern.

"Hast ja recht, Weißb....., Nicolas. Aber ich vergesse nichts. Nur damit du das im Gedächtnis behältst.

Haben wir an Bord von diesem Seelenverkäufer ein paar warme Sachen, die mir passen könnten?

Ich hasse es zwar, mir Kleidung zu leihen, aber es ist so elendig kalt, dass ich mir den Arsch abfriere. Wie können Menschen nur bei solchen Temperaturen existieren? Das ist ja unmenschlich."

Nicolas grinste.

"Ich kann dir einige Teile von meinen Sachen abgeben, wenn dir das recht ist. Larsen wird einen kleinen Hafen in einem Städtchen Namens Breidavik anlaufen, um Diesel zu

bunkern. Dort kannst du dich dann mit eigener Kleidung versorgen, die mehr nach deinem Geschmack ist."
"So machen wir es. Wann immer es dir passt."
Dingaan verließ den Lagerraum, ohne sich zu verabschieden. Seltsamerweise verspürte Nicolas dennoch Sympathie für den schwarzen Riesen.
Sehr seltsam.
Er wandte sich wieder seiner Arbeit zu und schob sich unter die Haube des Predators. Später würde er noch ein paar Worte mit Beast wechseln müssen.

Mac lag auf dem Kamm eines Hügels und spähte konzentriert durch die Zieloptik der Sig SSG. Angus fungierte als ihr Spotter und beobachtete das fast einen Kilometer entfernte Ziel. In diesem Fall einen der Kohlköpfe, die sie in einem kleinen Gemüsegeschäft in Isafjördur erstanden hatten.
Mac schob eine der Winchesterpatronen in den Verschluß und veränderte noch einmal die Einstellungen ihrer Zielvorrichtung, nachdem sie ein paar trockene Grashalme in die Luft geworfen hatte, um die Windrichtung zu bestimmen.
Auf diese relativ kurze Entfernung spielte die Erdkrümmung noch keine allzu große Rolle. Auf den weiteren Distanzen allerdings schon. Mac lockerte ihren Griff ein wenig, da sich ihre Finger in der Kühle des Morgens steif anfühlten. Sie atmete aus. Legte ihren Zeigefinger auf den Trigger.
Und schoss.
Ein wenig rechts von dem unbeteiligt wartenden Kohlkopf flog eine Fontäne aus Erde und Gras in die Luft.
Angus senkte das Fernglas.
"Der Kohlkpf hat überlebt. Du liegst ein wenig zu tief und zu weit rechts. Korrigiere dein Visier um einskommafünf Grad auf der Höhenskala und halte links neben dein Ziel."
Mac schob eine neue Patrone in den Verschluß, korrigierte

ihre Einstellung nach Angus Angaben und feuerte ein zweites Mal. Angus ballte triumphierend die Faust, als der Kohlkopf aus seinem Blickfeld verschwand. Mac verschoss nun eine Patrone nach der anderen, präzise wie eine Maschine. Nach wenigen Augenblicken war das Geröllfeld in einem Kilometer Entfernung übersät mit Kohlsalat.

"Ich denke, ich habe es im Griff. Dieses Gewehr ist sehr treffsicher. Jetzt wollen wir einmal sehen, was du mit deiner Elefantenbüchse zustande bringst."

Mac klappte die Auflage der Sig zusammen und richtete sich auf. Angus nahm ihren Platz ein. Seine Waffe wirkte insgesamt etwas zierlicher als die SIG, jedoch verlieh ihr der überdimensionierte, rechteckige Mündungsfeuerdämpfer ein wenig das Aussehen eines Hammerhaies. Angus klappte die Gewehrstütze aus und entnahm eines der riesigen, fast zehn Zentimeter langen Geschosse seiner Tasche. Der dunkelhaarige Mann schob die Patrone beinahe ehrfürchtig in die Kammer und repetierte den Verschluss.

Mac übernahm die Rolle des Spotters von Angus und beobachtete die lange Reihe der Kohlköpfe, die einige Meter hinter dem Gemetzel lagen, welches sie selbst angerichtet hatte. Angus hielt sich nicht lange mit Spielereien auf, da ihm Entfernung und Windrichtung bekannt waren. Er zielte und schoss in einer einzigen fließenden Aktion. Links neben dem anvisierten Kohlkopf zerplatzte ein kopfgroßer Stein zu Kies.

"Zu weit links, zu hoch und zu rasch geschossen. Nimm dir Zeit und beobachte das Gras neben deinem Ziel. In dieser einen Sekunde, in der es sich nicht bewegt feuere dein Projektil ab. Und jetzt korrigiere."

Mac spähte abermals durch das Fernglas. Angus repetierte, zielte sorgfältiger diesesmal und betätigte den Abzug erst dann, als das Gras neben dem Kohlkopf nicht mehr von Windböen zerzaust wurde. Repetierte und feuerte, ein ums andere Mal. Die schweren Geschosse zerrissen die restlichen Kohlköpfe in winzige Fetzen. Angus stand auf und klappte zufrieden die Stütze seines Gewehres ein.

"Alles in Ordnung. Ich kenne die Waffe jetzt gut genug. Aber hast du den Stein gesehen. Mann, mein Baby hat den einfach weggeputzt."

Angus strahlte über das ganze Gesicht, bevor sie sich daranmachten, ihre Spuren so gut es ging zu beseitigen. Kurze Zeit später holperten sie zurück zur einsamen, selten befahrenen Straße, die zurückführte nach Isafjördur.

Am nächsten Morgen stand der Aufbruch nach Bjarnafirdi bevor. Der Cheerokee war beladen mit einem Zelt, Angelzeug, Diesel, Wasser, Lebensmitteln in haltbarer Form, zumeist Bohnen, Reis, Dosenfleisch, Beuteln mit getrockneten, haltbaren Kartoffeln und einiges mehr. Die Gewehre waren sicher in einem versteckten Fach unter dem Boden des alten Jeeps verstaut, das ein Bekannter ihres neuen Freundes Smarni gegen Zahlung einer Handvoll Kronen angebracht hatte. Die Pistolen klebten mit Panzerband unter den Sitzen. Die Reifen des Jeeps hatte Smarni gegen neue austauschen lassen und sogar der brüchige Ersatzreifen war erneuert worden.

"Ist das nicht ein wenig viel Aufhebens für diese kleine Reise?"

Angus hielt die Vorsichtsmaßnahmen schlicht für übertrieben, obwohl er Smarnis Sorgfalt durchaus zu schätzen wusste.

"Island ist ein tückisches Land. Die Straßen sind schlecht und im Hinterland gibt es nur Schotterpisten, die den Autoreifen schwer zusetzen. Ich an eurer Stelle hätte noch einen zweiten Ersatzreifen dabei. Nur zur Sicherheit. Und haltet euch von den Bergen fern. Ihr kommt da mit dem Jeep nicht weiter. Zuviel Geröll überall. Um diese Jahreszeit setzt die Schnee- und Eisschmelze ein. Das Land ist übersät mit unzähligen Tümpeln und Seen, die auf keiner Karte verzeichnet sind. Also verlasst euch nur auf das, was ihr seht."

Smarni kramte eine zerknitterte Karte hervor und breitete sie auf einem Tisch aus.

"Seht ihr, wir befinden uns hier."

Er deutete mit seinem spindeldürren Zeigefinger auf eine bestimmte Stelle am linken Rand der Karte.

"Ihr bleibt zunächst auf der Küstenstraße bis zu diesem Punkt."

Smarnis Finger blieb auf einer winzigen Markierung in der Mitte der Karte haften, die zu einem Platz gehörte, der sich Asmirgi nannte.

"Nach Asmirgi müsst ihr die offizielle Straße verlassen und euch quer durch das Land bis zur anderen Seite der Halbinsel durchschlagen. Das scheint nicht besonders weit zu sein. Nur circa 150 Kilometer, aber glaubt mir, die haben es in sich. Ihr schafft nicht mehr als maximal siebzig Kilometer am Tag, ihr werdet schon sehen."

Angus gab sich damit zufrieden, jedoch ließ ihn eine Frage nicht los.

"Dieser Sorcerer, von dem Mac spricht, was ist das für ein Mensch?"

Smarni kratzte sich den blonden, struppigen Scalp.

"Ist ein komischer Kauz. Ist so an die siebzig Jahre alt und so knorrig wie eine Eiche. Trägt einen wallenden Vollbart, der kaum etwas von seinem Gesicht sehen läßt, außer diesen kleinen funkelnden Augen. Betreibt so einen Shop für Hexen und Magier. Behauptet von sich, er könne Dämonen austreiben. Wahrscheinlich meint er die Dämonen, die ihm erscheinen, wenn er zuviel Brennivin getrunken hat. Ist recht seltsam gekleidet, mit einer Fellmütze, einem Fellumhang und allerlei Metallkrimskrams. Ist von oben bis unten tätowiert, sagt man, nur sein Gesicht nicht. Man sagt auch, das er in jungen Jahren als Spion sein Geld verdient hat.

Nur für welche Seite er spioniert hat, ist nicht ganz klar. Aber irgendwann kam er zurück, eröffnete in einer mit Gras gedeckten Holzhütte seinen Shop für Islandic Sorcery and

Witchcraft und schien von diesem Zeitpunkt an ziemlich verwirrt zu sein. Aber sein Shop läuft ganz gut. Anscheinend kommt die Beklopptenmasche bei Hexen ganz gut an. Jedenfalls scheint sich der Markt für Hexenzubehör und Dämonenaustreibung mit den Jahren ausgeweitet zu haben. Über welche Verbindungen er noch aus alten Tagen verfügt, weiß ich nicht. Aber er ist immer recht gut auf dem Laufenden, wenn er nicht gerade mit dem Kopf in einem Branntweinfass hängt."

Mac schlug draußen die Ladeklappe des Jeeps krachend zu. Wenige Augenblicke später trat sie durch die Eingangstür auf und schüttelte sich wie ein nasser Hund.

"Yow, ist das kalt da draußen. Wird es in deinem Land jemals richtig warm, Smarni?"

Smarni lachte sein kratziges Lachen.

"Es ist warm, Mac. Für einen Isländer ist das ein sehr warmer Tag."

"Guter Gott. Dann brate ich doch lieber in der Wüste. Bist du soweit, Angus?"

Fragend sah sie den schwarzhaarigen Mann an.

"Ja. Wollte mir nur noch rasch ein paar Ratschläge von Smarni holen."

Die ersten dreißig Kilometer waren ein Klacks. Der alte Jeep schnurrte wie eine zufriedene Katze zuverlässig an der Küste entlang in Richtung Asmirgi. Die Landschaft, die vorüberzog, war in grauen Dunst gehüllt und die Sonne schien den ewigen Kampf gegen das Eis verloren zu haben. Es gab wenig mehr zu sehen ausser Felsen, kleineren und größeren Steinen, Miniaturseen, die von eisigem Schmelzwasser gespeist wurden und spärlichen Flecken die von braunem Gras bewachsen waren, das auf die dringend benötigte Sonne wartete um zu ergrünen. Draußen auf der klaren, blauen See zog ab und zu ein kleiner Kutter vorüber, der mit müden

Männern vom Fischfang nach Hause zurückkehrte. Rechter Hand von Angus und Mac tauchten Berge aus dem Dunst auf, die etwa zweitausend Meter hoch sein mochten.

Angus saß dieses Mal am Steuer und genoss die Fahrt. Asmirgi entpuppte sich bei ihrer Ankunft als eine offene Holzhütte, kaum mehr als ein Unterschlupf für Wanderer, um sich vor schlechtem Wetter zu schützen. Angus fragte sich, nach einem prüfenden Blick zum Himmel, wie ein Isländer SCHLECHTES Wetter eigentlich definierte. Bislang schien es ihm, als hätte er auf dieser Insel noch kein gutes Wetter erlebt.

Mac und Angus entschlossen sich, noch ein paar Stunden in das Landesinnere weiterzufahren, denn hier an diesem kargen Ort hielt sie nichts. So rumpelten und polterten sie eine kaum erkennbare Schotterpiste entlang, an deren Beginn ein verwittertes, von ein paar Einschusslöchern verunstaltetes Holzschild, die ihm ein paar Spaßvögel verpasst hatten, fröhlich verkündete, dass es noch einhundertzwanzig Kilometer bis zu Islandic Sorcery and Witchcraft waren. Was noch fehlte, um dieses Bild abzurunden, war eine Krähe, die auf diesem Schild einsame Wache hielt. Nach zwanzig weiteren, mühseligen Kilometern hatten Angus und Mac herausgefunden, was Smarni unter dem Begriff "Schotterpisten" verstand.

Der Unterschied zu den Geröllfeldern durch die sie sich schleppten, war, dass die Gesteinsbrocken nie mehr als kinderkopfgroß waren, was zur Folge hatte, dass ihre Geschwindigkeit sich auf Schrittgeschwindigkeit reduzierte. Der alte Jeep stöhnte und ächzte, doch kämpfte er sich tapfer weiter voran. Die isländische Dämmerung setzte recht spät ein. Weit und breit gab es nichts, was auf eine menschliche Behausung schließen ließ und so steuerte Angus den Cheerokee einfach an einem Punkt von der Piste herunter, der ihm als der günstigste erschien, um ein Zelt zu errichten.

"Wird uns wohl kaum etwas anderes übrig bleiben, als die Brocken, die hier herumliegen, zur Seite zu räumen. So wie es hier aussieht, können wir schwerlich ein Zelt aufstellen."

Mac öffnete die Beifahrertür, griff unter den Sitz und zog die SIG Sauer hervor, die sie in ein Holster an ihrer Hüfte steckte. Ein eiskalter, böiger Wind griff nach ihr und jagte ihr einen Schauer über den Rücken. Angus rutschte auf der Fahrerseite aus dem großen Wagen und schaute sich um.

"Noch nicht mal ein Stück Holz liegt hier herum, mit dem man ein Feuer machen könnte. Jetzt wird mir klar, warum Smarni darauf bestanden hat, dass wir einen Vorrat an Torfbriketts mitnehmen sollten. Es ist schon was dran an dem, was mein Vater mir immer gesagt hat."

"Was hat er dir denn immer gesagt?"

Angus grinste jungenhaft.

"Na ganz einfach. Wenn du in Rom bist, mach es wie die Römer. Der Spruch passt überall auf der Welt."

Mac ließ sich von Angus guter Laune anstecken und lachte.

"Stimmt. Aber jetzt hilf mir mal, den Boden von Steinbrocken freizuräumen. Sonst müssen wir das Zelt in der Dunkelheit aufstellen und darauf habe ich nicht die geringste Lust."

Es dauerte eine geschlagene Stunde, bis sie einen Platz freigeräumt hatten um das Zelt zu errichten. Die gute Nachricht war, dass sie relativ leicht an Steine für einen Feuerkreis gelangen konnten. Während Mac sich abmühte, die flexiblen Stangen des Zeltes zusammenzusetzten, entzündete Angus ein sparsames Torffeuer und stellte ein kleines Dreibein darüber, an das er einen gußeiserner Topf hing. Angus hatte aus den Vorräten, die sie mitführten, ein paar Kartoffeln, Bohnen und eine Dose Rindfleisch in diesen Topf gefüllt, einige getrocknete Kräuter dazugeworfen und das Ganze mit Wasser bedeckt. Während der Eintopf sich anschickte zu köcheln, ging er Mac zur Hand.

Wenig später füllte ein rundes, isoliertes Zelt den freien Platz, das vier erwachsenen Menschen ausreichend Platz geboten hätte. Angus und Mac schleppten ihre Schlafsäcke in das geräumige Zelt sowie ein paar petroleumbetriebene Lampen, die das Innere des Zeltes mit einem sanften Licht und etwas Wärme erfüllten. Mac brachte zwei der Laternen nach draußen, wo Angus aus einigen größeren Steinbrocken so etwas wie Stühle zusammengesetzt hatte. Der Eintopf verbreitete mittlerweile einen einladenden, appetitlichen Geruch.

Mac blieb stehen, stemmte die Hände in die Hüften und sah Angus dabei zu, wie er ruhig und besonnen das Lager sicherte und aus dem Jeep einige Dosen Bier hervorzog, die er zum improvisierten, steinernen Esszimmer, inmitten der isländischen Wildnis brachte.

"Wo auch immer du bist, du legst Wert auf ein gepflegtes, ausreichendes Abendessen, nicht wahr?"

Angus blickte Mac mit erstauntem Gesichtsausdruck an.

"Warum denn auch nicht? Es gab Zeiten, in denen ich so ausgehungert war, dass mein Magen Wochen brauchte, um sich wieder an regelmäßige, feste Nahrung zu gewöhnen. Ich werde nicht mehr freiwillig hungern, wenn ich es verhindern kann. Und warum auch? Wir haben alles dabei, was wir zu einem zivilisierten Abendessen benötigen.

Also, mein Schatz, nimm Platz und lass dich von mir verwöhnen."

"Ich bin nicht dein Schatz," fauchte Mac, doch Angus lachte nur, schob sie auf einen der steinernen Stühle, den er mit ein paar Jacken gepolstert hatte und drückte ihr eine Dose Bier in die Hand.

"Entspann dich," meinte er friedfertig.

Wenig später löffelte Mac ihren Bohneneintopf und sie musste zugeben, dass Angus auch unter widrigen Umständen und mit spärlichen Mitteln zu kochen verstand. Mac fühlte sich rundum wohl. Das kleine Torffeuer verbrannte mit hellgelben Flammen, die immer wieder blau aufleuchteten, wenn sich eine Gasblase gebildet hatte und mit höheren

Temperaturen verbrannte. Am nördlichen Himmel flackerten grüne Polarlichter auf und der volle Mond warf sein gespenstisches, fahles Licht auf eine wilde, urwüchsige Landschaft, in der ein Mensch fehl am Platze zu sein schien.

"Wer übernimmt die erste Wache?" murmelte Mac mit schläfriger Stimme.

Angus lächelte in die Dunkelheit.

"Geh schlafen. Ich passe schon auf."

Mac rappelte sich müde auf und kramte die Jacken zusammen, die ihr als Polster gedient hatten. Sie schleppte ihre Ladung in das Zelt, drehte sich aber im Eingang noch einmal um.

"Danke, Angus."

Der dunkle Mann voller Geheimnisse nickte ihr zu und begann damit, das Kochgeschirr zu säubern. Mac entledigte sich ihrer Kleidung bis auf die Unterwäsche und kroch in den Polarschlafsack. Die Geräusche, die Angus vor dem Zelt verursachte, drangen noch eine Weile beruhigend an ihre Ohren, doch dann versank sie in einen tiefen, ungestörten Schlummer.

Mac wollte nicht erwachen.

Sie kuschelte sich tiefer in ihren Schlafsack. Ihr Kopf ruhte sehr bequem auf einem warmen, muskulösen Arm. Das Pendant dazu lag entspannt über ihrem Brustkorb und hielt sie fest. Mac lächelte schlaftrunken in sich hinein. Da hatte der alte Fuchs sich in der Nacht doch wieder angeschlichen.

Sei es drum. Sie konnte ihn später immer noch zurechtweisen. Nein! Sie musste. Vorsichtig öffnete sie ein Auge, jedoch war es noch viel zu dunkel, um etwas zu erkennen. Mac fragte sich, wie spät es wohl sein mochte. Doch dann entschloss sie sich, diese Frage zu ignorieren. Sie waren zwar in Eile, doch dieses eine Mal wollte sie sich den Luxus erlauben, ein wenig länger zu ruhen als nötig.

Gegen sieben Uhr am Morgen war es immer noch nicht richtig hell geworden. Angus hatte darauf verzichtet, dass kleine Feuer wieder in Gang zu bringen und stattdessen ihr Kaffeewasser auf einem Gaskocher erhitzt. Er drückte Mac eine dampfende Tasse in die Hand, die sie dankbar entgegen nahm und das pechschwarze Gebräu behaglich schlürfte. Als Frühstück dienten ihnen ein paar Kekse. Wenig später setzte sich der Cheerokee wieder in Bewegung. Auf diesem Abschnitt ihrer Reise übernahm Mac das Steuer. Bis zum Mittag hatten sie ganze dreißig Kilometer in dieser trostlosen Kraterlandschaft hinter sich gebracht. Bis zum Cottage des Sorcerers waren es noch immer mehr als einhundert, mühselige Kilometer. Das war, bevor der protestierende Cheerokee Mac das Steuer aus der Hand schlug und mit einem metallischen Knirschen an einem Felsbrocken zum Stehen kam.

"Was zum Teufel….?"

Mac rieb sich das geprellte, schmerzende Handgelenk. Angus schob sie energisch aus der Tür, ohne auf ihre Prosteste zu achten.

"Raus hier. Schneller!"

Er schob Mac neben das große, linke Vorderrad und drückte ihren Kopf kräftig nach unten.

"Bleib da sitzen."

Seine befehlende Stimme ließ ihren Ärger hochkochen, doch als sie seinen sorgenvollen Gesichtsausdruck bemerkte, schwieg Mac.

Angus rutschte unter das Fahrzeug und öffnete das Versteck, in dem die beiden Gewehre gut verpackt auf ihn warteten. Er zog sie hervor, reichte sie an Mac weiter, zusammen mit einem kleinen Paket Patronen. Dann glitt er um den Jeep herum. Sorgsam untersuchte er die zerstörten Reifen der Beifahrerseite. Sie hätten auf Smarni hören sollen. Ein einziger Ersatzreifen nutzte ihnen jetzt einen Scheißdreck. Er rutschte auf dem Bauch zurück zu Mac, die inzwischen die

Gewehre aus ihren Hüllen genommen hatte.

"Die Reifen sind nicht durch Steine zu Schaden gekommen. Man hat sie zerschossen!"

Angus schnappte sich sein Gewehr und schob eine seiner riesigen Patronen in den öligen Verschluss.

"Wollen mal sehen, was das für Spaßvögel sind."

Er schob den Lauf der Tuvelo über die massige Stoßstange des Gelängewagens und presste sein Auge auf die Gummilinse seiner Zieloptik. Methodisch suchte er die etwa einen halben Kilometer entfernten Felshänge ab. Ein kurzes Aufblitzen belohnte seine Geduld und Angus nahm den Ort der Reflexion genauer ins Visier. Ein Sniper. Und wenn er sich nicht sehr täuschte, blinkte ein wenig links von dem Standort des ersten Schützen ein zweiter Gewehrlauf.

Anfänger!

Er schnaubte verächtlich. Ein guter Scharfschütze sorgte dafür, dass sein Gewehr nichts Reflektierendes aufzuweisen hatte.

"Ich habe sie. Zwei Schützen. Einer auf elf Uhr und einer auf dreizehn Uhr oben auf dem Felsenkamm. Reflektierende Gewehrläufe. Sollen wir schießen?"

Mac dachte nur kurz über die Frage nach.

"Warte noch ein wenig ab. Halten wir ihnen mal einen Köder unter die Nase und finden heraus, wie ernst sie es meinen."

Mac zog einen dürren Ast zu sich heran und stülpte ihre Mütze darüber. Vorsichtig schob sie den Köder über die Motorhaube des Cherokee. In der gleichen Sekunde zerfetzte eine Kugel das Wollgewebe und schleuferte die Mütze samt Ast in hohem Bogen davon. Mac duckte sich tiefer hinter den rostigen Wagen, der hier nun wohl sein vorzeitiges Ende finden würde.

"Soviel dazu. Wird mein Kopf wohl frieren müssen. Ich glaube, man hat nicht die Absicht, uns lebend hier verschwinden zu lassen."

Angus lehnte mit dem Rücken neben Mac und lachte leise.

"Wir sind noch nicht einmal einhundert Kilometer von Isafjördur entfernt. Lange haben unsere unbekannten Freunde ja nicht auf sich warten lassen. Aber wir müssen sie auf jeden Fall erledigen, mit dem Jeep kommen wir hier nicht wieder weg."

Er spähte um die Stoßstange des Cherokee herum und zog schleunigst den Kopf wieder zurück, als ein Geschoß an ihm vorüber zischte und einen Stein zertrümmerte, dessen Splitter wie Geschosse durch die Gegend flogen. Angus zuckte zusammen, als ein solcher Splitter ihm die Wange aufschlitzte. Er fluchte verhalten und presste die Hand auf den Schmiß. Blut sickerte zwischen seinen Fingern hervor. Mac fingerte ein Taschentuch aus ihrer Jacke und drückte es Angus in die Hand.

"Hier, press das auf die Wunde. Die Blutung wird gleich aufhören, der Schnitt ist nicht sehr groß."

Angus knurrte wie ein bösartiger Hund. Sein irisches Blut kochte. Das erste Blut war vergossen worden und es war seines. Das langte jetzt.

"Kannst du die zwei Anfänger beschäftigen, während ich versuche, in ihren Rücken zu gelangen?"

"Sicher. Die Frage ist nur, ob die zwei Halunken auch an Ort und Stelle bleiben. Also beeilst du dich besser ein wenig. Sobald ich anfange zu schießen, machst du dich in Rekordzeit auf die Socken. Wenn du es bis zum Fuß des Hügels schaffst, können sie dich nicht mehr sehen. Bist du noch schnell genug dafür, alter Mann?"

Mac grinste, um ihren Worten die Schärfe zu nehmen. Tatsächlich war ihr nicht wohl bei dem Gedanken, dass Angus die einzige vernünftige Deckung weit und breit verlassen wollte.

"Es wird schon noch reichen, Herzchen. Also los. Auf drei. Eins, zwei….!"

Mac eröffnete das Feuer. Sie schob eine Patrone nach der

anderen in den Verschluss der SIG und schoss so schnell, wie ihre Finger es schafften, nach den Patronen zu greifen. Oben, am Rande des Berges, flogen Steinsplitter in endloser Folge durch die Luft. Angus sprintete in einem aberwitzigen Slalomlauf durch das Geröllfeld und warf sich am Fuß des kleinen Berges in Deckung. Sein Atem ging kaum schneller als zu Beginn seines Rennens. Er gab Mac Zeichen, den Beschuss einzustellen und kroch vorsichtig weiter, dabei darauf bedacht, seinen Kopf immer schön in Deckung zu halten. Vielleicht einhundert, vielleicht zweihundert Meter weiter, klaffte eine Spalte im Felsgestein, durch die im Sommer Wassermassen zu Tal stürzten. Noch war die Felsspalte allerdings ausgetrocknet. Bis auf ein kleines Rinnsal, das durch das Geröll hinuntersickerte. Angus arbeitete sich langsam nach oben, sorgsam darauf bedacht, keine verräterischen Steine zu lösen, die sein Kommen angekündigt hätten. Es kam ihm wie eine Ewigkeit vor, bis er sich über den Rand schob.

In diesem Moment peitschten wieder Schüsse auf. Mac überzog die zerklüfteten Felsen links von Angus mit einem Sperrfeuer. Diesen Augenblick der allgemeinen Verwirrung nutzte Angus und hastete über das Plateau. Er warf sich gerade noch rechtzeitig in Deckung, bevor Mac das Feuer einstellte. Seine tastenden Finger zogen die Pistole aus seinem Gürtel. Angus hob den Kopf gerade weit genug über den breiten, jedoch nicht besonders hohen Felsen, um den Standort der Männer heraus zu finden, die es auf sie abgesehen hatten.

Zumindest einen hatte Mac erwischt. Zusammengesunken hockte ein Bündel Mensch kaum fünfzig Meter von ihm entfernt an einen Geröllhaufen gelehnt. Der Mann bewegte sich nicht mehr. Ein zweiter stand in einem schmalen Felsdurchlass und presste ein Gewehr an seine Brust. Immer wieder ging ein Sprühregen aus Steinsplittern über ihn hernieder, während das Donnergrollen der Schüsse durch das Tal rollte.

Eine Feuerpause nutzend, schob der Heckenschütze den

Lauf seines eigenen Gewehres zwischen den beiden Felsen hindurch und spähte durch die Zieloptik hinunter ins Tal. Angus überwand die kurze Strecke zu dem Heckenschützen in Rekordzeit.

"Lass den Schießprügel fallen. Aber ein wenig plötzlich."

Angus scharfe Stimme ließ den Mann zusammenzucken, jedoch senkte dieser die Waffe nicht.

"Ich warne dich ein letztes Mal mein Freund. Wenn ich mir dein Gewehr holen muß, wird es bitter für dich."

"Versuchs doch."

Der Mann wirbelte urplötzlich um die eigene Achse. Der Lauf seines Gewehres schwenkte herum zu Angus.

Ein einzelner Schuss peitschte unten im Tal auf. Die Augen des Snipers weiteten sich in schmerzhaftem Erstaunen. Seine Hände öffneten sich und das schwere Gewehr, dass er noch zuvor umklammert hatte, polterte zu Boden. Auf seiner Brust hatte sich wie von Geisterhand ein blutiger Krater gebildet, aus dem das Blut wie eine Fontäne herauspulsierte. Seine krampfenden Hände versuchten, dieses Loch zu schließen, bevor sein Körper einfach jegliche Spannung verlor und umkippte wie ein gefällter Baum.

Angus zog eine Augenbraue in die Höhe.

"Junge, Junge. Ich kann von Glück reden, dass sie auf meiner Seite ist."

Mit diesen Worten zog er sein Handy hervor, um Mac darüber zu informieren, dass die Show vorüber war, doch eine rasche Inspektion zeigte ihm, dass er noch nicht einmal einen einzigen Balken Empfang hatte.

War ja nichts Neues. Also ging er hinüber zu dem Häufchen Elend, das unverändert mausetod an seinem Felshaufen lehnte. Die Augen des Mannes waren schon milchig geworden. Angus unterzog ihn einer oberflächlichen Untersuchung. Ein Steinsplitter schien seine Halsschlagader aufgerissen zu haben. Das war wirkliches Pech.

Zur falschen Zeit am falschen Ort, könnte man sagen,

dachte Angus, bevor er seine Pistole hob und in rascher Folge erst zwei und nach einer kurzen Pause noch einen einzelnen Schuß abfeuerte. Angus schob die SIG wieder in seinen Gürtel, nachdem er sie gesichert hatte und machte sich auf den Weg, um das Fahrzeug der beiden Heckenschützen zu suchen. Es konnte ja nicht allzuweit entfernt sein.

CHAPTER ACHTZEHN
Chapter18

"Freundschaft fließt aus vielen Quellen, aber am reinsten aus dem Respekt."
Daniel Defoe (1660 - 1731)

Dingaan beobachtete Nicolas schon seit geraumer Zeit sehr genau. Der Mann war ihm ein fortwährendes Rätsel. Eigentlich sollte er, Dingaan, Nicolas aus tiefster Seele hassen, doch je länger er ihn beobachtete, desto mehr verstärkte sich der Respekt, den er vor dem blonden Riesen empfand. Nicht ein einziges Mal hatte Nicolas Dingaan spüren lassen, dass sie eigentlich auf gegenüberliegenden Ufern kämpften.
Ganz im Gegenteil.
Der muskulöse junge Mann fand immer wieder ein leichtes Wort, dass er ihm zurief und sei es nur, um Dingaan auf eine Schule von Orcas aufmerksam zu machen, die auf offener See vorüberzog. Von Nicolas ging eine Aura der Unschuld aus, die auch der klobige, monströse fünfschüssige Revolver nicht zerstören konnte, der an seiner Hüfte in einem Holster aus schwerem, schwarzem Leder baumelte.
Es fiel Dingaan zusehends schwerer, seinen Groll aufrecht zu erhalten und eines Tages ertappte er sich dabei, wie er aus vollem Halse lachte, als Nicolas mit der großen Hündin seines

Vaters über das Deck tollte.

Dingaan mochte auch keine Tiere. Er hegte Respekt für sie, wie jeder geborene Afrikaner, der etwas auf sich hielt. Aber Liebe oder Zuneigung, nein. Doch immer wieder kam der riesige Hund mit dem Aussehen eines Wolfes zu ihm und suchte seine Nähe. Zunächst ignorierte der schwarze Krieger die Annäherungsversuche des Tieres, doch dann kam der Tag, an dem er dem fragenden Blick des Tieres nicht mehr länger widerstehen konnte, wie sie mit schräggelegtem Kopf so vor ihm stand. Er senkte seine große Hand auf den Kopf des Tieres und strich ihr sanft darüber, in seiner Muttersprache leise vor sich hingrummelnd.

Von diesem Tage an sah man die beiden immer häufiger zusammen über das Deck der Barracuda spazierend. Es war schon ein beeindruckendes Bild, dieser pechschwarze, gigantische Mann mit den grünen Augen und die graue Hündin, deren eines Auge golden und das andere meerblau war.

"Sollte ich eifersüchtig werden?"

Trevor lehnte zusammen mit Crystal und Nicolas an der Reeling, um seine Nachmittagszigarette zu rauchen.

Crystal lachte leise in sich hinein und strahlte Trevor mit ihren tiefblauen Augen liebevoll an.

"Du glaubst doch wohl selbst nicht daran, dass irgendeine lebende Kreatur dir deinen Hund wegnehmen kann. Sie spürt nur die Einsamkeit hinter dieser Fassade aus Arroganz. Sie will es ihm leichter machen. Er vermisst seinen Freund Angus. Und ich glaube, Angus ist das einzige Wesen auf Gottes Erdboden, das Dingaan liebt. Als Freund, selbstverständlich. Aber das würde er selbstverständlich niemals zugeben."

"Gut, dann mische ich mich nicht ein. Lassen wir den beiden ihren Spaß." Trevor warf die Kippe über Bord. "Lass uns mit Larsen reden, Crystal. Ich möchte wissen, wann wir in Island ankommen. Diese Untätigkeit auf dem Schiff macht mich noch verrückt."

Nicolas schloss sich seinem Vater nicht an, sondern schlenderte hinüber zu Dingaan, der am Bug der Barracuda stand und auf das aufgewühlte Wasser des Atlantiks starrte.

"Wie hast du Angus kennengelernt?"

Wenn Dingaan überrascht darüber war, so plötzlich angesprochen zu werden, so merkte man ihm davon nichts an.

"Ist schon lange Jahre her."

Er antwortete in einem leichten Plauerton, ohne die Augen von der See zu nehmen.

"Damals gab es so etwas wie Gleichberechtigung zwischen Schwarzen und Weißen in Südafrika noch nicht. Ich war noch ein Junge von elf Jahren. Angus war so alt wie ich. Eines Tages war ich unvorsichtig. Ich rannte auf meinem Nachhauseweg in eine Gruppe weisser Jungs. Ich kam ihnen gerade recht, um ihr Mütchen an mir zu kühlen. In der Gruppe waren sie alle sehr stark. Aber das ist ja bei solchen Maulhelden immer so. Jedenfalls nahmen sie mir meine Schultasche weg und begannen damit, mich herumzuschubsen. Ab und zu traf mich ein Faustschlag. Nicht allzu heftig, aber hart genug, um mir weh zu tun. Wenn ich mich gewehrt hätte, hätte man mich totgeschlagen. So ließ ich die Tortur schweigend über mich ergehen. Angus hielt sich zwischen den anderen, kam mir aber nicht zu nahe. Man konnte sehen, dass ihm die ganze Sache zuwider war. Ich hatte Glück, an diesem Tag. Der Pastor unserer kleinen Stadt kam vorüber und die Bande verschwand im Busch.

Angus kam wenig später zurück. Brachte mir meine Schultasche zurück. Am nächsten Tag wartete Angus auf mich und wir gingen ein Stück gemeinsam und unterhielten uns über unsere Vorlieben. Was wir uns von der Zukunft erhofften, solche Sachen eben. Von da an trafen wir uns öfter. Wir wurden Freunde und irgendwie blieben wir auf unserem weiteren Weg zusammen. Das war es. Nicht sehr spektakulär."

Dingaan unterbrach das Gespräch, als er Trevor die Treppe zur Brücke hinunterkommen sah und wandte sich wieder der Beobachtung des Meeres zu. Nicolas spürte, das er entlassen war und ging zu seinem Vater hinüber, der ihn zu sich heranwinkte.

"Was hattest du mit Dingaan zu besprechen?"

Trevor nickte hinüber zu dem Schwarzen, der wie ein eisernes Standbild im metallenen Bugspriet der Barracuda stand und mit unbewegtem Gesicht auf das Meer hinausstarrte.

"Wir haben uns nur ein wenig über seine Kindheit unterhalten, sonst nichts."

Nicolas hatte keine Lust, mit seinem Vater über Dingaan zu reden.

"Kindheit? So, so!"

Trevor drang nicht tiefer.

"Wir treffen am Samstag in Isafjördur ein, sagt Larsen. Aber wir werden noch in der Nacht zuvor einen kleineren, kaum benutzten Hafen in der Nähe des Naturschutzgebietes anlaufen. Wir müssen den Predator von Bord schaffen. Larsen meint, dass du und Dingaan das übernehmen solltet. Er meint ausserdem, es wäre ratsam, nicht mit dem Monstrum gesehen zu werden. Er rät zudem dazu, die Geschützlafette einzufahren. Die Isländer haben es nicht so mit dem Militär, sagt er. Ich denke, er hat recht. Crystal und ich mieten einen Jeep und bringen frische Vorräte mit. Larsen hat versprochen, den Predator mit Vorrat aufzufüllen, bevor er euch absetzen wird. Wir sind etwas beunruhigt, da Larsen seit einem Tag kein Lebenszeichen mehr von Mac und Angus empfangen hat. Möglicherweise sind sie in ein Funkloch geraten, was in Island durchaus nicht unüblich ist. Aber wir haben trotzdem kein gutes Gefühl dabei. Sprich mit Dingaan darüber. Ich werde das unbestimmte Gefühl nicht los, das er mich nicht besonders gut leiden kann.

Es reicht, wenn du das morgen übernimmst. Wir haben ja

noch reichlich Zeit.

Ach, noch eine Sache.

Larsen bietet Dingaan an, sich aus der Kleiderkammer der Barracuda aussuchen, was immer er möchte oder für nötig hält."

Nicolas hatte selbst schon darüber nachgedacht, was aus dem Predator werden sollte. Er hatte das sichere Gefühl, dass sie sein Spielzeug noch bitter nötig hatten, bevor die ganze Geschichte vorüber war. Morgen würde er sich mit Dingaan zusammensetzen und ihm die Sachlage und das Fahrzeug erklären. Für heute hatte er genug und wollte nur noch eines.

Ein Bier und ein Bett. Und zwar genau in dieser Reihenfolge.

CHAPTER NEUNZEHN
Chapter 19

"Man sagt, ein Samurai verstehe zu sterben."
"Für einen Menschen, der nicht in die Kultur und die Geisteshaltung der Samurai hineingeboren ist, mag sich das etwas sonderbar anhören und bedarf einer gewissen Erklärung.

Ein Samurai wird dazu erzogen und ausgebildet, keine Angst vor dem Tode zu haben. Nur so ist er in der Lage, auf dem Schlachtfeld mit all seiner Geschicklichkeit und all seinem Können zu kämpfen. Wäre er ängstlich, so würde ihn das behindern.

Aber der Samurai ist auch in der Lage, jede einzelne Sekunde seines Lebens zu geniessen. Ob er eine Schale Sake trinkt, ein paar Reiskörner isst oder im Bett liegt, ist dabei vollkommen belanglos. Er tut alle diese Dinge in dem vollkommenen Bewusstsein, dass alles was er tut, die letzte Tat seines Lebens sein kann. Deshalb lebt der Samurai bewusster und mit tieferer Intensität als derjenige, der der irrigen Annahme ist, dass sein Leben ewig währt. Denn das tut es nicht. Für niemand.

Obgleich das nur ein Bruchteil dessen ist, was das Wesen eines Samurai ausmacht, so ist es doch die Quintessenz dessen, was einen wahren Krieger ausmacht.

Nichts ist furchteinflössender, als ein Kämpfer, der den Tod mit offenen Armen willkommen heißt. Und das ist auch der

Grund, warum er auf dem Schlachtfeld überlebt."

(Der Weg eines Kriegers - Japan - 1000 nach Christus - Lebenserfahrungen eines alten Samurai)

Angus fand den Wrangler der beiden Heckenschützen in einem Tal, dass sich ein wenig nördlich befand. Es war ein Fußmarsch von einer guten Stunde in dieser zerklüfteten, menschenfeinlichen Umgebung. Das verlassene Fahrzeug enthielt nichts, wirklich nichts, ausser ein wenig Proviant an dem Angus nicht sonderlich interessiert war. Keine Papiere, nichts Privates, dass ihm Rückschlüsse auf die Identität der Männer hätte geben können. Das Einzige von Wert für Angus war das Ersatzrad des Jeeps. Sie benötigten es dringend, um einen der zerschossenen Reifen zu ersetzen.

Und so mühte er sich damit ab, das schwere, unhandliche Rad über den Berg zu schaffen. Er konnte sich während der Schufterei des Eindruckes nicht erwehren, dass sich der schwere Reifen von Minute zu Minute unkooperativer verhielt. Egal, wie er die Felge auch in die Hände nahm, nach kurzer Zeit rutschte sie ihm aus den Fingern. Doch mit der sprichwörtlichen Dickschädeligkeit seiner Vorväter wuchtete er das Monstrum zu guter Letzt über den Rand des Abhanges und weiter hinunter zum Tal, in dem Mac bereits ungeduldig auf ihn wartete.

"Du hättest zuerst zu mir zurückkommen sollen, du blöder Idiot!"

Wutschnaubend verpasste sie ihm einen Stoß an die Schulter.

Angus sah die aufgebrachte Frau indigniert und zugleich irritiert an.

"Hey. Vorsicht. Immerhin habe ich ein Ersatzrad aufgetrieben, ohne das wir uns die Beine bis zum Arsch abgelaufen hätten in dieser Einöde. Ein wenig mehr Dankbarkeit hätte ich schon erwartet."

Macs graugrüne Augen schleuderten unverwandt Blitze.

"Ich habe mir Sorgen um dich gemacht, blödes Arschloch. Der letzte Schuss, den ich abgefeuert habe, ich hatte keine Ahnung, ob ich gut im Ziel gelegen hatte."

Angus verstand die ganze Aufregung nicht wirklich.

"Ich hatte doch wie vereinbart unser Signal abgefeuert. Da sollte dir doch klar sein, dass mit mir alles in Ordnung war."

Mac presste die Zähne aufeinander, um zu verhindern, dass sie etwas von sich gab, was sie im Nachhinein sicher bereuen würde. Schnaubend drehte sie sich um und marschierte zurück zum Cheerokee.

"Ach, leck mich doch am Arsch."

Angus zuckte die Schultern und rollte den Ersatzreifen zum Jeep, bevor er sich daranmachte, die zerschossenen Reifen auszutauschen. Die ganze Prozedur nahm mehr Zeit in Anspruch, als ihm lieb sein konnte, denn das schwere Fahrzeug hing in einem abenteuerlichen Winkel auf dem Stein, den es getroffen hatte. Nach mehr als einer Stunde schweißtreibender Arbeit, stand der Jeep sicher auf allen vier Rädern. Das linke Hinterrad sah zwar etwas sonderbar aus, weil die Reifengröße nicht zu den anderen passte, aber der Cherokee war fahrbereit und mehr erwartete Angus nicht.

"Wenn du dich wieder eingekriegt hast, mein Sonnenschein, könnten wir dann diesen Ort verlassen, oder wäre das zuviel verlangt? Wir können allerdings auch abwarten, bis uns jemand mit den zwei Toten auf dem Berg erwischt."

Mac schmollte immer noch, obwohl sie mittlerweile selbst keine Ahnung mehr hatte, aus welchem Grund sie schlechter Laune war. Doch sie schwang sich hinter das Lenkrad, sobald die Gewehre wieder sicher in ihrem Versteck untergebracht waren. Der Jeep sprang klaglos und zuverlässig an. Nach einigem Geruckele schaffte es Mac, den Cheerokee wieder auf die Piste zu bugsieren, ohne größere Schäden an dem alten treuen Fahrzeug zu verursachen.

"Fahren wir weiter zu unserem Treffpunkt mit dem Sorcerer? Ich fürchte, wir waren nicht das einzige Ziel an diesem Tag."

Mac nahm die Augen nicht von der Geröllpiste, während sie mit Angus sprach.

Auch der Waffenhändler beobachtete die Umgebung sehr genau. Angus war sich zwar ziemlich sicher, dass die beiden Knallfrösche keine Verstärkung angefordert hatten, doch er verließ sich lieber darauf, alle Eventualitäten in Betracht zu ziehen.

"Was haben wir für eine andere Wahl?"

Missmutig streifte sein Blick über die Berghänge, die langsam an ihnen vorüberzogen.

"Der Sorcerer ist die einzige Verbindung, die uns zu unseren beiden Wissenschaftlern führen könnte. Möglicherweise kann er sogar ein wenig Licht in das ganze Durcheinander bringen. Falls er noch lebt!"

Mac warf einen schnellen Blick auf den Bildschirm des Navigationsgerätes.

"Wenn wir keine Rast in dieser Nacht einlegen, schaffen wir es bis zum Morgengrauen bis zu seinem Cottage. Wir müssen uns nur mit der Fahrerei abwechseln. Aber ich denke, dass sollte wohl kein Problem darstellen."

Angus fluchte leise vor sich hin, aber die Qualität der Flüche die er ausstieß, konnte es mit den besten der Welt durchaus aufnehmen. Sein Rücken brannte wie Höllenfeuer von dem Gerüttel, welches der an seine Grenzen getriebene Jeep produzierte, der sich mit letzter Kraft über dieses Etwas quälte, das den Begriff Straße noch nicht einmal ansatzweise verdient hatte. Die Stoßdämpfer quietschten und ächzten und Angus argwöhnte, dass es sich bei diesen Geräuschen um die letzten Lebenszeichen der strapazierten Metallteile handeln konnte.

Wie Mac es schaffte, bei diesem unsäglichen Geholper zu schnarchen, war ihm ein Rätsel. Nur kurz warf er einen Blick hinüber zum Beifahrersitz, den die junge Frau nach hinten geklappt hatte, so weit es eben möglich war. Selbst im schwachen Licht der Armaturenbrettbeleuchtung konnte er die dunklen Ringe unter den Augen der jungen Frau erkennen, die er immer noch liebte.

Es war ihm ein Rätsel, warum es ausgerechnet Mac sein musste, die sich in sein Herz geschlichen hatte. Abgesehen von der unbedeutenden Tatsache, dass sie eine bezahlte Mörderin war, war sie zudem auch noch borniert, störrisch wie ein Maultier, vernarbt, giftig wie eine Boomslang und undurchsichtig wie das Schlammloch eines Nilpferdes. Alles in allem ein richtiges Herzchen. Aber er würde ohne zu zögern sein Leben für sie opfern. Und er spürte tief in seinem Herzen, dass sie für ihn das Gleiche tun würde.

Angus wandte seine Aufmerksamkeit wieder dem Lenkrad zu. Im Osten zeigte sich ein grauer Schimmer am Himmel. Das Navigationsgerät des Cheerokee versprach ihre Ankunft in etwa einer Stunde. Es war an der Zeit, Mac zu wecken.

"Hey, Schlafmütze, aufwachen. Wir sind bald da." Angus stupste sie mit dem Zeigefinger an.

Unwillig brummend schälte sich Mac aus dem Wust an Kleidungsstücken, mit denen sie sich gepolstert hatte, um wenigstens ein bisschen Schlaf zu finden. Ihre kräftigen Finger fuhren durch ihr zerzaustes Haar. Wie es schien, war heute wieder einmal der altbewährte Pferdeschwanz die Frisur der Stunde. Ihre tastenden Finger fanden die angebrochene Flasche lauwarmer Coke, die ihr in die Seite stach. Mac trank ein paar Schlucke der widerlich süßen Flüssigkeit, obwohl die warme Brühe nur ein armseliger Ersatz für einen guten Kaffee war. Doch der Zucker und das in dem Gesöff enthaltene Koffein weckte ihre Lebensgeister, während sie aus der Windschutzscheibe spähte.

Das Land war nicht mehr ganz so rauh und steinig wie noch wenige Stunden zuvor. Hügelige Wiesen überwogen jetzt das Bild. Ein kleiner Fluss zog sich durch die weite Ebene, die vor ihnen lag.

Mac schmunzelte. Sie hätten die Wasserkanister mit Bier füllen sollen. Wasser gab es in Island mehr als genug. Wo man ging oder stand, tröpfelte es oder man trat in eine Wasserpfütze. Seen gab es mehr als reichlich und Flüsse die sie speisten obendrein. Na, für eine Reue war es nun zu spät.

"Soll ich weiterfahren?"

Mac sah hinüber zu Angus, doch der schlanke Mann mit dem langen, schwarzen Haar ließ keine Zeichen von Müdigkeit erkennen.

"Es geht schon. Ich werde schlafen, wenn wir bei der Hütte des Sorcerers angekommen sind. Ein oder zwei Stunden Ruhe werden mir genügen."

Angus beschleunigte den protestierenden Jeep auf etwas mehr als sechzig Stundenkilometer. Mehr hätte sie das Fahrwerk gekostet. Sie fuhren die nächsten Kilometer schweigend und durchgeschüttelt. Mac hatte einen schaalen Geschmack im Mund und wünschte sich nichts sehnlicher, als ein Bad und eine Zahnbürste. Das war der Teil an ihrem Job, den sie hasste. Diese langen Zeiten ohne ausreichende Gelegenheit, sich zu erfrischen.

Angus begann urplötzlich zu fluchen und Mac erwachte aus ihren Tagträumen.

"Was ist?"

Der schwere Geländewagen holperte und polterte mehr denn je.

"Die Straße hat aufgehört. Hat sich in Luft aufgelöst. Dieses Island ist schon ein seltsames Land. Ich hoffe nur, dass wir noch auf dem richtigen Weg sind."

Rechts von ihnen lagen nun zerklüftete, niedrige Berge, deren Flanken grün und braun gesprenkelt waren von Gräsern, die aus ihrem Winterschlaf erwachten. Mac konnte weit vor sich die Umrisse eines Holzhauses erkennen, das einsam inmitten der Einöde lag. Vereinzelt schlenderten Schafe gelassen über die kargen Weidegründe. So weit das Auge reichte, war die Umgebung menschenleer. Nur das Haus des Sorcerers tröstete das Auge in diesem kargen Landstrich. Über den flachbrüstigen Bergen türmten sich grauschwarze Wolken und es schien wieder einmal ein nasser Tag zu werden. Angus fuhr jetzt nur noch mit Schrittgeschwindigkeit und betätigte die Hupe ihres Fahrzeuges, um ihr Kommen anzukündigen. Doch niemand trat hinaus auf die Holzveranda, die dass einfache Haus umrandete. Ungefähr zwanzig Meter neben dem Hauptgebäude gab es eine kleine Holzhütte. Davor dampfte in einem von Menschenhand gemauerten Loch heisses, mineralisch riechendes Wasser, das aus vulkanischen Tiefen an die Oberfläche stieg. Der einzige Luxus den Island zu bieten hatte, war heisses Wasser im Überfluss.

Angus hielt den Wagen etwa hundert Meter vom Haus entfernt an und stieg aus.

"Niemand zu sehen. Seltsam, nicht wahr? Wo kann der alte Mann denn nur stecken. Er müsste uns doch schon längst gesehen haben."

Er wandte sich zu Mac um, die das Klebeband gelöst hatte und ihre SIG Sauer unter dem Sitz hervorzog. Sie zog den Schlitten der Waffe zurück, um eine Patrone in den Lauf zu hebeln. Ihr Magen zog sich schmerzhaft zusammen, wie er es immer tat, wenn Gefahr in der Luft lag und sie warf Angus einen warnenden Blick zu. Auch Angus löste das Klebeband, welches seine Pistole unter dem Sitz des Autos an Ort und Stelle hielt.

Mac presste ihren Zeigefinger auf die Lippen, um Angus anzudeuten, leise zu sein. Sie rannte geräuschlos wie ein Schatten zur Hinterseite des Holzhauses und hielt ihr Ohr lauschend gegen die Wand.

Alles schien ruhig.

Sie schlich weiter, umrundete vorsichtig die Ecke des Hauses und sog scharf ihren Atem ein.

Hinter dem Haus gab es einen strahlend blauen Schwimmingpool, gespeist von derselben warmen Quelle, die auch in dem alten, ausgemauerten Loch nach oben stieg. Der Sorcerer hatte sich die Mühe gemacht den Pool mit einer Umrandung aus Feldsteinen zu versehen. Eine Heidenarbeit, soweit Mac das beurteilen konnte, denn der Mann war äusserst sorgfältig zu Werke gegangen. Der Pool war gut und gerne fünfzig Meter lang und zehn Meter breit. Dampf stieg aus dem glasklaren Wasser auf, der sich mit dem aufkommenden Nebel vermischte. Was die Idylle nachhaltig störte, war der Sorcerer selbst. Umgeben von einer roten Wolke, die sich beständig in Beschaffenheit und Umfang änderte, trieb seine Leiche kopfüber in der Mitte des Pooles. Sein Fellumhang schwebte wie eine Gewitterwolke hinter ihm her. Surrealistisch. Dieses Bild war einfach surrealistisch.

Mac dachte bei sich, dass der Sorcerer den Pool sicher sehr geliebt hatte, bei all der Arbeit, die er hineingesteckt hatte. Da schien es ihr nur recht und billig, dass er hier auch sein Ende gefunden hatte. Sie hielt sich nicht lange mit der Betrachtung der kreiselnden Leiche auf, dazu würde noch reichlich Gelegenheit sein und umrundete das Holzhaus. Sie huschte auf die Veranda, dicht gefolgt von Angus. Mac hielt drei Finger in die Luft und schaute Angus in die Augen, der verstehend nickte. Ein Finger sank herab, dann der Zweite. Mac hielt die Luft an und warf sich durch die Holztür. Angus gab ihr Deckung, doch das einzige Lebewesen, auf dass sie hätten schießen können, war ein kleiner rotweißer Kater mit niedlichen Pinselohren, der sie aus großen, verwunderten Augen reglos anstarrte. Das kleine Tier war fast noch ein Baby. Doch sehr rasch beanspruchte etwas Wichtigeres die Aufmerksamkeit des jungen Tieres und der Kater machte sich wieder auf die bisher erfolglose Suche nach Futter.

Mac und Angus durchsuchten methodisch die Hütte, doch

sie fanden nichts, was ihnen von Nutzen hätte sein können. Sie verliessen das Haus und gingen wieder nach draussen zum Pool. Schweigend betrachteten sie den in der leichten Strömung dahintreibenden, sich drehenden Körper.

"Wir sollten den Burschen aus dem Wasser fischen."

Mac blickte sich um, doch sie sah keinen Gegenstand, der lang genug gewesen wäre, um den Sorcerer damit zu erreichen, der ausser Reichweite ihres Armes trieb. Sie verzog das Gesicht zu einer Grimasse. Die ehemalige Soldatin verspürte nicht die geringste Lust, in das dampfende Wasser zu steigen.

Angus trabte hinüber zu der kleinen Holzhütte und schob das sauber gezimmerte Tor auf. Darinnen stand ein alter Jeep Willy. Wahrscheinlich ein Überbleibsel der US Army, die bis vor einigen Jahren noch in Island einen Stützpunkt unterhalten hatte.

Wie der Alte wohl daran gelangt war?

Angus nahm sich vor, den Willy eingehender zu untersuchen, sobald sie die Leiche des alten Mannes geborgen hatten. Angus blickte die kahlen Wände entlang. In der hintersten Ecke hing ein Fischernetz, das man an einer Teleskopstange befestigt hatte. Das sollte wohl genügen.

Zusammen zogen und zerrten Mac und Angus den Leichnam aus dem Wasser und stöhnten angewidert angesichts des Duftes, die ihnen entgegenschlug, nachdem sie den Leichnam an den Rand des Pooles gerollt hatten. Das warme, beinahe heisse Wasser hatte den Sorcerer in ein Stück Suppenfleisch verwandelt, das zudem noch übelst roch. Das Gesicht war vollkommen verrunzelt und die offenen Augen milchigweiss.

Einmal von dem im allgemeinen üblen Zustand des Mannes abgesehen, hatte man ihm die Kehle durchschnitten. Schusswunden waren nicht feststellbar. Offensichtlich hatte man den Mann vor seinem Tod gefoltert, um ihn gesprächig zu machen. Ob es gelungen war, wer wusste das schon?

"Denkst du, dass der hier auf das Konto unserer Heckenschützen geht?"

Mac blickte Angus fragend an.

Angus hatte sich wieder aufgerichtet, griff in eine seiner Taschen und zog ein silbernes Etui hervor, dem er eine filterlose Zigarette entnahm.

Mac zog eine Augenbraue in die Höhe.

"Wo hast du das denn aufgetrieben?"

Angus antwortete nicht sofort, sondern entzündete seine Zigarette und ließ seinen Blick über die Landschaft schweifen.

"Das Etui und die Zigaretten habe ich mir zusammen mit den neuen Klamotten gekauft. Und um deine erste Frage zu beantworten, nein, ich glaube, dass für den Tod dieses armen Schweines jemand anderer verantwortlich ist. Die Leiche ist noch zu frisch. Das passt zeitlich nicht zusammen. Ich würde vorschlagen, dass wir so schnell wie möglich hier verschwinden. Ich werde das ungute Gefühl nicht los, dass man uns beobachtet. Du gehst noch mal durch das Haus und siehst nach, ob dir etwas in die Finger fällt, dass uns einen Hinweis auf den oder die Mörder geben könnte. Ich gehe hinüber in die Hütte und nehme mir den Jeep vor, der darin steht. Und dann nichts wie weg hier."

"Was machen wir mit ihm?"

Mac blickte auf die sterblichen Überreste des alten Mannes.

"Ich sage das nicht gerne, aber wir sollten ihn einfach liegenlassen. Glücklicherweise haben wir Handschuhe getragen, als wir in das Haus gegangen sind. Es darf nicht so aussehen, als ob wir jemals hiergewesen sind. Und jetzt los. Tempo, Mädchen."

Angus drückte seine Kippe in der behandschuhten Hand aus und steckte ihre Reste in seine Hosentasche. Er rannte hinüber zum Schuppen und durchsuchte den Jeep Willy. Doch die karge Blechbüchse enthielt keine Geheimnisse. Angus kletterte aus dem Vehikel und war schon fast aus dem

Tor hinaus, als er sich noch einmal umdrehte, die Stirn in nachdenkliche Falten gelegt. Er legte sich auf den Boden und schob sich unter den alten Armee-Jeep.

"Dachte ich es mir doch, du alter Fuchs," murmelte er vor sich hin und zog ein Taschenmesser mit kurzer Klinge hervor. Hinter dem rostigen Auspufftopf hatte der alte Mann eine schmale, wasserdichte Blechdose mit Draht und Aluminiumtape befestigt. Angus benötigte einige Minuten, bis er das Gewirre zerschnitten hatte und schob sich mit seiner Beute unter dem Wagen hervor. Grinsend steckte er sein Messer wieder zurück und trabte hinüber zu Mac, die auf ihn wartete.

"Was gefunden?"

Mac deutete auf die Beute in Angus Hand.

"Keine Ahnung, dass werden wir ein wenig später feststellen. Jetzt aber weg hier."

Zusammen rannten sie zum Cheerokee und warfen sich in den wartenden Geländewagen. Knatternd sprang der Diesel an und Angus lenkte ihn aus dem Tal, zurück in Richtung Berge, die mittlerweile unter schweren, dunkelgrauen Regenwolken verborgen waren. Erste Tropfen klatschten auf die Windschutzscheibe. Angus dankte allen Göttern dafür. Der Regen würde die wenigen Spuren verwischen, die sie hinterlassen hatten. Während der Regen nch immer an Intensität zunahm, verschwand das nun herrenlose Cottage aus ihrem Blickfeld. Urplötzlich ertönte ein dünnes, jammerndes Stimmchen und aus Macs warmer Jacke schob sich der zerzauste Kopf des kleinen Katers.

"Ich konnte ihn unmöglich alleine in der Wildnis zurücklassen. Der arme Kerl hätte doch niemals überlebt."

Angus schüttelte verständnislos den Kopf.

"Mac, Mac, Mac. Und wenn uns nun jemand aufhält? Die werden ja wohl in Island auch so etwas wie eine Polizei haben. Wie sollen wir dann erklären, wie wir an den kleinen Kerl gekommen sind?"

"Das sehen wir, wenn es soweit ist. Jetzt bring uns erst einmal in die Berge, damit wir ein Lager aufschlagen können. Ich bin restlos fix und fertig und Taco ist hungrig."

"Frauen. Wer soll aus euch nur klug werden? Pass bloß auf, das dir der Rotkopf nicht durch die Lappen geht, wenn wir anhalten. Ich stolpere nicht mitten in der Nacht durch die Felsen um den Wicht zu suchen. Das sage ich dir schon mal sofort. Wenn er also pinkeln muß, leg ihn an eine Leine."

Angus gab dem Cheerokee zu verstehen, dass er es eilig hatte und sie verschwanden im Nebel, der sie einfach verschluckte.

Sie fuhren noch einige Stunden weiter, um einen möglichst großen Abstand zwischen sich und die Leiche des Sorcerers zu bringen. Sie hielten an in einem Einschnitt zwischen zwei zerklüfteten, von Frost und Errosion angenagten Berghängen, als es zur Weiterfahrt zu dunkel wurde. Diesesmal mussten sie keine Felsbrocken zur Seite räumen. Der Lagerplatz wurde erhellt von den Petroleumlampen, die Smarni ihnen mitgegeben hatte und sie bauten das Zelt auf. Der kleine Kater saß auf dem Armaturenbrett und sah ihnen durch die Windschutzscheibe bei der Arbeit zu. Der Regen hatte schon vor einigen Stunden aufgehört und so konnten sie ein Torffeuer entzünden, um sich auf die gewohnte Weise ihr Abendessen zuzubereiten. Mac lehnte bequem an einem der breiten Reifen des Cheerokee und sah Angus dabei zu, wie er den Topf befüllte. Zuvor hatte Angus dem kleinen Kater ein wenig Dosenfleisch in einen kleinen Behälter gefüllt, das dieser heißhungrig hinunterschlang. Angus spülte das Behältnis aus, nachdem Taco fertig war und gab dem Winzling frisches Wasser. Mac grinste still in sich hinein, als sie sah, wie Angus den Kopf des Katerchens streichelte. Das harte Gesicht des Mannes bekam mit einem Mal weiche Linien, die sich erst wieder verhärteten, als er Macs Blick auf sich spürte.

"Ist ja auch nur ein armes Würstchen. Kein Grund ihn schlecht zu behandeln. Oder?"

"Nein, wirklich kein Grund. Magst du ein Bier? Ich könnte eines gebrauchen. War ein langer Tag."

Mac rappelte sich auf und kramte im Laderaum herum, bis sie gefunden hatte, was sie suchte. Sie warf Angus eine Dose des labberigen Bieres zu, das immerhin besser war, als nichts. Wieder an den Reifen gelehnt, öffnete sie ihre Jacke einen kleinen Spalt und Taco schlüpfte in die Wärme, die er schon kannte, um zusammengekuschelt einzuschlafen. Seine Welt war wieder in Ordnung.

Mac ging schon die ganze Zeit eine Frage durch den Kopf.

"Warum hat Smarni uns eigentlich Petroleumfunzeln eingepackt? Heutzutage gibt's doch Batterien."

"Junge, Junge. Du stelltst Fragen. Ich denke, weil die Dinger immer funktionieren. Batterien haben die blöde Angewohnheit, dass sie immer dann leer sind, wenn man keine mehr zur Hand hat."

Angus rührte noch einmal um und schaufelte die Teller voll, die Mac ihm hinhielt. Essen und schlafen. Das war alles, was er heute noch wollte. Und wenn Mac eingeschlafen war, konnte er womöglich seine Hand dorthin schieben, wo jetzt der kleine Bursche schnarchte. Wäre für diesen Tag kein allzu schlechtes Ende, fand er.

CHAPTER ZWANZIG
Chapter 20

"Wohin du auch gehst, geh mit deinem ganzen Herzen."
(Konfuzius)

Die Barracuda lief in der Nacht zum Freitag an der riesigen Halbinsel vorüber, welche die nördlichste Spitze Islands bildet. Hunderte von Fjorden formten ein Labyrinth aus Wasserstraßen, das noch nicht einmal die Isländer selbst überblicken konnten. In einem dieser Fjorde lag der natürlich entstandene Hafen, den Larsen sich ausgesucht hatte, um den Predator ungesehen an Land zu bringen. Die Chancen dafür standen recht gut, bedachte man die Tatsache, dass sich statistisch gesehen drei Isländer auf einem Quadratkilometer ihres Landes tummelten. Und diese Statistik galt nur für die überlaufenen Gebiete.

Larsen blieb Trevor die Antwort auf die Frage schuldig, woher er die Lage des Hafenbeckens kannte.

Durch eine Laune der Natur hatte sich ein natürliches Steinbecken gebildet, dessen Wassertiefe genügte, um der Barracuda die Einfahrt zu gestatten. Die Wände des steinernen Beckens lagen gerade so tief, dass der Predator über schwere stählerne Planken an Land rollen konnte. Das massige Fahrzeug stand nun wartend auf dem felsigen

Uferstreifen. Seine Tanks und Batterien waren gefüllt, zusätzliche Reserven an Treibstoff waren verladen und Larsen hatte genügend Vorräte für zwei oder drei sparsame Wochen in den Predator bringen lassen.

Durch das Versenken der Geschützlafette in den Innenraum war einiges von der Bedrohlichkeit des Kampffahrzeuges verloren gegangen und auf den ersten Blick hätte man es für ein Expeditionsfahrzeug halten können. Nicolas unterhielt sich im Augenblick mit Beast, der immer wieder erfolglos versuchte, mit Mac und Angus Kontakt aufzunehmen. Aus unerfindlichen Gründen schien der Empfang des Satelitentelefones, das zu ihrer Ausrüstung gehörte, nicht ausreichend zu sein.

Nicolas hatte unterdessen eine Entscheidung getroffen, die nicht unbedingt auf ungeteilte Zustimmung stieß.

"Dieses Cottage von Macs Informantem, diesem Sorcerer wie er sich nennt, dass ist unser einziger gemeinsamer Nenner. Dingaan und ich werden uns auf den Weg dorthin machen. Vielleicht haben wir Glück und sie sind dort bereits angekommen. Alles ist besser als einfach nur abzuwarten."

Trevor hatte es schon vor Jahren aufgegeben, seinem Sohn etwas ausreden zu wollen, wenn er sich zu etwas entschlossen hatte.

"Wenn du es so willst, soll es mir recht sein. Crystal und ich lassen uns von Larsen in Isafjördur an Land bringen und unterhalten uns mit diesem Smarni. Wir besorgen uns dann in der Stadt ein Fahrzeug und stoßen zu euch, sobald wir den Aufenthaltsort von Mac kennen."

"Gut. Wir fahren noch heute ab. Dingaan und ich haben Satelitenbilder von dem Weg ausgewertet, der vor uns liegt. Wir sind beide zu dem Schluss gekommen, dass wir nur am Tag fahren können. Die einhundertundfünfzig Kilometer von unserem jetzigen Standpunkt bis zu diesem sagenumwobenen Cottage bestehen aus schwierigstem Gelände. Inklusive eines ausgewachsenen Gletschers, der mitten in unserem Weg liegt.

Und das auch nur, wenn wir fahren können, wie die Krähe fliegt, also in einer geraden Linie. So früh im Jahr sind aber weite Strecken unpassierbar, was uns zu Umwegen zwingt. Und wir haben ein Gebiet von 9000 Quadratkilometern vor uns, wenn wir uns verfahren."

Eine Stunde später, bei Tagesbeginn, lief die Barracuda ohne Nicolas und Dingaan aus. Der Morgen war nass und kalt. Es herrschten kaum mehr als null Grad und ein Nieselregen fiel, der von nassem Schnee durchmischt war. Dingaans Gesicht war grau vor Kälte. Selbst eine dicke Steppjacke spendete ihm nicht genug Wärme und er war froh, endlich in der Fahrerkabine des Predator verschwinden zu können. Um Treibstoff zu sparen, lief das Triebwerk des schweren Kampffahrzeuges noch nicht. Im Inneren der Kabine herrschten deshalb die gleichen eisigen Temperaturen wie draussen und Dingaan fluchte leise vor sich hin, als er sich in den Sessel des Beifahrers anschnallte. Nicolas warf den schweren Diesel an und der Predator setzte sich in Bewegung. Schon bald strömte warme Luft in den Innenraum der Kabine und Dingaans Gesicht nahm wieder seine gewohnte Farbe an.

"Bei allen Göttern. Es ist wirklich kein Wunder, dass in diesem Land so wenige Menschen leben. Bevor du auch nur den Hauch einer Chance hast, alt zu werden, bist du auch schon erfroren. Das, was die hier oben in den alten Sagen Eisriesen nennen, sind bloss ein paar arme Schweine, die sich nicht schnell genug verdrückt haben."

Nicolas lachte.

"Du bist ja ein richtiger Witzbold. Aber langsam sollte es dir doch wohl warm werden?"

Er streifte sich das Headphone über den Kopf und schaltete die Verbindung zu Beast ein.

"Hey, Beast, bist du da?"

"Yup. Ich höre dich laut und deutlich, mon Ami. Dann drück mal auf die Tube. Sobald ich Mac geortet habe, gebe ich dem Predator die Koordinaten. Ich bleibe dann weiter auf Empfang."

Beast blendete sich aus und Nicolas legte den Empfangskanal auf die Lautsprecher des Predator. Der Weg, der vor ihnen lag, war eigentlich ein Flussbett, durch welches zu Zeiten der Schneeschmelze eiskaltes Wasser tobte. Im Augenblick war es allerdings noch zu kalt für die Schneeschmelze. Erst im Juli schmolzen Schnee und Eis auf dem Gletscher und suchten sich ihren Weg hinunter zum Meer. Die gewaltigen Reifen aus dem unzerzörbaren Wabengeflecht glitten über die mitunter kopfgroßen Steine hinweg, ohne dass die Besatzung etwas davon mitbekam. Das Wolfram-Stahlgeflecht ihrer Außenwandung schien nicht im Mindesten von den scharfen Kanten beeindruckt zu sein. Dennoch verzichtete Nicolas auf waghalsige Fahrmanöver und kroch mit ungefähr zwanzig Stundenkilometern durch das Flußbett.

Die Landschaft durch die sie sich vorwärts bewegten, war indes einfach grandios. Gletscher, Geysire und Wasserfälle, schroffe Felsen und weite Wiesen, durchzogen von klaren Flüssen wechselten einander vor der Kulisse der dahinstürmenden, grauschwarzen Wolkenbänke ab. Es gab weit und breit keine Anzeichen von menschlichem Leben. Im Laufe des fortscheitenden Morgens wechselten die beiden Männer sich am Steuer ab. Nicolas zeigte sich verblüfft über die Geschicklichkeit, die Dingaan mit dem Umgang des Predator an den Tag legte.

"Ist ja nicht das erste Kampffahrzeug, das ich in den Fingern habe," grummelte der grünäugige, schwarze Hüne.

Doch Nicolas sah ihm an, wie geschmeichelt er war. Grinsend wandte Nicolas seinen suchenden Blick aus einem der Seitenfenstern des Jägers.

"Halt mal an. Stop. Ich glaube, ich habe da etwas zwischen den Steinen gesehen, das ich mir einmal näher ansehen möchte."

Nicolas sprang aus dem Fahrzeug, kaum das dessen Räder zum Stillstand gekommen waren. Er zog den großkalibrigen Revolver aus seinem Halfter und entsicherte ihn. Vorsichtig bewegte er sich in dem unwegsamen Gelände voran.

Nicht weit von ihm entfernt lehnten die zerfetzten Überreste eines grobstolligen Reifens vergessen an einem Steinbrocken, der eindeutige Kratzspuren von einem metallenen, lackierten Gegenstand aufwies. Suchend schaute Nicolas sich um. In unmittelbarer Nähe lag ein zweiter Reifen mit gleicher Profilstruktur.

"Hey, Dingaan!"

Nicolas sprach leise in ein kleines Mikrofon.

"Komm mal hier rüber. Und bring ein Gewehr mit. Kann sein, dass wir es nötig haben werden."

Nur Sekunden später stand der Zulu neben Nicolas und warf einen Blick auf die zerstörten Pneus.

"Zerschossen. Ist noch nicht lange her. Die Reifen sind brandneu. Aber wer das auch war, der hier einen Reifenwechsel vollzogen hat, er war klug genug, zwei Ersatzreifen anstatt nur einem einzigen an Bord zu haben."

Dingaan schulterte sein Gewehr.

"Komm mit. Lass uns die Umgebung einmal genauer unter die Lupe nehmen. Meine Knochen sind sowieso schon steif vom langen Sitzen. Mir scheint, dass man das Gras in dieser Richtung zertreten hat. Eine Spur läuft auf diese Berge zu. Jemand lief hin und ein deutlich schwerer Mensch kam in der gleichen Spur zurück."

Und schon trabte der Krieger leichtfüßig wie ein Wolf davon. Nicolas folgte ihm ein wenig schwerfälliger. Aber da es hier in der Einöde keine Haltungsnoten gab, nahm der junge Mann das gelassen hin. Am Fuß der Berge wartete Dingaan auf Nicolas.

"Wir müssen hier aufsteigen. Aber ich denke, es ist sicherer, wenn wir etwas versetzt klettern. Ich steige zuerst ein Stück weit hinauf, während du mich sicherst. Dann warte ich auf dich und wir machen es umgekehrt. So lange, bis wir oben angelangt sind. Also los."

Nicolas hielt den Colt Kodiak schussbereit. Schon wenige Minuten später suchte Dingaan auf einem halbwegs sicheren Platz festen Halt und nahm das Gewehr von der Schulter. So arbeiteten sich die beiden Männer bis zum Scheitel des Berges hinauf. Ein kleines Plateau tat sich vor ihnen auf, als sie über den Rand glitten. Dingaan deutete hinüber zu einer Spalte zwischen zwei Felsnasen. Nicolas sah, dass die Wände von einem Feuer geschwärzt waren.

Die beiden ungleichen Männer bewegten sich in entgegengesetzten Richtungen über das Plateau, bis sie am Einschnitt zwischen den Felsen angekommen waren. Nicolas verzog das Gesicht zu einer angewiderten Grimasse, als er die Überreste von Knochen im Zentrum der Feuerstelle sah. Offensichtlich hatte sich jemand sehr viel Mühe gegeben, zwei überflüssige Leichen zu entsorgen. Ein paar Knochenreste waren alles, was übrig geblieben war. Dingaan biss die Zähne so heftig aufeinander, dass seine Wangenmuskeln knotig hervortraten.

"Schau dich mal um, ob du etwas finden kannst was auf die Identität der Unglücklichen Rückschlüsse ziehen läßt. Ich hoffe sehr, es waren nicht Angus und Mac. Das würde mir den Tag komplett versauen."

In diese Richtung hatte Nicolas noch gar nicht gedacht. Sein Gesicht nahm die Farbe von frischgefallenem Schnee an, doch er riss sich zusammen und bewegte sich methodisch, dabei sorgfältig suchend über das Plateau. Nach einer Weile gab Dingaan ihm ein Zeichen und deutete hinunter auf die andere Seite des Berges. Ein ausgebranntes Autowrack, umgeben von einem Ring aus verkohltem Gras, lag weithin sichtbar dort unten. Dingaan setzte sein Gewehr an die Schulter und spähte durch die Zielfernrohr.

"Das Wrack ist noch nicht kalt. Da steigt immer noch

leichter Rauch auf. Bist du noch mit dem Predator verbunden?"

Dingaan sprach zu Nicolas, ohne das Autowrack aus den Augen zu lassen.

"Beast soll sich mit seinem Verbindungsmann in Verbindung setzen. Ich will wissen, mit welchem Auto Angus unterwegs ist. Aber möglichst schnell."

Nicolas sprach bereits leise in das Mikrofon. Wenige Minuten später kam die Antwort. Nicolas hörte schweigend zu und unterbrach die Verbindung.

"Ein alter Cheerokee mit rotbrauner Lackierung. Die Beschreibung des Lackes passt auf die Kratzer am Stein, dort wo der zerschossene Reifen lehnte. Was war das dort unten, bevor es ausgebrannt ist?"

"Kein Cheerokee. Ein Jeep, möglicherweise aber ein Wrangler. Aber ganz sicher kein Cheerokee. Also ist der Cheerokee weitergefahren. Die Quizfrage ist, wer saß am Steuer? Angus und Mac oder liegen die beiden hier oben?"

"Das glaube ich nicht." Nicolas war sich vollkommen sicher.

"Wer sollte sich die Mühe machen, zwei Leichen den ganzen Weg hier herauf zu schleppen und dann zu verbrennen. Ich denke, man hat die beiden angegriffen und sie haben zurückgeschossen. Für Mac ist diese Entfernung kein großes Problem. Weshalb sie die Leichen allerdings verbrannt haben, darauf habe ich auch keine Antwort. Doch ich denke, sie sind weitergefahren und wir sind auf der richtigen Spur."

"Dann los. Verschwenden wir keine Zeit mehr. Wir fahren weiter. Hier können wir ohnehin nichts mehr ausrichten. Aber halt beim Abstieg die Augen offen. Mag sein, dass diejenigen die das hier verschuldet haben, sich noch in der Nähe aufhalten."

Nicolas folgte immer noch den Koordinaten zum Haus des Sorcerers. Es erschien ihm nur logisch, dass Mac versuchen würde auf schnellstem Wege zu ihrem Informanten zu gelangen, wenn sie noch am Leben war.

Wesentlich schneller als der alten Cheerokee, bewältigte der Gigant auf Rädern den Weg zum einsamen Anwesen des alten Spiones. Nicolas hatte keine Rast gemacht, denn er hatte das ungute Gefühl, das jede Minute nun kostbar zu werden begann. Dingaan und er hatten nur einmal kurz angehalten, um die Tanks des Predator zu füllen und sich selbst kurzfristig in die Büsche zu schlagen. Es gab Momente, die selbst die härtesten Männer zwangen, sich der Natur zu beugen. Dennoch standen sie im Zwielicht des anbrechenden Tages, eine Nacht nach der Entdeckung der verkohlten Reste, in sicherer Entfernung zum Haus des alten Mannes. Das Haus selbst lag in absoluter Dunkelheit.

"Glaubst du, der alte Mann schläft?"

Nicolas blickte Dingaan fragend an.

"Mmmh, dass glaube ich eher nicht. Wenn er in seinem Haus wäre, dann möchte ich darauf schwören, das auch Angus und Mac noch hier wären. Ich sehe aber kein Fahrzeug hier herumstehen, du etwa? Wir sind nicht weit hinter ihnen gewesen.

Ich denke vielmehr, dieses Haus ist verlassen. Da frage ich mich nachgerade, was fangen wir jetzt an? Ich könnte schwören, das wir nicht alleine sind. Doch dieser Jemand möchte nicht gesehen werden.

Ziehen wir uns zurück. Und Nicolas, fahr nur mit dem Elektroantrieb. Ich will keinen Lärm haben, verstanden?"

Dingaan und Nicolas lagen im regennassen Gras und beobachteten das Haus schon seit Stunden. Nicolas kam sich langsam so vor, als nähme er an einer Weltmeisterschaft im Goldfischniederstarren teil, wobei der Sieger schon von vornherein feststand.

"Das ist doch absoluter Blödsinn. Lass uns hier verschwinden, wir verschwenden doch nur unsere Zeit."

Dingaan war da anderer Meinung.

"Wir warten. Schau mal hinüber zur Hausecke, dort wo die Veranda beginnt. Ab und zu sehe ich einen Fuchs dorthin verschwinden und ich könnte schwören, das es sich nicht immer um das gleiche Tier handelt. Da liegt Aas herum und bei den Füchsen der Umgebung hat sich herumgesprochen, dass es hier etwas zu holen gibt."

"Und auf was warten wir dann noch? Lass uns nachschauen was es ist und dann verschwinden wir."

Nicolas war nicht eben versessen darauf, einen angefressenen Kadaver zu betrachten, aber die allgegenwärtige Nässe ging ihm langsam aber sicher auf den Geist.

Regen prasselte mit solcher Wucht auf die wartenden Männer hernieder dass sie kaum ihr eigenes Wort verstehen konnten, doch der riesige Schwarze nahm diese Tatsache mit stoischer Gelassenheit hin.

"Bis jetzt sind wir immer einen Schritt hinter jedem unserer Mitspieler zurück. Wir wissen nicht, wo Angus und Mac abgeblieben sind, wir haben keine Ahnung, wer die Grillsteaks auf dem Hügel waren und unsere beste Nummer, dieser misteriöse Sorcerer, liegt höchstwahrscheinlich hinter seinem eigenen Haus und verschwindet langsam aber sicher in kleinen Portionen in die Einöde im Magen eines Fuchss. Möglicherweise kann uns der Sorcerer ja noch ein letztes Mal nützlich sein. Also warten wir."

Nicolas hatte keine blasse Ahnung wie der alte Spion, mit dem Spitznamen "Der Zauberer" ihnen nützlich sein konnte, wenn er sich Klumpenweise in die Wildnis verdrückte, aber bitte. Er hatte für heute nichts anderes mehr vor. Am Ende döste er trotz des strömenden Regens ein.

Ein Stoß in die Seite weckte Nic und unwillig öffnete er die Augen.

"Muss das gerade jetzt sein, du schwarze Nervensäge. Ich hatte gerade ein Techtelmechtel mit meiner Süssen.

Wenigstens im Traum. Und jetzt?
Jetzt liege ich patschnass hier in diesem Gestrüpp."
Dingaan grinste.
"Hör auf zu jammern, Kumpel. Schau mal da runter."
Mit einem Mal hellwach, griff Nicolas nach seinem Fernglas. Sorgsam nahm er die kleine Gruppe in Augenschein, die in einem Toyota Landcruiser auf der Bildfläche erschienen waren.
"Hey, das sind aber keine Isländer. Ziemlich braungebrannt, die Jungs da unten."
"Hmmmh. Könnte man so sagen. Das sind Araber. Oder jedenfalls haben sie arabische Wurzeln."
Dingaan beobachtete das Geschehen sehr genau und nichts entging seinen scharfen Augen.
"Das da unten ist nichts weiter als ein Schauspiel, dass man für Zuschauer, so wie uns, inszeniert hat. Schau dir die Idioten doch an. Die stolpern durch die Gegend und ahnen nicht einmal, dass wir sie im Visier haben. Wenn das Profis wären, würden sie ganz anders vorgehen.
Schau.
Sie schleppen Benzinkanister zum Haus. Gleich geht das ganze Ding in Flammen auf, da kannst du Geld drauf wetten. Lass uns hierverschwinden. Gleich wird der Boden unter uns zu heiß. Dann ist hier der Teufel los. Was ich herausfinden wollte, weiss ich ohnehin."

Sie sammelten ihre Habseligkeiten ein und zogen sich in den wartenden Predator zurück. Das Fahrzeug war in seinem Inneren groß genug, dass sie sich aus ihren nassen Klamotten schälen konnten. Es war eine Wohltat, in trockene Kleidung zu schlüpfen.
Nicolas hatte sich noch nicht ganz einen dicken Sweater über den Kopf gezogen, als die Stimme von Beast mit ihrem leicht gelangweilten Klang aus den Lautsprechern drang.
"Ich schwöre, ich halte mir die Augen zu, aus Angst blind

zu werden, vor soviel geballter Männlichkeit."

"Arschloch, lass halt die Innenkameras aus. Dann hast du das Problem nicht."

Aus irgendeinem Grund, ohne den Mann jemals Auge in Auge gesehen zu haben, mochte Dingaan den mürrischen Kauz. Das war ein Mann nach seinem Geschmack und er freute sich auf die erste Begegnung.

"Das könnte ich, aber wo bleibt da der Spaß. Hier bei mir passiert ja nix. Die einzige Unterhaltung, die ich habe, seid ihr. Aber jetzt mal zum Geschäft.

Ich habe Mac auf meinen Schirmen. Das heißt, ich weiß wo sie steckt. Die Satelliten, die ich angezapft habe, haben mir Bilder geschickt. Die Koordinaten bekomme ich gleich."

Dingaan knurrte ungehalten.

"Sei vorsichtig Mann. Wenn du die Bilder siehst, sehen das auch andere Augen."

"Hältst du mich für blöd, du schwarzer Affe. Ich habe meinen kleinen Ausguck im Orbit natürlich blockiert. Der einzige, der irgendetwas sieht, bin ich. Wenn ich die Koordinaten habe, lösche ich meine Zugriffszeit und gebe das Ding den Ingenieuren auf der guten alten Erde wieder frei.

Die in diesem Moment die Arschbacken zusammenkneifen, weil ihnen ein Vorgesetzter die Hölle heiss macht. So, jetzt aber mal Tacheless. Mac und Angus sind von eurem Standpunkt genau 67,8 Kilometer weit entfernt. Das hört sich nicht nach besonders viel an, aber ihr kennt die Gegend, dass zieht sich. Ich habe dem Navi meines neuen Lieblingsspielzeuges die Koordinaten eingegeben. Die treue Maschinenseele wird euch also ohne allzu große Umwege zu den zwei Turteltauben bringen, wenn ihr es schafft, endlich mit eurem Vorspiel fertig zu werden."

Dingaan blickte Nicolas indigniert an.

"Ist er nicht ein reizendes Arschloch. Wenn wir uns mal treffen sollten, fülle ich den Burschen bis zur Halskrause ab und bepinsele ihn von oben bis unten mit schwarzer

Schuhwichse, wenn er sturzbesoffen ist."

"Na, da bin ich ja mal drauf gespannt. Mag sein, das du einen Geist siehst, wenn du aufwachst. Bis auf deine rabenschwarzen Nasenlöcher. Aber jetzt mal Spaß beiseite. Ich schicke euch mal ein paar Bilder auf eure Schirme. Viel Spaß damit. Und kommt endlich in die Gänge, Leute."

Die mittleren Bildschirme des Predator flammten auf und ein grobkörniges Bild erschien auf dem Display.

"Näh jetzt! Im Ernst? Die spielen mit einer Katze? Ich habe es geahnt. Die Drecksarbeit bleibt wieder wie immer an mir hängen."

Nicolas setzte sich in den Sessel des Fahrers und schaltete das Navigationssystem des Jägers ein. Die neuen Koordinaten erschienen wie von Geisterhand auf dem Display und Nicolas liess den Predator die Route berechnen. Unterdessen war auch Dingaan fertig und setzte sich wieder neben ihn. Die Maschine des Predators sprang an.

Auf der anderen Seite des Berges verbrannte ein ganzes Leben zu Asche.

CHAPTER EINUNDZWANZIG
Chapter 21

"Nicht zählt so sehr, wie der gegenwärtige Augenblick.
Das Leben des Menschen besteht ausschließlich aus einer Abfolge von Augenblicken. Versteht man den gegenwärtigen Augenblick vollkommen, so gibt es Nichts anderes zu tun und Nichts anderes zu erstreben."
Tsunetomo Yamamoto (Saga, Japan 1659)
Aus dem Hagakure

Taco, der kleine Kater, hatte sich zwischen die beiden Menschen verkrochen, die ihm wahrscheinlich das Leben gerettet hatten, ohne dass er sich dessen bewusst war. Die verschlafenen, runden Katzenäuglein blinzelten in der Dunkelheit, doch er konnte die großen Wesen mühelos erkennen. Das grössere von beiden hatte seinen Arm über Taco und das kleinere der großen Wesen gelegt. Der kleine Kater fühlte sich beschützt und geborgen und so gab er sich wieder seinen Katzenträumen hin.

Angus erwachte bei Anbruch des neuen Tages. Er war sich sicher, dass es ein Geräusch gewesen war, welches seinen tiefen Schlummer jäh unterbrochen hatte. Doch jetzt schien alles ruhig.

Bleierne Stille lag über der urwüchsigen Landschaft, in der sie gestern Abend noch ihr Zelt aufgeschlagen hatten. Dennoch schob sich Angus sehr widerstrebend aus dem warmen Schlafsack, hinaus in die frostige Kälte.

Ein unzufriedenes, zartes Katzenstimmchen maunzte leise vor sich hin und Mac murmelte etwas im Schlaf, bevor ihre tastende Hand den Kater dichter zu sich heranzog, ohne dabei zu erwachen. Angus schaute auf die schlafende Frau hinunter und ein weiches Lächeln huschte über sein Gesicht, dass sich jedoch sehr rasch wieder in die Schatten verkroch, die zumeist sein hartes Gesicht beherrschten. Seine rechte Hand hielt schon die schwere Pistole und Angus hätte nicht sagen können, wie sie dorthin gelangt war. Nach all den Jahren, die er in Krieg und Gefahr verbracht hatte, hatten sich gewisse Automatismen in seinem Körper und Geist manifestiert, die zuweilen Dinge geschehen liessen, die sein Bewusstsein kaum berührten. Ohne seinen nackten Oberkörper vor der morgendlichen Kälte zu schützen, trat er hinaus in den grauen, kalten Maimorgen.

Sie waren jetzt schon eine Woche in Island. Es kam ihm vor wie eine Ewigkeit.

Draussen gab es nichts zu sehen. Noch war es zu dunkel um sehr viel zu erkennen. Angus steckte die SIG in seinen Hosenbund und machte sich daran, den Frühstückskaffee zu kochen. Mac liebte es, wenn der Duft frischen Kaffees sie weckte.

Während die schwarze Flüssigkeit in die metallene Kanne tropfte, schweiften seine Gedanken zu der Dose, die der Sorcerer unter seinem Jeep versteckt gehabt hatte. Bislang war sie verschlossen geblieben, doch Angus wollte sie öffnen, sobald Mac erwachte und ihren ersten Becher Kaffee in der Hand hielt. Wahrscheinlich enthielt sie nichts, was für sie beide von Wert war. Doch mochte es dennoch sein, dass sich ein Hinweis darin fand, der sie eventuell zum Versteck der

Wissenschaftler führen konnte.

Unterdessen war der Kaffee fertig.

Angus goss sich einen Becher ein und machte es sich bequem, indem er sich mit dem Rücken an die zwei Rucksäcke lehnte, die ihre wichtigsten Habseligkeiten enthielten. Er trank genau zwei Schlucke, bevor Mac die Augen öffnete und schnüffelte. Sie schob den kleinen Kater in eine warme Falte des Schlafsackes, bevor sie selbst hinaus in die Kälte kroch und sich aus der metallenen Kaffeekanne bediente, die von einem kleinen Gaskocher erhitzt wurde.

"Mmmmhh...gut! Man könnte sich wahrhaftig an deine Gegenwart gewöhnen."

"Das ist der ganze Plan, Honey."

Angus schenkte sich lächelnd Kaffee nach und zerzauste der jungen Frau das vom Schlaf struppige Haar.

Mac knurrte wie eine alte, gereizte Katze.

"Übertreib es nicht. So gut ist dein Kaffee auch wieder nicht.

Wie sieht es aus? Sollen wir die Büchse der Pandora öffnen?"

"Yep. Ich denke, es ist an der Zeit."

Angus zog seinen Rucksack hinter seinem Rücken hervor und kramte darin herum, bis er gefunden hatte, was er suchte.

"Na dann mal los."

Seine geschickten, schlanken Finger öffneten den schmalen, etwas verbeulten Blechdeckel der kleinen Dose, die er unter dem Jeep des Sorcerers hervorgezogen hatte. Ein Bündel Banknoten verschiedenster Währungen quoll daraus hervor. Angus nahm es achtlos heraus und legte es beiseite. Darunter kamen einige Pässe zum Vorschein. Das war schon wesentlich interessanter.

"Hat sich noch ein paar Türen offengehalten, der alte Fuchs. Wollen mal sehen. Was haben wir denn da. Deutscher Pass, amerikanisch, britisch, schwedisch. Alles da, was das Herz begehrt."

Er nahm die gefälschten Dokumente ebenfalls heraus und

legte sie zu dem Stapel Banknoten. Zerknitterte, fein säuberlich zusammengefaltete Papierseiten, eng beschrieben, vergilbt und teilweise eingerissen, bildeten die nächste Lage. Angus faltete sie vorsichtig auseinander, konnte jedoch kein Wort entziffern. Er hielt sie Mac entgegen.

"Kannst du das lesen?"

Mac studierte die Seiten sorgfältig.

"Das ist in schwedisch geschrieben. Ich kann nicht alles lesen, aber es scheint sich um so etwas wie ein Testament zu handeln. Vielleicht sollten wir gut darauf achten. Es scheint so, als wenn der alte Magier eine Tochter hatte, der er alles vererbt hat. Möglicherweise ist sie ein armer Schlucker, die froh ist, ein paar Kronen zu ergattern, die ihr das Leben hier oben erleichtern. Was ist noch da drin?"

Angus hielt wortlos eine Kette in die Luft. Adlerklauen hielten sorgam einen kleinen, in allen regenbogenfarben schillernden Würfel umfangen.

"Ach du Scheisse."

Mac schnappte sich den kleinen Kater und begann, ihn sanft zu streicheln, während ihre Blicke das seltsame Schmuckstück, dessen Gegenstück ihr nur zu gut bekannt war, nicht aus den Augen ließen. Tacos Schnurren klang wie das Summen in einem aufgeregten Bienenstock.

"Das heisst, wir sind auf der richtigen Spur."

Angus drehte die kleine Dose herum und der Boden aus Sperrholz fiel heraus. Darunter kam ein winziger Zettel zum Vorschein.

Eine Zahlenreihe stand darauf.

"018-65.244226,-17.186255,-625"

"Was soll das sein!?"

Ratlos schaute Mac Angus in die Augen. Dieses wahnsinnige, hypnotische Blau machte sie noch verrückt, doch

Mac riss sich zusammen und taumelte gedanklich zurück in die Wirklichkeit. Angus schmunzelte und genau in diesem Augenblick knisterte das Satellitentelefon mit einem athmosphärischen Rauschen.

"Hey, ihr da im Zelt. Habt ihr Kaffee? Wir sind nämlich fast viertausend Kilometer durch die Gegend geeiert, um euch zu finden. Also, was ist?"

Die schnodderige Stimme von Nicolas erfüllte das kleine Zelt und der winzige rote Kater zuckte ängstlich und mit weit aufgerissenen Augen zusammen.

Angus schnappte sich das klobige Gerät und presste lachend den Sendeknopf um zu antworten.

"Wenn ihr einen Parkplatz findet, sollt ihr nicht zu kurz kommen."

"Na dann haltet euch mal fest!"

Die Stimme von Nicolas schwieg, doch im gleichen Augenblick begann der Boden unter dem Zelt zu beben und das dunkle Wummern eines mächtigen Dieselaggregates übertönte jedes andere Geräusch. Angus schob sich aus dem Zelt und richtete sich im fahlen Zwielicht auf. Aus dem Nebel des kalten Morgens tauchte der Schatten des Predators wie eine Bestie aus der Vorzeit auf.

Die Lichterflut der gigantischen Scheinwerfer blendete Angus und er hielt schützend eine Hand über die Augen. Er musste zugeben, das der Auftritt an Dramatik kaum zu überbieten war. Der Jäger hielt an und das Brummen des Diesels erstarb. Die Türen öffneten sich synchron und Nicolas und Dingaan sprangen zu Boden.

"Hey, Bruder!"

Angus umarmte den riesigen Schwarzen mit sichtlicher Freude. Dann wandte er sich an Nicolas und begrüßte auch ihn.

"Kommt in unser trautes Heim. Ist zwar nicht sehr viel wärmer darin als hier draussen, aber der Kaffee ist immerhin heiss."

Nicolas grinste.

"Das hört sich doch gut an."

Er kletterte als erster in das schützende Rund des Zeltes. Es dauerte einige Augenblicke, bis sich seine Augen an das diffuse Licht im Inneren gewöhnt hatten. Dann funkelten seine Augen voller Freude, als er Mac sah, die an einen Rucksack gelehnt zufrieden einen Kaffee schlürfte und dabei einen Minitiger mit Pinselohren streichelte, der sich in ihren Schoss gekuschelt hatte.

"Hallo Mac. Wie ich sehe, hast du einen neuen Freund gefunden. Wo hast du denn den Kleinen aufgetrieben?"

"Hmmh...ist ne lange Geschichte. Habe ihn beim Haus des Sorcerers aufgelesen."

Nicolas wurde ernst.

"Wir waren da. Dingaan und ich. Da gehen seltsame Dinge vor. Ein Bande Araber haben sein Haus abgebrannt."

Mac schob Taco wieder in den noch warmen Schlafsack und stand auf.

"Nie im Leben haben Araber ihre Hand da im Spiel. Setzt euch. Wir müssen uns unterhalten. Und dann entscheiden, was zu tun ist."

Die nächste Stunde verging wie im Fluge, während sie die Erlebnisse austauschten, die sich seit ihrer Trennung im Hafen von Messina abgespielt hatten. Hellhörig wurden Mac und Angus, als Dingaan die verbrannten Leichen in den Bergen erwähnte.

"Nein. Wir haben das nicht getan. Wir haben sie genau da liegenlassen, wo sie gestorben sind. Es schien uns das Klügste zu sein, schnellstens zu verschwinden. Es stand zu viel für uns auf dem Spiel. Unser Leben unter anderem."

Angus kratzte sich seinen grässlich juckenden Sechstagebart.

"Und mit dem Sorcerer hattet ihr auch nichts zu schaffen?" fragte Nicolas.

"Er war bereits mausetod, als wir eintrafen. Schwamm in seinem schönen Pool mit aufgeschnittener Kehle. Das Einzige was wir retten konnten, war unser kleiner Freund hier, der sich gerade bei dir einschmeichelt und eine kleine Dose, die der Sorcerer unter seinem Jeep versteckt hatte. Wir haben sie heute morgen erst geöffnet."

Mac konnte sich aus dem Durcheinander keinen rechten Reim machen.

"Das bedeutet aber, das wir auf dem Radar von irgendjemandem oder irgendeiner Gruppe aufgetaucht sind. Und diese Gruppe, oder derjenige weiß, hinter was wir her sind. Und ich könnte jeden Cent darauf wetten, den ich besitze, dass man uns benutzt, um die Wissenschaftler aufzuspüren. Da treibt uns jemand vor sich her und verbrennt die Spuren hinter uns. Das ist wirklich ganz übles Juju.

Jungs, wir sollten uns schnellstens aus dem Staub machen. Wenn ihr meinen Rat hören wollt, dann basteln wir uns eine Brandbombe, machen uns in der Dunkelheit mit dem Predator aus dem Staub, Schnee oder Eis, wie es euch gefällt und zünden in sicherer Entfernung unsere Bombe mit der wir den armen alten Cheerokee in die ewigen Jeepjagdgründe befördern. Diesesmal vernichten wir selbst unsere Spuren."

Die Männer stimmten dem Plan nach kurzer Überlegung zu. Doch Mac war noch nicht ganz fertig.

"Nun stellen sich am Ende noch zwei Fragen. Erstens, wohin verschwinden wir? Und zweitens, was zum Teufel bedeutet die Zahlengruppe auf dem Schmierzettel. Das geht mir nicht aus der Birne. Aber ich habe nicht den geringsten Dunst, was dass sein könnte."

"Gib mir mal den Zettel."

Nicolas streckte die Hand aus und Mac gab ihm die misteriöse Notiz.

Nicolas warf nur einen kurzen Blick auf die Zahlenreihe und trank dann einen Schluck von seinem Kaffee, der inzwischen kalt geworden war.

"Euch ist schon klar, dass der alte Magier von dem neuen Element wusste?

"018-65.244226,-17.186255,-625"

Seht ihr, womit die Zahlenreihe beginnt?

"018" Und sie endet mit "625".

Die Zahlen dazwischen sind Koordinaten. Der alte Fuchs hat ein Zahlenrätsel aufgeschrieben. Lassen wir Beast das mal überprüfen."

Mit diesen Worten stand Nicolas auf und lief hinüber zum Predator.

Nur wenige Minuten später kehrte er zurück.

"Vatnasjökull. Das sind Koordinaten, die zu einem Punkt am Rande des Vatnasjökull führen."

Dingaan runzelte fragend die Stirn.

"Was zum Geier ist ein Vatnasjökull?"

Mac lachte aus vollem Hals.

"Das, mein dunkler Freund ist der mächtigste Gletscher Europas. Das Monster umspannt eine Fläche von mehr als 8000 Quadratkilometern. Seine Eisfläche ist mehr als 900 Meter dick."

"Ach nein, nicht schon wieder Eis. Ich hab noch nicht mal eine Flasche Wiskey dabei."

Dingaan verzog das Gesicht zu einer Grimasse.

Angus knuffte seinen Freund gegen die Schulter.

"Bist halt ein Afrikaner und bleibst auch einer. Nimm dir ein Beispiel an mir. Ich bin als Ire geboren. Und ein Ire geht nirgendwohin ohne seinen Wiskey. Hab 'ne Flasche im Rucksack. Glennfiddisch. Wenn wir am Gletscher ankommen, pickeln wir uns etwas Eis aus dem Rücken des alten Frostriesen und trinken ein Glas. Wenn das nicht Snobismus vom Feinsten ist."

Dingaan seufzte zufrieden.

"Das klingt echt gut, Mann, kann ich schon mal dran schnuppern?."

Nicolas und Angus bastelten die Brandbombe. Den beiden Männern bei der Arbeit zuzuschauen, bereitete Mac Vergnügen. Es war schon ein komisches Gefühl, zwei Ex-Lover um sich zu haben. Wobei sie sich nicht so ganz im Klaren darüber war, wieviel Ex in Angus steckte. Trotzdem war es schon seltsam, welche Verschlingungen das Schicksal für einen Menschen bereit halten konnte. Wenn ihr irgend jemand vor einem halben Jahr mitgeteilt hätte, dass sie an diesem besonderen Tag mitten in Island, mit den beiden wichtigsten Männern in ihrem Lebens hocken würde um eine Brandbombe zu basteln, so hätte sie ihn für vollkommen verrückt erklärt.

Und hier waren sie alle versammelt.

Mac hatte nach Einbruch der Dunkelheit mit Dingaan zusammen das Gepäck aus dem Cheerokee in den Predator umgeladen. Bis auf einen einzigen Kanister mit Dieseltreibstoff war das alte Fahrzeug nun leer. Mac tat der alte Jeep beinahe leid. Doch sie schalt sich einen Narren. Es war ja nur ein Auto.

Sie brachen kurz vor Mitternacht auf. Dichter Nebel hüllte die massige Silhouette des Jägers in einen Mantel der Unkenntlichkeit. Die Scheinwerfer des Predator waren abgeschaltet und Nicolas schlich sich mit dem nahezu geräuschlosen Elektroantrieb über der Hinterachse und der Sicht der Infrarotsensoren, die ihm ein unheimliches, aber sehr deutliches Bild der Umgebung lieferten, in die Dunkelheit davon. Dingaan nahm seinen gewohnten Platz des Schützen ein, während Angus und Mac es sich auf der Rückbank gemütlich gemacht hatten. Das Zelt hatten sie mit Bedauern zurückgelassen und es verschwand in der Dunkelheit.

Nicolas hielt erst an, als er in den äussersten Sendebereich des kleinen Transmitters gelangte, der den Zünder der Brandbombe zünden sollte. Er startete den Diesel des Jägers und wandte sich zu Angus um.

"Also los, Angus, lass es krachen, Alter."

In den Augen des Warlords funkelte beinahe kindliches Vergnügen, während er den Auslöser des Sender betätigte. Weit hinter ihnen schoss eine Feuersäule hinauf in den Nachthimmel.

"Yow, das nenne ich mal Spurenbeseitigung auf höchstem Niveau."

Mac kraulte hingebungsvoll den wuscheligen Kopf des kleinen Waldkaters.

"Das Feuerwerk sollte genügen, um uns einen gewissen Vorsprung zu verschaffen."

Nicolas setzte gutgelaunt den Predator in Bewegung. Bis zum Vatnasjökull waren es fünfhundert lange, harte Kilometer. Die erste wirkliche Bewährungsprobe für seine Schöpfung. Alles in allem hatte sich der Jäger bis jetzt respektabel geschlagen.

CHAPTER ZWEIUNDZWANZIG
Chapter 22

"An irgendeinem Punkt muß man den Sprung ins Ungewisse wagen. Erstens, weil selbst die richtige Entscheidung falsch ist, wenn sie zu spät erfolgt. Und Zweitens weil es in den meisten Fällen so etwas wie Gewissheit gar nicht gibt."
(Lee Iacocca)

Das einzige Restaurant von Isafjördur war zu so früher Stunde, es war erst kurz vor sechs Uhr abends, fast leer. Crystal und Trevor arbeiteten sich konzentriert durch ihr Abendessen, wobei schon zu Beginn feststand, das sie die Attacke wahrscheinlich verlieren würden, so großzügig war die Portion bemessen. Unterdessen warteten sie auf Smarni, dessen freie Zeit innerhalb der Arbeitswoche recht knapp bemessen war. Larsen hingegen hatte es vorgezogen, auf der Barracuda zu bleiben. Der alte Skipper war zwar nicht nervös, doch konnte man ihm ein gewisses Unbehagen nicht absprechen. Für den Geschmack des Kapitäns lagen entschieden zu viele Schiffe im Hafen von Isafjördur vor Anker.

Wenn Trevor ehrlich zu sich selbst war, und das war er immer, dann hatte die Rolle, die er bisher gespielt hatte ihn noch nicht wirklich zufriedengestellt. Sicherlich konnte man die Entführung des Warlords, wenn man es so nennen wollte, als geglückt bezeichnen, doch entwickelten sich die Dinge zunehmend anders, als er sich das vorgestellt hätte. In Island zu Abend zu essen war sicherlich nicht unbedingt im Plan enthalten gewesen. Andererseits hielt sich sein Leben seit letztem Jahr ohnehin nicht an das Drehbuch, also konnte er es auch genausogut genießen.

Die Eingangstür öffnete sich mit dem knarrenden Geräusch ungeschmierter Türangeln. Eine lange, dürre Bohnenstange von Mann steuerte nach einem prüfenden Blick, den er durch das Lokal schweifen ließ, geradenwegs auf ihren Tisch zu.

"Ich bin Smarni Sigurdsson," stellte er sich vor, " ich freue mich sie kennenzulernen. Thomas Krüger hat sie sehr genau beschrieben."

Es war Montag und demzufolge war Smari glockennüchtern, obwohl er noch mit den Augenringen seines Katers vom gestrigen, sonntäglichen Saufgelage zu kämpfen hatte.

Der lange Isländer zog einen Stuhl zu sich heran und nahm Platz, ohne auf eine Einladung zu warten.

"Womit kann ich Ihnen behilflich sein?"

Smarni hielt sich nicht mit langen Vorreden auf.

"Der Sorcerer, oder Magier, wenn Ihnen das lieber ist….!"

Hier unterbrach Smarni Trevor zum ersten Mal.

"In Island duzen wir uns. Alte Tradition. Macht vieles leichter."

Trevor nickte bestätigend und fuhr ungerührt fort.

"Was ist der Sorcerer für ein Mensch und woher kennst du ihn?"

Smarni nippte an seinem Tee, den die hübsche Bedienung ungefragt an ihren Tisch gebracht hatte. Wahrscheinlich kannte sie die Gewohnheiten Smarnis schon eine geraume Zeit.

"Diese Frage ist nicht leicht an einen Fremden zu

beantworten. Der richtige Namen des Sorcerers ist Waldir Hornsson, alias Knut Ragnarsson, alias Dimitri Wolf. Der alte Magier hatte viele Namen und viele verschiedene Leben in seiner besten Zeit, bevor er sich in Island zur Ruhe gesetzt hat. Wenn ich alles richtig mitbekommen habe, war er in den alten Zeiten des kalten Krieges eine ziemlich bekannte Nummer unter den Spionen. Er mag nicht gerade James Bond gewesen sein, aber er war gut genug. Ich persönlich denke zwar, dass er manchmal ein wenig bei seinen Geschichten übertreibt, wie es die Gewohnheit alter Männer ist, doch er verfügt über sehr, sehr viel Insiderwissen. In diesen Tagen geht er allerdings sparsam damit um. Man lebt länger, wenn man nicht zuviel redet, verstehst du?

Ja, woher kenne ich ihn? Ich bin ja auch nicht gerade der jüngste Esel im Stall. Es liegt schon viele Jahre zurück, dass wir aneinandergeraten sind. Damals hatten die Amerikaner noch ihre Truppen auf Island stationiert. Ich war so etwas wie ein Verbindungs- und Beschaffungsoffizier. Wir Isländer haben ja keine Armee, deshalb ist es schwierig, die Rolle eines Einzelnen oder seinen Status genau zu beschreiben.

Nun, eines Tages ging er den Amerikanern ins Netz. Der Magier war schwer zu fassen und bis heute weiss keiner so genau, für wen er eigentlich tatsächlich spioniert hat. Der Kerl ist glitschig wie ein Aal, dass kann ich dir flüstern. Ich persönlich denke, dass der Meistbietende seinen Vorzug genoss. Ich war damals dafür ausgewählt worden, ihn zum Gefängnis zu schaffen, in dem er einige Jahre einsitzen sollte. Wir haben auf der Fahrt dorthin festgestellt, das wir in vielen Dingen die gleichen Ansichten hatten und haben uns über die Jahre nicht aus den Augen verloren. Aber lassen wir es dabei. Alte Seilschaften gehen nicht so schnell zugrunde und der alte Mann hat immer noch seine Finger im Spiel, wenn auch nur zu seiner Erbauung. Wenn ihr mehr über seine Person wissen wollt, dann solltet ihr hinüber nach Thingyri fahren. Seine Tochter wohnt dort. Betreibt in dem Ort ein kleines Hotel."

Crystal schob ihren Teller zur Seite. Sie gab auf. Es war ihr unmöglich, diese gigantische Portion zu vertilgen.

"Seine Tochter. Weiß die etwas von der Vergangenheit ihres Vaters?"

Smarni schüttelte zweifelnd den Kopf.

"Nein, dass glaube ich nicht. Der Alte hat seine Familie aus seiner Vergangenheit herausgehalten. Waldir hatte ihre Mutter nach dem Ende seiner Gefängnisstrafe kennengelernt. Kam schon nach drei oder vier Jahren wieder raus und machte sich hier sesshaft. Seine spätere Frau war die Lehrerin an unserer Dorfschule. War eine nette, hübsche Frau übrigens.

Ist ertrunken, beim Fischen. Keiner weiß genau, was da vorgefallen ist, nur das ihr Boot einsam auf dem Meer trieb. Waldir hat seine Tochter dann alleine aufgezogen und nachts hat er gesoffen. Hat einen Shop für isländische Zauberartikel und dergleichen aufgebaut, der bei Touristen recht beliebt ist. Ich denke, dass viele Einheimische auch dort einkaufen, ohne die Tatsache jedoch an die große Glocke zu hängen. Meine Landsleute sind zuweilen recht abergläubisch.

Gut, jetzt haben wir die Kurve gekriegt. Habt ihr schon etwas von der Frau, die sich Mac nennt, gehört?"

Ein etwas unbehagliches Schweigen machte sich breit, so wie es der Fall ist, wenn zwei Menschen zusammen arbeiten müssen, sich aber lieber aus dem Weg gehen würden. Smarni entgingen die kurzen Blicke nicht, die zwischen Crystal und Trevor gewechselt wurden.

"Es ist der Alte, nicht wahr? Es hat ihn am Ende doch noch erwischt. Habe ich recht?"

Trevor nickte bekümmert.

"Es tut mir sehr leid um deinen alten Freund, Smarni, obgleich ich ihn nicht kannte. Doch ich verstehe, dass er dir wichtig war."

"Wer hat ihn erwischt?"

Smarnis Gesicht hatte harte Züge angenommen und Crystal

konnte für einen kurzen Moment den jungen Smarni sehen, den Mann, der er einmal gewesen war. Seine kräftigen, alten Hände öffneten und schlossen sich krampfhaft. Doch dann verflog die Verwandlung wie Nebel im Wind und zurück blieb der verbitterte, müde alte Mann, zu dem Smarni im Laufe der vielen Jahre geworden war.

"Ich glaube, ich muss heute einmal eine Ausnahme machen."

Smarni gab der jungen Frau am Tresen ein Signal, welches diese offensichtlich verstand, denn sie brachte drei geeiste Gläser, gefüllt mit Wodka, den die Kälte aus der er kam, dickflüssig hatte werden lassen.

"Aber nur dieses eine, Smarni, hörst du?"

Sie klopfte ihm leicht auf die Schulter und der alte Mann nickte feierlich.

"Auf dich, alter Magier. Dort wo du bist gibt es keine Schmerzen mehr."

Er stieß mit Trevor und Crystal an, kippte die klare Flüssigkeit in seinen Rachen und schüttelte sich wohlig, bevor er das Glas mit hartem Krachen auf den Tisch knallte.

"Ihr findet den, der das getan hat?"

Crystal zuckte die Schultern.

"Wir versuchen es. Mac und Angus haben auf ihrem Weg zum Sorcerer zwei Heckenschützen erwischt, die sie mitten in der Einöde abknallen wollten. Die Sniper hatten das Pech, das Mac mit dem Gewehr kaum zu schlagen ist. Angus und Mac haben sich mit ihrem stark ramponierten Jeep bis zum Haus des Sorcerers durchgeschlagen. Zu diesem Zeitpunkt hatte man ihm aber schon die Kehle durchgeschnitten. Ob die Sniper seine Mörder waren, lässt sich nicht mehr feststellen. Doch möglich wäre es schon. Zumindest gibt es da einen direkten Zusammenhang."

Smarni zuckte zusammen, doch Crystal ließ sich davon nicht ablenken.

"Die beiden haben das Gelände verlassen, ohne hinter sich

aufräumen zu können. Mittlerweile sind sie von Trevors Sohn Nicolas und der rechten Hand von Angus, Dingaan, aufgesammelt worden. Aber ich fürchte, den Jeep wirst du auf die Verlustliste setzen müssen. Laut Beasts Bericht haben ein paar offensichtlich zu diesem Zweck angeheuerte Araber das Haus des Magiers bis auf die Grundmauern abgebrannt. Doch nach Einschätzung von Dingaan, der sie dabei beobachtet hat, waren das nur ein paar armselige Würstchen, die eine schnelle Handvoll Dollar machen wollten. Ich glaube dem schwarzen Teufel das. Wenn jemand die Menschenkenntnis dazu hat, dass zu beurteilen, dann er."

Smarni bedachte das soeben Gehörte bevor er darauf antwortete.

"Was machen eure Leute im Augenblick?"

Trevor nippte noch einmal an dem wirklich ausgezeichneten Wodka und antwortete dann.

"Dein alter Freund hat ihnen etwas hinterlassen. Ein Bündel Banknoten, ein paar abgegriffene Pässe, ein Testament und Koordinaten, die zwar nicht in die Richtung weisen, die wir vermutet hatten, aber vielversprechend sind. Dorthin sind unsere Leute jetzt aufgebrochen."

Smarni hob verblüfft eine Augenbraue.

"Wohin geht es denn?"

"Vatnasjökull."

Smarnis Gesicht verzog sich zu einer Grimasse, die schwer zu beschreiben war. Es war eine Mischung aus Amusement, Schmerz und Resignation. Man sah ihm an, dass ihm die Geschichte nicht gefiel.

"Das ist nicht gut, wisst ihr. Gar nicht gut. Am Jökull setzt jetzt die Eisschmelze ein. Das Eis ist tückisch dort oben und wenn man sich nicht auskennt, ist es tödlich. Ohne ortskundigen Führer kann das mächtig ins Auge gehen. Wie lange reichen die Vorräte eurer Leute?"

Trevor dachte kurz über die Frage nach.

"Sie haben den Proviant aus dem Jeep mitgenommen. Das

Fahrzeug von meinem Sohn ist mit Proviant für zwei bis drei Wochen versehen worden, allerdings nur für zwei Personen. Wenn ich alles zusammenrechne, zwei Wochen zu viert, bei engem Gürtel drei. Was schwebt dir vor? Willst du ihr Führer am Gletscher sein?"

Smarni winkte mit einem schrägen Lächeln ab.

"Solche Späße kommen ein paar Jahre zu spät für mich, leider. Aber ich kenne jemanden, der ein starkes Interesse daran haben könnte, dass eure Leute das finden, was sie suchen."

Trevor schaute interessiert in die blassblauen Augen des alten Mannes.

"Ich bin ganz Ohr."

Smarni zog einen Stift und ein altes Notizbuch aus der Jackentasche. Er riss einen zerfledderten Zettel aus dem Buch und kritzelte eine Adresse darauf und einen Namen. Smarni schob den Zettel über den Tisch und Trevor warf einen Blick darauf.

"Wer ist das? Lilja Waldirsdottir?"

"Das ist die Tochter des alten Spion's. Keiner kennt den Vatnasjökull so gut wie sie. Wenn ich mit jemandem dort hinauf sollte, dann mit ihr. Neben ihrem Job als Hotelbesitzerin ist sie Meeresbiologin und Geologin. Hat in Reykjavik studiert."

"Wie lange brauchen wir bis nach Thingyri," fragte Crystal.

"Da gibt es eine gute Straße. Also nicht sehr lange. Sieben bis acht Stunden. Nicht mehr. Ich gebe euch den guten Rat, haltet eure Leute auf und überredet Lilja, zu ihnen hinaus zu fahren. Ich sage nicht, bleibt weg vom Jökull, aber wartet auf Lilja."

Der alte Mann sprach so eindringlich, das Trevor sein Handy hervorzog und Beasts Nummer wählte. Er sprach einige abgehackte kurze Sätze in deutscher Sprache in das Gerät, die Smarni nur zum Teil verstehen konnte. Doch es schien, dass der muskulöse, grauhaarige Mann seine Warnung ernst genommen hatte. Zufrieden schlürfte er seinen Tee, obwohl er lieber noch einen Wodka getrunken hätte. Doch er hatte es seiner Tochter versprochen. Nur diesen einen. Und er hielt sich daran.

An diesem Tag waren sie weiter gefahren, als gehofft, doch die Strecke war leicht gewesen für den Jäger und sie hatten Kilometer um Kilometer hinter sich gebracht. Die Kabine des Predator war geräumig genug, das vier Menschen in ihr übernachten konnten, was auch bitter notwendig war, hatten sie doch das Zelt zusammen mit dem Cheerokee zu Tarnungszwecken in die Luft gejagt. Angus und Nicolas hatten sich die Aufgabe geteilt, das Abendessen zuzubereiten, während Dingaan Karten des Vatnajökull studierte und Mac ein Auge darauf hatte, dass der kleine Taco sich nicht verlief, während er auf der Suche nach einem ruhigen Plätzchen für seine Notdurft war.

Angus schmunzelte gutgelaunt, während er Mac dabei beobachtete, wie sie ängstlich hinter dem Tierchen einherlief, dabei einen sorgenvollen Gesichtausdruck zur Schau stellend. Es war ihm ein Rätsel, wie in einem Körper zwei so verschiedene Seelen hausen konnten. Gib ihr ein Gewehr in die Hand, so dachte er, und ein Ziel und sie verwandelt sich in einen Falken. Emotionslos und kalt. Und schau sie dir an, wie sie hinter dem kleinen Wicht herstolpert, um ihn nicht aus den Augen zu verlieren. Voller Sorge und überschäumender Liebe.

Beasts Stimme riss ihn aus seinen Überlegungen und er hörte dem Monolog gespannt zu.

"Wir warten."

Dingaans Stimme drang zu Angus, als er dem weit entfernten Thomas Krüger, in Kehl am Rhein, antwortete.

Angus kletterte in die Fahrerkabine des Predator und setzte sich neben seinen Freund und Partner.

"Was gibt es?"

"Wir bekommen einen Führer. Trevor lässt ausrichten, dass die Wetterverhältnisse am Vatnasjökull zu dieser Jahreszeit sehr schwierig und gefährlich sind. Nachdem ich die Karten der in Frage kommenden Gegend studiert habe, neige ich dazu, dem zuzustimmen. Wenn Trevor einverstanden mit dem Führer ist, dann wird deine Schwester dem ebenfalls zugestimmt haben. Ihrem Urteil vertraue ich entschieden mehr. Wir sollen bis Morgen Abend auf eine Antwort warten. Wenn der Führer bereit ist, zu uns zu stoßen, so wird uns das weitere zwei Tage hier festhalten. Aber das ist nicht zu ändern. Wir müssen unseren neuen Scout im Predator mitnehmen. Ein normaler Geländewagen kann unmöglich mit diesem Koloss Schritt halten, ohne in seine Einzelteile zu zerfallen."

Dingaan hatte sich lässig zurückgelehnt und die Arme hinter dem Kopf verschränkt.

Angus war nicht sonderlich begeistert von der Aussicht, drei Tage auf dem Präsentierteller auszuharren, doch die Warnung zu ignorieren, mochte sich als Fehlentscheidung mit weitreichenden Folgen herausstellen. Er erhob sich aus dem bequemen Fahrgestühl und schwang sich aus der Kabine.

Dann wollen wir einmal den anderen Crewmitgliedern die Nachricht überbringen, dachte er.

Die Straße von Isafjördur nach Thingyri war wirklich in einem ausgezeichneten Zustand, genauso, wie Smarni gesagt hatte. Der gemietete Toyota Cruiser, mit dem Crystal und Trevor unterwegs waren, schnurrte mit seinem großen Motor wie eine satte, zufriedene Katze, während er Kilometer um Kilometer schluckte. Während der Fahrt sprachen die beiden wenig miteinander und beschränkten sich darauf, ihre Aufmerksamkeit der kargen, aber gleichwohl grandiosen Landschaft dieses rauen Landes zu widmen. Vor Einbruch der frühen Dunkelheit, die Trevor mürrisch machte, erreichten sie

Thingyri. Das kleine Städtchen zog sich ein gutes aber schmales Stück am Meer entlang und verfügte über einen kleinen Hafen, der lediglich von einigen der unvermeidlichen Fischerboote genutzt wurde. Die Straße führte an einer kleinen Kirche entlang, deren rotlackiertes, blitzsauberes Wellblechdach im Licht der untergehenden Sonne funkelte und glitzerte. Trevor steuerte die wahrscheinlich einzige Tankstelle des sicherlich kaum mehr als dreihundert Einwohner zählenden Städtchens an und füllte den Tank des Cruisers. Der freundliche Tankwart erklärte Trevor den Weg zum Hotel von Lilja Waldirsdottir, obwohl das nicht nötig gewesen wäre, so überschaubar war das Örtchen.

Liljas Hotel entpuppte sich als hufeisenförmiges, weisses Steingebäude, was in Island selten war, war doch das gebräuchlichste Baumaterial Holz. Obgleich es bei weitem mehr Steine als Bäume gab. Das hübsche Haus war weiss getüncht, dass Dach im gleichen rostroten, glänzenden Farbton lackiert, wie es das Dach der Kirche war. Der ewigen Kälte Tribut zollend, waren die Fenster, die sich um das Bauwerk herumzogen, recht klein, um die Wärme des Hauses nicht verloren gehen zu lassen. Doch das trug nur zum Charme des Gebäudes bei.

Der Parkplatz des Hotels war nur spärlich gefüllt. Crystal vermutete, dass der Parkplatz selten mehr Fahrzeuge beherbergte, als das knappe Dutzend, das sich zurzeit vor dem Hotel breitmachte. Sie stellten den Toyota ab und betraten den einladenden Eingang des Hotels. Drinnen brannten schon alle Lampen, um gegen die Dunkelheit der isländischen Nacht gewappnet zu sein. Das Empfangspult war nicht besetzt. Trevor tippte die obligatorische metallene Glocke an, um sich bemerkbar zu machen.

Eine hochgewachsene Frau betrat den Empfangsraum nur kurze Zeit später. Ihre langen, rotblonden Haare schwebten um ein ebenmässiges, starkes Gesicht mit klarer Haut, dass von großzügigen, blauen Augen und einem breiten, lächelnden Mund dominiert wurde. Weiße Zähne blitzten im Licht der zahllosen Lampen. Trevor maß die schlanke, aber kräftige Gestalt der Frau mit lächelnden Augen, ehe ihn ein Stoß in die Rippen traf und er seinen Blick entschuldigend zu Crystal hinübergleiten ließ. Er räusperte sich, verlegend lächelnd, da das breite Lächeln der Frau sich zu einem noch breiteren Grinsen verwandelt hatte. Humor hatte sie sicherlich und den würde sie wohl nun auch brauchen, falls es sich um die Tochter des Sorcerers handeln sollte.

"Bist du Lilja Waldirsdottir?"

"Wer will das wissen?"

Die Frau, sie mochte circa fünfunddreißig Jahre alt sein, runzelte fragend die hübsche Stirn.

"Mein Name ist Trevor, Trevor O'Mara und das ist meine Frau Crystal. Wenn du Lilja Waldirsdottir sein solltest, so benötige ich ein Zimmer für heute Nacht. Und ich bin leider der Überbringer einer schlechten Nachricht."

Das Grinsen verschwand.

"Ein Zimmer kannst du trotzdem haben. Aber kommt doch hinüber an die Bar. Dort sind wir ungestört und können reden."

Sie ging mit schwingendem Rock voraus und die beiden folgten ihr.

"Möchtet ihr etwas trinken?"

"Kaffee bitte. Zweimal schwarz. Wenn es keine Umstände macht?"

Liljas Lächeln war zurückgekehrt.

"Es macht keine. Doch kommen wir zu eurer schlechten Nachricht. Geht es um Vater?"

Crystal übernahm das Reden. Irgendwie hatte sie das sichere Gefühl, dass es für Lilja leichter sein würde, wenn eine Frau es war, die ihr die Nachricht vom Tod ihres Vaters überbrachte.

Lilja stellte zwei große, dampfende Becher vor Crystal und

Trevor und sah die schwarzhaarige, attraktive Frau erwartungsvoll an.

"Es ist schwer, den Anfang zu finden, " begann Crystal, "es verhält sich so, dass mein Bruder zum Haus deines Vaters unterwegs war, um ein paar Antworten zu finden."

"Hatte es etwas mit der Vergangenheit meines Vaters zu tun?"

Crystal zog fragend eine Augenbraue in die Höhe.

"Wie gut kennst du die Vergangenheit deines Vaters? Smarni sagte, du und deine Mutter hättet keine Ahnung davon gehabt."

"Der gute alte Smarni."

Lilja nippte an ihrer eigenen Tasse, bevor sie weiter sprach.

"Waldir dachte, er könnte seine zweifelhafte Vergangenheit vor uns verheimlichen. Aber manchmal, wenn er zu tief ins Glas geschaut hatte, ließ er ein paar Brocken fallen. Brocken, die zusammengesetzt eine Geschichte ergaben, die uns, meiner Mutter und mir Angst machte. Das war nicht die ruhige, nette Geschichte eines alternden Mannes. Das war die Geschichte eines eiskalten Killers. Was uns am meisten Angst daran einjagte, war die Tatsache, dass Vater ein so liebenswürdiger, verschrobener Kauz zu sein schien, der mich immer wieder aufs Neue zum Lachen brachte. Wie ist er gestorben?"

"Willst du das wirklich wissen?"

Crystal war sich nicht sicher, ob sie der hübschen Hotelbesitzerin alle Einzelheiten erzählen wollte.

"Sieh mal Crystal, dass war doch dein Name? Sieh mal, wir Isländer sind mit Geschichten von gewaltsamem Tod großgezogen worden. Unsere Ahnen waren Wikinger! Also erzähl es mir schon. Los, raus damit."

Liljas Schultern strafften sich.

"Mein Bruder hat ihn treibend in seinem Pool gefunden. Mit durchschnittener Kehle und in einer Wolke seines eigenen Blutes."

Die Farbe verschwand aus Liljas hübschem Gesicht. Für

einen Augenblick sackten ihre Schultern ab. Doch dann geschah etwas Seltsames. Als die junge Frau den Blick wieder hob, der zu Boden gerichtet gewesen war, straffte sich ihre Gestalt und an ihren schlanken Armen zogen sich die harten Muskeln an Unterarm und Bizeps zu Knoten zusammen. Das dunkle Blau ihrer Augen nahm einen stahlharten Glanz an.

"Sich so zu sehen hätte Vater sicherlich gefallen. Sehr dramatisch. Ich denke, er hatte immer erwartet, auf solche Art und Weise zu sterben. Wahrscheinlich sitzt er jetzt an der Seite all der großen Krieger, die in Walhalla auf ewig feiern und erzählt allen, die es hören wollen diese Geschichte tausendmal. Dein Bruder hat die Mörder nicht gesehen?"

"Nein. Aber möglicherweise sind die Mörder deines Vaters erschossen worden, als sie versuchten, meinen Bruder auf dem Weg zum Haus des Sorcerers aufzuhalten."

Lilja warf einen Blick auf ihre Uhr.

"Ich denke, es wird eine lange Nacht werden. Wie wäre es mit einem gemeinsamen Abendessen, nachdem ich euch euere Zimmer gezeigt habe. Dann nehmen wir uns die Zeit um Geschichten zu erzählen."

Nach dem Abendessen erzählten Crystal und Trevor Lilja die Ereignisse, soweit sie die junge Geologin betrafen. Als die Sprache auf das Element 018625 kam, erhielt die stoische Ruhe der jungen Frau Risse.

"Diese Wissenschaftler sind tatsächlich hier in Island? Soweit mir bekannt ist, sind ihre Namen Boyd und Schumann. Ein Amerikaner und ein Deutscher. Die beiden forschen schon seit vielen Jahren in dieser Richtung, doch war mir nicht bekannt, das sie es tatsächlich geschafft haben, dieses sagenumwobene Element herzustellen."

Crystal zog sich die Kette mit den Adlerklauen über den Kopf und reichte den Würfel, den die Klauen umfangen hielten, an die Isländerin weiter. Ehrfürchtig betrachtete die Geologin den hübschen, aber doch eher unscheinbaren

Würfel. Sie wendete ihn lächelnd hin und her und betrachtete jede Facette, die sich im Licht brach.

"Das ist das Wunderbarste, was mir je zu Gesicht gekommen ist. Dieser kleine Würfel ist der Stein der Weisen. Die Lösung aller Energieprobleme dieser Welt."

Lilja reichte ihn mit sichtlichem Bedauern zurück. Crystal nahm ihn entgegen, streifte ihn über den Kopf und stellte dann die alles entscheidende Frage.

"Du hättest nicht eventuell Interesse daran, Boyd und Schumann zu treffen?"

Lilja lachte glockenhell.

"Machst du Witze. Das ist der Traum eines jeden Geologen, Metallurgen und Gott allein weiss, wem noch. Sicher möchte ich das. Warum fragst du?"

"Nun, wir haben ein Team das auf dem Weg zu Boyd und Schumann ist. Es besteht aus meinem Bruder Angus, Mac, einer freischaffenden Schützin und Commander der Expedition. Trevors Sohn Nicolas, einem Ingenieur und Dingaan, einem Zulukrieger und die rechte Hand meines Bruders, einem Waffenhändler von internationalem Format. Wir alle versuchen die beiden Wissenschaftler ausfindig zu machen. Irgendjemand möchte das allerdings um jeden Preis verhindern. Wir haben keine Ahnung, wer das sein könnte, jedoch stehen wir alle auf seiner Todesliste. Deshalb brennt uns die Zeit unter den Nägeln. Und darum brauchen wir dich."

"Mich? Was habe ich denn damit zu schaffen?"

Lilja war ehrlich verblüfft.

Crystal sprach leise weiter, ohne Lilja aus den Augen zu lassen.

"Unsere Crew ist auf dem Weg zum Vatnasjökull. Dein Vater hatte in einem kleinen Versteck Banknotenbündel, die dir gehören, Pässe diverser Länder, ein Testament, welches dich betrifft und darüberhinaus einen Zettel, auf dem Koordinaten notiert waren, die zum Vatnasjökull führen. Laut

Smarni ist diese Zeit im Jahr die allerschlechteste, um den Gletscher zu bereisen. Er meinte, du wärest die geeignete Führerin für uns, zumal du einen persönlichen Grund dazu aufweisen kannst. Wenn du uns helfen willst, solltest du allerdings auch wissen, dass das kein Spaziegang wird. Wir sind nun schon um die halbe Welt gereist, um Boyd und Schumann zu finden und haben auf unserer Odysse einige Leichen zurücklassen müssen."

Liljas Gesichtausdruck war bar jeder Emotion. Sie hörte Crystal genau zu, bevor sie antwortete.

"Ich möchte die Koordinaten haben, bevor ich mich entscheide. Wo sind eure Leute im Augenblick?"

Trevor schob ihr wortlos einen formlosen Zettel über den Tisch, auf dem einige Nummern notiert waren.

"Sie warten auf deine Entscheidung. Sie campieren in der Wildnis irgendwo zwischen Stadur und Akureyri. Die genauen Koordinaten gebe ich dir, nach deiner Entscheidung. Wir haben allerdings nur sehr wenig Zeit um das Rennen zu gewinnen. Also warte nicht zu lange."

Lilja stand auf und zog eine Flasche Wodka aus dem Eisfach der Bar. Sie griff nach drei Gläsern und setzte sich wieder, schenkte die Gläser voll und schob Crystal und Trevor je eines zu.

"Also gut. Ich mache es. Ich mache es, weil ich es mir selbst und meinem Vater schuldig bin. Und weil ich verflucht neugierig auf euren bunten Haufen und Boyd und Schumann bin. Morgen früh breche ich zu ihnen auf. Ich fahre um vier Uhr früh los, jedoch werde ich nicht vor dem späten Abend bei euren Leuten sein können. Richte ihnen aus, sie sollen nicht auf mich schießen. Ich melde mich schon an, wenn ich in ihre Nähe komme."

Mit diesen Worten füllte sie die Gläser erneut bis zum Rand. Es war nicht das letzte Mal für diesen Abend.

CHAPTER DREIUNDZWANZIG
Chapter 23

"Aber der Gerechte wird seinen Weg behalten und wer reine Hände hat, wird an Stärke zunehmen."
(Bibel, Hiob 17, 9)

Die Crew des Predators hatte es sich so bequem wie möglich gemacht. Draussen heulte ein Sturmwind in der Dunkelheit, der Schneeflocken mit sich trug. Die Standheizung des Jägers arbeitete auf Hochtouren um die Kälte zu vertreiben. Doch einmal davon abgesehen, dass es schweinekalt war, konnten sie sich einen Defekt der Elektronik, bedingt durch eindringende Feuchtigkeit nicht leisten. Bislang hatte der in Rekordzeit konstruierte Jäger allen Belastungen klaglos standgehalten. Aber es waren immer die kleinen Dinge, die sich am Ende zu einer Katastrophe aufschaukeln mochten.

Macs kleiner Kater schlief selig unter dem warmen Lufthauch des Warmluftgebläses. Er hatte seine Herrin den halben Tag durch die Wildnis Islands stolpern lassen, aus Angst, dass er sich verlaufen könnte. Mac war ebenso müde wie der rote Wicht, doch an Schlaf war noch nicht zu denken.

"Wann trifft der Scout ein?"

Sie sprach im Augenblick mit Beast, der ihr mitgeteilt hatte, dass er die Koordinaten des Predator an Trevor übermittelt hatte. Dieser hatte sie an den Scout weitergegeben, der sie über den Gletscher bringen sollte.

Beast in Kehl sitzend, betrachtete angelegentlich seine Fingernägel, die einen neuen Schnitt gebrauchen konnten.

"Ich habe mir den Weg, den der Scout einschlagen wird, angesehen. Sehr schweres Gelände, dass. Aber möglicherweise kennt der Bursche eine Abkürzung. Wie auch immer. Wenn er den einfachsten Weg nimmt, schätze ich, dass er morgen Abend oder in der Nacht bei euch eintrifft. Ich halte euch auf dem Laufenden. Jetzt schalte ich aber ab. Ich brauche dringend meinen Schönheitsschlaf."

Es knisterte im Lautsprecher und Beast war weg.

"So ein blöder Sack. Warum ärgere ich mich eigentlich noch darüber, wenn er sowas macht?"

Sie schaute sich zu den anderen um, die grinsend mit den Schultern zuckten. Angus hing entspannt im Sessel des Copiloten, während Dingaan und Nicolas auf der gefederten Rückbank lümmelten.

"Ach was solls. Laßt uns schlafen gehen. Morgen wird ein langer Tag werden. Wer übernimmt die erste Wache?"

Wie üblich meldete sich Nicolas, der ohnehin nicht schlafen konnte. Dingaan, Angus und Mac wickelten sich in ihre Schlafsäcke und schliefen beinahe augenblicklich ein. Nicolas beneidete sie um diese Fähigkeit, während seine Gedanken ohne Unterlaß arbeiteten. Er machte es sich in seinem Sessel gemütlich und beobachtete die Monitore, auf denen die Bilder der Aussenkameras zu sehen waren. Dabei hielt er einen Thermobecher mit Kaffee in seiner Hand. Irgendwann kam Taco, der kleine Kater, zu ihm und rollte sich auf seinem Schoß zusammen. Nicolas streichelte ihn beruhigend, bis das kleine Tierchen zufrieden schnurrte.

Während er Taco streichelte, fragte er sich, wer wohl hinter diesem ganze Irrsinn stecken mochte. Vielleicht hatten die beiden Wissenschaftler ein paar Antworten für ihn. Er starrte weiter auf die Bildschirme.

Der nächste Tag zog sich dahin wie geschmolzene Marshmellows am Lagerfeuer. Öde war ein zu schwaches Wort dafür, doch Mac war sich ziemlich sicher, dass sich dieser Zustand sehr bald ändern würde. Die Dunkelheit senkte sich über das Land und von ihrem Scout gab es noch keine Spur. Mac betrachtete durch ihr Fernglas den einzig möglichen Weg, über den ihr Scout kommen konnte. Am Horizont erschienen winzige Lichter.
"Da kommt er."
Die anderen griffen nach ihren Waffen und begaben sich in Deckung, wobei sie sich in verschiedene Richtungen zerstreuten. Im Okular ihres Feldstechers nahmen die Lichter langsam aber sicher an Größe zu. Noch während Mac sie beobachtete, erklang hinter ihr im Predator die Stimme von Beast.
"Der Scout kommt. Du solltest ihn jede Sekunde sehen können, Mac. Seid trotz allem vorsichtig und sichert die Umgebung. Tu mir den Gefallen, ja? Ich finde doch nie wieder einen Chef der mir dermassen viele Freiheiten einräumt."
Beasts Stimme verklang und Mac wandte ihre Aufmerksamkeit wieder den näherkommenden Lichtern zu. Mittlerweile hatte sie das Fernglas gegen ihre SIG 3000 getauscht und beobachtete das Fahrzeug durch die Optik der Zieleinrichtung. Es dauerte nur eine knappe halbe Stunde, bis der MercedesG neben dem Predator zum Stehen kam. Die Tür der Fahrerseite öffnete sich und lange Beine, die in Jeans und schweren Lederstiefeln steckten, schwangen sich aus dem Geländewagen. Der Rest der Person rutschte hinterher und Mac hörte hinter sich das prustende Husten eines Mannes, der sich verschluckt hat. Sie drehte den Kopf und sah verwundert, wie Dingaan die Frau, zu der die Stiefel und Beine gehörten, mit wahrscheinlich hochrotem Kopf anstarrte. Aber wer

vermochte das bei dem kohlschwarzen Gesicht des Zulu schon genau zu sagen. Alles was Mac erkennen konnte, war, das es eine Spur dunkler als gewöhnlich aussah. Stirnrunzelnd wandte sie ihre Aufmerksamkeit wieder dem Neuankömmling zu. Rotblonde, mehr als schulterlange Haare, wehten hinter der Frau im aufkommenden Wind wie ein schillerndes Cape. Mandelförmige blaue Augen dominierten das kräftige Gesicht, zusammen mit einem breiten, volllippigen Mund. Das energische Kinn wurde von einem hübschen Grübchen gespalten und vermittelte den Eindruck von Stärke. Die Figur war hochgewachsen, bestimmt an die einsachtzig groß. Breite Schultern und kräftige Hände signalisierten, dass die Frau zupacken konnte.

"Hallo zusammen. Mein Name ist Lilja. Lilja Waldirsdottir. Ich nehme an, man hat mein Erscheinen angekündigt?"

Mac trat auf Lilja zu und reichte der Frau die Hand. Dingaan stand hinter ihr, seine Winchester 73 lässig zu Boden gerichtet. Ein Zustand, den er blitzschnell zu ändern vermochte.

"Ich bin Mac. Bist du allein?"

"Das bin ich, so lange ich denken kann. Bin ein Einzelgänger. War ich schon immer."

Lilja betrachtete das Lager und zog eine ihrer hübschen Augenbrauen fragend in die Höhe.

"Fehlen da nicht noch zwei Männer. Man sagte mir, ihr seid zu viert."

"Ja das stimmt. Wenn wir sicher sind, dass dir niemand gefolgt ist, werden sie zum Lager zurückkommen."

"Weise Entscheidung. Stellst du mich dem schwarzen Mann hinter dir vor? Wenn er mich noch länger so anstarrt, hat er mir zwei Löcher in den Kopf gebrannt. Also bitte?"

Mac winkte Dingaan zu sich heran, der sich vom Predator abstieß und mit wiegendem Schritt der Aufforderung folgte. Mac fragte sich, was ihn aus seinem seelischen Gleichgewicht gebracht hatte.

"Das ist Dingaan Mlungisi KwaZulu. Leibwächter, Killer, Waffenhändler, Gauner, Betrüger und Herrscher über ein Impi. Such dir was aus, Lilja, ist alles dabei, was einen ehrbaren Mann ausmacht."

Mac grinste, als sie sah, wie Dingaans Gesicht sich verdunkelte. Endlich hatte sie dem schwarzen Halunken eins ausgewischt.

Lilja reichte dem Zulu ihre Hand und lächelte dem riesigen Mann gewinnend in das kühne Gesicht.

"Freut mich sehr, dich kennen zu lernen. Hatte immer schon das Bedürfnis, den Herrscher eines Impis kennenzulernen. Was ist das denn gleich noch mal?"

"Ist 'ne Streitmacht von tausend Kriegern," murmelte Dingaan und konnte seinen Blick nur schwer von den lächelnden Augen abwenden.

Lilja wurde das Gefühl nicht los, dass der Zulu sich just in diesem Augenblick viel lieber mitten in einer Schlacht befunden hätte.

"Okay Leute. Schluss mit den Höflichkeiten und Spielereien. Pfeift die anderen zurück zum Lager und lasst uns fahren."

Lilja deutete auf einen Punkt auf der Landkarte, die auf einem der Monitore des Predator leuchtete.

"Hier ist ein altes Camp. Die Koordinaten meines Vaters weisen genau auf diesen gottverlassenen Fleck. Ich habe keine Ahnung, warum Boyd und Schumann sich dieses Camp ausgesucht haben, um sich zu verstecken, aber sei es drum. Wenn ihr meine Meinung hören wollt, dann sind die nicht freiwillig zum Vatnasjökull gekommen. Da hat jemand nachgeholfen. In jedem Fall ist es ein logistisches Wagnis.

Die dem Gletscher am nächsten liegende Stadt ist Akureyri. Hier kann man sich mit Lebensmitteln versorgen. Aber die

Isländer sind ein neugieriges Völkchen. Fremde im Land sind nicht so häufig und sprechen sich schnell herum. Das Camp jedenfalls stammt noch aus der Jahrhundertwende., als man begonnen hatte, den Gletscher zu erforschen. Der Vatnasjökull hat so seine Geheimnisse. Eishöhlen von unvorstellbarer Pracht. Aber auch tiefe Risse und Spalten, die so manchem Wanderer das Leben genommen haben. In den kurzen Sommermonaten taut das Eis an der Oberfläche und das Wasser läuft in diesen Spalten ab. Der Vulkan unter dem Eis schiebt manchmal seine Lava durch enge Kanäle an die Oberfläche und hüllt sich dann in dichten Dunst verdampfenden Wassers. Also geht davon aus, dass dieses Unternehmen keine Spazierfahrt wird. Aber ich denke, dass war euch auch schon vorher klar. Lasst uns also aufbrechen."

Nicolas saß am Steuer des Predators. Der schwere, eigentlich zum Kampf entworfene Wagen, bahnte sich unerschütterlich seinen Weg. Lilja hatte eine Route vorgegeben, die das Städtchen Akureyri um etliche Kilometer verfehlte. Die beinahe menschenleere Landschaft Islands machte es ihnen leicht, ungesehen zu bleiben. Nicolas hielt sich weit abseits aller befahrenen Routen. Der Predator hatte nicht die geringste Mühe, die relativ flache Landschaft zu durchqueren, zumeist offene Weiden mit niedrigem Gras. Stunde um Stunde arbeitete sich das mächtige Fahrzeug voran, die Fahrt nur unterbrochen von kurzen Stopps, in denen seine Crew die Tanks füllte. Am späten Abend des selben Tages öffnete sich vor den Augen der Crew ein wunderbares Bild. Die Wiesenlandschaft wich urplötzlich zurück. Schroffe, schwarze Felsen und niedrige, gleichfalls schwarze Berghänge flankierten einen tiefen Einschnitt, durch den sich der blassblaue Ausläufer des Gletschers wie die riesige Zunge eines gigantischen Vorzeitdrachen der nordischen Sagenwelt schob. Das Eis stieg an und schien sich am Horizont mit den wirren, quirligen Wolken zu vereinigen, die den sturmzerzausten, ausnahmsweise einmal blauen Himmel durchflogen. Nicolas brachte das riesige Gefährt zum Stillstand und schweigend starrte die Crew auf den bedrohlich wirkenden Einschnitt.

"Wohin jetzt?"

Nicolas war der erste, der das Schweigen brach.

Lilja lächelte ihr geheimnisvolles Lächeln.

"Da hinein und dann immer geradeaus."

Dingaan deutete mit seinem besenstieldicken Zeigefinger durch das Panzerglas der Windschutzscheibe.

"Durch diesen Schlund des Teufels sollen wir fahren? Bist du noch ganz bei Trost."

"Nur die Ruhe, Jungs. Zunächst mal eine Frage. Die Reifen von diesem Ding hier, das sind doch keine üblichen Reifen, habe ich Recht?

Das dachte ich mir. Habe nämlich keine Ventile gesehen. Habt ihr eine Handvoll Schrauben und einen Akkuschrauber im Handgepäck? Wenn ja, dann mal her damit!"

Nicolas, Mac, Angus und Dingaan sahen kopfschüttelnd Lilja dabei zu, wie sie mit Sorgfalt und in einem ganz bestimmten Muster mit dem Akkuschrauber die Schrauben, die Nicolas ihr in die Hand gedrückt hatte, in die Oberfläche der gewaltigen Reifen trieb.

"Was zum Teufel macht die Frau da?"

Dingaan schaute verwirrt zu Nicolas, dessen Gesicht sich zu einem breiten Grinsen verzogen hatte.

"Spikes. Lilja bastelt uns ein paar Spikereifen, die uns über das Eis bringen. Ich liebe diese Frau."

Mac klopfte ihm begütigend auf den Rücken.

"Immer ruhig, Brauner. Nur nicht durchgehen. Wir können doch dein kleines Frauchen unmöglich anlügen, wenn sie uns fragt, was sich auf der Fahrt so alles abgespielt hat, oder?"

"Ach du weißt schon wie ich es meine."

Das Gesicht von Nicolas war puterrot geworden während Lilja ihm schelmisch mit dem Finger drohte.

"Es geht weiter. Wir fahren heute nur bis hinter die vorderen Berghänge. Im Eis angekommen, verbringen wir die Nacht in einem kleinen, geschützten Tal. Morgen haben wir den richtig schweren Weg vor uns."

Abgesehen von einem Sturm, der um den Predator heulte wie ein hungriges Wolfsrudel, verlief die Nacht ruhig. Während die Männer sich die Zeit damit vertrieben mit Beast zu plaudernn, spielten die beiden Frauen mit dem kleinen Kater, der sehr rasch gelernt hatte, dass es wohl besser war, in der Nähe der Frau zu bleiben, die ihn gerettet hatte.

"Der hier wird mal ein ganz Großer, weißt du das?"

Lilja unterhielt sich leise mit Mac, mit der sie sich die hinter Kabine des Predator teilte.

"Was meinst du damit?"

Mac konnte mit der Bemerkung nicht allzuviel anfangen.

"Das ist ein Waldkater. Der wird halb so groß wie die Luchse in eurem Land. Ist ein richtiges kleines Raubtier. Aber ich kann dich beruhigen. Wen sie ins Herz geschlossen haben, dem sind sie so treu ergeben wie ein Hund. Nur eben etwas gefährlicher. Manchmal vergessen die Viecher allerdings, das sie Krallen haben."

"Na das war ja so klar wie Kloßbrühe, das ich mir wieder mal einen Wilden geangelt habe. Ich scheine die anzuziehen wie das Licht die Motten."

Angus warf Mac einen lächelnden Blick zu.

"Als wenn du jemals etwas anderes gewollt hättest, meine Süsse."

Am Morgen übernahm Lilja den Fahrersitz. Die junge Geologin steuerte den Predator zu Nicolas Überraschung mit großem Geschick.

Die improvisierten Spikes der Räder krallten sich in das

tiefe, jahrhunderte alte Eis. Liljas Blick verließ nicht eine einzige Sekunde die Fahrspur, die vor ihnen lag. Rechts und links neben der zerfurchten, aber relativ gut befahrbaren Spur, auf der sie sich befanden, stürzte sich das Eis an manchen Stellen mehr als fünfzig Meter tief hinab, zu einem kleinen See glasklaren Schmelzwassers. Schluchten aus Lavagestein öffneten sich vor ihnen und es schien ihnen so, als führen sie geradewegs in einen riesigen steinernen Höllenschlund hinein. Die wilde Schönheit war überwältigend.

Dann blieb Lilja urplötzlich stehen. Sie bugsierte den Predator sehr, sehr sorgfältig um eine schroffe Felsnase und stellte den Motor dann endgültig ab.

"Hier bleiben wir."

Lilja sagte das mit einer Bestimmtheit, die keinen Widerspruch duldete. Es wäre wohl auch keiner aufgekommen, war sie doch die Einzige, die sich in diesem Höllenloch zurechtfand.

"Morgen gehen wir zu Fuß weiter. Jeder packt soviel an Lebensmitteln in seinen Rucksack, wie er gerade noch tragen kann. Dazu einen Schlafsack. Und jeder trägt seine Waffe. Nicht mehr. Wir müssen schnell sein. Wir wären nicht die ersten die hier oben erfroren sind."

"Dann wären das dann noch mehr Eisriesen," knurrte Dingaan leise vor sich hin.

"Wie bitte?"

Lilja schaute Dingaan stirnrunzelnd an.

"Ach, nichts weiter. Nur ein Insiderwitz."

CHAPTER VIERUNDZWANZIG
Chapter 24

"Was du liebst, lass frei. Kommt es zurück, gehört es dir. - Für immer -."
(Konfuzius)

"Wird es in deinem Land eigentlich jemals warm?"
Dingaans Atem schwebte wie eine dichte Wolke vor seinem Mund.
"Im Sommer. Sicher."
Lilja führte sie durch zerklüftete Steinwüsten. Doch zumeist waren es dicke Eisplatten, über die die Crew vorsichtig hinweg marschierte, mühsam um ihr Gleichgewicht ringend.
"Wie warm denn?"
Dingaan gab nicht so leicht auf.
"Na, so zehn bis vierzehn Grad. Tagsüber."
Dingaan schaute Angus verwirrt an.
"Die Frau macht doch bestimmt Witze. Niemand kann in einem Kühlschrank leben. Wo bleibt denn da der Spaß?"
Angus lachte und schaute Mac hinterher, die zusammen mit Nicolas an der Spitze der Formation lief. Aus der obersten Klappe ihres Rucksackes lugte der neugierige, kleine Kopf des roten Katers hervor, der sich sichtlich wohl dabei fühlte, warm und geborgen durch die Landschaft getragen zu werden.
"Ach, ich weiss nicht recht. Ich kann mir schon vorstellen, in

einer kalten Nacht Spaß zu haben. Du nicht auch, Mac?"

Mac hob ihren rechten Arm und zeigte Angus den erhobenen Mittelfinger, ohne sich dabei umzuwenden.

Angus stupste Dingaan an.

"Siehst du. Mac versteht mich."

Der Finger verschwand so plötzlich wie er in die Höhe gekommen war.

Die Männer grinsten sich an, während Lilja nur lachend den Kopf schüttelte. Dann wurde sie ernst.

"Bleibt stehen. Sofort!"

Lilja deutete zum Horizont.

"Seht ihr den Rauch dort hinter dem Horizont? Das ist das alte Camp. Es ist tatsächlich bewohnt. Wer hätte das gedacht?"

Angus legte den Kopf schräg und dachte nach.

"Gibt es noch einen anderen Weg, um dorthin zu gelangen?"

"Nein. Außer mit einem Hubschrauber. Warum?"

Lilja verstand nicht ganz, auf was Angus hinauswollte.

Angus kniete sich auf das Eis und kratzte mit seinem Messer ein X in die Oberfläche.

"Das X sind wir. Lilja, zeichne mir bitte eine Skizze des Camps und wie es zu uns liegt. Falls Boyd und Schumann wirklich als Gefangene festgehalten werden, und davon gehe ich aus, dann gibt es da auch Wärter. Schon mal dran gedacht? Es wäre also besser, wenn wir zumindest ansatzweise wüssten, wo sich die Posten verstecken könnten."

Die Geologin kniete sich neben Angus und nahm ihm das Messer aus der Hand. Mit geschickten Bewegungen zeichnete sie eine Skizze des Camps in das Eis und eine ungefähre Wegekarte dorthin.

"Wenn ich Posten aufstellen würde, dann an diesen Punkten."

Lilja deutete auf einige grob skizzierte, markante Felsen.

"Jeder dieser Punkte ist so etwas wie ein natürlicher Wachturm. Leicht zu erklettern und mit guter Deckung versehen. Das Camp liegt in einem Tal zwischen zwei Schmelzwasserflüssen. Von dort sind die ersten Forscher um 1850 tiefer in den Gletscher eingedrungen. Immer schön an den Flüssen entlang, die vom höchsten Punkt des Vatnajökull herunterfließen. Das Tal besteht aus schwarzer Lava und Basaltgestein. Die Hütten sind aus Holzbohlen errichtet, die man seinerzeit mühselig mit Islandpferden hier heraufgeschafft hat. Die Dächer sind traditionell mit Grassoden bedeckt, sodaß sie in der Landschaft kaum zu erkennen sind. Es handelt sich um sechs mittelgroße Bauwerke, die kreisförmig angeordnet sind. Die Türen der Hütten öffnen sich alle hinaus zu dem freien Platz in ihrer Mitte. So waren sie leichter zu verteidigen. Allerdings sind mir keinerlei Übergriffe bekannt. Wer sollte auch hier daußen in der Einöde herumgeistern. Da gibt es nichts zu holen. Das ist der Vorteil Islands. Regen, Schnee und Eis braucht niemand und möchte auch niemand haben. Wir müssen also zuerst die Wächter ausschalten und herausfinden, in welcher der Hütten sich Boyd und Schumann befinden."

Mac, Nicolas und Dingaan betrachteten konzentriert die Skizze.

"Bislang hat mir noch niemand die beiden Wissenschaftler beschrieben. Die werden ja wohl kaum als einzige mit einem weissen Kittel durch die Gegend rennen. Wie erkenne ich sie?"

Nicolas fragte.

Angus, der Boyd und Schumann als letzter zu Gesicht bekommen hatte, dachte kurz nach, um sie korrekt zu beschreiben, bevor er antwortete.

"Boyd ist circa fünfzig und sieht aus wie siebzig. Ein Gesicht wie ein Sharpei, voller Falten und Runzeln. Hat einen krummen Rücken, ist aber dennoch hochgewachsen. Trägt meistens einen Bart, den er besser pflegt als seine Haare. Sieht asketisch bis ausgemergelt aus. Hat graues, volles Haar, das er selten schneiden lässt. Ist Jeansträger.

Schumann ist, wie so oft bei Paaren, das genaue Gegenteil. Mittelgroß, mit Glatze. Ist aber muskelbepackt. Ein fanatischer Sportler. Wirkt jünger als Boyd mit seinem runden Schädel, ist aber ein wenig älter. Bevorzugt korrekte Kleidung, obwohl ich bezweifle, dass er hier draussen mit Hemd und Krawatte herumläuft. Ich denke, wir werden die beiden recht gut erkennen können, wenn wir sie finden. Wie lange brauchen wir noch, bis wir in Sichtweite des Camps kommen?"

Angus hatte sich wieder an Lilja gewandt, die ihren Blick auf den Horizont heftete.

"Heute schaffen wir das nicht mehr. Es würde auch keinen Sinn machen, ausgepumpt und müde dort anzukommen. Ich kenne eine Höhle, die wir in drei oder vier Stunden erreichen können. Wir werden dort übernachten. Von diesem Punkt aus sind wir in zwei weiteren Stunden am Camp. Wir können heute Abend in unserem Lager besprechen, wie wir vorgehen wollen. Laßt uns weitergehen, bevor es uns zu kalt wird."

Lilja nahm ihren Rucksack wieder auf und setzte sich an die Spitze der Gruppe, die sie in einem forschen Tempo tiefer in den Vatnajökull hineinführte.

Diese Höhle war nicht einfach nur eine Höhle.

Es war ein Wunder der Natur. Der niedrige Eingang war unter überhängendem Eis kaum zu erkennen, doch öffnete sich im Inneren eine ganze Kathedrale aus Eis. Funkelnd und blitzend, wie von Abermillionen Diamanten, spiegelte das jahrhunderte alte Eis die Lichter ihrer Taschenlampen tausendfach wieder. Geschwind schlugen die müden Wanderer ihr Lager auf und bereiteten sich dann ihr karges Abendessen. Lilja zog eine Flasche Wodka hervor, die gerne akzeptiert wurde. Taco schlang sein Futter hinunter, erledigte seine dringenden Katzengeschäfte in einiger Entfernung und verzog sich dann schleunigst wieder in die warme, sichere Gesellschaft seiner Retterin, die ihm sanft lächelnd ihre Parka öffnete, in die der Wicht schleunigst verschwand. Der kleine

Kater rumorte eine Weile zur Belustigung der Crew darin herum, bevor er die richtige Schlafposition gefunden hatte. Es dauerte nicht allzu lange, bevor die Menschen seinem Beispiel folgten und sich zur Ruhe begaben.

Am nächsten Morgen fiel dichter Regen und Dingaan fluchte wie ein Rohrspatz. Er wickelte seine Winchester in eine Hülle aus wasserdichtem Kunststoff, um das uralte Gewehr vor den Wassermassen zu schützen, die der grauschwarze Himmel über sie ergoss. Die noch empfindlicheren Gewehre von Angus und Mac waren in ihren gepolsterten Tragehüllen bestens geschützt. Mürrisch machte sich die Gruppe auf den Weg und stolperte über scharfkantige Steine und schlüpfriges Eis zum ungewissen Ende eines unschönen Tages. Taco, der Kater, zog es vor, seinen Kopf unter der Klappe des Rucksackes zu verstecken. Er schien nicht besonders scharf darauf, eine Dusche zu nehmen.

Der beschwerliche Weg schien kein Ende zu nehmen und selbst der ausdauernde Zulu, Dingaan, verlor allmählich sowohl Geduld, wie auch das wenige an Humor, das er sich noch aufgespart hatte. Sein tropfnasser Rucksack, der Iklwa, den er in seiner Hülle auf den Rücken geschnallt hatte, sein schweres Messer und die Winchester, schienen mit jedem Kilometer an Gewicht zuzulegen, während sein hungriger Magen knurrende Geräusche von sich gab, die einen ausgewachsenen Wolf in die Flucht geschlagen hätten. Einzig Angus und Lilja schien der Weg nichts auszumachen. Stoisch und mit unbewegtem Gesicht stapften sie dahin.

Gegen Mittag kamen sie nass bis auf die Haut in Sichtweite des Camps. Dünne Rauchfahnen stiegen aus gemauerten Schornsteinen auf. Zum Unmut der Crew um Mac, die wieder die Führung der Gruppe übernommen hatte, schien das Lager und jede Hütte gesichert zu sein.

Die Assasine zog ihren Rucksack von den Schultern und lies ihn zu Boden sinken. Aus einer Seitentasche zog sie einen kleinen, aber leistungsstarken Feldstecher hervor, dessen Gläser entspiegelt waren, obgleich sich bei diesem Sauwetter wohl kaum ein Lichtstrahl auf das Glas verirren würde. Fast eine halbe Stunde lang betrachtete sie schweigend das Lager, dass einen Kilometer von ihnen entfernt im dichten Regen kaum zu erkennen war.

"Schumann und Boyd werden in der mittleren Hütte festgehalten."
Mac ließ den Feldstecher sinken und wandte sich an ihre Crew.
Dingaan sah Mac zweifelnd an.
"Wie kannst du da so sicher sein? "
Mac steckte den Feldstecher wieder weg.
"Weil es die einzige bewachte Hütte ist. Niemand geht raus. Keiner geht rein. Bei den anderen Hütten kann ich ein ständiges Kommen und Gehen beobachten. Auf den Felstürmen sitzen vier Posten mit Standardgewehren. Die Wachen bei den Hütten haben soeben gewechselt. Ich habe vier Wachen am Boden, zwischen den Hütten und die vier Posten auf den Felsen gezählt. Das bedeutet, das mindestens die gleiche Anzahl Männer als Ablösung in den Hütten ist. Wahrscheinlich mehr. Wenn ich das Sagen hätte, wären es genug Männer für drei Schichten."
Niemand widersprach Mac, die die Rolle des Commanders übernahm, ohne eine Sekunde darüber nachzudenken.
"Angus und ich werden die Wachen auf den Felsen und zwischen den Hütten ausschalten. Lilja bleibt hier, bei unserem Gepäck. Wenn die Wachen unschädlich sind, mache ich mich zusammen mit Dingaan und Nicolas auf den Weg ins Camp. Angus sichert unseren Weg aus seiner Stellung heraus. Wenn sich auch nur eine einzige Nasenspitze zeigt, die nicht zur mittleren Hütte gehört, schießt sie ab, verstanden?
Jeder übernimmt eine Hütte. Tür aufbrechen, hineinstürmen und schießen. Und zwar auf alles was sich

bewegt. Ich habe hier Blendgranaten für euch. Zwei für jede Hütte. Wenn ihr sie in den Raum schleudert, schließt um Gottes Willen die Augen. Auf jeden Fall. Ist das klar? Denkt immer daran, dass die Männer dort unten ebenfalls keine einzige Sekunde zögern werden, um euch abzuknallen wie einen tollwütigen Hund. Deshalb sind sie dort unten. Die wollen keine Besucher."

Angus war sich nicht ganz sicher, ob ihm dieser Plan gefiel.

"Wir sind nur zu dritt und können demzufolge auch nur drei Hütten direkt angreifen. Was geschieht mit den anderen Hütten? Die Wächter werden kaum auf uns warten. Und ich möchte, dass du hier oben bleibst, Mac. Ich bin kein annähernd so guter Schütze wie du. Ich gehe in den Talkessel."

Mac war nicht in der Stimmung um zu streiten.

"Gut, wenn du es so willst, sollst du es so haben. Ich lege die anderen Hütten unter Feuer und halte die Wachen darin fest solange ich kann. Ich habe die Parabellum Explosivgeschosse von Smarni dabei. Das wird sie eine Weile aufhalten. Aber ihr werdet nicht allzuviel Zeit haben. Also beeilt euch."

Mac zog ihre SIG-Pistole aus dem Rucksack und hielt das Holster Lilja entgegen.

"Kannst du damit umgehen?"

Die Geologin nickte und zog die Pistole aus dem Holster. Mit geschickten Bewegungen zog sie das Magazin aus der Waffe und überprüfte die Waffe, bevor sie das Magazin zurückschob und eine Patrone in den Schlitten gleiten ließ.

Mac zog ihre Sig SSG aus der Hülle und montierte sie auf ein Dreibein. Jede ihrer Bewegungen zeugte von der jahrelangen Routine und dem Drill, dem sie sich unterzogen hatte. Sie wurde innerhalb weniger Augenblicke zu einem anderen Menschen. Der kalte, nasse Felsvorsprung aus Lavagestein wurde zu ihrem Arbeitsplatz, dem Platz an den sie gehörte. Ihre Augen schiene fiebrig zu glänzen, als sie sich zur Jagd bereitmachte. Die junge Frau atmete tief ein und aus, flutete ihr gesamtes System mit Sauerstoff und Adrenalin. Die Tatsache, dass das Leben ihrer Kameraden von ihrer Geschicklichkeit und ihrem sicheren Auge abhing, setzte Wellen des begehrten Hormones frei und die Zeit um Mac herum schien sich zu verlangsamen. Ihr Geruchssinn war schärfer geworden und der unablässige Regen besaß mit einem Mal ein ganz eigenes Aroma nach den Mineralien, die er mit sich führte. Ihre Sehfähigkeit steigerte sich und das Gewehr wurde leichter in ihrer Hand. Mac kannte dieses Gefühl nur zu gut. Dieses Gefühl der Stärke, dass sie genoss.

Später würde sie dafür einen hohen Preis zahlen müssen. Doch im Augenblick war sie ein Falke, ein Falke der hoch am Himmel schwebte und seine Beute weit unten am Boden erspäht hatte, bereit zum Sturzflug, die stählernen Klauen ausgerichtet. Sie zog den Kolben der Waffe an ihre Schulter und war von dem Augenblick an, in dem sie durch das Okular spähte, für ihre unmittelbare Umwelt verloren.

"Geht jetzt," murmelte sie, "wenn ihr bis auf zweihundert Meter an das Lager herangekommen seid, werde ich schießen. Wenn ihr die ersten Posten fallen seht, rennt wie noch nie in eurem Leben. Los jetzt!"

Dingaan und Nicolas trabten los, nachdem sie Angus einen fragenden Blick zugeworfen hatten, der bestätigend nickte und seine Waffe gleichfalls entsicherte. Lilja erschauerte bei dem Anblick, der sich ihr bot. Das war eine für sie vollkommen fremde Welt. Die beiden riesigen Männer, der eine so schwarz wie die Lavaberge ihres Landes, der andere so riesig und blond wie die alten Helden aus den alten Sagas, rannten in einem stetigen Trott durch das schwarze Feld aus Lavagestein und Eis, dabei jede Deckung nutzend, die sich ihnen bot. Lilja fragte sich, was in den Köpfen dieser Männer vor sich ging, die in den sicheren Tod rennen mochten, ohne auch nur eine Sekunde zu zögern. Es schien ihr, als hätten sie nur auf diese eine einzige Sekunde gewartet, die sie aus dem normalen Leben in eine andere, wilde Zeit hineinversetzt hatte. Sie rannten dort unten in der tiefen Überzeugung, das Richtige zu tun. Möglicherweise die Welt davor zu bewahren, in Dunkelheit und Zerstörung zu versinken. Und diese Überzeugung, dieser tiefe Glaube, versetzte sie in die Lage, ihre Körper an den Rand dessen zu treiben, was er bereit war, zu leisten. Sie hatte gesehen, wie sich die stählernen Muskeln Dingaans spannten und strafften, als er Jacke und Hemd ablegte, um dort hinunter in das Camp zu gehen und so zu kämpfen, wie sein Impi es seit Jahrhunderten getan hatte. Sie hatte gesehen, wie seine grünen Augen sich in die blaugrauen Augen des Mannes versenkt hatten, der noch vor nicht allzu langer Zeit sein Feind gewesen war. Und sie hatte gesehen, wie beide Männer dem anderen einen schweigenden Eid leisteten. Und Lilja war sich sicher, vollkommen sicher, dass sie füreinander ihr Leben geben würden, Rücken an Rücken, um den des Freundes zu schützen. Sie waren Brüder, aus dem gleichen Holz gehauen, dass war ihnen klargeworden, als sie zusammen den Weg des Todes beschritten.

Lilja zuckte zusammen, als die Waffen neben ihr Feuer spuckten. Kaum einen Laut entließen die mächtigen Schalldämpfer, doch die Feuerlanze des austretenden Geschosses maß bestimmt mehr als einen halben Meter. Fasziniert beobachtete die Isländerin, wie sich die Hände der sensiblen jungen Frau, die noch vor nicht allzu langer Zeit ihren kleinen, adoptierten Kater in den Schlaf gestreichelt hatte, mit geisterhafter Präzision bewegten. Patrone auf Patrone zog sie aus den Schlaufen ihres Munitionsgürtels und schob sie in den Verschluss des Gewehres. Laden, zielen, schießen. Alles geschah mit einer atemberaubenden Präzision. Und der Mann neben Mac tat das Gleiche mit der Geschmeidigkeit eines schwarzen Panthers.

Innerhalb weniger Sekunden war das Camp ein Hexenkessel und Angus hastete nun ebenfalls los, hinunter ins Tal, wo die ersten Explosionen der Blendgranaten die Luft erbeben ließen, die Mac nun verfeuerte. Der schwarzhaarige

Mann bewältigte die gut einen Kilometer lange Strecke in einer Zeit, die Lilja beinahe unglaublich erschien. Eben noch hatte er neben ihr auf dem Boden gelegen und nun trat er die Tür einer Hütte ein, die neben der mittleren Hütte lag, die zum Sanktum erklärt worden war.

Mac schob unerschütterlich ein Explosivgeschoss nach dem anderen in den Verschluss der SIG.

WUMM! WUMM! WUMM!

Explosivgeschosse erschütterten mit ihren Detonationen den Erdboden.

Angus hatte zunehmend das Gefühl in einer gallertartigen Masse zu agieren. Es schien ihm, als käme er keinen Millimeter von der Stelle und doch musste er sich mit rasender Geschwindigkeit bewegen. Wenige Meter von ihm entfernt schleuderte Nicolas einen angreifenden Mann durch die Luft wie eine Lumpenpuppe. Für Angus war es so, als hätte die Schwerkraft für eine Weile ausgesetzt. Als der Unglückliche endlich zu Boden prallte, nagelte ihn Dingaans Speer mit der langen Klinge fest.

Ein ekelhaft, schmatzender Laut erklang, als Dingaan die Klinge aus dem gefallenen Körper zog und Nicolas bekam nun eine Vorstellung davon, wie dieses Mordinstrument seinen wahren Namen erhalten hatte. Aus den Augenwinkeln sah er eine Bewegung neben Dingaan. Nicolas riss den Kopf herum und seinen gewaltigen Colt Kodiak in die Höhe. Das schwere Kaliber der monströsen Schusswaffe schleuderte den Angreifer mehrere Meter durch die Luft. Feuer, Rauch und Schreie erfüllten die Luft und dann war es plötzlich totenstill.

Nichts mehr.

Die drei Männer aus Macs Crew drehten sich schweigend im Kreis und ihre Ohren dröhnten beängstigend von der unglaublichen Stille.

Angus deutete hinüber zur einzigen unversehrten Hütte. Er hob drei Finger. Dann senkte er langsam einen nach dem anderen und Dingaan trat die Tür ein.

Angus schlitterte in den Raum. Und erstarrte mitten in der Bewegung.

Die beiden Wissenschaftler boten ein Bild des Jammers, obgleich sie noch immer wie angewurzelt vor den Rechnern saßen, an denen sie gearbeitet hatten. Ihre Gesichter waren geschwollen und von alten, blauen Flecken bedeckt, die ein Zeugnis davon ablegten, das sie nicht ganz freiwillig dieser Tätigkeit an diesem gottverlassenen Ort nachgingen.

Schumann fasste sich als Erster. Die Glatze des untersetzten Mannes war übersät von winzigen Tropfen Angstschweiß.

"Angus. Endlich. Das wurde aber auch Zeit!"

Die Hülsen der abgeschossenen Patronen einzusammeln, beschäftigte Mac eine ganze Weile. Keine verwertbaren Spuren zu hinterlassen, hatte man ihr so lange eingetrichtert, bis es in Fleisch und Blut übergegangen war. Nachdem sie jede Spalte und jede Ritze der näheren Umgebung durchforstet hatte, zählte sie die Messinghülsen und war zufrieden, dass sie alle gefunden hatte. Sie kannte die Anzahl ihrer Schüsse genau und hoffte, das Angus ebenso sorgfältig gewesen war.

"Es wird Verletzte gegeben haben."

Liljas Blick ging hinunter zum Talkessel und den rauchenden Trümmern.

"Ihr könnt sie nicht einfach so krepieren lassen."

Mac richtete sich auf und starrte die Isländerin entgeistert an.

"Was glaubst du wohl, wer oder was ich bin? Ich tue, was ich tun muss, um Menschenleben zu retten, aber ich bin kein Schlächter. Beast hat die zuständigen Behörden schon längst verständigt. Wir versorgen die Verwundeten so gut es geht und verschwinden dann. Doch es werden nicht allzu viele sein, denen man noch helfen kann. Ein Hubschrauber und

Ärzte sind aber auf dem Weg. Und jetzt hilf mir gefälligst, es gibt noch Arbeit für uns. Kannst du Angus und die anderen schon sehen?"

"Ja, sie kommen."

Mac begann damit, Angus Hülsen einzusammeln.

Es blieb ihnen keine Zeit für ein Willkommen. Mac und Angus verstauten ihre Gewehre und dann setzte sich eine Gruppe, bestehend aus Nicolas, Lilja und Dingaan, sowie den beiden Wissenschaftlern in Bewegung. Mac und Angus eilten zurück zu den Verletzten, um sich um sie zu kümmern, so gut es die Umstände und die Verletzungen zuließen. Es würde nicht allzu lange dauern, bis ein Helikopter eintraf. Mac hatte keine Ahnung, welche Geschichte Beast den Behörden aufgetischt hatte und im Augenblick war es ihr auch scheissegal.

Die Zeit drängte. Sie mussten verschwinden und zwar schleunigst. Die Eishöhle, die ihnen Schutz bei ihrer letzten Übernachtung geboten hatte. Das war ihr erstes Ziel. Dort würden sie sich mit den anderen sammeln und abwarten. Mac glaubte nicht daran, dass man Scouts mitgebracht hatte, um sie auf ihre Spur zu setzen. Die Wahrscheinlichkeit war hoch, dass Beast die Geschichte eines Unglückes in die Welt gesetzt hatte. Bis man Spezialisten hierher transportiert hatte, um Spuren zu sichern, sollten sie schon über alle Berge sein.

Mac warf sich ihren Rucksack auf den Rücken. Er war seltsam leicht. Sie riss den Rucksack wieder herunter und wühlte panisch darin herum.

"Wo steckst du denn, du roter Halunke? Jetzt zeig dich endlich."

Die junge Frau schüttete den gesamten Inhalt auf den gefrorenen Boden, doch der Kater war spurlos verschwunden. Das Inferno musste ihn zu Tode erschreckt haben und er hatte sich in irgendeinem Loch verkrochen.

Angus legte der jungen Frau eine Hand auf die Schulter.

"Wir müssen jetzt verschwinden, Liebes. Jetzt sofort. Taco muss selbst sehen, wie er zurecht kommt."

Störrisch entwand sie sich der schweren Hand.

"Ohne Taco gehe ich nicht einen Schritt weiter."

Die Stimme des Waffenhändlers nahm einen harten Unterton an.

"Wenn du Männer befehligen willst, Weib, dann verhalte dich nicht wie ein Kind. Setz deinen hübschen Arsch in Bewegung und kümmere dich nicht mehr um dieses Tier. Du kannst nichts mehr tun. Er muss selbst zurechtkommen. Lauf jetzt."

Macs Gesicht gefror zu Eis, doch sie warf sich ihren Rucksack widerspruchslos über die Schulter und rannte los. Aber Angus konnte die Tränen in ihren Augen sehen und es brach ihm fast das Herz. Er warf einen letzten, suchenden Blick in die Runde, aber der kleine Bursche blieb verschwunden.

Sie schafften es, noch vor Einbruch der Nacht durch den niedrigen Eingang der Eishöhle zu kriechen. Dort schliefen sie erschöpft bis zum Anbruch des neuen Tages.

Ein jämmerliches Stimmchen weckte Mac. Nur schwerfällig streifte sie die Spinnweben des tiefen Schlafes aus ihrem Gehirn. Sie musste geträumt haben. Zum ersten Mal seit unendlich langer Zeit.

Erschöpft sank ihr Kopf zurück auf die dünne Unterlage des Schlafsackes. Und wieder hörte sie dieses jämmerliche, ängstliche Geräusch und dieses Mal schob sie sich aus dem Schlafsack, noch bevor der letzte Ton verklungen war.

Mac hastete durch das Halbdunkel zum niedrigen Eingang und sank lachend und weinend auf die Knie, um die völlig zerschundene, kaum halbwüchsige Katze in die Arme zu schließen, deren kleine Pfoten vollkommen zerschunden waren. Taco musste die ganze Nacht hinter ihr hergelaufen sein. Nie wieder, nie wieder, würde sie jemand von ihm trennen können, dass schwor sie bei allem, was ihr heilig war.

CHAPTER FÜNFUNDZWANZIG
Chapter25

"Wissenschaft ist ein mächtiges Werkzeug. Wie es gebraucht wird, ob zum Heile oder zum Fluch des Menschen, hängt vom Menschen ab, nicht vom Werkzeug.
Mit einem Messer kann man töten, oder Brot mit Butter bestreichen, um einem Kind den Hunger zu nehmen."
Albert Einstein

Der schlaksige, faltige Boyd war am Ende seiner Kraft. Obwohl ihn sein Kollege Schumann bisweilen fast schon trug, schaffte der Physiker es kaum noch, einen Fuß vor den anderen zu setzen.
"Weiter Männer, wir müssen weiter. Los, los!"
Mac blickte sorgenvoll auf ihrem Weg zurück. Sie kamen so schleppend voran, dass es ihr schwer fiel, ruhig zu bleiben. Jedes Kind war besser zu Fuß als diese zwei Gelehrten.
"Hey Beast!"
Mac sprach leise in das flexible Mikrofon ihres Satellitentelefones.
"Bist du auf Empfang?"
Es summte leise in ihrem Ohrhörer. Dann die Stimme von Beast.
"Ja. Ich kann dich laut und deutlich verstehen. Was gibt es?"
"Kannst du uns anpeilen? Und falls ja, schaffst du es, den

Predator zu uns zu bringen? Wir haben hier einen Fußkranken, der Transport benötigt. Und zwar dringend. Sonst hat man uns schneller am Schlaffitchen, als uns lieb ist."

Mac unterbrach den Kontakt, blieb aber auf Empfang, um Beast eine Peilung zu ermöglichen. Nie und nimmer schaffte der dürre Boyd weitere dreißig Kilometer in diesem Gelände. Wahrscheinlich war der Mann noch nie weiter als einen Block in seiner Stadt marschiert.

"Okay, okay, nur die Ruhe. Ich habe euch. Das sieht nicht allzu übel aus, aber ihr müsst es mindestens noch acht Kilometer weiter schaffen. Bleibt auf eurer Route und haltet Ausschau nach mir."

"Gut Beast, ich halte sie am Laufen, aber drück auf die Tube, Kumpel. Los jetzt."

Mac unterbrach die Verbindung und wechselte die Frequenz. Dann gab sie Nicolas und Dingaan ein Zeichen. Die beiden Hünen nickten wortlos und schnappten sich das dürre Leichtgewicht.

Boyd baumelte zwischen ihnen wie Wäsche an der Leine, jedoch widersprach er dieser rüden Behandlung nicht, sichtlich erleichtert, der Schwerkraft und seine eigenen Füßen entronnen zu sein. Mac ließ sich an das Ende der Gruppe zurückfallen, während Angus die Spitze mit Lilja übernahm. Die Isländerin verschärfte das Tempo und führte sie weiter durch das schroffe Gelände, während sich die Dämmerung herabsenkte.

Im gleichen Maß wie sich die Dämmerung herabsenkte, stieg Nebel über den Eisflächen auf. Die Sicht verminderte sich von Minute zu Minute, doch Lilja brachte sie ohne Zwischenfälle zu einer Eiszunge, die ein paar Kilometer entfernt im Dunst lag. Nahezu deckungslos, war diese Eiszunge mit Sicherheit einer der gefährlichsten Abschnitte ihrer Flucht und dennoch hatte Beast hier die beste Möglichkeit, sie aufzusammeln. Also trieb sie ihre Schäflein erneut an.

Es war ein gefährliches Wagnis, sich in der Dunkelheit über die schrundige Eisfläche zu bewegen. Taschenlampen hätten ihnen den Weg erhellen können, doch in dieser menschenleeren Einöde war das Licht meilenweit zu sehen. Unterdessen verdichtete sich der Nebel zu einer schier undurchdringlichen Suppe. Mac entschloss sich schweren Herzens, den Marsch zu unterbrechen.

So ließ sie ihre Gruppe rasten und stellte eine Verbindung zu Beast her.

"Kannst du in diesem Nebel des Grauens den Predator über deine Sensoren steuern? Wir können die Hand nicht mehr vor Augen sehen. Wo bist du?"

Beast antwortete, gelegenlich unterbrochen von statischem Rauschen.

"Ich habe es aufgegeben, in dieser Suppe etwas sehen zu wollen. Im Augenblick steuere ich den Jäger über das Echolot. Das ist die einzige Möglichkeit, es bis zu euch zu schaffen. Der Predator sendet Schallwellen aus, und zeigt mir ein dreidimensionales Bild der Umgebung."

"Thomas, ich weiss ganz genau, wie ein Echolot funktioniert, aber wie lange brauchst du noch?"

Belehrungen brauchte Mac in dieser Minute, wie einen Splitter im Arsch.

"Krieg dich ein, Chef. Dreh mal deinen hübschen Kopf nach rechts und schau genauer hin."

Beast grinste in sich hinein, zurückgelehnt in seinen Sessel im gemütlichen Kehl und stoppte den massigen Predator durch einen Tastendruck auf einem seiner Joysticks. Er entriegelte die Türen des Jägers und betätigte den Öffnungsmechanismus, darauf hoffend, dass der Anblick der grünen Innenbeleuchtung im Nebel ein geisterhafter Anblick war.

"Ich wusste schon immer ganz genau, warum ich mich mit

dir abplage. Du bist ein gottverdammtes Genie."

Mac scheuchte das müde Häuflein auf die Füße und Angus und Dingaan wuchteten die beiden ausgepumpten und fußkranken Wissenschaftler hinauf in die offenen Schotts des Jägers. Nicolas zog und zerrte von oben, so gut es eben ging, um den beiden Männern dabei zu helfen, die steile Leiter zu bewältigen. Mac und Angus reichten ihre Waffen hinauf zu Nicolas, sobald Boyd und Schumann nicht eben elegant in das Innere des Predators gesegelt waren und schwangen sich in die einladende Wärme der Kabine. Nicolas übernahm das Steuer und Mac den Platz des Schützen. Die Panzertüren schlossen sich mit einem saugenden Geräusch und vorerst befanden sie sich in relativer Sicherheit. Nicolas schloss die Panzerschotts vor den Fenstern und schaltete die Innenbeleuchtung ein.

Die Monitore der Konsole flackerten ohne das Zutun von Nicolas auf und das grinsende Gesicht Beasts erschien auf den Displays.

"Hey alle miteinander. Ich freue mich ausserordentlich, euch wohlbehalten und relativ unverletzt, wie es scheint, zurück in meiner fürsorglichen Obhut zu haben. Es ist mir eine Ehre, euch an Bord von Island-Busservices and Overland Transportation begrüssen zu können. Ich hoffe, Sie geniessen die weitere Fahrt. Leider ist die Sicht heute etwas eingeschränkt und die Luft ein wenig bleihaltig, doch für morgen meldet der Wetterdienst Besserung."

Nicolas zog eine Grimasse, die von den Innenkameras nach Kehl übertragen wurden.

"Entschuldige bitte, wenn wir vor lauter Begeisterung nicht gerade durch die Decke gehen, aber wir müssen uns erst einmal aus den nassen Klamotten schälen. Aber wenn wir uns treffen, alter Junge, spendiere ich dir das beste und teuerste Bier, das wir auftreiben können. Das ist ein Versprechen. Und jetzt entschuldige uns bitte mal für eine Sekunde. Kameras aus."

Nachdem Nicolas seine Kleidung getauscht hatte, steuerte er den Predator noch einige Kilometer durch die Finsternis, bis sich eine Felsspalte vor ihnen auftat, die ihm breit genug erschien, um das schwere Fahrzeug darin zu verbergen. Der schwere Diesel erstarb und die Besatzung fiel in tiefen, ohnmachtsähnlichen Schlummer.

Wie versprochen schien am nächsten Morgen die Sonne und von etwaigen Verfolgern gab es weit und breit keine Spur.
"Was für einen Bären hast du dem isländischen Rettungsdienst denn aufgebunden, weil uns unglaublicherweise niemand verfolgt?"
Mac saß vor den Kontrollen des Predator und wärmte ihre Hände an einem dampfenden Becher Kaffee, dabei leise mit Beast plaudernd.
"Ach, das war relativ einfach. Ich habs einfach den Russen in die Schuhe geschoben. Die hatten einen Menschen da, der ein wenig russisch verstehen konnte. Ich glaube, er hat mir den abtrünnigen Russen abgekauft, den ich ihm vorgespielt habe obwohl mein russisch ein wenig eingerostet ist. Die ganze gruselige Geschichte, die ich erfunden habe, willst du gar nicht wissen.
Aber ich hatte mir gedacht, das man den Sowjets am wenigsten auf den Senkel gehen möchte, weil es sowieso nichts bringt und man die ganze Geschichte wahrscheinlich einfach unter den Teppich kehren würde. Waren ja sowieso keine Isländer zu Schaden gekommen. Da sind die dann relativ schmerzfrei. Und meine Vermutung scheint sich zu erhärten. Die Story taucht nirgendwo auf. Ich könnte darauf wetten, dass das alte Camp dem Erdboden gleichgemacht wird und der Schnee des Vergessens im nächsten Winter darauf herniedergeht. Es wäre wohl nicht das erste Mal in der Geschichte der Menschheit."

Mac trank wohlig seufzend einen Schluck Kaffee.

"Umso besser für uns. Wir rollen in der Dämmerung hinunter ins Tal und machen uns still und heimlich auf den Heimweg. Wenn die zwei Eierköpfe wieder bei Bewußtsein sind, quetschen wir sie ein wenig aus. Könnte ja sein, dass sie einen Namen für uns haben, wenn schon nicht ein Bild. Obwohl ich fürchte, dass Boyd und Schumann uns nicht sonderlich weiterhelfen werden. Die zwei Kerle bestehen nur aus linken Händen und zehn Daumen und befinden sich normalerweise in einer ganz anderen Welt als die normale Erdbevölkerung.

Okay, ich mache jetzt Schluss. In der hinteren Kabine regt sich das Leben."

Mac hob Taco von ihrem Schoß und setzte ihn lächelnd auf dem Boden ab. Der kleine Kater humpelte zwar noch ein wenig, doch er heftete sich an ihre Fersen wie ein Schatten.

Auf dem Rückweg fuhren sie ausnahmslos in der Nacht. Das Risiko erschien ihnen zu groß, auf der Zielgeraden noch abgefangen zu werden. Die Ringlafette mit dem schweren Maschinengewehr blieb in Schußbereitschaft und Nicolas fuhr sie nur in die Kabine ein, wenn sie rasteten. Es kostete sie drei Tage, bis sie an der Stelle ankamen, an der sich Lilja ihnen angeschlossen hatte. Der Mercedes Geländewagen stand immer noch genau dort, wo Lilja ihn abgestellt hatte. Der Besucherandrang in dieser Einöde war nicht sehr groß, wer hätte ihn stehlen sollen?

Es war ein seltsames Gefühl für den Rest der Crew, als die junge Frau allein in der Dunkelheit davonfuhr. Sie kamen sich komischerweise unvollständig vor. Nicolas sah sich um und blickte von einem zum anderen. Dort die unerschütterliche Mac, daneben der pantherhafte Angus, der immer in der Nähe der jungen Frau zu finden war. Hinter ihnen der Zulu, Dingaan, dessen undurchdringliche Mine vielleicht einen anderen getäuscht hätte, aber nicht Nicolas. Nicolas sah eine Sehnsucht in den grünen Augen, die vor wenigen Tagen noch nicht dort gewesen war. Und der Teufel sollte ihn holen, wenn das nicht mit einer gewissen Hotelbesitzerin zusammenhing, die in der Dunkelheit der Isländischen Fjorde verschwand.

Wortlos wendete Nicolas den Predator und trieb die mächtige Maschine hinaus in die Nacht. Jetzt war er an dem Punkt angekommen, wo er die Geschichte nur noch hinter sich bringen wollte. Er war müde bis auf die Knochen und dem Rest der Crew erging es keinen Deut besser. Es musste sich so ähnlich verhalten wie bei einer Geburt, dachte er. Wenn die Spannung, die Schmerzen und das Adrenalin sich abbauen, dann folgt so etwas wie eine Depression oder besser gesagt, es folgt eine Depression. Punkt.

Ach scheiss drauf, schoss es ihm durch den Kopf. Konzentrier dich. Sie waren noch nicht in Sicherheit. Bis sie in Larsens kleinem Hafen an Bord gehen konnten, mochte noch alles mögliche geschehen.

Im Licht der düster glimmenden Innenbeleuchtung starrte Dingaan reglos wie eine Statue geradeaus. Mac saß an Angus gelehnt auf der Rückbank und döste wie gewöhnlich vor sich hin, den kleinen Kater mit einer Hand an sich gezogen. Angus hatte einen Arm um Macs Schultern gelegt, die ausnahmsweise einmal nichts daran auszusetzen hatte. In der hinteren Kabine, die Boyd und Schumann in Beschlag genommen hatten, war eine lebhafte Diskussion über Gleichungen im Gange, der Nicolas nur stellenweise folgen konnte.

Langsam kehrte das Lächeln wieder in seine Augen zurück. Morgen abend wartete die Barracuda und ein Teil seiner Familie auf sie. Sie hatten Trevor, Crystal und Larsen einiges zu berichten. Die Jagd war noch nicht zu Ende.

CHAPTER SECHSUNDZWANZIG
Epilog

"Wer mit Ungeheuern kämpft, mag zusehn, das er nicht dabei zum Ungeheuer wird. Denn wenn du lang genug in einen Abgrund blickst, blickt der Abgrund auch in dich hinein."
Friedrich Nietzsche

Island (Das Anwesen des Magiers)

Der alte Mann hatte hoch droben in seinem Nest in den Bergen gehockt und versonnen und ein wenig melancholisch hinunter auf das Spektakel geblickt, das sich ihm geboten hatte. Sein Haus war zu Asche und Glut zusammengesunken. Die Funken waren aus dem brennenden Dachfirst in den Himmel hinaufgestiegen und waren dort wie sterbende Sterne verglüht. Es war ein gutes Haus gewesen. Schade darum.

Sie hatten seiner Meinung nach recht lange gebraucht, bis sie ihn gefunden hatten. In seinen jungen Jahren hätte er den Job etwas schneller erledigt. Aber die Jugend von heute war beileibe nicht mehr das, was sie früher einmal gewesen waren.

Der Typ, den sie ihm auf den Hals geschickt hatten um ihn auszuquetschen, war kaum mehr als eine Witzfigur. Für den alten Zauberer kein Hindernis. Nein, wirklich nicht. Selbst mit Arthritis in den Händen war er immer noch geschickt genug gewesen, dem Burschen die Kehle durchzuschneiden, bevor der ihm gefährlich werden konnte. Leider war dieses untaugliche Etwas dann in seinen geliebten Pool gekippt. Der Sorcerer hoffte, dass das warme Wasser seines selbst gemauerten Pooles wenigstens genug Runzeln in die hässliche Visage seiner Leiche gezaubert hatte, um die zweibeinigen Aasgeier zu verwirren, die sich hübsch nacheinander eingefunden hatten.

Der schwarzhaarige Mann und die schöne, starke junge Frau waren die ersten und mit Sicherheit die gefährlichsten von seinen Besuchern gewesen. Diese trotteligen arabisch aussehenden Zeitgenossen, die sein Haus angezündet hatten, waren nur engagiertes Kanonenfutter für die Galerie, nicht mehr.

Aber der massige Schwarze, der mit einem Monster von Auto und Thor an seiner Seite hier eingetrudelt war, das war schon eine Nummer für sich.

Der Sorcerer grinste stillvergnügt in sich hinein.

Solch illustre Gesellschaft hatte er den ganzen langen Winter über nicht gehabt.

Doch jetzt war es still auf seinem Besitz geworden. Die Männer, die sein Haus abgefackelt hatten, waren so gütig gewesen, die Leiche hinter dem Haus ebenfalls in das flammende Inferno zu werfen. Somit waren alle Spuren beseitigt, die dem Zauberer noch hätten gefährlich werden können. Der Sorcerer lebte nicht mehr. Wieder einmal.

Und so hatten sie ihm einen großen Gefallen erwiesen.

Der Alte blätterte in dem abgenutzen Pass, den er aus seinem Rucksack zog. Lars Jacobson. Geburtsland Schweden. Damit kam er ziemlich weit in der Welt. Kichernd griff er nach den anderen Pässen, die sich unter seiner Wäsche versteckten. Der Zauberer kam in dieser Welt genau dorthin, wohin er wollte. Er steckte die Dokumente wieder zurück und schaltete die digitale Kamera ein, die über ein respektables Teleobjektiv verfügte. Genauestens betrachtete er die Fotoserie, die er geschossen hatte. Jedes einzelne Gesicht, das er anvisiert hatte, war gestochen scharf zu erkennen. Es sollte doch mit dem Teufel zugehen, wenn er nicht herausbekommen würde, wer an seiner Haustür geklopft hatte. Der Sorcerer verstaute auch die Kamera wieder und erhob sich aus seinem Versteck. Auf stämmigen Beinen, die jedoch immer noch stark waren, eilte der alte Mann den Berg, seinen Berg, hinunter.

Seinen alten Jeep hatten sie, Gott sei es gedankt, nicht verbrannt.

Amateure. Er konnte sich nur wiederholen.

Der Sorcerer ließ sich auf ein Knie nieder und spähte unter das uralte Fahrzeug.

Hmmmh!

Der pantherhafte, schwarzhaarige Mann, der die Leiche aus dem Pool gefischt hatte, war auf sein kleines Versteck unter dem Auspuff des Jeeps aufmerksam geworden. Das war irritierend, änderte es doch die Pläne des Alten. Er löste die Handbremse des alten Willy's und schob das rostige Vehikel ein wenig nach vorne, ohne den Motor zu starten. Dann ging er abermals auf die Knie herunter und schob mit seinen breiten, schwieligen Händen, in deren Furchen der Schmutz vieler Jahre voller harter Arbeit festgebacken war, den lockeren Boden zur Seite. Ein dickes Brett kam zum Vorschein. Der Sorcerer schob die Spitze seines scharfen Messers in eine Spalte und hebelte das Brett heraus.

Aus diesem Versteck, das sie nicht gefunden hatten, zog der Alte alles was er benötigte, um zu verschwinden. Mit ruhigen, zielgerichteten Bewegungen stopfte der Sorcerer die Bargeldbündel und seine alte Pistole in den abgenutzten Beutel. Er schloss sorgfältig die Laschen des Rucksackes und warf ihn in den alten Willy Jeep. Ratternd und spuckend wie ein unwilliges Tier erwachte der Motor des rostigen Wracks zu holperndem Leben. Der Sorcerer öffnete das Tor, das er eigenhändig gezimmert hatte, sprang zurück in das Fahrzeug und legte knirschend den Rückwärtsgang ein. In eine Wolke aus blauschwarzem Rauch gehüllt knatterte das altersschwache Fahrzeug auf die nebelverhangenen Berge zu, ohne das jemand sein Verschwinden bemerkt hätte.

Managata 12, Hausnummer 16, Rykjavik, Island. Wenige Tage später.

Der Zauberer hatte sein gesamtes Aussehen verändert. Es hatte nicht nur seinen Vollbart abgenommen und sein Haar millimeterkurz gestutzt. Seine Hände waren gepflegt und maniküert. Seine alte, abenteuerliche Kleidung war in einem Hinterhofmülleimer verschwunden. Selbst sein Gang und seine gesamte Haltung hatten sich verändert. Normalerweise erkannten geübte Augen schon allein an der Körperhaltung und dessen ureigenster Sprache, wen sie vor sich hatten. Der Magier wusste das nur zu gut. Also ging er anders, stand er anders und veränderte all die winzigen Gesten, die wir alle tagtägliche benutzen, ohne daran einen Gedanken zu verschwenden.

Der Sorcerer war ein neuer Mann geworden und sah mindestens zehn Jahre jünger aus.

Im Augenblick studierte er die schmalen Hauseingänge und klopfte dann an einem Haus, dessen abblätternde Farbe es nicht eben liebenswürdiger erscheinen ließ. Die Tür öffnete sich beinahe augenblicklich und der Sorcerer blickte auf einen mürrischen, sehr alten Mann, in dessen Mundwinkel eine filterlose Zigarette vor sich hin glimmte. Die gelbliche Hautfarbe des Mannes verriet dem Zauberer, das die Lebenszeit des Alten ihm gegenüber nicht mehr in Monaten zu messen war. Seine Leber lag im Sterben. Doch für das Geschäft, das er mit dem Gelbgesichtigen abschliessen wollte, genügten nur wenige Tage.

"Hast lange gebraucht um zu mir zu kommen."

Der Gelbgesichtige sprach in einem schleppenden, schwedischen Dialekt, ohne dabei die Kippe aus dem Mundwinkel zu nehmen.

Der Sorcerer nickte zustimmend.

"Ich hatte noch einige sehr wichtige Geschäfte und Transaktionen zu erledigen. Willst du mich nicht ins Haus bitten, Halvar?"

Schlurfend wendete sich der kranke, alte Mann um und gab dem Sorcerer mit einer knappen Geste zu verstehen, ihm zu folgen.

Im Inneren des windschiefen Holzhauses roch es nach Kohl, Fisch und Urin. Der Sorcerer, der es gewohnt war, an der frischen Luft zu leben, verzog sekundenlang angewidert sein wind- und wettergegerbtes Gesicht, bevor er es wieder zu einer undurchdringlichen Maske gefrieren ließ und folgte Halvar in dessen Wohnzimmer, in dem ein unbeschreibliches Durcheinander herrschte.

"Also. Was soll ich für dich in Erfahrung bringen?"

Halvar hatte sich stöhnend in einem schmierigen Sessel niedergelassen und blickte den Magier erwartungsvoll an.

Waldir zog aus seinem Kaschmirmantel einen Stapel Fotos, die er dem langsam sterbenden Alten in die aderigen Hände drückte.

"Ich brauche Namen zu den Gesichtern. Namen, Aufenthaltsorte, Adressen, was auch immer du auftreiben kannst, alter Freund. Ich bin da in eine interessante Geschichte gestolpert und möchte wirklich ausserordentlich gerne das Ende herausfinden. Wie lange wirst du brauchen?"

Halvar blätterte durch die Fotoserie.

"Gib mir drei Tage und dann komm wieder hierher. Was ich bis dahin nicht herausgefunden habe, ist nicht herauszufinden."

Der Zauberer nahm seine Brieftasche heraus und legte ein schmales Bündel Banknoten auf den mit Unrat überladenen

Tisch seines Informanten.

"Bis in drei Tagen dann. Wenn du etwas Brauchbares für mich hast, gibt es das Gleiche noch einmal."

Der Sorcerer steckte die Brieftasche wieder ein. Ohne ein weiteres Wort verließ er seinen alten Weggefährten mit einem knappen Kopfnicken.

Ende des zweiten Buches der O'Mara Story

Der dritte Teil der O'Mara Story erscheint voraussichtlich im Herbst 2016

Printed in Great Britain
by Amazon